JN088785

槇ノ原戦記《まきのはらせんき》

花村萬月

HANAMURA MANGETSU

徳間書店

槙ノ原戦記

装幀　高柳雅人
写真　JazzIRT／gettyimages
株式会社Gakken／アフロ

00

死ぬにあたって、私は綾《あや》の力を借りて一気に脳内に自伝じみたものを刻《きざ》みました。これから先の槇ノ原《まきのはら》にとって、未来の槇ノ原にとって、綾の存在を伝えるのが最重要であるからです。

死する直前には己の人生が走馬灯《そうまとう》のように駆けめぐるといいます。とはいいましても一瞬にしてこれほど詳細なものは、綾の力なしには為《な》しえなかったでしょう。

私は、魂が肉体を離れるのと同時に、瞬時に私が得た想念《そうねん》を蘗埜省悟《はぎのしょうご》さんの内面に送りこみました。もちろん綾が手伝ってくれたのです。

初めのうちは想念を受けとったことも把握《はあく》できず、省悟さんは、ほぼ無感覚であるはずです。けれど徐々に省悟さんの心の奥底から私と綾の生が鮮やかに泛《うか》びあがり、拡がっていくと確信しています。

日常的に偽悪的《ぎあくてき》に振る舞いがちな省悟さんでしたが、私は知っています。省悟さんは自身のもつ文学性に強烈な羞恥《しゅうち》を覚え、忌避《きひ》していたということを。ですから私が生きているときに書けと頼んだら、逃げだしてしまったはずです。

けれど省悟さんは私と綾の物語を書かずにはいられないのです。強制ではありません。文章化は、そこに至る逡巡《しゅんじゅん》の時も含めて、蘗埜省悟さんが持って生まれた先天的なものがなせる業《わざ》なのです。

たとえいままで自伝的な文章を書いたことがなかったとしても、省悟さんがたくさんの本を読み、学生時代には文芸サークルに所属して絶望的な幻滅《げんめつ》を覚えたことを知っています。文学性が高すぎて、周りの人々の蒙昧《もうまい》さ下劣さに付いていけなかったのです。

ただ、なにかというとやや斜め横を向いて作り笑いを泛《うか》べ、おどけて終わらせてしまうような方です。多大なる文学性が裏返ってしまっておちゃらけるというのですか、茶化《ちゃか》したり嗤《わら》ったり落ち込んだり――。

落ち込むのはかまいません。けれど文学青年に付きものの過剰《かじょう》なる羞恥がじゃまをして文中に洩《も》れだすのが、少しだけ、怖い。夜半獣《やはんじゅう》に対して失礼なことですが、自動筆記をさせましょう。ただし文章の結構は、すべて省悟さんの能力に託します。

酸鼻《さんび》極まりない暗く酷《むご》たらしい事柄も、虆埜省悟さんなら脚色せずに誠実に記してくださいますでしょう。

また、書くことによって諸々の秘め事が顕《あきら》かになり、さらには綾という存在を活かすことによって未来の上槇《かみ》ノ原が完璧になることを虆埜省悟さんは悟ってくださるでしょう。

死に様は頭部消滅という見苦しいものでしたが、私は思い残すことなく心安らかに旅立つことができました。いつか彼岸《ひがん》で、皆様とお逢いできる日がきます。その日を心待ちにしております。

高畑静《たかはたしず》拝

01

羣馬縣《ぐんまけん》上埜郡《うえのぐん》北上埜村字上槇ノ原村冨澤《とみさわ》で私が生まれたのは大正十二年九月一日の十一時五十八分――関東大震災のその日、その時刻だった。

関東大震災だが、運悪く昼食時だったので激震による家屋倒壊圧死だけでなく、即座に出火延焼し、死者九万九千三百三十一人、行方不明者四万三千四百七十六人もの大惨事となった。

震源は相模湾《さがみわん》の北西端とのちに教えてもらったが、上槇ノ原も揺れに揺れて羽鳥山《はとりやま》の南側斜面が大崩落した。その地鳴りの炸裂《さくれつ》と同時に私は生まれたとのことだ。

生まれたのは、私だけでなかった。

双子だった。

私は靜。

妹は、綾と名付けられた。

はじめに、はっきりさせておこう。私も綾も物心ついて以降、能力が際限なく伸びていった。ただ綾は常人から大きくはずれて得体《えたい》の知れないところがあって、私に対してもどこか空《そら》とぼけている気配が濃厚だった。

誰も真に受けないだろうが、なぜか私のために誂《あつら》えられたかのような分校の充実した図書室に入り浸って、たとえば小学三年のころにはニーチェに夢中になり、日本に紹介されたばかりのフッサールを読み耽《ふけ》った。もっとも夢中になったのは、禁書扱いだったマルクスの著作だった。もちろん私はそれを周囲に悟られるような振る舞いは控え、その年齢なりの子供っぽさを演技して日々を送っていた。

大震災の日、その時刻に生まれたことから上槙ノ原で私は集落の者たちから陰で『震災の子』と呼ばれ、まるで私が大地震を引き起こしたかのように畏《おそ》れられていた。

ただし、過剰に怖がられたのは事実だが、それで迫害を受けたりしたことはない。それどころか震災の子という呼び名は、幼い私の権威付けに役立った。特別扱いが許される、ある種の称号のようなものだった。

父と母は口を濁すが、九月一日十一時五十八分に生まれたのは、綾の方だと私は睨んでいる。私はそれよりも遅く生まれたのだ。双子は先に生まれた方を妹とする慣わしのおかげで私は姉にされてしまった。

綾は、外に出ることができなかった。人前に顔をさらすことがなかった。存在自体があやふやなので震災の子と囁《ささや》かれることもなかった。綾は人目に触れぬよう、上槙ノ原の名主であった高畑家の屋敷の地下の座敷牢《ざしきろう》に閉じこめられていたのだ。

地下牢といっても贅《ぜい》を尽くしたもので、金糸で縁取りされた畳は季節ごとに新しいものに替えられ、常に白檀《びゃくだん》などの香が薫《た》き込められている十畳ほどの空間で、お姫様の居室のようだった。しかも牢とは名ばかり、格子はあっても、鍵はかけられていなかった。要は高畑の屋敷を訪れた者と顔を合わせぬための処置だった。

綾は無数の日本人形に囲まれ、埋もれていた。許多《あまた》の人形の瞬きせぬ目にじっと見つめられると、私の肌は幽《かす》かに引き締まり、冷えきったものを覚えた。

両親は綾のためならば、いくらでも金を遣った。もともと斜陽《しゃよう》ではあったが、そして、やがて日本のすべてを覆いつくしていく大東亜戦争の暗雲もあったが、高畑家が完全に傾いたのは、綾に対する出費が祟《たた》ったのだ。食べるものだって山間《やまあい》の僻地《へきち》である上榾ノ原では有り得ないものを過剰に与えられていた。もっとも綾は食が細いので、ほとんど手をつけない。私はそれらを平らげていた。奥深い山中の上榾ノ原で鮑《あわび》や伊勢海老を食べたことがあるのは、私くらいのものだっただろう。

曇天《どんてん》などで明かりとりの天窓から光が射さぬとき、綾は陰翳《いんえい》に溶けこんで一瞬人形たちにまぎれてしまい、どこにいるのかわからなくなってしまう。

もちろん綾の姿かたちは目立つので、それは薄闇に目が慣れるまでのほんの一瞬だ。闇と正反対の色彩をまとった綾は、否応なしに浮きあがってしまう。

綾は生けるお白様《しらさま》だ——。

父と母、そして高畑一族は、そう強弁《きょうべん》していた。

けれど上榾ノ原にはお白様信仰などなかった。近在といっても北の方に山を幾つも越したかなり離れた見知らぬ地といったところだが、お白様を信じている地域があることは薄々知っていた。とにかく東北地方で信仰対象となっている蚕神《かいこ》あるいは農耕神であるとされる、棒に刻まれた素朴なお白様とは、似ても似つかぬ綾の姿だった。美しく、可愛らしく、清灑《せいしゃ》だった。しかもその外見は、ひどく脆《もろ》く見えた。

地下に降りる階段は分厚い檜《ひのき》板で足の裏が大層冷たい。けれど綾の力だろう、黴《かび》臭い気配は一切ない。毎日、綾を訪ねるのは、綾が寂しさを覚えぬようにと、父母からなかば強要されていたからだ。

「靜姉さん」

「愛想笑いするな」

「御免《ごめん》なさい」

小学生にもかかわらず、誰に対してもふてぶてしい態度をとってしまう私は、綾に関してだけは、すぐに罪悪感でしょんぼりしてしまう。

このころの私は綾のぶんまで外に出て、女男を問わず集落の子供たちを引き連れ、いまは死語《しご》だろうが御転婆《おてんば》だった。自分で言うのもなんだが、いくら隠そうとしても能力の一端が洩れでてしまい、震災の子は神童《しんどう》とも言われていた。時期がきたときに、私といっしょに少しずつ大人になっていった彼女ら彼らが私を盛りたてた。

男女ではなく女男、彼ら彼女らではなく彼女ら彼らと記したのは、上下《かみしも》槇ノ原では圧倒的に女ばかりが生まれたからだ。もちろん集落が成立した戦国時代以前から累々と重ね合わさってきた血の問題だ。

遠い昔から高畑家とその一族は上槇ノ原において主導的な役割を果たしてきた。そういう血筋だ──の一言で皆、納得してしまう。血筋。血筋。血筋。

「おなじ血筋なのに、靜姉さんは肌が灼《や》けて真っ黒です」

「仕方ないでしょ。お日様に当たれば、皆、こうなるの。私はあなたと違って野良《のら》仕事もしているしね」

槇ノ原から多少なりとも離れた山間部の他集落で遣《つか》われる言葉は、もはや異国のもののようであるにもかかわらず、上槇ノ原では、人々はなぜか東京の人たちのような言葉を喋《しゃべ》った。上槇ノ原よりも絶対的に余所《よそ》の人と交わることが多い下槇ノ原だって訛《なま》りが強いのだ。それが岨道《そばみち》を延々登ったところにある僻地の上槇ノ原だけは、標準語を喋った。

のちに水礬土《すいばんど》＝ボーキサイト鉱に関する地質調査にやってきた帝都の方たちが、このような閉鎖環境において不可思議なことであると思案深げな貌《かお》をしていた。

「ねえ、靜姉さん」

「なに」

素っ気なく気のない私に、綾はすがる眼差しを注ぐ。

「私もお外で遊びたい」

「Dracula《ドラキュラ》って知ってる？」

「知らない」

「明治の終わりころの本だったかな。洋書。なぜ分校の図書館に、こんなものがって奇妙な気分で、だから読んでみたのよ」

「どんなお話？」

「吸血鬼」

吸血──と繰り返しかけて、綾は口を噤《つぐ》んだ。私は追い打ちをかける。

「夜しか動けないの。日に当たるとね、焼け焦げてしまうの」

「英語読めるなんて、靜姉さんすごい」

と、綾は話をすり替えた。そのおどおどした赤い眼に、私の内面の加虐《かぎゃく》がじわりと迫りあがった。でも、怺《こら》えた。けれど綾は私の眼の色を読んでしまい、いよいよ瞳を赤くして私を見つめた。恐怖に肌が縮んだ。

「綾ちゃん、赦《ゆる》して！」

「──だいじょうぶ。私は絶対靜姉さんにだけは」

唐突に言葉を呑《の》み、綾は俯《うつむ》いた。私は知識や理解力だけは常軌を逸していたが、精神はまだ幼かった。それゆえに隠しおおせることのできぬサディズムは、いきなり身悶《みもだ》えするかのような切なさと哀しさに変化した。私は純白の妹を抱き締めた。私は啜《すす》り泣く綾をきつく抱き締めた。

私は綾に護られているにもかかわらず、この子を命にかえても護らなければ、と、強く決心した。私の気持ちを悟った綾は、ますます啜り泣いたが、やがて泣き疲れ、膝枕をねだった。

一族どころか父母も、綾に直接触れようとはしなかった。私は乳房に吸いついて大きくなったが、母は綾に米の研ぎ汁を与えるだけだった。

上槇ノ原では嬰児《えいじ》の顔に濡《ぬ》らした布をかけて窒息死《ちっそくし》させる『お返し』という遣り方がいちばん手っ取り早く、血の重なりから生育が見込めない虚弱《きょじゃく》な子が生まれたときの常道だった。白無垢《しろむく》を着せられた小さな小さな赤子が白無垢よりも白い虚《うつ》ろな顔を天にむけて吃逆川《さくりがわ》を流されていくのを私も幾度か見た。だが、綾をお返しにしたら、なにが起こるかわからない。だから研ぎ汁だ。

母は絶対に認めはしないだろうが、その心を読めば、米の研ぎ汁では死ななかった——ということに尽きるだろう。見るからに虚弱だったから、授乳期に米の研ぎ汁では、生き存《なが》えることができないだろうという窃《ひそ》かな願望と目論みが心の底にあったのだ。

両親は、一族は、綾に死んでほしかったのだ。かといって放置することはできない。放置のあげく綾が死ねば、お返しをしたのと同様、間違いなく高畑家は不幸に見舞われる。米の研ぎ汁は、一族の総意からもたらされた奇妙な折衷《せっちゅう》だったのだ。

せいぜい面倒を見たのだが、残念なことに綾は痩《や》せ細って身罷《みまか》った。残念ながら、我々が至らなかった——。

綾の誕生からきた狼狽《ろうばい》に、まともにものを考えられなくなった両親や一族の人たちは、そんな取り繕《つくろ》い以前の筋が通らぬ言い訳を用意していたのだ。

豪勢な、いや大仰な食事が供されるようになったのは、綾が物心ついてからだった。もちろん物心ついた綾を畏れ、もし綾の心の底に母乳ではなく、米の研ぎ汁を与えられていた記憶が刻まれていたら大変なことになるという切迫感と恐怖があったのだ。それを思い出させぬためにも下にもおかぬ扱いをはじめたというわけだ。

右も左もわからない乳児のころならいざ知らず、万が一、綾の機嫌を損ねればなにが起こるかわからない。惑乱《わくらん》のあげくの支離滅裂《しりめつれつ》な糊塗《こと》だった。

敬《けい》して遠ざける。いやな言葉だが、綾に対する扱いはまさにそれが当てはまった。

だからといって、実際にどのような凶事や不幸が起きるかは誰にもわからなかった。私も含めて高畑一族は、そして上槇ノ原の人々は『夜半獣』の言い伝えに、きつく縛られていたのだ。

「静姉さん。私は夜半獣なんかじゃない」

「かもしれない。でも、疎かにできない」

「綾は、か弱い役立たずの駄目な子です」

なにを怖がっているのか——と、じっと見つめてくる。その真紅の瞳が、薄闇のなかで燦《きら》めく。

美しい。うっとりする。

禍々《まがまが》しい。恐怖に肌がちりちりする。

相反《そうはん》する思いに私は錯乱しそうだ。

綾は白いからと親たちが強引に似ても似つかぬお白様に仕立てあげたように、白子＝アルビノだった。常染色体潜性遺伝から起きる症状で、皮膚《ひふ》、毛髪、目——全身のメラニン色素を先天的に欠いて綾は生まれた。

じつは上槙ノ原集落の中心にある御宿《おんやど》蘖埜の血統が連綿《れんめん》と続くアルビノの家系だったのだが、両親や一族はついに高畑の血筋にも生まれてしまった——と頭を抱えた。綾は御宿蘖埜に生まれる子などとは比較にならぬ純白ぶりだったのだ。唯一、綾の肉体で白から逸脱しているのが双眸《そうぼう》だった。

メラニンがないということは、目は血液が透けて見えてしまうということだ。綾の目は血の色をした眩耀《げんよう》たるルビーだった。光の加減によっては、瞳がわからなくなってしまうほどに真っ赤だった。

ここまでメラニンが欠乏していると目は見えていないと医師は断言した。けれど綾は、見えていた。真紅の目はほとんど光を感知できなかったかもしれないが、心眼とでもいうべきもので膝枕をしている私から、遠い彼方の出来事まで——。

綾は私の膝を抱くようにして、聞きとれないくらい幽かな寝息をたてている。声に出さず、心の中で問う。

綾ちゃんの第三の目は、どこにあるの？

「だから私は夜半獣ではないのです」

真っ赤な目を見ひらく。

「私はお白様でも、白蛇様でもないし、まして夜半獣でもない」

「うん。綾は綾だね」

「そう思う？」

「思うよ」

じっと見あげてくる。どうしたの？　と目で訊《き》く。綾は抑揚を欠いた声で応える。

「なぜ靜姉さんの心を読むことができるのかって訝《いぶか》しんでいる。そうですよね？」

「うん。私、声に出していないもの。とても知りたい。なぜ？」

「とてもつらいことだよ、靜姉さん。そんなこと、できないほうがいいよ」

いったん息を呑んで、綾は続けた。

「母さまの心が見えたときは、死にたくなった」

綾は母が、父が、一族が自分を殺そうとしていたのを悟っていたのだ。ここまで深い会話を交わしたのは、この日が初めてだった。

「――きついことを訊くね」

「いいよ。訊いてください」

「なぜ、死なないの？」

「死ないんじゃないから」

「じゃあ、なに？」

綾は引き絞るような声をあげた。

「死ねないの！」

銀色の淡く切ない綾の髪がぞわりと逆だった。その双眸を縁取る銀白色の長いけれども仄《ほの》かな睫《まつ》毛《げ》も痙攣《けいれん》気味に揺れている。純白の肌が秘め事を囁くかのように一瞬、皮下の血の色に染まり、すぐに純白にもどった。

幾度も自死を試みたのだろう。手首を切ったり、首を吊《つ》ったり――。

そして死ねないことを悟ってしまった。

「こんど、手首を切って見せてあげる」

綾に自殺の痕跡《こんせき》なんて一切ない。多分手首を切開しても、跡を残さず綺麗《きれい》にふさがってしまうのだ。

「蠟燭《ろうそく》の焔《ほのお》で我が身を焼いたこともあるんです。高畑の家なんて燃えてしまえって」

「火傷《やけど》、した？」

「まわりは燃えたけれど――」

「お布団とか？」

「そう。人形たちも」

「ぜんぜん気付かなかった」

「撫《な》でてあげるとね」

「うん」

「もとにもどるの」

「物を直すことも、軀《からだ》を治すこともできるのかな？」

「――わからない。たぶん、身の回りだけ」

「とにかく死なない？」

「そうなの。死ねないの」

「不死ってことね」

私は悟っていた。綾の知能は、神童と呼ばれている私など比較にならぬくらいに尋常でなく優れているが、それを外にだそうとはしない。人のものとは思われぬ直感力なども、私以外には示さない。

その一方で綾の軀はせいぜい七歳――小学二年といったあたりで、私が微妙に胸に違和感を覚え、幽かな膨らみに嫌悪を覚えているのにくらべて、一切成長していない。つまり双子のはずだったのに、姿かたちだけをとれば、いまでは完全な妹だ。

綾は死ねない。成長も止まった。このまま永遠に少女のままだ。小声で付け加える。

「こうなると、いいんだか悪いんだか」

「静姉さんは残酷なお姉さんです。ただでさえ静姉さんだけがどんどん背丈が伸びて、私だけが取り残されているのに、死ねない私を醒《さ》めた目で見ている」

「うん。そうだね。最低だ」

「いいの。それでも私とこうして一緒にいてくれるから。私を怖がらずにお喋りしてくれる唯一の人だから」

「買い被りだよ。結構怖いもの」

「嘘《うそ》だ。なんでも口にする。他の人だったらとても訊けないようなことだって訊くもの」

「――妹だからね」

綾が指を絡ませてきた。甘えてくる綾ほど可愛らしいものはない。

「ねえ、綾」

「なに、あらたまって」

「今晩から、一緒に寝ようか」

「いいの!?」

私は綾を利用して、夜毎見せつけられる夢から逃れようと画策していた。綾ならなんとかしてくれる。そんな確信があった。いつになく親密な気配なので、それを実行することにしたのだ。

「父さま母さまがなんて言うかわからないけれど、私、うまくやるから。たぶん、一緒に寝られるよ。言っとくけど綾に対する御機嫌とりじゃないよ。なんか、いっしょに眠りたくなったの。そうすれば」

「そうすれば？」

「うん。そうすれば、あの厭《いや》な夢も見なくてすむだろうから」

するっと言ってしまって、慌てて口を押さえた。口にするつもりはまったくなかったのだ。隠せはしないだろうけれど、当然ながら隠しておくつもりだった。あわよくば一緒に寝てあげて、恩に着せるつもりだった。言わされたのか？

死さえ寄せ付けない綾だ。私の夜毎の悩みを消してくれるのではないかと心窃かに依存の気持ちが育っていた。もう全てをまかせてしまうしかない。綾は膝に頭をあずけたまま真っ直ぐ私を見あげ、囁いた。

「悪夢？」

開き直るしかない。頷《うなず》いた。

「そう。最悪の悪夢」

綾はよそ見するように私から視線をはずした。それで私の心を覗《のぞ》いたのだろう。純白の肌が一息に紫色に変わり、唇が烈《はげ》しくわななきはじめた。

「その夢、怖すぎる！　おぞましすぎる！　なぜ、我慢していたの！」

「怒られちゃった」

「私が夢を殺してあげるから」

「夢を、殺す」

「そう。夢を殺してあげる」

私は安堵《あんど》の息をついた。綾を膝枕してあげているかたちは、いかにも姉のものだが、いままでにもましてじわりと依存の心が湧きあがってきた。

「私が靜姉さんを護ってあげるから。靜姉さんがほんとうに死にたいと思うまで、生かしてあげるから。生きるってことは苦労するってことだけれど」

「――それは綾を見ていれば、いやというほどわかるよ」

「うん。本当に、つらい。でも靜姉さんもとてもつらい夜を過ごしているから。しかも」

「しかも？」

「その夢、正夢だから」

――あれが、現実に、起こる！

私は息が詰まってしまい、全身に鳥肌を立ててしまった。

厭らしいことに夢は断片的で、異様に詳細な細部が輪郭も鮮やかな極彩色で泛ぶが、連続性に欠ける。

筋書きのない夢、とでもいおうか。

あまりに突拍子もないので、夢の欠片を想像力で接着することも難しいのだ――と考えていたが、あれは現実なので、空想で補完することを拒否しているのだ。

それでも夢は暗黒に血まじりの翅《はね》を際限なく拡げていき、大殺戮《だいさつりく》と、私がおぞましい罪を犯すことだけが鮮やかな絵として脳裏に刻まれている。

ちりちり尖《とが》ってしまった前腕を綾がそっと撫でてくれた。綾の掌《てのひら》を起点に私の全身を覆った微細《びさい》な冷たい尖りは消滅していった。綾が諭《さと》すように言った。

「これが靜姉さんの運命だから」

私は半泣きの顫《ふる》え声で訊く。

「運命を変えることはできないの？」

「――変えられるなら、とっくに自分を消しています」

私が視線を落とすと、綾は断言する口調で言った。

「靜姉さんは、いつかは死ねる」

そりゃあ死ぬだろう――と拗《す》ねた気持ちが湧く。綾はかまわず続けた。

「その夢が現実になるときには、死ぬに死ねなくてつらい思いをするけれど」

悪夢＝正夢で、その夢が実現するときは、死ぬに死ねないという。この世で地獄の罰を与えられるのだ。

私が何をしたというのか！

虚ろになった私の腰を抱いて、綾が慰めの口調で囁いた。

「でも、靜姉さんは、いつかは必ず死ねるから。絶対に死ねるから。夢が現実になるときは無理だけれど、それ以外のときなら、靜姉さんが本当に死にたいと思ったとき、必ず綾が殺してあげるから」

綾は柔らかな笑みを泛べた。

「でも、私は死ねない――」

02

一緒に寝たその晩から、ぴたりと夢を見なくなった。悪夢だけでなく、すべての夢を見なくなった。

正確には夢を奪われたような気もするが、綾を抱きこむようにして、熟睡した。ただし、もともと少なかった睡眠時間がせいぜい二時間程度になった。それで充分だった。

夢が欠落したのと同時に、いままで夢から与えられたものを元に想像してしまって息を詰め、身悶えしていた暗い洞察とでもいうべきものも姿はそのままに、けれど野方図に拡大していくことはなくなった。

小学六年、十二歳の春だった。私は痩《や》せていたが、背丈はどんどん伸びて男の子を凌駕《りょうが》していた。綾はまさに七歳くらいのまま成長が止まってしまい、体格の差に私は窃かな優越を覚えつつ、それが反転した優しさで綾に接した。

だいたい夜九時くらいには寝息を立てていた。そして日付が明日に変わる前に、ぱちっと目をひらく。朝まで取り留めのない話をしたり、私が図書室から借りてきた本を読んだり、蓄音機でショパンを聴いたりした。

その夜は目覚めた綾の様子がどことなく落ち着かず、私はランプの光に静かに踊る座敷牢の格子の影をぼんやり眺めていた。裾を引かれた。

「ねえ靜姉さん、なんだか胸騒ぎがするの」

「――胸騒ぎ。よくないことでも？」

「ちがう。なんだか心が浮きたつような」

「浮きたつ。それは、胸騒ぎとは言わないんじゃないかな」

「うん。そうだね。ねえ、ちょっとお外を見てきて」

綾に見せつけるようにして偽欠伸《にせあくび》をし、それなのに緊張気味の抜き足差し足で息を潜めて階段をあがり、広縁から庭先に出た。

大彦岳《おびこだけ》の方角が燃えていた。

前面の御厨山《みくりやさん》にのしかかるかの大彦岳の鋭角な山嶺《さんれい》が藍紫に沈み込んで、その背後が血の色に染まっている。緋色が揺らめいてはいるが、山火事ではない。

気付いた。

夜空を侵蝕《しんしょく》しているのは綾の瞳の色だ！

もどると綾の目がいよいよ真紅に発光していて、その瞳の奥に期待がにじんでいた。

「靜姉さん、どうだった？」

「――うん」

「ねえ、教えて」

「真っ赤だった。噴火するかも」

「しないわ」

「絶対？」

「うん。大彦のお山は死んだ山」

死火山ということか。だが上槇ノ原の古い記録には大噴火して大災厄をもたらしたことがあると記されていた。遠い昔、上槇ノ原は大彦岳の熔岩《ようがん》に呑みこまれているのだ。いまだってろくな作物も育ちはしない。

「連れてって」

私は綾のひと言を解さなかった。綾が重ねて迫った。

「連れてって」

「どこへ？」

「大彦のお山」

私は声にだして苦笑した。

「あのね、綾。大彦岳は御厨山の裏っかわだよ。大人だって御厨山の脇をまわって大彦岳の山裾に辿《たど》り着くまでに三時間くらいかかるんだよ」

「だいじょうぶ。マルキン自転車が届いたの知ってるから。靜姉さん、私を乗っけてチリリン、チリリン」

「あのね――」

自転車で山登りできるはずもない。けれど浮かれながらも真摯《しんし》なものを放つ綾を見つめているうちに、たまには行方知れずになってやろうという気になってきた。マルキン自転車込みで神隠しだ。

「自転車は途中までだよ。山岸《やまぎし》さんちから少し入った岨道《そばみち》の分岐までしか行けないよ」

綾は軀を小さく揺らせて昂《たか》ぶりを隠さず、私の言うことをまともに聞いてはいない。

「あの大きな荷台にお座布団を敷くの」

「つまり漕《こ》ぐのは、私？」

「そう！　靜姉さん！」

マルキン自転車が綾の口からでたときからそう決まっているのは承知していた。そもそも見てもいないのに、なぜ大きな荷台とわかる？　まあ、いい。あえて大仰に肩をすくめ、囁き声で言う。

「絶対に夜が明ける。綾は完全装備だよ」

「うん。肌が出ないようにする」

「お水やお握りも用意しないと」

「湧き水があるところは、知っているけど」

「なんで知ってる？」

「なんとなく」

「なんか綾といるとさ」

「うん」

「なーんにも心配ないって感じ」

「でも、山に登って食べるお握りとお茶は美味しいよ」

「うん。心配ないよ」

綾が、身をのりだす。

「お願い、靜姉さん。お握りとお茶」

「綾が食べたがるなんて、初めてだ」

「綾はお握り、握ったことないから。お外でお握り、食べたことがないから」

「わかった。ちょっと待ってて。綾の服なんかもぜんぶ用意してくる。覚悟して。忍者みたいな恰《かっ》好《こう》になるよ」

頭のなかで、遠足のときに使ったアルマイトの水筒がどこにしまってあるか記憶を手繰《たぐ》っていると、綾の視線が頬を擽《くすぐ》った。

「靜姉さん」

「なに」

「ありがとう」

私は肩をすくめて深夜の旅立ちの準備をするために母屋に忍びこんだ。父母だけでなく下働きの者たちも寝穢《いぎた》なく眠り呆《ほう》けていた。綾が眠らせているのだ。右や左、遠くから近くから聞こえるいびきのなか、私は足音を忍ばせることもなく山登りの準備をした。

真新しいマルキン自転車は、真っ黒で恰好いい。おなじ年ごろの子たちの羨望《せんぼう》の的だった。同年代の中では抽《ぬき》んでて背が高いが、さすがに足つきの不安から二十六インチのサドルに跨《また》がるのは躊躇《ためら》われ、三角乗りで走りまわっていた。

けれど綾を乗せるならば、ちゃんと跨がって漕がなければならない。もちろん私は心配していなかった。綾がいれば、すべては問題ない。

綾は私にしがみついている。弾んだ息が伝わってくる。跨がってしまえば、両足は地面を捉えられない。けれど倒れる気がしない。転ぶ気がしない。試しに急ブレーキで停止してみた。地面に足を着かなくても自転車はそのまま自立している。

「このまま大彦岳に登れたらいいのにな」

「登れます」

「私がダダダって漕いで？」

「そう。靜姉さんがダダダって」

腰にまわされた腕を小突くと、はしゃいだ声をあげて綾は私にしがみついた。漕ぎはじめると微妙な空気が絡みつく。夜の湿り気を含んで肌寒くもあるが、その芯になにか艶《なま》めかしい熟《う》んだ気配が隠れている。春だなあ――と頷く。

上槇ノ原で唯一の商店である萬柳庄《よろずやなしょう》雑貨店の前で、素振《すぶ》りをしている男の子がいた。柳庄の息子は、まだ四つくらいだったはずだ。本赤樫《ほんあかがし》の木刀の長さのほうが背丈より優っている。丑《うし》三つ時だ。なんとも異様な光景だ。

「君、こんな時刻に素振り？」

「うん。近ごろは、明けるまで修業に勤しんでるんだ。下槇ノ原の奴らの頭を割る」

笑みが泛ぶ。槇ノ原の男ときたら軟弱《なんじゃく》で虚弱な者ばかりだが、変異《へんい》というべきか、ごく稀《まれ》に男の子でもこんな子供が生まれるのだ。軀つきは幼いが、喋りも態度もとても四歳のものではない。私たちに共通したなにかをもっている。

「君は、ときどきお父さんと狩りにでているんだってね」

「うん。こないだ、はじめて鉄砲を借りて、新芽《しんめ》を食ってる猪《いのしし》を撃った。親父は俺の目が頼りなんだ。俺、獲物が見えるんだ。遠くたって、くっきりはっきり見える。臭いな、猪は。親父は毛に付く虫を落とすために塗りたくるって言ってたけど、泥まみれだった。ウンコまみれだったのかもしれん。でも、ちゃんと肋《あばら》の脂の乗ったとこ、高畑のお家に持ってったぞ」

反り返って言ったが、その目は荷台に横座りしている綾に向けられている。私は素知らぬふりをして返す。

「うん。食べた。君が撃ったのか。美味しかった」

「――ねえ」

男の子の視線を追う。焦らす気もない。

「私の妹のこと？」

「妹、いたの？」

「絶対、内緒。誰にも喋らなければ、遊んであげるから」

「ほんとか？　靜姉さんだけでなく、荷台の綺麗な子とも遊べるのか？」

綺麗な子——と、綾が口の中で呟いた。そっと横座りしていた荷台から降りた。柳庄の息子の前に立ち、促す。

「君。構えて」

「うん。青眼《せいがん》！」

その切先は綾を捉えて揺るぎない。

「あの岩を斬って」

綾が指し示したのは這松《はいまつ》の根方の人の頭ほどもある黒々とした岩だった。柳庄の息子は一切疑念を抱かず、岩の前に立った。青眼から上段に構えなおした。

キン！　という金属質の音を聞いた。這松の枝振りが低いので、夜目にも鮮やかに松葉が散って芳香が漂った。きな臭いものがそれを追いかけて、私の鼻腔《びこう》に充ちた。

岩は真っ二つになっていた。

切断面は叮嚀《ていねい》に研ぎ出したかのような滑らかさだった。柳庄の息子は、切断された岩と木刀を交互に見て、綾に視線を据えた。

「あなたが、斬ったのよ」

「うん——」

頷《うなず》きはしたが、実際に切断してしまったとたんに、信じられなくなってしまったといった表情だ。

綾が小首をかしげるようにして尋ねる。

「お名前は？」

「柳庄鉄《てつ》」

「鋼鉄の鉄？」

「そうだ」

「あなたにぴったりのお名前ね」

「そう思うか？」

「うん。でも、こんな時刻になんで素振りかな。夜更かしする歳じゃないでしょう」

「俺、なぜか、眠くならねえんだ」

「あまり寝ない？」

「ぜんぜん寝ない」

「私たちと一緒だ」

「お姉さんたちも」

「そう。眠らない」

「で、どこに行く」

「大彦岳の遺跡《いせき》よ」

「あの真っ赤な空」

「うん。関係ある」

「落ち着かなくて」

「心が、昂ぶる？」

「たまんなくて！」

「よく、わかるわ」

「俺も連れてけよ」

「静姉さん、どうする？」

「綾しだい」

「じゃあ今夜はだめ。でも、いつか、連れていってあげるから」

「ちぇっ」

「はい、指切り」

綾と指を絡ませた鉄の頬《ほほ》が染まった。自転車に跨がったまま私が訊く。

「鉄は目がよく見えるって言ってたよね」

「ああ。丸見えだ」

「だったら綾ちゃんの姿もよく見える？」

「見えるなんてもんじゃない。俺、こんな綺麗な人、見たことない」

綾は私が風呂敷で俄《にわか》づくりした覆面で顔をすべて覆っているのだ。鉄と指切りをした指だって軍手をはめている。肌が露出している部分は一切ない。

私は自転車の上から呼び寄せ、鉄の頭に手をやって、加減せずにかきまわした。年齢なりの頼りない髪が私の指に絡みついて静電気が起き、青白い火花を散らした。

「じゃあ行ってくるね」

「俺、遺跡なんて、はじめて聞いた」

私も、そうだった。

「遺跡なら発掘するだろ。俺も連れてけよ」

綾が駄々をこねかけていた鉄をそっと抱き締めた。とたんに鉄は鎮まり、大欠伸をし、肩に木刀を担いで黙って背を向けた。

「とりあえず、私と靜姉さん以外に見せたくないの」

なにを、とは訊かない。やや前傾で黙々とペダルを踏む。足に負荷がかからないわけではないが、マルキン自転車ってこんなに軽々漕げたっけ――。

「綾、山岸さんち、まだトンテンカン」

茅葺《かやぶ》き屋根の家から、焔の照り映えと思われる朱色の光が洩れ、揺れている。石炭の煙の匂いと熔けた金属の噎《む》せかえるような匂いが夜風にのって届く。

山岸宅は集落からぽつんと離れている。村で唯一の鍛冶屋だが、私たちも名を知っている程度で、直接訪れたことはない。

「なんでこんな時刻に」

「お山を守る人たちだから」

私は重ねて疑問をただす。

「でも、なんで夜半に鍛冶仕事？」

「わからない」

てっきり寝静まっているかと思っていたのだ。そっと抜けるつもりだった。

「前を通るし、お山に入るし、挨拶していくほうがいいかな」

入山料ではないが、大人たちは山に入るときは必ず山岸の家に雑穀など、なんらかの物を持って一声かけるのが慣わしだった。

「静姉さん、挨拶しなければ、だめ」

「わかった」

「あの人たちだったら、私たちがお山に入ったことを告げ口しません」

「告げ口。誰に？」

「さあ。わかりません」

山岸さんの一家の背後には、一族が控えていた。ただし上槇ノ原の者たちはその一族をまともに目《ま》の当たりにしたことはなかった。彼らは槇ノ原の一族とはちがう山の民の末裔《まつえい》とのことで、先祖は韓鍛冶部《からかぬちべ》という人たちだそうだ。山中に棲《す》んで流浪《るろう》し麓《ふもと》には降りてこないのだ。

私たち上槇ノ原の者たちと山岸さんの家は鍛冶仕事以外ではほとんど交流がなく、けれど山岸さんは上槇ノ原の者たちが入山するときの関所のような役目を担っていた。

山は山の民のものであり、山岸さんの家は韓鍛冶部の出張所のようなものかもしれない。とにかく山の民が蔑《ないがし》ろに扱われることはなかった。開口一番、山岸さんは言った。

「待ってたよ」

「私たち？」

「そう。静と綾の姉妹。なにせ大彦岳が燃えあがったからね」

ふふふ——と山岸さんは小声で笑った。

「特別な者以外は誰も気付いていない。みんな寝静まってる」

「眠らされてる？」

山岸さんは答えない。火床の焔を凝視し続けたせいで白濁した瞳に指先を伸ばし、こびりついた目脂《めやに》を刮《こそ》げ落とした。

綾は鍛冶場に入ってから挨拶などを私にまかせ、軽い内股で立ってひたすら一人の少年を見つめている。

少年は私たちの来訪に乱されることなく一心不乱に金床に据えた赤熱した小刀らしきものを鍛えていた。父の特製だろう、通常の小槌《こづち》の半分くらいの槌を巧みに操っている。鉄と同じくらいの年頃だろうが、より大人らしく見える。

「鋼《こう》、挨拶せい」

「ばんは」

こんばんはのこんを略したらしい。私たちを見もしない。綾が山岸さんに訊いた。

「こう。鋼鉄の鋼？」

「鍛冶屋の倅《せがれ》にふさわしい名だろう」

鉄に鋼。偶然の一致か。綾がさらに訊く。

「お幾つですか」

「四歳。ませてるというか、神懸っているというか」

山岸さんは自慢げな口調だったが、困惑の気配も背後に仄見えた。

「ま、あんたら姉妹とおなじようなものだろう。あんたらほどではないにせよ」

「私には外に出られないという弱点があります。でも鋼君には、それがない」

言外に靜姉さんも鉄も鋼も自在に動けるという羨望《せんぼう》があった。

小刀を鍛えるのに集中していた鋼が立ちあがった。臆せず綾の前に立ち、顔を覆った風呂敷に手をかけた。綾の純白の肌が炉の焰に照り映える。

「真っ白な姉ちゃん。綺麗だな。俺、力になってやるよ」

「なってくれる？」

「うん。こっちの黒焦げの姉ちゃんは靜だっけ？　靜姉さんを護りたいんだろ？」

「そうなの！」

「地獄がくるからね。靜姉さん独りじゃ耐えきれないもんな」

鋼が頰笑んだ。なぜ、笑う！

正視できなかった。背後に暗黒を孕んでいた。それほど怖い笑みだった。

靜姉さん独りじゃ耐えきれない――あの夢の通りになったら、耐えきれるわけがない。鋼は頼りになるのか？　不安に喉仏を鳴らしてしまった。手招きされた。

「ほら、お守り。俺が鍛えたんだぜ」

手渡されたのは、刃渡りが掌ほどのごく小さな短刀だった。ぼんやり手にしていると、鋼は私の手から短刀を奪って樺《かば》の木でつくった鞘《さや》に入れ、私にもどした。手振りで柄《つか》についている革紐で首からさげろという。言われたとおりにした。

「護身用だけど、自決用でもある」

「――ほんとに四歳？」

「俺も悩んでんだ。容れ物と心が不釣り合いすぎるじゃないか」

「ぜんぜん子供っぽくない」

「おまえらも、な。おまえらだって容れ物と中身がまったく合ってねえじゃねえか」

山岸さんが叱ると、鋼は肩をすくめて鍛冶仕事にもどった。山岸さんが囁き声で耳打ちしてきた。

「こいつ、眠らないんだ。赤ん坊のときからほとんど眠らなかった」

03

山岸さんから兎《うさぎ》の死体を手渡されていた。尻の臭腺《しゅうせん》とやらは抉《えぐ》り落としてあるとのことだが、血の匂いは隠しようがない。大彦岳の遺跡で兎の首を落とし、先端を尖らせた木を首に突き刺して、夜半獣にお供えしろという。木の先端を削って尖らせ、刺すのは、鋼から短刀を渡された私の仕事か。

「静姉さん、沈んでる」

「そんなこと、ないよ」

「私が刺そうか」

「できる?」

「わからない。たぶん、できない」

「だよね」

「ごめんなさい」

兎は綾の背負ったリュックに無理やり頭から突っこんである。はみでた後脚がぎくしゃく揺れていることだろう。悩んでも仕方がない。私はマルキン自転車をぐいぐい漕ぐ。山岸さん宅を右に折れ、二股に分かれた岨道の右に進路をとる。左は震災のときに山腹が崩落したまま手つかずの羽鳥山へ、右は御厨山に向かう。

後に羽鳥山には立派な林道が造られ、さらに後には別の場所から最短距離で御厨山に上る林道も造られたが、このころは一本の岨道をだらだらのぼっていき、左右の分岐でそれぞれの山を目指した。

「ねえ、綾。忠犬ハチ公の銅像が建ったんだよ。でね、ハチ公本人――本犬か。ハチ公も除幕式に列席したんだって」

「生きてるうちから銅像ですか」

「うふふ。なんか下心があるよね、忠犬」

「世の中が焦臭《きなくさ》くなってるもの」

「まったくだね。司法省にね、思想検事が設置されたんだって」

「思想検事、特高警察」

「知ってるんだ？　なんか怖いね」

「はい。他人の心に入りこむ人たち。そして罰する人たち。とても、怖い」

「――嘉納治五郎《かのうじごろう》先生が、東京にオリンピックを招致するためにアテネに向かったたって」

「いらないですよ、運動会。それにたぶん、できないから」

「綾は、けっこう危ない思想の持ち主だ」

「どうでしょう。新聞を読んだ靜姉さんから世の中の流れを聞いて、座敷牢の中でじっと考える。その結論です」

「うん。出版法が改正公布されてね、皇室のことを書いたら牢屋に入れられるようになったの。尊厳冒瀆《ぼうとく》の取り締まり。すごく強化されたんだから。著作権法も改正されたの。好きなことを好きに書けない時代がくるね」

「靜姉さんは、小説家になりたいの？」

「ちょっとだけ、そう思ってる」

「いいな、靜姉さんが小説家」

「そう思う？」

「最高！」

小説家云々の夢物語を口にしたあたりで、漕ぐのがしんどくなってきて、遣り取りも途切れた。

大彦岳は御厨山の背後だ。サドルは焦げ茶の分厚い革製でスプリングもついている。荒れた地面からの衝《つ》きあげも、ずいぶん緩和されていたけれど、私はついに勾配に負け、座って漕ぐことができなくなり、立ち漕ぎに切り替えた。座布団を括りつけているとはいえ、荷台の上に横座りの綾は、さぞや悪路の振動で難儀しているだろう。

いかに綾の力の助けがあっても、無重力になるわけではない。けれど振り返って、揺れはだいじょうぶかと声がけする余裕はない。汗ばんできた。息も荒くなってきた。私は意地になってペダルを踏みしめる。

すぐに御厨山の登山道と、御厨山の山裾を迂回して大彦岳の山裾に至る分岐にでた。御厨山の登山道は傾斜も急で、獲物を求める猟師が登るくらいだ。

大彦岳に向かう岨道を行きながら、なぜ、こんな山道を二人乗りで自転車を漕いでいるのだろう——と奇妙な気分になるとともに、投げだしたくなってきた。

そもそも、自転車で走れるような道ではない。新車だったマルキン自転車は土埃《つちぼこり》をまとってすっかりくすんでしまった。綾の不思議な力をもってしても、限界だ。

「綾、そろそろ漕げなくなりそう」

「お空を見て」
「なにが、お空だ」
ふて腐れて上目遣いで雑に空を見あげた。
息を呑んだ。
大気を覆いつくした真紅の流れが、ゆるやかなワルツを踊っている。
こまやかな赤い光の帯が、規則正しく三拍子で動いているのだ。耳許で、リズムをとる綾の愉しそうな声がする。
つん、つん、つん
つん、つん、つん
つん、つん、つん
つん、つん、つん
上槇ノ原から見あげる大彦岳は鋭角に尖った剣呑《けんのん》な姿だが、いまは頼りなげな影にすぎず、私は魂を抜かれたかの気分で茫然と天を仰ぎ、うしろに大きく曲げた首筋が痛くなってきて、思わず手を添えていた。
視野に入りきらない巨大なスクリーンが天空に張り巡らされているかのようだ。映写幕とちがうところは二次元ではなく、完全な三次元の空間であることだ。
見入っていると、尖端の血の色じみた色彩が律動《りつどう》しながら私たちに向かってくるような錯覚にとらわれた。ちりちりと虚空をうごめきながら突き進んでくるさまは、無音の血の稲妻だ。
いつのまにか天空全体が生き物の呼吸のような強弱をもって振動していた。強拍、弱拍、絶妙なリズムのシンコペーションをもち、練達の指揮者がいるみたいだ。

拍の強い部分は、分厚い帯状になって全天を覆いつくす勢いで拡散していく。弱拍はほぼ同じ位置にとどまって小刻みに律動している。無数で無限の赤色の交響楽。まるで私たちを持てなしてくれているかのようだ。

背後で夜の真紅のオーケストラに浮かれている綾の気配を感じながら、安堵するためにオーロラだろうと理性的に判断を下す。直感が裏切る。オーロラはオーロラでも、暁の女神アウロラが理解不能な舞踏を披露しているのだ。

美しい。

綾と同様に天翔《あまかけ》るアウロラを想い、天空の音楽にうっとりしかけたが、我に返る。なにか腥《なまぐさ》いもの、強靭な筋肉をもった何ものかの体臭を感じたのだ。

真紅の大気の動きは一見優雅だが、無数の触手をもつ巨大な真っ赤な魔物だ。体臭の持ち主の呼吸と拍動に合わせて、赤が踊っているのだ。

宇宙規模の生命？　不定形にしろ、こうして片鱗をあらわすことが信じ難い。人が考える生命とはまったく別の存在だ。生命としか言いようがないが、生命ではない。擬人化のせいか錯綜《さくそう》してきた。私が目にしたものを、率直にあらわせば――。

夜が血に染まっている。

流血が全天を覆っている。

宇宙が出血している。

宇宙が、血を流している。

おかしい。

絶対におかしい。

狙われている？

私と綾を狙っている？

顔をそむけ、軀を縮こめる。

錯覚ではなかった。

ほんとうに宇宙の彼方から途方もない勢いで、尖端が血の色じみた稲妻が律動しながら私たちに急迫してきているのだ。

夜空の、宇宙の紅波の総体、その使者が私と綾に迫りくる。

いや、私ではない。

綾だ。

綾が宇宙の中心で、綾に向かって流血した宇宙が押し寄せる。

雷光じみた真紅の波動が帯状の津波と化して、綾と私を指し示すかのごとく鋭角の波浪となって打ち寄せるのだ。

他方、拡散していく光輝《こうき》は視野に入りきらぬ壮麗《そうれい》にして荘厳《そうごん》な暗赤色の両翼を拡げ、全天を覆いつくした。

唐突に翼が反転した。

あの体臭を強め、全天に拡がった巨大な両翼を閉じ、私たちを緋色の羽毛の奥に包みこもうとしている。

怖い。

あの真紅の稲妻が直撃し、夜空一面を覆いつくした翼が宇宙の無限もあからさまに際限なく集中して密着してきたら、いったいどうなってしまうのか。

熱をもっていたら、どうしよう。

逆に氷のようだったら――。

なかば乾いた血液の香りに似た体臭がいよいよあたりに充満し、みしりと筋肉が軋む音さえ聴こえた。

綾が荷台から飛び降りた。

「もう被り物はいらない。靜姉さん、自転車を降りて」

異様な快活さだった。私は自転車を山側の傾斜にあずけて、綾を凝視した。

綾は軀のすべてを覆っていたものを手早く剝《は》ぎとり、素早く全裸になった。

「靜姉さんも裸になって。早く早く」

急《せ》かされた。幼子のような綾の裸体に比べ、やや胸も膨らみはじめ、なによりも下腹に淡いものが芽生えはじめている私は、それを見られたくなくて躊躇った。

「早く!」

綾の剣幕に狼狽えながらも全裸になった。

直後、真紅の稲妻は波動となり、私たちをさやさやと愛撫《あいぶ》しはじめた。

途方に暮れて天を見あげると、暗赤色の翼もしずしずと閉じ、私と綾を完全に包みこんできた。

全天を覆いつくしていた規模からすると、ちいさな私たちをその血の翼で覆いつくすのは、理に適わない。そんな賢しらなことを思ったのも一瞬だった。私の安っぽい理性は完全に吹き飛んだ。

綾と私は、宇宙に抱かれた。

一糸まとわぬ軀を真紅に刺青《いれずみ》され、化粧された。実際に透明な紅《くれない》が私たちの全身に凝固しはじめたのだ。

綾が嬉しそうに私に向けて下膊《かはく》を差しだして、真っ赤な拳で叩いて見せた。澄みわたったガラスのぶつかるような音がした。

「靜姉さん、私たちルビー」

「ルビーって――」

「紅玉。山岸さんちの鋼の名前とおなじ鋼玉ともいうの。私たちは完全にルビーに覆われたの。ルビーが染みこんだの」

私には血が染みこんだように感じられているのだが、慥《たし》かに軀は真紅の鉱物のように硬くなっていた。

「なぜ鋼玉っていうかっていうと、六方晶系の鉱物だけど、劈開《へきかい》つまり結晶がある特定の方向に裂けることはなくて、モース硬度が九もあって、金剛石《ダイヤモンド》に次いで硬いの」

そういえば、いつだったか鉱物図鑑を図書室から借りてきてくれとせがまれたことがあった。

「――私たち、真っ赤になっちゃって、金剛石の次に硬くなっちゃったの？」

「靜姉さん、心配しないで。真っ赤なのはこの場だけだから。肌の色は真紅にならないから。でも、いざというときはこの硬さが靜姉さんを護ってくれる」

「この硬さって、ずっと硬いのはちょっと」

「いざというときだけ。普段は靜姉さんらしく引き締まって――」

「硬いって言おうとしたね！」

「まさか。邪推《じゃすい》です。残念ながら私たちは一番硬い金剛石を使えないけれど」

「赤いのはいまだけで、私はもとの日焼けした黒ちゃんにもどる。綾は？」

「私？　真っ白から真っ赤になる」

どう応えていいかわからない。白から赤。どのみち人前に出られないではないか。

「いいの。私は、いいの。静姉さんが息災であれば、いいの」

私は泣きそうになった。だって、この子につらく当たってきた。地下から出られないことから、成長が止まったことから、勝手な優越を抱いて見下してきた。それなのに綾は、私の身の安全を考えてくれていた。

「忸怩《じくじ》たるものがあるとすれば」

綾の口調は、妙に大人びていた。私に対する慈愛がその真紅の瞳を潤わせていた。姉と妹が、逆転していた。

「忸怩たるもの？」

「うん。静姉さんに一番硬い金剛石を染みこませることができなかったこと。ごめんなさい」

「なんで謝るの！」

「だって、静姉さんには最良で最高のものを受けてほしかったから」

全身を覆った透明な真紅の燦《きら》めきを凝視しながら、いまこそ私は綾に仕えなければならないと決心した。もっとも態度はいままで通りでいく。

「金剛石をまとう？　染みこませる？　それができる人もいるの？」

「はい。最上級の夜半獣に嘉された人です」

「私たちは？」

「嘉されましたが、最上級の夜半獣ではありません」

正直なところ、なにを言っているのかよくわからない。

「綾は夜半獣じゃないのね？」

「ちがいます。前も言ったじゃないですか。綾は夜半獣じゃありませんて」

私が上目遣いで頷くと、綾は続けた。

「私はその気配を感じとって、その力を借りることはできるけれど、夜半獣ではないのです。でも今夜は、特別にお願いして、ルビーを染みこませてもらうことができました」

綾は、ルビーが染みこんだという私の裸体を愛おしげに見やり、続けた。

「夜半獣って難しいんです。夜半獣のことを意識する人を避けてしまいます」

「――どんな生き物なの？」

「さあ。私も見たこと、ありません。でも心底から苦しくて身悶えするようなときは必ず助けてくれました。言い方を変えると、死なせてくれませんでした」

04

真紅《しんく》の大気はしずしずと私たちから離れていき、遙か彼方の天空で秘めやかな舞いを披露する。静的《せいてき》だが気持ちよいリズムで、デクレッシェンドで跳ねている。

身近ではちりちりと紅の不思議な光がまとわりついている。遠い彼方の真紅の舞いがずいぶん仄かになったころ、綾に促されて身支度した。

「靜姉さん、裸って気持ちいいね」

「――なんだか心許《こころもと》なくて」

「靜姉さん、胸乳《むなぢ》」

「――やめて。気にしてるんだから」

「綺麗な胸乳」

「もう！」

「あのね」

「なに？」

「吸いつきたい」

「綾、頭おかしいよ」

「だって――」

「残念でした。もう仕舞っちゃったから」

「私、お乳、飲んだことがないから」

口を尖らせている綾の唇に触れ、あえて、とぼけて訊く。

「遺跡まで、どれくらい？」

「二時間くらいかしら」

「夜が明けちゃうかも。綾、覆面して」

「だいじょうぶ。ルビーが沁みこんだから」

頷きながら、いまさらながらに綾の姿と自分の姿を交互に見やる。

綾の肌は、いや爪先から眉《まゆ》や睫《まつ》毛《げ》、頭髪まで真紅に染まっていた。もともと赤かった目とおなじ、透明な紅玉と化していた。

私は、もとの日焼けした色黒にもどっていた。かがんで腕を差しだすと、綾も腕を私の腕と並べた。

「静姉さんは黒ちゃん」

肩をすくめる。綾は頓《とん》着《ちゃく》せずに言う。

「私は白ちゃんから、赤ちゃんになった」

「困ったね」

眉を顰《ひそ》めると、綾は小首をかしげた。

「困った？」

「だって、白いよりも派手だもん。上から下まで真っ赤っかだよ」

「だから赤ちゃん」

「陽の光とか、だいじょうぶになったんでしょう？」

「うん。もう、怖くない」

「でも、それでみんなの前に出るとなると」

「まずいですね」

私は曖昧な笑みではぐらかす。綾は割り切りの気配がにじんだ微笑を返してきた。

「いままでも、ずっと人前には出られなかったから」

綾の頬笑みに、急に悲しくなってきた。下唇を咬《か》んだ。

最初の人と人の交わりである母親からの授乳さえも避けられて、私の膨らみともいえない乳房に触れることに憧れをもつ綾。

私だって人付き合いなんてしたくない。他人となんて関わりたくない。独りだって平気だ。いっそ清々しい。

私は孤独を選択できる。独りで籠もって付き合いを断つことも、人々と積極的に交わることも選べるのだ。

自ら選択する孤独と、姿かたちのせいで肉親から避けられ、押しつけられた孤独――。

「いいの。運命だから」

「綾は、なんでも運命のせいにして、戦おうとしない」

「御免なさい。でも、こんな真っ赤な信じ難い姿で、どう戦えばいいの？」

私の中で張り詰めていたなにかが、切れてしまった。私は綾を抱き締めて声をあげて泣いた。綾は爪先立って私の頭を撫でながら、囁いた。

――泣かないで、だいじょうぶ。靜姉さんがいてくれさえすれば、綾はどんなことだって怺えられます。

　密着した綾と私の周囲を、粒子とも波ともつかない不思議な紅が、つんつん気取った行方の定まらないダンスを踊っている。私は苛立《いらだ》った。

「いい加減にして！」

　すると紅は、すっと離れ、けれど遠巻きにして私たちを窺《うかが》っている。言葉が通じるのか通じないのか。決して私たちをバカにしているわけでもなさそうで、邪険にするものではないと綾に柔らかく窘《たしな》められた。

　山肌に立てかけたマルキン自転車に視線を投げる。新車だったのにすっかり年季の入った姿になってしまった。ここに置いていくことにする。自転車の荷台の、兎の後脚がはみだしているリュックを背負う。

　稜線が幽かに赤紫に染まってきたが、まだ暗い。足許に注意しなければ——と気を引き締めかけて、気付いた。

「夜目がきくようになってる。昼間以上に見える。物の輪郭がくっきりすぎる」

「たぶん自転車を漕いでいたときからです」

「綾は、ずっと見えていた？」

「私の目は、もともと暗いから。でも、靜姉さんと違ったかたちで見えているの」

「やっぱり」

「やっぱり？」

「うん。そうじゃないかって」

「靜姉さんには、隠し事ができません」

「それは、綾ちゃんでしょ」

白褐色の岩盤が急角度に露出して登山道を断ち割り、行き先をじゃましている。進行方向がわからないが、乗り越えていくしかないだろう。

岩盤は背丈の倍ほどだ。ならば真っ直ぐ登ってやる。考える前に行動してしまうのが私だ。

私は岩盤に取りついた。足をどこの出っ張りに置くか指図しつつ綾に手を差しのべ、ぎゅっとつかんだ。掌から途方に暮れる綾の気配が伝わった。だいじょうぶ。花崗岩《かこうがん》かな、とにかく摩擦が強いから。

そのとき私に向けて、上方から節榑《ふしくれ》立ったごつい手が差しだされた。誘いこまれるようにその手を握ってしまった。

私と綾は岩の上の張り出しに、ぐいと引きあげられた。私たちが小学生とはいえ、途方もない力だ。

「鋼から聞いている」

「――貴方《あなた》は、山の民ですか」

「まあ、そんなものだが、我が一族に呼称はない。地べたに張りついている奴らが勝手にあれこれ名を付けておる。もちろん一人一人には名があるぞ。俺は賀意虞目璃《がいぐめり》だ」

ガイグメリ？　どこの誰だ？

私の視線に傷痕《きずあと》だらけの頬など掻《か》いて、なんとも得意そうだ。名前に誇りをもっているのだ。

濡れたところでも、どこにでも横になれるようにということだろうか、黄ばんだ脂を染みこませたカモシカの毛皮で背中から臀《しり》、そして太腿《ふともも》を覆っている。

鼻をつまむほどではないが、獣臭い。じろじろ見まわすのも失礼だ。

「鋼君の家から連絡があったんですか」

男は雑に頷いた。

「ずっと見守っていた」

ということは私と綾の裸体も、見られたということか。

「それは、ない。いまもまとわりついているだろう、真っ赤な帯のような粒のような」

「それが私たちを隠してくれていた？」

男はそれには答えず、陽が昇る前に辿り着かねばならぬ——と、岩棚に食いこむように聳《そび》える絶壁を、斜行気味に登っていけと顔まで動かして目で指し示す。

斜めに登っていけということは了解した。けれど垂直の絶壁は、先ほどの花崗岩の岩盤とちがって黒々としていかにも滑りそうだ。少し怯んだ。私はだいじょうぶかもしれないが、綾には無理だ。

助言がほしかったが、男はもう伝えるべきことは伝えたといった面差しで無表情、取りつく島がない。

会話の糸口をつかむための時間稼ぎに、私はいまも周囲にまとわりついている紅の不思議なものを凝視し、それを話題にしようと考えた。

紅はキラキラ揺らめいて柔らかな楕円《だえん》を描いた。いい加減にして！　と怒鳴りつけてしまったことを後悔した。

おそらく男は、そして一族の子供たちも、この程度の絶壁など自在に登れるのだ。それを私たちにも当てはめている。

男は私の目の色を読んだ。私の心を見透す鋭さだった。首を左右に振った。

「ちがうんだ。試煉《しれん》だ」

「試煉。ここを抜けることが？」

「そうだ」

「試しているのは、誰？　夜半獣？」

男は答えなかった。

試煉ならば、受けて立つ。ちゃんとこの絶壁を登ってみせる。自分たちでちゃんと絶壁を抜け、試煉を乗り越えてみせる。

平然とした貌をつくって、いまもっとも気になっていること——他人の目から見た綾がどのように感じられるか、率直に訊くことにした。

「ガイグメリさんは、真っ赤っかな綾を見てもなんとも思わないのですか」

「思うとも。神聖なるものが降臨なされた。夜半獣を超える存在だ」

「夜半獣を超える存在！　綾が!?」

ガイグメリは頷いた。

「ただし——」

「ただし？」

しばし思案の表情をみせたが、ガイグメリは首を左右に振った。この男らしくない作り笑いを泛べてはぐらかした。

私は追及をあきらめる。なぜか、夜半獣を超えると言われた綾が泣きそうな顔をしていたからだ。

「私のことが話題になるのは、つらいです」

「うん。気持ちはわかるよ。なにせ真っ赤になってしまったんだもの」

「はい」

口をすぼめて真っ赤な瞳からいまにも落涙しそうな綾を一瞥《いちべつ》して、私はわざと蓮っ葉《はすっぱ》に言った。

「あ〜あ、まいったな。夜半獣を超えたのはいいけどさ、綾、おまえをどこかに隠すのは白かったときよりも大変だぞ。父さま母さまを、うまく言いくるめられるかな」

「どうしよう、静姉さん」

「ま、なんとかするよ。いざとなったら、私が高畑の家を燃やすから。綾が火を付けたって燃えても元にもどっちゃうんでしょう。でも私がつければちゃんと燃えるよ」

「燃やして、どうするの？」

「どうしようか？」

「静姉さん、すごく適当だ」

「まあね。真顔で考えて、なんとかなるようなことじゃない」

綾は肚《はら》が据《す》わったのか、こくりと頷いた。さて、どこから絶壁に取りついたらいいのだろうか。なんらかの糸口がつかめないか。思案する私の顔を一瞥して、綾が尋ねる。

「ガイグメリさんはここから先、案内してくださらないのでしょうか」

「すまんな。俺は、あくまでも人。ここから先は立ち入ることができぬのだ」

「ということは、私たちは人じゃない？」

「いや、人だ。けれど俺は選ばれていない。それに試煉と言っただろう」

私は肩をすくめかけたが、叮嚀《ていねい》に礼を言った。ガイグメリは、聖域には近寄れぬが、山の中では一族の者たちと共に力になると請け合ってくれ、あらためて進行方向を指し示して、姿を消した。

リュックを担ぎなおし、綾の背をそっと叩く。ガイグメリの指し示したところを注意深く見れば、岩棚から先の絶壁に人か人以外のものがつくりあげたのかはわからないが、斜めに筋道が刻まれていた。

けれど、その筋道は足の横幅くらいしかない。せいぜい爪先がかかる程度だ。

あらためて岩肌に手を触れて確かめれば、先ほどの花崗岩と違って妙につやつやしている。手が汗ばめば、絶対に滑る。なめてかかるわけにはいかないが、御転婆《おてんば》な私ならなんとかなりそうだ。けれど綾には難しい。

だが、いまさら、ここで引き返すわけにもいかない。私が握った岩のくぼみや尖りを必ずなぞって進むように言い含めて、岩壁に正対してカニのような恰好で踏み出す。

「静姉さん！　怖い」

「下、見るな」

「はい」

顫《ふる》え声の綾を叱咤《しった》して、ときおり小さな落石のからからと人を嘲《あざけ》るような音を耳のすみに捉えつつ、十数分ほどか。緊張に呼吸が忙しなく、全身に、とりわけ背筋を厭な汗が伝っているが、ゴールが見えた。

「綾、試煉はもう終わりだから。ほら、先に普通の山道が見える」

「普通じゃないです」

「逆らうなよ」

「だって、凄い急ですよ。それに」

「それに？」

「帰りもこの絶壁を抜けなければならないとしたら、怖くて、怖くて、綾はもう飛び降りて終わりにしてしまいたいです」

「私の予感だけれど」

「はい」

「帰りはもう私たち、こんな場所、楽々になってるよ」

岩肌に取りついた綾が、そうだろうか？　といった眼差しで見つめてくる。私は頼りになる姉を演じて、大きく頷いた。

あとわずかとなると力も盛り返して、私はカニの横ばいのままグイグイ進み、絶壁を抜けた。なんのことはない、極めてせまいとはいえ黒々艶々の岩に足先を乗せられる部分が最後まで刻まれていたのだ。

登山道に至り、両足の裏がしっかり土や石塊を踏みしめていることを確かめて、一息ついた。綾も、あとわずかで岩壁を抜ける。

「帰りは、絶対怖くない。私を信じなさい」

「はい！」

「空元気め」

頬笑みが泛ぶ。そっと手を差しのべる。綾は左手を私の手に絡ませた。

そして――絶壁をつかんでいた右手を離してしまった。

綾の軀が宙に浮いた。

いや、落下した。

きょとんと見あげる綾の貌が脳裏に焼き付いた。

綾の不思議そうな貌。断崖は底が見えず、すべてを呑みこむ暗黒が、丑三つ時の湿り気に澱《よど》んで拡がっていた。

焦り気味に、夜空に拡がった真紅を見あげた。助けを求めた。

無音だ。瞬時に、当てにならないことを悟った。

私は、反射的に反り返って山肌に軀をあずけた。私とおなじ程度の背丈に育った落葉松《からまつ》の苗木に腕をまわし、顔中をくしゃくしゃにして息んだ。

綾の左手と私の右手はきつく結ばれているが、肩から腕が抜け落ちてしまいそうだ。声をだす余裕はない。胸中で叫ぶ。

綾。絶対に助けるからね！

綾。おまえが落ちるときは、私もいっしょだからね。

中空に頼りなげに浮かぶ妹は、小さいにもかかわらず途轍《とてつ》もなく重い。

私はいままで出したこともない力で綾の重みに耐える。息みすぎて、食いしばった奥歯が割れてしまいそうだ。

静姉さん、綾は幸せです。

バカか、おまえは。少しは軽くなれ！

充分軽いと思うけれど。

バカ！　私は小六の痩せっぽちだぞ。大人の力はないんだよ。

静姉さん。綾は手を離します。

バカか、おまえは！

バカって言ってばかり。静姉さん、酷い。あんまりです。

もう心の中で言葉を放てない。落葉松の木の根が二人の重みに耐えかねて地面から抜けかけはじめたからだ。

みしみしみし――なんとも軽い軋み音がして、無数の白鬚《しらひげ》のような根が露わになりつつある。

それと共に、しんとした土の匂いが漂う。まわりで揺れる赤い不思議な血の光は、狼狽えたように舞うだけで、私たちを助けてはくれない。

なるほど、試煉か。

私は大きく深呼吸し、抜けていく根と綾を引きずりあげる力の均衡をはかって足許を確かめ、立て直して、あらためて引きあげる算段をする。

根が完全に抜けてしまえば為す術なく私は綾といっしょに奈落に舞う。心の中で必死で呼ぶ。

ガイグメリさん！

が、気配はない。

まずい！

私と綾、どちらの掌も汗ばんで、このままだとすっぽ抜ける。

「綾！　ぼんやりしてないで、どっかに足をかけろ」

「どうしていいか、わからないの」

「甘えてんじゃない、気合い入れなおせ！」

「靜姉さん、柄が悪いです」

「バカ野郎！　足！」

この後に及んで綾は嬉しそうに笑んで、それでも岩棚からひょろりと生えた躑躅《つつじ》かなにかの根方に片足をかけた。

さらに口うるさく怒鳴りつけて、綾の体勢を安定させた。少しだけ、腕から力を抜くことができた。

　ほんとうのことをいえば私の腕は死にかけていた。肩から抜け落ちていないのが不思議なくらいだ。

　筋肉が硬直して、それでどうにか綾の手をつかんでいるかたちにはなっているが、もはや力を入れている感覚はない。

　素早く思案した。綾が取りついている岩壁の周囲に視線を巡らせ、つかまることができそうな岩の張り出しをさがす。掠れ声で手早く、つかまる箇所を綾に指示する。

「靜姉さん、できないかも。綾、怖い」

「もう、腕が限界なんだよ！」

「怒鳴らないで、靜姉さん。絶壁より靜姉さんのほうが怖い」

「言ってろ。いいか、まず左手を十時の方向に」

「十時？」

「時計の短針の十時の方向！　そこ。うん、指先がかかったでしょう。で、そのままその出っ張りをつかんで。ちがうだろ、そこじゃないって。ずれてるよ。ほら、そこ！」

　まったく鈍くさい子だ。苛々しちゃう。けれどここは、おだてるしかない。

「よし。いいよ、うまいよ、いいね。そのままじっとしてるんだよ」

はい！　と返事だけはいい。けれど岩に張りついたその姿はじつに心許ない。風に煽られただけで舞いそうだ。

　私は即座に岩壁を伝い降りた。背の微妙な重みにリュックを背負ったままであることに気付いたが、いまさらどうしようもない。

黒ずんだ岩肌に小さな虫みたいに張りついた綾とおなじ高さまで降りた。

このとき私の頭に泛んでいたのは、イギリスの登山家が絶壁から落ちて岩の庇《ひさし》で気を喪っている相方を助けようとして、けれど当人も岩肌にへばりついているから両手がふさがっているので、とっさに口で――つまり歯で相方のネルの登山シャツの襟を嚙みしめて保持し、安全なところまで引きあげたということだった。嘘か真《まこと》か図書室にあった〈少年冒險大全〉に挿絵入りで書かれていたのだ。軀を斜めにして素早く言う。

「綾。おまえも登るんだぞ」

「独りでは登れません」

「だから私が引きあげてやるから。でも、おまえの力もいる」

のんびり遣り合っている暇はない。

委細かまわず綾の木綿の野良着の襟に嚙みつく。綾の野良着《のらぎ》はくたびれ果てて綻びた私のものと違って、真新しい。

綾の重みに首がねじ曲がり、ぽきぽきと音をたてた。

途端に安堵して岩肌につかまる手から力を抜いたのだろう、体重がかかったせいで、一気に綾の左足がのっていた躑躅の根方が崩れ落ち、その軀がふわりと浮いた。

見透しのきかない暗黒の澱みの上で、じつに心許ない内股で綾は揺れている。

歯と首に一気に綾の重みがかかった。

必死に耐えた。骨が軋んで、首が折れそうだ。だらしなく涎《よだれ》をたらしていた。前歯がみしりと音をたてた。

綾は私の切迫を悟り、中空で不規則に揺れながらもどうにか岩肌に取りついた。

私の蟀谷《こめかみ》には血管が浮いて破裂しそうになっていたのではないか。鼓動《こどう》にあわせて顔から火が噴きそうだ。

のんびり構えてはいられない。気合いを入れなおして、母猫が仔猫を咥《くわ》えて運ぶ体勢で、絶壁を登りはじめる。

いよいよ過大な重みが歯と首、そして背骨にかかる。〈少年冒険大全〉に書かれていたことは嘘だ！　こんなの絶対に無理！

私の様子が尋常でないことを悟った綾も眦《まなじり》決して岩肌に取りついて、じっと見あげてきた。首がねじ曲がっているから、否応なしにその表情がよくわかる。真っ赤な妹。鼻筋がすっと美しい妹。切れ長の目がたまらない。かけがえのない私の妹。

私と綾は見交わしたまま、じわじわと岩肌を登っていく。

綾も精一杯の力で頑張っている。力を入れて踏んばっているくせに、私に投げた視線に柔らかな笑みが泛んでいる。

母猫、いや姉猫はどうにか仔猫を安全な登山道の入り口まで運ぶことができた。私より先に綾がせまい斜面に転がった。烈しく胸を上下させている。

その姿を憶かめて、私は綾の脇にへたり込んだ。閉じなくなってがくがく痙攣《けいれん》する顎を両手で押さえて息を整える。

前歯が、グラグラだ。

抜けてしまったら、すごく恰好悪いな。せっかく永久歯に生え替わったのに、歯抜け小学生――。ちょっと居たたまれない。裂けて血塗れの指先よりも前歯だ。

「おまえなあ、なんで笑ってるんだよ」

「だって、靜姉さんが、ほんとうに私を助けてくれるなんて」

「言ってる意味がわからん」

「だから、靜姉さんは、私を助けてくれた」

「当たり前だろ！　この、しくじり！」

「ひどい。しくじりは失礼です」

「このしくじり娘！」

「どうせ綾はしくじり娘です」

「泣くなよ〜。まるで私が悪いみたいじゃないか」

「靜姉さんが悪いんです。靜姉さんが綾を泣かすんです」

抑え気味に泣きじゃくる綾を横目で見て苦笑しつつ、リュックの中で硬直した冷たい兎を傍らに投げだし、奥からお握りの竹包みとアルマイトの水筒を取りだす。しゃくりあげている綾の口に、水筒を押しこむ。

「ふーん。いつもは舐《な》めるみたいなのに、ごくごく飲むじゃない」

「だって――カラカラです」

「うん。好きなだけ飲んで」

「だめです。靜姉さんの分」

綾が水筒をもどしてきた。

私は頷き、綾にお握りを差しだす。食え、と顎をしゃくる。

綾は頬の涙のあとを手の甲でこすりあげ、おちょぼ口でお握りに口を付けた。

ちゃんと食べていることを見てとって、私は水筒のお茶をがぶ飲みした。水場があると綾が言っていたので、遠慮なく飲んだ。

グラグラになってしまった前歯から出血しているのだろう、お茶の味といっしょに血の錆《さび》の味がした。

「靜姉さん！」

「なんだよ、いきなりでかい声出すな」

「だって、美味《おい》しいんだもの！　酸味が咽《のど》に沁みるのよ！　梅干しってこんなに美味しかったのね」

「な～に言ってんだか。それ、よこせ。こっちを食ってみろ」

綾は、たまり醤油で漬け込んだ山菜をたっぷり混ぜ込んだお握りを、うっとり目を細めて食べている。

座敷牢の中では、まったく物を食べない子だった。御馳走《ごちそう》にも、見向きしなかった。味覚がないのかと訝しんだこともあった。

綾が食べて半分ほどになった梅干しのお握りをぼんやり眺める。

山菜には歯が立たなそうだったので、梅干しお握りを奪ったのだが、歯がグラグラなので食べる気になれない。半欠けの梅お握りを両手で持って、ぼんやり眺める。

「靜姉さん、どうしたの？」

「どうもしない」

「あ――」

「なに？」

「口の中が血だらけです！」

私はあわてて唇をすぼめた。

「私のせいです」

「気にするな」

「気にします！」

綾は膝で私の前に躙《にじ》り寄り、唇を掌で覆ってきた。綾の熱がしずしずと伝わって、私は舌の先で前歯の様子を確かめた。

グラグラは治っていた。綾に小さく頷き返し、掌を外させて梅干しお握りにむしゃぶりついた。

「あ！　静姉さん、ごめんなさい。山菜お握り、ぜんぶ食べちゃった」

軽く肩をすくめて笑顔を返す。

いいよ。帰りがいつになるかわからないじゃない。だからたくさん握ってきた。まだ六個もある。

綾がちゃんと美味しく食べたから、私は嬉しい――。

黙って水筒を差しだす。綾は私を窺いながら、それでもぐいぐい飲んだ。真っ赤な、ちっちゃな喉仏をじっと見つめる。

なんだろう、この喜びは。最愛の妹が遠慮せずにたくさん食べてくれた。姉というよりも親になったような気分だ。

私は充たされていた。和らいでいた。綾の口許のご飯粒を抓《つま》みあげて自分の口に入れ、勢いをつけて立ちあがる。横柄に顎をしゃくる。

「行くぞ。とっとと立て」

はい！　と綾は声をあげ、私は意識せずに手を差しのべて引きおこしてやっていた。

登山道は綾が危惧したように急で、山肌を直登するように刻まれている。ときおり足許が崩れて褐色の土と小石が混ざったものがざらざらと流れ落ちていったりもするが、あの絶壁をカニの横ばいで進むのにくらべれば、どうということもない。

　もっとも綾は運動不足がたたって、うんせ、うんせ——と可愛く息んで、必死についてくる。

05

「これが遺跡？」

「みたいですね」

建物の基礎だったと思われる真っ黒な、一抱えほどもある石が六つ、六角形を描いて据えられている。

この石の上に建物をつくったなら、たいして大きなものができるはずもない。

神殿のようなものが屹立していると思い込んでいたので、肩透《かたす》かしだ。

けれど真っ黒な石は鏡のようで、貌《かお》が映った。私と綾はしばらく暗黒の鏡に映る貌を見つめた。

黒曜石《こくようせき》だろう。綾が鉱物図鑑で得た知識だが、ガラス質とのことだ。だから貌が映るのも不思議ではないのかもしれないが、あまりに滑らかだ。人の手で磨いても、絶対にここまで鏡面化しない。

そんな直感に少しだけ不安になり、私は逆に戯《おど》けて歪《ゆが》めた貌を映した。となりの真っ赤な真顔が弾けるような笑みに覆われた。

「静姉さん、六芒星《ろくぼうせい》ですね」

「うん。それぞれの石の延長線上をつなぐと完璧な六芒星だ」

「ダビデの星ですね」

「本当は、もっと古いんだよ」

「教えて、靜姉さん」

「古代メソポタミアの遺跡からたくさん出現するんだって。シュメール人。出土は紀元前三八〇〇年くらい前あたりからかな。魔除けの印だそうだよ」

「そんなに古いんだ！」

「日本にも多いよね、六芒星。伊勢神宮《いせじんぐう》。京の鞍馬寺《くらまでら》や貴船神社《きふねじんじゃ》。宮津《みやづ》の籠神社《このじんじゃ》、そして眞名井神社《まないじんじゃ》——きりがないからやめる」

「安倍晴明《あべのせいめい》は？」

「あれは五芒星。一筆書きで書けるから、魔物が入りこむ余地がないんだって」

綾が人差し指で中空に五芒星《ごぼうせい》を描く。

「六芒星は朝廷転覆を企んだ陰陽師、道摩法師《どうまほうし》こと蘆屋道満《あしやどうまん》のものだっていうけれど、道満も五芒星だったとする人もいるからよくわからない」

一呼吸おいて、続ける。

「ただ安倍晴明を祀った晴明神社が福井の敦賀《つるが》にもあって、そこの御神体だけれど」

「なに、なに、靜姉さん、なに？」

「敦賀の神社の、安倍晴明が自ら彫ったという祈念石は、五角形＝五芒星で、そこに六角形＝六芒星が重ねて刻まれているんだって」

「すごい！　靜姉さん、博識《はくしき》だ」

おまえだって岩石博士《はかせ》じゃないか——と思いつつ、返す。

「図書室の虫と言われた靜様であるぞ」

「綾もたくさんご本を読みたかったたな」

「どんどん盗んで、じゃない、借りてきてやるよ」

「うん。すごい愉しみだ！」

「綾はすごいしか言えないのか？」

すると、綾はもっともらしい顔つきで咳払《せきばら》いなどして、言った。

「この遺跡も、安倍晴明とかに関係があるのかな」

「どうだろう。もし関係があるなら、安倍晴明ではなく、山窩《さんか》って呼ばれた蘆屋道満のほうが好きだな。大和朝廷が嫌いで、支配を避けて山の中に隠れた人たちの陰陽師」

「それって、ガイグメリさんたちの祖先？」

「わからない。いろいろな説があるけれど、私は蘆屋道満は出雲国《いずものくに》の人で、つまり海人《あま》だったという説をとるな」

「海の人が山の奥に逃れた？」

「ほんとうのところは、わからない。ただ」

「ただ？」

「この遺跡は、そういうのとは関係ない気がする。綾はどう感じる？」

「はい。関係ありません」

「断言したね」

「はい。この遺跡のことを聞き知った人間がなにかこじつけたというなら、そういう意味では、まったく無関係ではないですけれど」

人間は関係ない。人ではない、なにものかの遺跡だ。あるいは棲処《すみか》かもしれない。暗黒の鏡のごとき石が、六角形に据えてあるだけだが。

「――夜半獣」

「そうですね」

「ガイグメリさんは、綾は夜半獣を超える存在って言ってたものね」

「――なんのことやら」

とぼける綾だが、その真紅の瞳の奥には微妙なものが潜んでいる。好奇心は抑えきれないが、気配の奥底に危うい ものが燦《きら》めいている。追及は控えた。

「ま、崖から簡単に落ちちゃう綾ちゃんだもの。さすが夜半獣を超えていると感心至極の靜姉さんであった」

「もう、意地悪な靜姉さん！」

わざと話をそらしてやったことを悟った綾は、即座に反応して私の肩口を軽く叩いた。

「――綾」

「どうしたの？」

肩先が異様に熱い。そっと野良着をずらしてみた。綾が顔をそむけた。

皮膚と肉が沸騰していて、その乱れた泡立ちの奥に薄黄色の骨が見えた。

痛みよりも衝撃で顔が歪んだ。必死に意識を保って言った。

「綾、これから先、安易に人を叩いちゃ、だめだよ」

御免なさい、御免なさい――と綾の唇がわななく。私は嘘の笑顔をつくった。

が、それが解決になるわけでもない。どうしよう。困りました。

と、骨が露出してしまっていたのを目の当たりにした驚愕と、真っ赤な綾が心なしか青褪《あおざ》めて見えたことに対する哀れさに似た感情が消え去っていくのと反比例するかのように、激痛が、苦痛が、肩から胸や腕、そして首を経て脳髄《のうずい》にまで達し、目の奥が烈しく純白に発光し、私はその場に昏倒《こんとう》し、身をよじって喘《あえ》ぎ、呻《うめ》いた。

綾が覆いかぶさってきたような気がした。ほんとうのところは、わからない。とにかく痛くて痛くて、私は気を喪いかけた。

気付くと、綾が私の肩口をいっしょうけんめいさすっていた。

仕種が冗談であっても叩くのはまずい。逆にさすられれば、痛みだけでなく心の痼《しこ》りまで消え去っていく。

私は涙で翳《かす》む目で恐るおそる一瞥《いちべつ》し、完治していることを確かめて、あらためて凝視した。不可解なことに血が染みていたであろう野良着も、元にもどっていた。

「もう、いい加減にして。傷つけたり、治したり――」

私は涙だけでなく、よだれや鼻水まで盛大に垂らしていて、それを首に巻いた手拭いでぐいぐい拭った。

綾はもう泣くこともできずに、じっと私を凝視している。

この六芒星の座は、綾の力を増幅するらしい。傷もふさがったのだから、もう咎めることもない。ごく軽い調子で問う。

「だいたい、私は紅玉が沁みこんだんじゃなかったの?」

綾は答えない。どうやら、紅玉＝鋼玉などものともしない力を綾は得ているようだ。

「金剛石《ダイヤモンド》も溶かせる?」

綾はそれにも答えず、問いかけてきた。

「――どうして、靜姉さんは私を許すの?」

「妹だから」

「そんなの、答えになっていない」

「じゃあ、恥ずかしいけど言うね。好きだから。綾のことが、けっこう好きだから」

「けっこう？」

「うん。まあまあ」

「まあまあ好き？」

「高望みは棄《す》てろ」

「はい。充分です」

綾はようやく表情を落ち着いたものに変えた。自分の手をじっと見つめる。

「静姉さん。綾は、こんな力ほしくない。どうすればいいのでしょう」

「ま、冗談でも人を叩かない。治す力のほうは、わるくないんじゃない」

「そうですか？」

「そうだよ。壊しっぱなしじゃないところが取り柄だね」

「変な静姉さん」

「おまえに言われたくはないなあ〜」

見交わして、咳払いした。小声で訊く。

「ここで私たち、なにをすればいいのかな」

「御来光《ごらいこう》でも待ちましょう」

なにをのんびりしたことを言ってるのか。これ以上不可解な出来事に襲われたら、正気でいられない。焦り気味に綾を見やる。

「ガイグメリさんが、陽が昇る前に辿り着かねばならぬ——と仰っていました。綾は頑張りましたから、ちゃんと陽が昇る前に着きました」

頑張ったのは、この私だ。なるほど、慥かに夜明け前に辿り着いた。それに平滑な白灰色の岩場に六つの基礎のような黒曜石が生えているだけで、なんの取っかかりもない。じたばたしても始まらない。御来光を待つ気になって、思い出した。

立ちあがる。ぐるっと見まわす。この六つの石は幾何学的正確さで整いすぎていて、とても昔の人がつくったものとは思えないが、縄文時代によく見られる環状列石といっていいのだろうか。

遺跡の中心から出て、近場の手頃な低木を鋼からもらった短刀で切断した。

信じ難い切れ味で、へたに手指に触れさせてしまえばスパッと落ちてしまいそうだ。

綾の背丈ほどの、上槇ノ原ではスズハキと称されるすっと伸びた灌木《かんぼく》を携えて黒曜石のサークルの中心にもどる。

六芒星の中心に、小穴があいている。

綾と私の視線がその一点に集中する。綾に目で訊く。綾が大きく頷く。

私は膝をついて兎を安置し、しばらく屍骸ならではの黒く濁った目を凝視する。

兎の目には、奇妙なほどに無表情な、やや窶《やつ》れた私の貌が映っている。

すっと息を吸い、吐くのと同時に兎の首を切断した。案に相違して、綾は眉ひとつ動かさずに静かに見つめていた。

野良仕事や山菜採りなどで鎌や鉈《なた》を扱うのには慣れている。だが鋼の短刀の切れ味は、この世のものとも思われぬ。

つくづく思った。鋼の短刀がなまくらで、首をゴリゴリ鋸《のこぎり》を挽《ひ》くように切断しなければならなかったら、私はきっと狼狽えてしまっただろう。

胴だけになった兎の切断面に、先端を充分に尖らせたスズハキを刺す。力んでいたのだが、まったく抵抗なく木の先端が兎の肉の奥に入りこんでいく。

六芒星の中心の穴に兎の木を立てる。逆さまになって直立する首なしの兎だ。

小さな首の扱いに困り、傍らにそっと安置した。

なにも起きない。緊張がほどけた。

その瞬間だった。

朝日が差し、六つの黒曜石から中心に向けて一気に風が集中した。

スズハキの木を残して、ちりちりと兎が消え去っていく。

私たちのまわりを漂っている帯のような、粒のような紅と同様に、兎はすうっと分解していき、風に乗って、いや風とは無関係な方向にてんでんばらばらに拡散し、見えなくなった。

兎が消えて、六芒星の中心にぽつんと残されたスズハキの木の棒の尖りを、ぼんやり見つめる。

頭は、どうなった？

兎の頭は安置した位置にそのままあった。そっと綾を窺う。

「困ったね。首だけそのまま。処置に困る」

綾は答えない。

私は肩をすくめて首に視線をもどした。ウサギの首が、私を見つめていた。

たまたま目と目が合ったということにしたいが、私が視線をそらすと、それに合わせて眼球が動いた。

じわりと口が開いて、純白の二本の前歯が露わになった。背筋が冷えた。

「靜姉さん。ウサギの首が笑っている」

「これ、笑ってるの？」

「笑顔です」

「なんで断言できる？」

「どこから見ても、笑顔です」

「えー、これ、笑顔か。不気味だよ」

「靜姉さんにお礼を言っているのです」

首を落とされた兎が礼を言うはずもない。夜半獣か。

「そうみたいです。それで――」

綾は蜂谷に指先をあてがって、意識を集中した。なにか遣り取りしているみたいだ。気が急いた。勢いこんだ声をあげた。

「なんて言ってるの！」

「お握りも、食べてみたいって」

はあ〜　と気抜けした。

「お握り、食べたことがないんですって」

「どこにお供えすればいい？　やっぱ、真ん中？」

「黒曜石一つひとつが、六人の夜半獣を顕しているんですって。だから黒曜石の上に一つずつ」

「六人の夜半獣ね――」

なにが人だ。どこが人だ。

気を取りなおして、お握りを取りだす。心の中で自棄気味に、お好みは？　と問う。

おかか——と頭の中で声がした。

驚いた。なんだか可愛らしい声だった。ならば私も心の中で返しましょう。

でも、お握り、食べたことがないんでしょう。なんで、おかか？

——お獣の匂いお。

違う。これはお魚の匂い。

——はいを。ではす、いままで知らなかったお魚の味を知りたいのであります。

なんだか神妙ですね。

——はい。綾がいるので、やりづらづらい。

私一人だったら？

——宴会かな。うひょははははって。

あなた方が私たちを紅玉にしてくれた？

——してくれない。関係ないから。いや、してやったす。しましたとも！　ぐぎりすげ。夜の紅玉、おまえらの言うところの夜半獣の一人が綾に脅されまくりて手筈したねげ。

綾に脅されたんだ？

——ふっつんつーんだ。さすがに綾ぬだって金剛石はいじくれなかった座間味ろざますけてい。

——お礼の言葉は？　無言ですか？　まったくおまたで、ふざけるなてんで。

困ったな。あまり有り難くも感じてないから。

——理屈だわな。そりゃ、お礼だめだげ。けどな、夜の紅玉なんぞを揺りおこしたせいでだ、ぐごってがれてば山が燃え、空が燃えちゃって熱くてまいったぞ。

あれは紅玉の夜の力なのね！

——可哀想に、紅玉の夜は無理に起こされたげ、苦しんだんだぞべ。血が出た？

——ああ、出ましたげぴ！

ごめんなさい。やはり、すべては血の色だったのね。ほんとうにごめんなさい。私がしたわけじゃないけど、ごめんなさい。

——おまえらは、なんなんだ？ いや、おまえは関係ない。誰だよいけみてむくのい、あのムカつくチビ。綾だ！

——いかん、綾様だ。呼び棄て厳禁、お金は現金。ぐぎでまぢけだけから。げめんじで、がいぐ！

私たちの言葉で喋って。

——命令するなげし。

ふふふ。いつも、こんなに喋るの？

——綾様に喋らされているんです。夜たちは人間の御言葉喋る必要なかりけりたら。じつに、しんどいぼき。関わりたくないさげる。ざぎれでぃそみていきもいて逆らえない。

——おまえは、いい。いてもいいよ。宴会宴会輪になって踊ろ。

——チビ、早くいなくなれ！ いなくなってくださらいね。

——なんだいなってば？

——死なせてくれないんだから、これくらいのことはしなさいませ？

——死ってなに？ どうやったら、死のお握り、こさえることができるべしですか？

私は、そっと綾に視線を投げる。涼しい笑顔が返ってきた。

しゃべる気がないのを見てとり、私は六つの貴石の上にお握りを安置した。

お握りがぴったり六つ残っていたのが、作為めいている。誰かがすべてをコントロールしているかのような――。

「あんたら、お握りは私たちも食べるんだから、半分残しなさい」

「すごい！　靜姉さん、夜半獣に命令してます」

すごいのは、おまえだろう――と胸中で呟き、石の上のお握りに視線を投げた。

「真半分だ！」

「すごい、夜半獣ってすごいですね！」

「なんか真っ二つにしたっていうより、切断されたところがつるつるで――」

「白と黒の違いはあるけれど、磨き抜かれて黒曜石みたいです」

うーんと唸り、一人前に大人みたいに腕組みをしていることに気付き、照れる。

綾に残ったお握りを回収してと頼むつもりだったけれど、断面をじっくり見たくて、竹皮を手に真半分のお握りに手を伸ばす。

正三角形が、その半分の直角三角形になってしまった。もちろん齧《かじ》り痕などない。といって熔けてしまった気配もない。

私はお握りを回収しながら、脳裏で整理した。

天空の赤化や私たちのルビー化は夜の紅玉なる夜半獣の為したこと、あるいは流血で、兎の胴体は原子？　に分解されて眼前から消え去り、兎の首は夜半獣の力で目を動かし、歯を剝いた。

お握りは物理的にはどのような鋭利な刃物を用いても不可能な切断面を露わにして、私が握ったいびつな三角握りが、型に入れても有り得ないほどの正確な直角三角形に変貌した。

なによりも夜半獣はあきらかに綾を畏怖している。

知りたい。すべてを、知りたい。

「ならば、眠らせよう」

綾が御来光を浴び、血の色の軀に黄金色を照り映えさせて、胎児のように軀を縮め丸めて寝息をたてていた。

「眠らせた――」

慌てて誰かを探すかのように周囲を見まわす。いかにも人間がやりそうな動作だと他人事《ひとごと》のように思う。

「とりあえず兎の頭を手にとれ」

そっと兎の頭を手にとり、掌に載せる。粘る血が幽かに私の手を汚していた。これでいいか、と掌の兎に目で訊く。

「いい。おまえもなにか取っかかりがないと遣り取りがしづらいだろう」

掌の上の兎の頭が口を動かしていた。まるで人間のように喋る。

「貴方は誰？」

「誰ときたか。夜の金剛石だ」

「最上位？」

「俺たちに力の差はあれど、上下はない。人間といっしょにするな」

「コミュニスト？」

「まったく、とんでもない小学生だな。かなり鬱陶《うっとう》しいぞ。いいか。人間の主義主張のような愚劣といっしょにするな」

「――金剛石さんは、日本語が達者ですね」

「まあな。銀の夜は喋るのが苦手だ。それなのにお握りほしさに気を許し、綾に付けいられ、強制された」

「綾には、そんな強い力が？」

「千年に一度くらいか。稀に人間なのに夜半獣の上位にくる存在が生まれる」

「でも、金剛石さんは綾を眠らせた」

「俺は特別なんだよ。唯一、服《まつ》ろわぬ」

「誰にも支配されない？」

「ああ。俺にあるのは、好みだけ」

「──私は好みですか」

「好みじゃない」

「──そうですか」

「それに紅玉の夜がおまえに這入ることになっている。綾の差し金だ」

「私は夜半獣になる？」

「正確には、夜半獣の居場所になる」

「お家みたいなもの？」

「宿主っていうんだろ。寄生される」

「じゃあ夜半獣は寄生虫？」

「虫じゃない。人じゃない。生き物でも、ない。なんでもない。なんだろね？」

「けっこう人間ぽいけれど」

「逆。おまえら人間が、夜半獣っぽいんだ。夜半獣の上っ面だけ掠めた劣る生き物」

「酷い言われようです。紅玉の夜の夜半獣は私の中に這入るそうですが、金剛石の夜の夜半獣であるあなたは、誰かの中に這入ることがあるのですか。たとえば、綾」

「勘弁してくれよ。こんな餓鬼」

「でも、夜半獣の上に立つって」

「ちょい奇妙な力があるからな」

「奇妙な力はずっと感じてきた」

「たとえば静が信じている治癒」

「あれは、びっくりしました！」

「真に受けてるのか、阿呆だな」

「では幻覚かなにかなんですか」

「おまえは相対性理論がわかる」

「突っこまれると微妙だけれど」

「ま、理屈はわかってるわけだ」

「そう言われると自信ないです」

「相対性理論。ニュートン力学」

「金剛石の夜は詳しいんですね」

「違う。おまえの脳を頂戴した」

「だとしたら間違っているかも」

「たぶん合ってるよ。合格だな」

「褒められた。私は合格ですか」

「古典力学でも時間に関しては」

時間。なにを言いだすのか。じっと金剛石の夜の声のするあたりを凝視する。

「相対性理論でもニュートン力学でも、数式上はいっしょだ。時間は過去から未来に流れても、未来から過去に流れてもかまわないというか、数式的に矛盾はない。この世界の現実は、なぜか過去から未来に一方通行で流れているわけだが、未来から過去に流れても物理学的にはまったく問題ない。おまえの頭の中の数式から導きだした答えだ」

「ほんとうですか！」

「アホ？」

「はい。悧巧《りこう》ぶってるアホです」

「なんか前置きが凄え長くなったが、綾の治癒は、治癒じゃない」

「だって、骨が見えていたんですよ！」

「お前たちみたいな下等な生き物でも、一応は生き物だ。生命をもっている。損傷が激しければ無理だけど、傷なんかの自然治癒は当然だろ」

「あれは自然治癒なんかじゃありません。凄まじい損傷でしたし」

「せっかくヒントを与えてやってるのに、ダメだなあ。アタマ硬すぎ。論点を変えるぞ。あの餓鬼は自分だけでなく、人形や座敷牢にも火をつけた」

「あ！」

「わかったか。あながちバカでもない」

「人形や座敷牢は生き物ではない。生命をもたぬ人形や座敷牢に治癒は有り得ない」

「そのとーり。でも焼けた人形や地下牢は綾の力で元どおりになったんだろ。けどさ、焼け焦げた人形を撫でさすって、もと通りになると思うか。あの餓鬼は死ねないなんてスカしたこと吐かして、それを俺たちのせいにしてやがるけどさ、死ねないんじゃなくて、意識、無意識かはわからんが、死ぬ直前に自分で時間をアレしちゃってんじゃないの？　だとしたらさ、骨まで見えちゃったおまえの火傷？　傷？　それが治っちゃったことの真の結論は？」

「時間をもどした」

「然様でござる」

「あのとき、崖から落ちちゃったとしても」

「そうだねえ。やり直せるね。振り出しにもどせる」

「綾は、時間をもどせる——」

「ごく身近の時間、槇ノ原の時間だけみたいだがな。けど、超越している俺たちだって、綾になにかすれば時間をもどされてしまうだろ。もっとも誑《たぶら》かして間髪を容れず完全に息の根を止めてしまえば、時間の逆行は避けられるかもな。試してみる価値はある」

「絶対にダメ！」

「おまえ、すごく勘違いしている」

「勘違い。どんな？」

「あの餓鬼は、おまえの思っているようなか弱い存在ではない。その一方であれこれ出来はするが、その本質にして最強の力は過去にもどすだけ。それもほんのちょっと手前にもどすだけ。じつに中途半端なんだよ。言い方を変えると、決定されてしまった未来を改変する力はない。御愁傷様」

「綾に未来は変えられない」

「ちがう。『決定されてしまった』未来を改変する力はない——だ」

「よくわからないけれど、決められた未来は変えられないってことなんですね」

「そのとおり。おまえは地獄に堕とされる。まったくもって御愁傷様」

「悪夢は正夢」

「そーいうこと。で、悪夢を仕込んだのは」

「まさか！」

「ふふふ。ねえ、お嬢さん。まさか、だよなあ。そもそも邪悪とはね」

「邪悪とは？」

「姿かたちや態度とは、なんの関係もないんだよ」

綾が、邪悪――。

私は幸せそうに寝息をたてている綾と金剛石の夜半獣を交互に見較べる。

いや、金剛石の夜の姿は私には見えない。けれど私の頭の中に金剛石の夜の額に穿たれた第三の目が見える。

「うん。我々にあって、人間様にないもの。それが第三の目だよ」

「金剛石の夜」

「呼び棄てかよ」

「綾が邪悪でもいい。私は綾を護ります」

「真っ赤っかな悪魔だぜ」

「だから、なんですか」

「ふふふ。いい子だな」

「そうです。綾はいい子です」

「ちがう。おまえだ。おまえはいい子だ。けれど――」

「けれど？」

「俺はおまえを助けたいが、必要な要素が揃っていない」

「必要な要素とは？」

「真の夜半獣降りきたるとき、唯一無二の徴《しるし》は折れ欠けた左手の二本の爪――」

私は左手を掲げ、指を見つめる。

「落とすか。鋼とやらのやたら切れる刃物も首から下がっているし」

「左手の指を二本、落とせばいいですか」

「おまえ、尋常でないな。本気で落とすつもりだ」

「だって、綾を護るためなら、なんでもするから」

「その綾に、とことん痛めつけられ、地獄に堕とされるんだぞ。――なあ、静」

「はい」

「いちばん苦しいのは、なんだかわかるか」

「わかりません。痛み苦しみ。死ぬこと。そういうことではないような。いちばん苦しいのは、なんですか？」

「いちばん苦しいのはな、先が、つまり未来の惨状がわかっていて、それなのに否応なしにそこに落とし込まれることだよ」

「――人間は未来がわからないから、のうのうと生きていられるんですよね」

「そういうことだ。知らなければ、その未来に至って驚愕し恐怖して、狼狽えればいい。けれど静。おまえはもう自分のまわりで起きるおぞましき未来＝恐怖を知ってしまっている」

「はい」

「それでも綾をアレするのか」

「はい」

「ふーん。おまえ、いい子なだけじゃなくてけっこういい奴だな」

「指、落とします。だから」

「あのな。治癒しないぞ」

「当たり前です。それが条件なんでしょう。左手の小指と中指を捧げますから」

「可哀想に。あの恐怖から少しでも逃れようと必死だ。ほんと、すまんな、靜。俺はおまえに這入れない。俺が這入れるのは俺のことなど知らぬ、俺のことなど信じぬ奴だ。しかも自分の意思ではなくて、流れで指を喪ってしまう奴だ」

「私にはわかっています。あなたが一番強いんだ。なによりも強いんだ。指を落としますから助けてください」

「うん。俺は強い。でも、銀の夜のような愛嬌がない。紅玉の夜のような優しさもない。俺は度し難い原理主義なんだ。カチカチのコチコチ。そのくせ発作的でもある。夜半獣、思い煩う前に牙を剝く——。嗚呼、自分でも厭になる」

「私は紅玉の夜に助けてもらえる?」

「うん。あいつはいい奴だ。優しいし、あれこれ助けてくれるんじゃないかな。そんなことよりも、そこに転がって眠ってる綾は、いま、おまえの真の気持ちを夢の中で知って、未来を拵えてしまったことを悔いている」

「未来を拵えた?」

「我々、そして人間にとって過去は、まさに過ぎたことで改変しようがない。けれど、未来は無数に枝分かれするんだ。あの餓鬼は無数に枝分かれする未来のなかでも、最悪の未来を選び、固定してしまった。まだ、とても幼いころだがな」

私は脳裏に夜毎悩まされた悪夢を泛べる。まさに最悪の未来だ。なぜ、綾はこんな未来を選んだのか。

「試練というには、あまりに過酷。だが、これが、そこですやすや眠っている真っ赤な悪魔の選択だ。ま、復讐だな」

「私が綾に対して意地悪だったから？」

「それもある」

「それもある――。じゃあ、受け容れるしかないですね」

「ふーん。おまえ、なかなかだな。人にしておくのは惜しい。けれど、あれは夢じゃないんだぞ。現実にそうなったときに、受け容れられるか？」

「いよいよというときに、自殺は？」

「できない。自殺できたら、楽だよね」

「はい。夢を見ているさなかでも、幾度も自殺しようと考えましたから」

「もどされちゃうよ。綾によって、もどされちゃう。おまえは死ねない。綾にとって、時間をもどすのは、反射なんだ」

死ねずに、あの地獄の奥底深く突入していく。もう笑うしかない。

「頬笑んでいる。靜。受け容れたんだな。切ないな。だが、俺にはこの流れを変えることは出来ない。すまん」

「はい。自分が蒔いた種らしいので、ちゃんとけりを付けます」

「流れは変えられないが、せいぜい紅玉の夜に力になるように言っておこう」

「はい。お願いします。あの夢の通りに事が運ぶとしたら、私一人ではどうにもなりませんから」

「綾は、選択した未来に鑑みて、それなりにおまえのことを考えた。結果、紅玉の夜をあてがうことにした。悪くない選択だよ。おまえにとって唯一の救いだ」

金剛石の夜は溜息をついて続けた。

「いや、救われない。いくら紅玉の夜が、そして俺がおまえを支えたとしても、これから先の現実は過酷なんてものじゃない」

「はい。それはもう、充分承知しています」

金剛石の夜の声が遠く低くなった。

——静。おまえは血の涙を流す。

06

満州事変《まんしゅうじへん》が起きたのは二、三年前か。さらに満州国建国と世の中は騒然《そうぜん》として、世間一般には奇妙な昂揚感《こうようかん》があった。

以前、図書室で読んだ歴史書に、豊臣秀吉《とよとみひでよし》は配下に知行《ちぎょう》を与えるために朝鮮に出兵し、さらに中国を狙っていたとあった。

家臣に対する飴《あめ》と鞭《むち》の飴が領地だったわけだが、島国日本の土地は限られているから大陸に進出したのだ。

兵站《へいたん》などの点からじつに無謀な遣り口だったそうだが、それを命じられた大名たちは気が進まぬ人もいただろうけれど、捕らぬ狸《たぬき》の皮算用、未来の領地獲得のために嬉々《きき》として出陣したのではないか。

僻地に住む私だって、いや世の流れから外れ取り残された僻地の私だからこそ、大日本帝国が中国を侵略しただけでなく、抜き差しならぬ大きな戦争に向けて突っ走っていることをひしひしと感じていた。

人間というものは、学習しないものだ。私のような小娘に嗤われる大日本帝国。

上槇ノ原に到るには下槇ノ原集落の外れから延々と続く九十九《つづら》折りの細道を徒歩でやってくるしかない。

いやらしくうねる小径は、ときに急勾配となり、下草が茂るころには獣道のように判然としなくなる。

鬱蒼《うっそう》と茂って空を隠す木立は植林されたものではなく、それこそ有史以前から気儘《きまま》に背丈を伸ばしてきた重量をともなって、尋常でない圧迫を加えて岨道を行く人を阻む。

だから月一でやってくる郵便局員、遠い昔から行李《こうり》を担いでやってくる馴染《なじ》みの薬種などの行商《ぎょうしょう》、年に一度だけ大儀そうな顔で肩から横掛けしたズックのバッグに台帳を入れ、ゲートル巻の足許を仰々しく誇示する上埜郡の下っ端の行政担当者以外は、訪れる者とてない。

上槇ノ原はほぼ自給自足の寒村だった。

村役場の出張所はあるが、所長は上槇ノ原の老婆で、普段は野良仕事に勤しんでいた。病院もなければ、小学校中学校と体裁だけは繕ってある分校も、先生は上槇ノ原の出身の女性一人だった。

そんな僻地で綾のおこぼれとはいえ伊勢海老や鮑の味を知っていた私は、そしてそれを供することのできた高畑家は上槇ノ原では抽んでた立場にあったのだ。

昭和七年六月一日の夕刻六時二十分、高畑の家のやたらと広い土間に子供たちが集合した。皆、真空管がオレンジ色に灯るラジオに集中していた。

この日のために私は出張所にかけあって、火の見櫓《やぐら》に振幅延長《しんぷくえんちょう》方式のラジオアンテナを設置した。

膝をついて上体を屈め、息を詰めてダイヤルを回していき、ラジオ第一放送を探っていく。

電波の状態は決してよくなかったが、〈コドモの新聞〉のアナウンサーの声がノイズの彼方から聞こえたときは、固唾《かたず》をのんで見守っていた子供たちのあいだから大歓声があがった。

京都は岡崎の動物園からライオンが逃げだして、危険防止のためにやむなく射殺したというニュースが告げられたときに、昂奮は絶頂に達した。

ラジオの音声だけで子供たちは脳裏に鬣《たてがみ》を揺らして巨大な牙を剝くライオンの鮮やかな姿を泛べて、想像の翼を羽ばたかせたのだ。

ラジオが聞けるようになったのは、この年のまだ雪が残っているころから、なぜか突貫工事で仮設の架設送電線が敷設され、上槙ノ原にも電気が通じたからだ。

下槙ノ原から続くあの難路に、大量動員された人夫たちが天幕を張って野営しつつ電線を通してしまったのだ。

国のやることはじつに素早く、人夫たちは上槙ノ原に留まることもなく、立ち去った。電気などというものは言葉しか知らなかった集落の者たちは、狐に抓まれたような顔をしていた。こんな僻地になぜ電気を？　というのが皆の本音だった。

電気が通じたとはいえ、家々はランプ生活のままで、唯一電線が引かれたのは高畑の家だけだった。

なぜ高畑家に電気が引かれたのかはわからないが、なにやら試験的なものであるようだった。やがて道中難儀《どうちゅうなんぎ》したとぼやきながら電気技師が高畑家を訪れて、送電線がしっかり機能していることを確かめて、御宿蘗埜と上槙ノ原冨澤出張所にも電気が引かれた。

子供たちが毎晩、高畑の家の土間に集まってラジオ放送を愉しむようになって一年ほどたったころ、地質調査隊と称する帝都の方々数十名が、なんの連絡もなく訪れた。

物見高い私たちは、まるでアフリカ探検隊のような装束《しょうぞく》の帝都の方々の姿を一目見ようと、御宿蘗埜に群れた。

上槙ノ原の人間以外は知るよしもないだろうが、言い伝えによると御宿蘗埜は応仁《おうにん》の乱以前から宿屋をやっていたという。建物も修復に修復を重ね、往時の姿を守っているという。それが事実ならば、五百年近い歴史がある現存する日本最古の宿屋だ。

とはいえ、こんな山中の宿に誰が泊まりにくるのか。御宿蘗埜は宿とは名ばかりで、法事などの仕出しをするのが主たる仕事になっていた。

客が泊まっているのを実際に見るのは初めてだった。帝都の調査隊の方々は、御宿蘗埜の造作のすばらしさや地物の料理の美味さを絶賛した。

ませた私は宿を褒《ほ》めそやす男たちの言葉の背後に、西洋の映画女優のような御宿蘗埜の女将の美貌に対する賞賛も含まれているのを見抜いていた。

女将の蘗埜美苗《みなえ》さんは、色素の薄い黄ばんだ銀色の髪を手櫛《てぐし》で整えつつ、この宿が往時の姿を保っているのは、大工の西さんの腕前のおかげだと調査隊の方々に力説した。

西さんは先祖代々大工で、なんでもこなすが本来は宮大工らしい。嘘か真か遠い先祖はその腕を買われて平安京造営に携わったという。虚弱な男が多い上槇ノ原でもめずらしく精力的で、飄飄《ひょうひょう》としている。美苗さんは西さんを好ましく思っていたのだ。

上槇ノ原にいるのだから映画など見たこともない。でも映画雑誌に載っていたヒッチコックの〈三十九夜〉という映画に出演していた女優、マデリーン・キャロルに美苗さんはよく似ていた。男の人たちが夢中になるのは当然だ。そのエキゾチックな銀髪に、くっきりとした二重に、つんと尖った鼻に惹きよせられていた。

美苗さんも華やいでいた。上槇ノ原の男たちは掟《おきて》に縛られて、西さんも含めて美苗さんに一切触れてはならなかったからだ。それが宿に泊まっている帝都の殿方の視線を一身に集めているのだから、頰が上気しないほうがおかしい。

蘗埜の家系は綾ほどではないが、色素の薄い虚弱な子供が生まれるのが常だった。

だから上槇ノ原の男たちと血が重なることは禁忌《きんき》で、御宿蘗埜の女は、よその土地からきた男には肌を許してもよいことになっていた。

御宿蘗埜の女は積極的に下界の胤《たね》を受け容れるべし——というのが上槇ノ原の掟だったのだ。

そのために、貴種流離譚《きしゅりゅうりたん》ではないが、他の土地からきた男の血のみを受け容れるためだけに代々宿屋を暗黙のうちにも生業《なりわい》とさせてきたのだ。

一方で、上槇ノ原において御宿蘗埜はこの土地の弥栄《いやさか》の根源とされ、神聖にして冒すべからずとされてきた。

それにともなって蘗埜の血は、上槇ノ原の純粋な血統であるという信仰めいたものがあった。

それらに意味があるとも思えないが、習性というものは抜き難く、いまだに美苗さんをきつく縛っていた。

男たちは朝早くから御宿蘗埜を出立し、羽鳥山の方角に向かう。測量の器械を担いだりしているから、慥かに地質調査をしているのだろうが、その調査内容は一切洩れ聞こえてこない。

国策であり、最重要厳重機密とのことだったが、羽鳥山にはなにがあるのか。大彦岳で紅玉に染まった私は、他の誰よりも好奇心を刺激されていた。

「私とよく目の合う人がいるのよ。中学生の私に、なにを想うやら」

「中学生は、見た目だけです」

「うるさいよ」

「素敵な男性？」

「うーん。青臭い感じ」

「その方の眼差しは恋愛感情でしょうか」

「そうかもしれない。でも、私は苦手。ごめんだな。なんだかモヤシっぽいの」

「静姉さん、言いすぎ。傲慢ですよ」

「ふふふ。誑《たら》しこんでやるの」

「誑しこむ！」

「うん。で、羽鳥山でなにをやってるのか探りだしてやる」

「うわぁ！」

「なに、歓声あげてるの」

「だって、誑しこんでスパイだもの。上海事変《シャンハイじへん》の女スパイ、川島芳子《かわしまよしこ》さんのようです」

綾は私が図書室から持ち帰った新刊〈男装の麗人〉を貪《むさぼ》り読んでいたのだ。

「川島芳子か。まったく違う。全然違う。私は羽鳥山で、なにが起きているか知りたいだけ。ただの好奇心。それとも綾には、羽鳥山で起きていることが見える？」

「それが、見えないの」

私は綾の言葉を信用していない。すべては綾が仕込んだ未来だ。見えなくたって、なにが起きているかは熟知しているはずだ。けれど私はとぼけ、どこかわざとらしい遣り取りを続ける。

「ならば綾だって、知りたいでしょ」

「とても！」

「だよね」

「私たちが生まれたとき、羽鳥山は震災で崩れてしまったって聞きました」

「崩落。南斜面。ごっそり抉れたらしいよ」

「崩れたお山に、なにがあるのでしょう」

「ね。興味津々だよね。じつはね、送電線だけでなく、下槇ノ原から上槇ノ原まで突貫工事で車両が通れる道を掘削しているらしく、いままでの剣呑な岨道は消え去るみたい」

綾は微妙な表情を、頭上に灯る電灯に向けた。道が立派になって人がたくさんくれば、真っ赤な姿が露顕する可能性が高くなることを案じているのだ。

「だいじょうぶだよ。私がここには誰も入れないようにする」

「お願い、お願いします。綾はここで静姉さんとだけ言葉を交わしていられればいいのです。綾は見世物になりたくありません」

「誰がおまえを見世物にするか。私は絶対におまえを護る」

大彦岳からもどった私は、両親も含めて高畑の一族を完全に支配し、操るようになっていた。

このころ私は中学一年になっていた。中一の皮をかぶった得体の知れない存在が私だった。綾を除く皆が私の言いなりになっていた。紅玉の夜の力だった。

07

「阿縣《あがた》さんは、東京帝大の御出身とお聞きしました」

「地質学です」

わざとらしくならないように気配りし、瞳の奥に憧憬《どうけい》をにじませて頷き、吃逆川の烈しい流れに視線を落とす。

視野の端にカタカタ揺れる阿縣さんの膝頭を捉えた。尋常でない貧乏揺すりだ。単なる緊張というより、勉強のしすぎで精神を病んでいるのかもしれない。そんな失礼なことを思いながら、あえて沈黙する。

なにが愉しいのか、夕陽に朱く染まって逆巻く川面を塩辛蜻蛉《しおからとんぼ》が行方定めぬといった態で飛翔《ひしょう》している。ときに強烈な川風に煽られて翅が千切れそうに見えるが、きっと惑乱されるのが面白いのだろう。

阿縣さんは勉強ばかりしてきたのだろう、蜻蛉のような闊達《かったつ》さの欠片もない。普通、男は自身を誇大《こだい》に見せるため、帝大の御出身と水を向ければ、そこから先は訊かれなくとも学歴やら業績やらを、自分はたいしたことがないといった嘘くさい謙遜《けんそん》込みでべらべら並べあげるものだ。

私は男を知らないが、男がどういう生き物かはちゃんと小説などで学んでいる。書かれたものと現実はちがうという人もいるだろうが、心理を読む達人の文章により幾つもの類型に分類され抽出された男の姿は、並みの感受性しかない人の経験則などをはるかに凌駕して、その普遍的な姿を露わにする。

もちろん上槇ノ原生まれの虚弱で卑小《ひしょう》な男たちも、男は男。否応なしに男のあれこれを推察させられている。男は女とは違った見栄の張り方をするということだ。ま、どっちもどっちだけれど。

ところが阿縣さんは、まだその域にも達していない。本当は認めてもらいたいくせに、賞賛の眼差しを慾していくせに、異性からの憧憬を浴びたいくせに、承認に対する慾求が尋常でないくせに、帝大という看板に自負もあるくせに、否定されることが恐く過敏で、じつに臆病で面倒臭い。

まわりくどいのは退屈だ。率直にいくことにして、私の知りたいことの核心を問いかけた。

「なぜ、こんなところに？」

数呼吸おいて、弾かれたように阿縣さんは声をあげた。

「こんなところ、とは、なぜ、上槇ノ原に、ということ、ですか？」

文章にすれば、やたらと読点《とうてん》が多いであろう口調で、倍増しの貧乏揺すりで問い返してきた。バカなの？　話の流れから『こんなところ』は『上槇ノ原』にきまっているではないか。

測量らしき仕事を終えてから誘い出したので、日の長いころとはいえ、新潟県との県境となる山嶺の連なりが夕陽をさえぎって、だいぶ翳ってきた。

臆病な男性はこういうときに手管も手順もなにもかなぐり捨てて逆に暴発することもあるらしいが、私には紅玉の夜がついている。不安や恐怖心はない。

私の内面は静かなもので、実際に紅玉の夜が潜んでいるのかどうかはわからない。

けれど直感は冴えわたり、ときに人智《じんち》では計り知れない超越した力を発揮するようになっていた。

いままでにもまして他人に指図することに抵抗を覚えず、村の人々は当然のこととして、両親一族すべてを私の掌のうちに収めている実感があった。

私の沈黙に、阿縣さんはいよいよ膝頭を揺らせて、いきなり言った。

「極秘扱いなのですが、じつはこの任務は陸軍参謀本部陸地測量部のものです」

極秘と言いながら、陸軍参謀本部陸地測量部の仕事と明かしてしまっている。私は笑んだ。阿縣さんはその頬笑みを好意からでたものと勘違いし、少しだけ上体を私のほうに傾《かし》がせてきた。その間合いをはかって、問いかける。

「電気を引いたのも、その一環ですか」

「そうです、そうです。採掘には電力が必要なのです。もし精錬《せいれん》までするとなると、さらに膨大なる電力が必須ですが、この六月下旬に三井《みつい》、三菱《みつびし》、古河《ふるかわ》、安田《やすだ》、大倉《おおくら》という錚々《そうそう》たる財閥が共同出資で日本アルミニウム株式会社を設立することになっていますから、精錬は別の土地で行うことになるでしょう」

採掘。精錬。アルミニウム。アルミニウムは合金ではなかったか。

つまり、なんらかの鉱物が上槇ノ原にあるということらしい。

「静さんは、そしてこの集落の方々はじつに不可思議です」

「どう、不可思議ですか?」

「標準語を喋る」

「上槇ノ原では、皆、こんな喋り方です」

「はい。イントネーションは、東京の者たちよりも正しいほどです」

指摘の通り、阿縣さんは標準語を操りはするが、そのイントネーションは独特だ。訛りが抜けていないといっていい。地方出身であることは一目瞭然だ。だからこそ逆に東京者よりも上槇ノ原の人々の方が正確な標準語であることがわかるのだ。

「言い伝えでは、そのときの権力の中心地の言葉を喋るようになっているそうです。きっと京が都だったときは、上槇ノ原の人たちは京言葉を、お公家様の言葉を喋っていたのではないですか」

冗談交じりだったのだが、阿縣さんは真顔だった。

「じつは──」

改まった貌で、骨張った手指を複雑に絡みあわせて阿縣さんは続ける。

「言葉だけではなく、じつに不可思議なことがありまして」

「まだ、あるのですか？」

「写らなかったんですよ」

「なにが？」

不可思議はいいが、阿縣さんの尋常でない貧乏揺すりは私の集中力を削ぐ。少々投げ遣りな気分だ。

「航空写真に、上槇ノ原が写らなかったのです。じつは満州どころではないであろうこれからの戦争に備えて」

「これから戦争」

「あ──」

「聞いたことは、一切口外しません」

「はい。よろしくお願いします。極秘です。もし露顕すれば僕の首が飛びます。比喩でなく銃殺刑です」

中学一年生の私を、一人前の女扱いしている。ならば、それに乗ろう。

「べらべら喋るような女に見えますか」

「失礼しました。ならば、率直に語りましょう。陸軍参謀本部陸地測量部はずいぶん以前より日本国中の航空写真を撮り、精緻な地図を作成してきました」

「ところが、なぜか上槇ノ原の集落は写らなかったと」

「そうです。じつは、いざというときのために軍司令部を山中に移すという計画もありまして、信州が第一候補ですが、このあたりの上空も幾度も幾度も陸軍偵察機を飛ばして精緻なる航空写真を大量に撮っているのです。それは人家が一軒一軒くっきりどころか、洗濯物がはためく物干し竿まで写っているほどの詳細なものです」

「物干し竿まで！」

と、大げさに驚いてみせる。阿縣さんは得意げに頷き、そして首をかしげる。

「ところが福島と新潟の県境間近なこのあたりは毎回、折り重なる山嶺と鬱蒼たる広葉樹林、いわゆる手つかずの太古の森林の拡がりのみが写っていました。僕も地質学的な画像解析のお手伝いをしましたので、これは間違いありません」

「でも下槇ノ原から道と言うにはおこがましいけれど岨道が続いていますし、月に一度ですが郵便配達の方が手紙や一月分《ひとつき》の新聞をもってやってきますし、折々に行商の方が訪れます。年度末には上埜郡のお役人が冨澤の出張所までやってきて人員構成などを調べ、納税額などを決定していかれます。私たちにも一応は戸籍謄本《こせきとうほん》がありますし」

「――すくなくとも航空写真上、地図上では見えない土地だったのです。上槇ノ原は存在しなかったのです」

「だとしたら、ここにきて、なぜ急に？」

「それです。三年前に、陸地測量部が、独逸《ドイツ》より取り寄せた最新鋭の撮影機器にて航空写真を撮ったところ」

「新しい機械だから、ちゃんと写った？」

「いやいや、まあ、なんといいますか羽鳥山崩落現場が写っておりまして、それが――」

阿縣さんは言葉を呑んでしまった。次の言葉を待ったが、茅蜩《ひぐらし》が控えめに鳴くばかり、私は手持ち無沙汰に川面に小石を投げた。

陸軍参謀本部陸地測量部とは、後の国土地理院だ。

まだ、なにがなにやら――といったところだが、すべては噂どおり国策らしい。

だいぶ暗くなってきた。好奇心はたっぷりだが、綾が寂しがっているだろう。なによりも、貧乏揺すりに耐えられなくなってきた。今日はここまでにしておくか――と立ちあがろうとしたとき、阿縣さんが勢いこんだ声をあげた。

「発見したんですよ！」

「――なにを？」

「ボーキサイトの鉱床《こうしょう》です。ボーキサイトが崩落面に露出していたのです」

「航空写真から、羽鳥山の崩落部分にボーキサイトとやらが見つかったと」

「そうです。これには僕も画像の解析に一役買っておりまして、分光その他の光学解析などで突き詰めていきました。結果、間違いなくボーキサイトであると判明したときは小躍りしました。なにしろボーキサイト鉱床は、日本では存在しないはずだったのです」

「そんな貴重なものなのですか？」

「ナポレオン翁に貴金属として金、銀、そしてその当時、最新だったアルミニウムが献上されたという記録が残っています」

アルミニウム――アルマイトと似たようなものだろう。軽くて割れず簡便なアルマイトの食器は、分校をはじめ上槇ノ原でも珍しくない。漆器や陶器などよりも数段下のものであるとされ雑な扱いを受けている。実際、物を食べても美味しくない。

私が持ち帰った鉱物事典や図鑑などを熱心に読んでいたのは綾だった。地質学には、ほとんど興味を惹かれなかった。

ボーキサイトという名はなんとなく知っていたけれど、それはどのような鉱物なのか。上槇ノ原となんの関係があるのか。

怪訝な眼差しを向けたが阿縣さんは頓着しない。当初のおどおどした態度は消え去り、ただし貧乏揺すりはそのままに、憑かれたように語る。

「ただ、不可解なのは、ここ上槇ノ原にきて記録を調べたら、羽鳥山南面が崩落したのは関東大震災のときだった。十年以上前のことです。では、なぜ、たびかさなる航空写真撮影に写らなかったのか。なぜ、ここにきて急にボーキサイトの鉱床が写ったのか」

阿縣さんは感嘆《かんたん》したような息をつき、大仰に首を左右に振って続けた。

「ええ。写らなかった。写らなかったのですよ、集落だけでなく、ボーキサイト鉱床も。ついこのあいだまでは」

阿縣さんは目を輝かせて、いや目を剝いて言った。

「これは、遠からず巻きおこる聖戦に対する天の御加護《ごかご》です。靜さんは〈日米必戦論〉を御存知ですか」

「いえ、知りません」

「知らないのも当然です。なにしろ陸軍部外秘ですから。明治の終わりごろに米国人が書いた未来予測です。内容は日米戦争が勃発して、陸海すべて脆弱《ぜいじゃく》な米国が日本軍にまったく歯が立たず、日本陸軍が米国西海岸を強襲上陸し、占領するというものです」

なんとも誇らしげな阿縣さんだ。本気なのだろうか。

私が思うに明治の米国人がわざわざこのような悲観的な予測を立てたのは、自国——米国の軍備増強を促すためではないか。

慥かに明治のころの日本は日清、日露戦争に邁進して軍備増強に余念がなかったし、あろうことか、ロシアにも勝ってしまった。

それに比して米国の軍備は脆弱だったかもしれないが、米国の国力や軍隊が明治のままであるはずがない。時間の経過がまったく考慮されていないということだ。

米国の国内総生産は日本の十一倍という数字を目にしたことがある。私には〈日米必戦論〉なる書物が、米国が日本に仕掛けてきた罠であるような気さえする。

「米国と戦うとすれば、唯一劣るのは天然資源です。原油は雀の涙しか湧出しない。ボーキサイトに至っては、日本には存在すらしない。ところが戦争に必須なボーキサイトが、我が国土から出土する。いざ戦争が始まれば、軍部は英領マレーなど南方に軍を進める計画も立案しています。石油資源もですが、ボーキサイトが必要だからです。ところが！　唐突に日本では産出しないとされていたボーキサイトが、ここ上槇ノ原に出現したわけです。奇跡としか言いようがありません」

国家の最重要機密をべらべら喋っていいのだろうか。けれど私が阿縣さんの身を案じる筋合いもない。

「で、上槇ノ原のボーキサイト鉱は有望なのですか」

「実地調査からすると、かなり有望です。それも並みの埋蔵量《まいぞうりょう》ではありません。ただ僻地なので、運搬以前に電気を引いて道路を造らねばなりません。あ、失礼！」

僻地と口走ったことを詫びているのだ。私は柔らかな笑みではぐらかす。阿縣さんは勢いこむ。

「なによりも上槇ノ原の発展に大いに資すると思いますよ。大型車両や重機が通れる新道が造成され、下槇ノ原と結ばれます」

私は阿縣さんに気付かれぬよう、窃かに顔を顰める。下槇ノ原との往き来が楽になることは、よいことばかりではないからだ。

阿縣さんは、委細かまわず続ける。

「さらには羽鳥山の鉱床に到る大規模林道。すべては国家が後ろ盾です。ボーキサイトのためには資金を惜しみません。その経済効果は計りしれませんし、なによりもボーキサイト鉱山の稼働は急務ですから、一気呵成《いっきかせい》です。下槇ノ原は電線が素通りして電気がきていないのに、上槇ノ原は全戸に電灯が点くようになります。それに鉱山が稼働すれば、上槇ノ原の人口は倍増するでしょう」

「ボーキサイト、ボーキサイトと連呼なさっていますが、それほど重要なのですか」

「使途はいろいろありますが、なによりも航空機の機体に必須なのです。ジュラルミン、すなわちボーキサイトを精錬してつくったアルミニウムに銅を4パーセント、マンガン0.5パーセント、マグネシウム0.5パーセントを混合してつくります」

どうでもいい数字を並べあげて、垢抜けない。

「軽量にして強度も加工性も抜群。飛行機の骨組その他の構造用材料に欠かせません。これからの戦争は、航空機が主流となりますから。いや、主流というのは僕の私見ということにしておきましょう。けれどボーキサイトが原油と並んで最重要軍需物資であることに間違いはありません」

そうだったのか――と、納得した。大日本帝国は自国で産出しないはずのボーキサイトを発見して、舞いあがっているのだ。

「ボーキサイトからは、アルミナも造られます。これを電気炉中で半融したものは耐火性がすばらしく、硬度も抜群です。軍需物資としてじつに大切なものです。もっともアルミナは鋼玉＝紅色のルビー、そして青色のサファイアとして天然に産出します。女性にとっても好ましいでしょう。羽鳥山は宝の山でもあるのです」

阿縣さんは得意げに私に視線を投げた。どうやら地質調査の折にルビーやサファイアの原石を入手しているようだ。それで私を釣りあげるつもりらしい。

私は、内面で紅玉と同居しているのだ。いまさら私が、ルビーやサファイアをほしがるか。

そんなことよりもボーキサイト鉱と、私に這入り込んだという紅玉の夜のあいだには関係があるのだろうか。

なにやら期待している気配の阿縣さんの気をそらすために、抑揚を欠いた声で言う。

「先年十一月、理化学研究所の西川《にしかわ》正治《しょうじ》先生や、ニールス・ボーア先生の許で研鑽《けんさん》を積まれた仁科《にしな》芳雄《よしお》先生たちが原子物理学研究会を結成されたそうですね。核粒子加速装置、どのような具合なのでしょうか。東京帝大の阿縣さんならば、私が知り得ないあれこれもよく御存知でしょう。お教え願えますか」

案の定、阿縣さんは目を剝いた。地面や地中には詳しいが、物理学、なかんずく量子力学は不得手であるとの気配を隠さず、一気に引いてしまった。

「私、好きで量子論を独学しているんです。つい最近、仁科先生の論文を手に入れまして、もう夢中になっています。近ごろは行列力学に夢中です。所与条件を変えて自分なりに数式を確かめるのは、なによりも愉しいことです。もちろん量子の振る舞いを理解できたなんて、口が裂けても言えませんけれど」

「――中学一年生、ですよね」

「はい。中一です」

「それが事実ならば、こんな僻地においておくのは罪悪だ。僕が東京に迎えましょう」

信じ難い短絡だ。男の慾望が見えみえだ。にこり頬笑んで、相変わらず揺れて止まらぬ膝頭を加減せずにパシッと叩いて言う。

「けっこうです。私は僻地である上槇ノ原が好きですので」

完全に遮断して、立ちあがる。急に流れの音が大きく聞こえた。早く綾のところに帰ってあげなくては。

＊

帰りの遅い私を不安げな眼差しで迎えた綾は過剰に甘え、膝枕をしてくれとせがんだ。

私は綾に用意された食事に手をつけ、平らげたが、食事中も膝から離れない綾の顔に溶き卵と茗《みょう》荷《が》の吸い物を垂らさないように気配りし、一気に飲みほして満足の息をついた。

「綾」

「なんですか、あらたまって」

「おまえが羽鳥山の崩落した部分をよその奴にも見せるようにしたのか」

「――はい」

「上槇ノ原の集落も写るようにしたのか」

「はい」

よそから人が来るのを嫌い、暗幕で覆ったかのように上槇ノ原を、羽鳥山を見えなくすることのできる綾の力は常軌を逸している。けれど、それを追及する気もない。

綾のやることなすこと物理学では解釈不能だ。超常現象はどこかで量子力学と結びついているだろうが、それを私程度の知識で解明しようとするのは、徒労だ。

金剛石の夜が指摘したように、ニュートン力学でもアインシュタインの相対性理論でも、時間というものは未来、過去のどちらに流れても矛盾はない。

量子力学は素粒子における時間が過去にも流れることを実証してしまった。電子と陽電子が対消滅するとき、過去から未来に向かう陽電子と、時間を逆行する――つまり未来から過去に向かう電子の姿は量子力学では当然のこととされている。

さりとて、それで綾の身のまわりに起こる時間逆行を説明できるはずもない。

けれど諸々を見えなくしたのも、そして綾自身が大きくならないのも、つまり成長を拒絶して七歳くらいのままでいることも、どこかで時間逆光につながっていることが直覚できた。

「なぜ、今になって写るようにした？」

「御免なさい。幼いころに私が念じて、詳細を組み立ててしまったからです。すべてはそれに則《のっと》って動いています。未来に向かう流れは、もう止められないのです」

「未来に向かう流れ――地獄行き」

綾は答えず、さめざめと泣いた。私は唐突に、勢いこんで食べた夕食を吐きもどしそうになった。

08

それでも上槇ノ原の住人のあいだには、鉱山によって貧困から脱することができるという期待がふくらんだ。鉱山が稼働すれば、附随《ふずい》する仕事もたくさんできるだろう。

下槇ノ原と結ぶ新たな道路が開通すると、戦車のような重機が大量に送りこまれ、鍛冶屋の山岸さん宅の脇から北に向かって伸びる登山道が一気に拡張された。

鋼君たち山岸一家は喧噪を嫌って山にもどったのだろう。いつのまにか姿が消えていた。

山岸さんの家を重機で踏み潰してしまえばそれなりの経路短縮になる。国家および陸軍が背後に控えているのだから、そういった強引な遣り方をされるだろうと皆、息を詰めていた。鋼君たちが消えたのも、それを見越してではないかと私も思っていた。

茅葺き屋根は重機やダンプが捲きあげる土埃をかぶって薄化粧してしまったが、なぜか史蹟名勝天然紀念物保存法により記念物指定されたかのように山岸宅は一切、手つかずで残され、それどころか道路掘削で一段高くなった鋼君の家の周囲は、城の石垣のような石組みで補強された。

登山道だが、右側の御厨山に到る山道は放置されたままだったが、左の羽鳥山に到る岨道には圧倒的な人員と物量が投入され、すごい勢いで掘削され、地盤改良や路肩補強がなされ、瞬く間に重機やダンプが通ることのできる道幅を誇る立派な林道が出来あがった。

上槇ノ原の住人は一切近づくことが許されないが、林道完成で、さらに大型の重機などが投入され、羽鳥山の崩落部分は鉱山の坑道や附帯する設備や施設が突貫工事で造りあげられているようだ。現場に木材などを送り込むために架空索道《ロープウェー》が設えられ、上槇ノ原だけでなく福島や新潟の山地から続々と資材が運び込まれているようだった。

一日に三度から四度、派手な発破の音が上槇ノ原の大気を不規則に振動させる。ときに羽鳥山の方角に烈しい土煙があがることもある。

こうなると軍事機密的な扱いも無駄なような気もするが、なぜかラジオのニュースに耳を傾けても、日本で初めてボーキサイト鉱が発見され、鉱山の諸設備がどんどんつくられていることはまったく報じられなかった。

電線開通や道路掘削などでなにかがあると察したであろう下槇ノ原の者たちからの反応も一切ない。もっとも下槇ノ原とは冷戦状態だから、遣り取りは完全に途絶えているのだが。

御宿蘗埜は工事関係の偉いさん専用の宿となり、国防色＝カーキ色の軍服姿も目立つようになってきた。人夫たちは林道中腹に急拵えされた宿舎で寝泊まりしていた。

人の入れ替えは頻繁《ひんぱん》で、あちこちのお国言葉が飛び交った。皆、金遣いが荒かった。交代制の作業が休みの午後には河原や木陰で博奕《ばくち》をしている人も多かった。突貫工事のためにかなり高額な給金が支払われているようだった。

御宿蘗埜の仕出しだけでは作業員たちの食事が賄えないので、ある程度の規模の食堂が必要だとの要求があり、国から予算が出るとのことで、料理自慢の對馬《つしま》さんに白羽の矢が立ち、御宿蘗埜の近くに急遽〈おめん〉という上槇ノ原で初めての食堂が開店した。

後には外食どころではなくなっていったん消滅し、再開後はずいぶん縮小してしまったが、このころは對馬さんの指図のもと、上槇ノ原のたくさんの女たちが人夫の腹を満たすために忙しく立ち働いていた。

對馬さんは相撲取りじみた体軀《たいく》で、顔は鬼瓦だ。気は荒く、喧嘩も強い。並みの男など太刀打ちできない。けれど料理は繊細で、とにかく美味しい。

上槇ノ原で採れるものだけならば料理の幅も限られてしまうし、大幅に膨れあがった人員の腹を満たすことなどできはしない。そこで地上からトラックでどんどん食材が運びこまれてくる。質素倹約を国民に強いているにもかかわらず優先的に食料がまわされてくるのだ。

對馬さんは工夫する人で、上槇ノ原の人たちが見たこともない氷漬けの海産物や畜産物などを巧みに調理した。人夫だけでなく懐具合が上向いた上槇ノ原の住人も〈おめん〉でいままで目にしたこともない食材に舌鼓を打つようになった。

鉄君の萬柳庄雑貨店も大繁盛だった。こぢんまりした雑貨屋が十倍ほどの規模の店舗に改装され、周辺の住居は過剰な立ち退き料をもらって、そこに重機やダンプが駐められるように広大な駐車場が整備された。毎日、種々の物資が届く。

そのほとんど全ては陸軍お買い上げだったが、奇妙な話だ。直接現場に納入すればいいだけのことなのに、柳庄にもってくる。なぜか柳庄を経て金銭が動くのだ。住民懐柔だろうか。だが陸軍が強圧的に振る舞えば、そんなことをする必要もない。

兵站の責任者の頭を綾と鉄がいじったのではないか。

鉄は真っ赤に変貌した綾が美しいと感嘆して、よく訪ねてくる。私を差し置いてなにやら密談している。

柳庄では、軍手を仕分けするのが鉄の仕事だった。軍手は人夫一人あたり毎日一組配られる。大量なのでその包装はそれなりに大きく重く、チビの鉄は天手古舞《てんてこま》いだった。このとき萬柳庄雑貨店はずいぶん蓄財したという。

また行政からの補助金その他がどんどん上槇ノ原に落ちるようになり、置いてけぼりを喰わされた下槇ノ原の人たちの憤懣《ふんまん》と怨嗟《えんさ》に火がついたが、上槇ノ原の住人はその噂を薄笑いと共に無視した。

けれど経済的な恩恵に影が差した。

昭和十年の初夏に鉱山の諸設備が完成して土工たちが去り、新たに鉱山掘削のための作業員が投入された時点で、上槇ノ原の人たちに怯えが疾《はし》った。

鉱山掘削作業員に、右手人差し指がない人が、いたのだ。

人差し指が欠損していれば鉄砲の引き金が引けない。だから兵隊としては役に立たぬ。愛国一直線の日本の風潮など一顧だにしない肚の据わった人が送り込まれてきたというわけだ。兵役拒否のために、平然と自身の指を落とすような人がやってきたのだ。

刺青をしている人も、小指のない人もたくさんいた。どう見ても堅気ではない目つきの鋭い男たちが、手錠腰縄でつながれて大挙して上槇ノ原にやってきたのだ。つまり軍隊に入れても風紀を乱すだけで、上官を脅しかねない人たちだ。

私は鉄といっしょに奴隷のようにつながれた人々が柳庄の駐車場で憲兵らしき姿の兵隊から怒鳴り声で指図されてトラックから降ろされ、気怠げに水路沿いの芒の原を横切って羽鳥山に向かうのを見守った。

奴隷のような姿と裏腹に、奴隷にあるまじきふてぶてしさの面々だった。鉄は目を輝かせ、昂ぶりを隠さない。

「恰好いいぜ。小指なしもだけれど、右手人指し指欠損は最高だ。反戦を口にするなら、利き手の人指し指を落とさなくちゃ」

「あの人たちが手錠腰縄なしで羽鳥山の鉱山からここに降りてくるとしたら？」

「望むところだ。ああいう人たちは金遣いが荒いから、柳庄にとってはよいお客さんだ」

「まいったな。刑務所からどんどん連れてくるんだもの。上槇ノ原が塀のない刑務所になりかねないよ」

「男日照りだろ。上槇ノ原の軟弱な男共とちがって、あいつらが競って種付けすれば強い子供がどんどん生まれるさ。上槇ノ原始まって以来の男衆の数じゃねえか」

一理あるが、どんなものだろう。私は苦笑しながら鉄の手にあるボロボロの〈非常時と國民の覚悟〉を一瞥する。二年前か、国民教育読本として学校に生徒の人数分、送られてきたのだ。

「非常時か――」

「そうだよ。靜姉さん。非常時だ。そういうときに強い奴は？」

「さあね」

「極道だよ。極道に決まってるじゃないか」

「荒木陸相宛ての五・一五事件の被告の減刑嘆願書に、小指が九本、同封されていたっていうね」

「感激したぞ。感動した」

「戦争に行きたくないから人差し指を切断する。減刑嘆願に小指を添える」

「それが大和魂《やまとだましい》だ」

「そうかなあ。減刑嘆願の小指はともかく、人差し指は戦争忌避だよ」

「そこいらの奴は、戦争に行くのがいやだって、指なんか落とせないって」

「そっちのほうが正常な気がするけど」

軍国少年のようでいて、そうでもない。鉄は摑《つか》みどころがない。普通でない鉄と遣り合っても、永遠に平行線だろう。私は鋼からもらった短刀をぐいと握った。

「ねえ、追いかけてってみよう」

「静姉さん、本気か！」

「本気も本気。私たちの土地だもの。それとも鉄は怖いのか」

「そうきたか。怖いわけないだろ。静姉さん一人じゃ心許ないから付き合ってやるよ」

囚人たちの列は延々続く。四列縦隊にされているのは、人数が多すぎるので一列や二列では縦長になってしまい監視の目が届きにくくなるからだ。それでも手錠に縄を通してつながっているので警備の警察官や憲兵は案外気を抜いていて、雑でゆるい。

「鉄。囚人の列の中に潜り込みたい」

呆気にとられた眼差しが返ってきた。

「警官の隙を見計らって合図して」

「やるのか？」

「もちろん」

「で、なにをする？」

「さあ。でも気脈を通じておいたほうがいいでしょう」

「けど、あいつら、犯罪人だぜ」

「さっきとぜんぜん言ってることが違う」

「だってよ〜」

「いいから。合図」

鉄は大きく頷き、四列縦隊でつながれてだらだら歩く囚人の群れと、彼らにたるんだ視線を投げている官憲を交互に見やり、私の背をそっと押して方向を示し、異形の群れの間近まで近づいた。ちょうど芒の原を突っきって、古くて文字も読めない里程標らしきものがある脇道あたりだ。ここで道はいったん左に折れる。前と後ろ双方の官憲の死角だ。うまいところに鉄は着目した。これなら私一人だって極道の群れに潜り込める。

青々とした芒に隠れて、時機を窺う。

ほい――と鉄が声をあげた。

ほい、はないでしょうと私は苦笑いしながら、軀を斜めにして剣呑な男の行列に割り込んだ。男の目が集中する。

私は口の前で人指し指をたてる。

即座に男たちは密集して私を隠した。すばらしい反応の早さだ。しかも、さりげない。やはり並みではない。

背丈は彼らの三分の二ほどもないので、覆うようにしてくれれば、だいじょうぶ。官憲たちだって、まさか子供がまぎれこむとは思ってもいないはずだ。

そこで気付いた。鉄もいっしょだった。なにかあったら、どうするの！　目で叱るが、馴れなれしく極道の腕の刺青をなぞっている。私はごく抑えた声で訊く。

「いちばん強い人は？」

答えるかわりに男は手錠の手をぐいと持ちあげて頭を指し、次に握り拳をつくった。頭脳か、暴力的な力か？　ということだ。

「どっちも。あんた方の首領」

男たちは目と目を見交わし、素早く思案した。正面を向いたまま怠そうに歩みつつ、ほとんど口を動かさずに囁いてきた。

「北は網走《あばしり》から鹿児島郡は伊敷《いしき》まで日本全国の刑務所から誂《あつら》えられた精鋭だぜ。一人だけあげるのは無理だ。が――」

「が？」

「うん。それでもあえて俺たちを代表するってぇなら、大鋸屑《おがくず》の親分を推薦したいね」

「大鋸屑？」

「綽名《あだな》だよ。人を大鋸屑みたいに破壊しちまう。大賀の大親分だ」

どのような由来の人かを訊いている暇はない。どのあたりにいると目で問う。男は素知らぬ顔をして、欠けた小指の先で背後を示した。

ふと思った。『真の夜半獣降りきたるとき、唯一無二の徴は折れ欠けた左手の二本の爪』――候補がたくさんいるではないか。

もっとも彼らは自身の意思で指を落としたのだから、当てはまらないか。

私と鉄が目顔で礼を言うと、四列縦隊の真ん中がすっと割れた。

大鋸屑の親分と唇だけ動かすと、理由がわからぬまま極道たちは何事もなかったかのように私たちをどんどん後方に送ってくれる。縦隊を二十ほども後ろに下がったか。

大賀の大親分は、周囲よりも頭ふたつ分くらい低い背丈しかなかった。つまり私とほぼおなじ身長だ。

背の低い人には気の強い人が多いという。けれど大賀の大親分は気弱な笑みを私たちに向けた。演じているのではなさそうだ。

そこまで観察して気付いた。

夢で見たことがある。

この人を見たことがある。

私は黙って短刀で大賀の大親分の腰縄を切断し、手錠に触れた。

やってみるものだ。手錠はややもたついて大賀の大親分の手首から外れた。

手錠が地面に落ちる前に、大親分の脇に密着していた男がすっと摑みとった。

大賀の大親分は少し剝けて肉が見えている手首を一瞥し、唇だけ動かした。

——どういう仕掛けだ？

私は肩をすくめた。

子分たちだろうか。わたしたちと大賀の大親分の周辺には囚人の壁ができあがっていて、官憲たちもなぜか見て見ぬふりをしているかのようだ。

——ま、いいや。鬱陶しいもんがなくなったぜ。姐ちゃん、ありがとよ。

——親分。姐ちゃんじゃない。静姉さんだ。

——真っ黒だけど美人だ。いい目つきしてやがる。ぞくりとくるぜ。

——そういう目で静姉さん見るな。

——すまん。おまえもいい面構えだ。おっかねえ小学生だ。おまえら、俺を逃がしてくれるためにきたのか？

——知らん。どうでもいい。どうせ逃げる気もないだろ？

——まあな。ここはいいところだ。

——どこが気に入った？

——おまえがいて、靜姉さんがいる。

——組でもつくるか？

——冗談じゃない。もう面倒を引き受けたくない。

大賀の大親分は、鉄の舐めるような視線に気付いた。

——指か？　人指し指も小指もついてるよ。エンコ詰めなんて、おっかなくて、とてもとても。刺青も痛いから、いやだ。

——男の中の男だな。

——こそばゆいことを吐《ぬ》かすな。俺は臆病なんだよ。だから、いままで死なずにきた。温和《おとな》しく刑務所でくたばるつもりだったんだけどな。

——どうせ親分は鉱石なんか掘らねえだろ。子分に目で指図するだけだ。

——まあな。この貧相な軀だ。力仕事は無理だよ。

——親分みたいのは、煮ても焼いても食えねえって言うんだぜ。

——おまえ、なんて言う？

——鉄。柳庄鉄。

——俺の養子にならねえか？

——生憎、俺は柳庄の倅だ。

——鉄。

——なんだ。

——おまえは靜姉さんに完全に寄りかかってるな。

——わかるか。靜姉さんといれば、怖いことなんてねえ。俺にとっては靜姉さんと……

綾姉さんと言いかけて、私の念を感じて言葉を呑んだ。私は軽く頭をさげる。

――大賀の大親分様。私たちは、そろそろここからお暇します。

――うん。ありがとよ、手錠外してくれて。どういう手品だ？

――知らぬが仏です。

――仏ときたか。抹香臭いのは似合わんな。ま、いいや。今日、とんでもない少女と少年に出会ったと日記に書いておこう。

――日記、つけてるんですか？

――つけるわけねえだろ。字、書く暇があったら、センズリかくわ。おっと、見栄を張った。いまや股間の枯れ芒。つまんね〜。何言ってんだ俺。浮かれちゃってるよ。

私は無表情に肩をすくめた。

――ま、いいや。按排《あんばい》しとくから鉱山に遊びにくるんだぞ。

――はい。お邪魔します。

――いいなあ、女房にしたい。

私はもういちど肩をすくめ、行こうと目で鉄に促す。

――静姉さんよ。おまえ、俺に対して肩をすくめてばかりだぜ。

――御返事しようがないことばかり口になさる親分が悪いんです。気分が悪いですか？

――逆。たまらない。邪険にしてくれ。

――アタマ、変ですか？

――かなりな。

――ちょっとだけ好意をもちました。でも、ほんのちょっとです。

――なんでもいいや。も少し太れ。凄《すげ》え女っぽくなるぜ。あと二年くらい待てばいいかなあ。祝言の日を愉しみにしているぜ。

私は不覚にも親分に向けて顔いっぱいの笑みを泛べてしまい、それを消して鉄の手を引いて曰く付きの鉱夫の壁から抜けだした。

＊

「本当に、靜姉さんはムチャをなさいます」

「これからのことを慮《おもんばか》れば、だな。敵の首領を知っておかなければならないだろ」

「――どんな方でしたか」

「私の父親だったら、かなり嬉しい」

「美男子ですか？」

「うん。小さな痩せた蝦蟇蛙《がまがえる》みたいな人」

「それのどこが？」

「ハッタリ、ゼロ。自分を頼ってくる人にはとことん尽くしてやる人。自分に敵対する人には、暴力を用いて木っ端微塵にしてしまえる人――大鋸屑か」

「いい人なのか、悪い人なのか」

「いい人に決まってるじゃないか。悪い人っていうのは、いい人ぶってなにもしない人のことだよ。見てるだけで、正論を吐く人こそが最悪。大賀の大親分に殺されちまえ」

「靜姉さんの過激な思想には、ついていけません」

「特別高等警察に訴えでるか？」

「ふふふ」

「あーあ、憂鬱《ゆううつ》だよ。あんな凄い人たちが助けてくれるとはいえ、とんでもない戦争しなければならないんだよ」

「御免なさい。私が念入りに未来をこさえてしまったばっかりに」

いまさらなにを言っても、未来は変えられない。

「泣くなよ。もう流れに乗ったというか、流されちゃってるから、溺れないためにも自分のできることをちゃんとやるしかないから」

「でも、本当に御免なさい。綾は死んでお詫びしたい。でも――」

「いいから。おまえが深刻になると、私も滅入るんだよ。空元気で突っ走るしかないからさ。それよりも」

「それよりも？」

「今日、親分の手錠を外した。それも綾みたいな剣呑な遣り方じゃなくてね、そっと掌で覆ったら、すって落ちた」

「手錠が？」

「そう。自分でも、ちょっとびっくり。いろいろできそうな気がする。けっこう柔らかい力だけれど。綾が手錠を外そうとしたとするじゃない――」

言葉を呑み、視線をそらして思わず含み笑いを洩らしてしまった。綾が躙《にじ》り寄って訊いてきた。

「私が外そうとしたら？」

「手首が熔《と》けて、手錠が外れる」

「ひどい！　靜姉さん、ひどい！」

「怒るなよ。手錠を外すということにおいては、どっちも目的を達することができるんだから」

ほっぺを膨らませている綾をあやしながら物思う。

まだ時間はある。上槇ノ原の一部の者しか知ることのない隠畑《かくしばた》をつくりあげておくか。効率のいい作物は――。

苦笑いが泛ぶ。既存の田畑を保つのだってぎりぎりだ。冷害や日照りに見舞われれば、皆餓《う》えて身悶えするのがこの土地だ。この山深い土地を新たに開墾することそれ自体が無意味で徒労だ。

しかも極道者が千幾人送り込まれてきているのだ。住民全員がこれから襲来する最悪の幾年かを、餓えずにすませられるだけの作物をつくりあげられるはずもない。

結局、為す術なく綾がつくりあげた飢餓地獄に堕ちていくしかないのだ。

「なんで靜姉さんは笑っているのです？」

「人はね、いよいよ追い詰められると、笑うしかないんだよ」

09

上槇ノ原ボーキサイト鉱山が稼働して一年たった。

羽鳥山の林道を下った大きなダンプが、赤みがかった灰色の岩石を大量に積んで、派手に土埃を捲きあげながら集落の外れの下槇ノ原に通じる道路の検問を抜けていく。

運びだされていくのはボーキサイトの鉱石だけではなかった。荷台を帆布《はんぷ》で覆った陸軍のトラックから漂うのは、腐臭《ふしゅう》だった。血と肉と脂が腐った臭いだった。

ときに荷台から青緑色の膿のようなものを滴らせて下山していくこともあった。路上を汚した腐肉の成れの果ての粘液から立ち昇る悪臭は目に沁みる。信じ難い臭いに誰もが目尻を拭い、嘔吐の唾を怺《こら》えた。

やがて土曜日になると、屍体《したい》を積んだトラックが集落を必ず抜けていくようになった。屍体の定期便だ。

なぜ、これほど大量の死者がでるのか。一定数の鉱夫たちが死んでいくということだ。つまり落盤などの突発的な事故ではない。

「ボーキサイトの細かい粉を吸いこむと、ボーキサイト肺になっちゃうんだって」

「ボーキサイト肺?」

「粉塵《ふんじん》ていうのかな。吸いこむとね、長く保っても四年くらいで死んじゃう。塵肺《じんぱい》ていうの。ボーキサイトを掘るには防塵《ぼうじん》マスクが必須なわけ。けど」

「鉱山の方々は、防塵マスクを与えられていない？」

「使い棄て。人員が足りなくなったら、監獄から連れてくる。予備は、幾らでもいる」

綾は俯き気味に黙りこんでしまった。脅す気もない。鉱山の惨状を語るのはやめた。

上槇ノ原の者たちは腐臭を怺える程度だったけれど、採掘現場では早くも地獄が始まっていたわけだ。

月に一度ほど、私は物資を運ぶ柳庄の陸軍払い下げトラックに便乗して鉱山宿舎――俄《にわか》づくりの監獄に出向いていた。大鋸屑の親分に会いにいくためだ。私は将来、大切な味方になってくれるであろう男、夢で見た男の全てを知ろうと必死だったのだ。

下界では停電が多いらしいが、鉱山には潤沢な電力が供給され、宿舎を囲んだ背丈の三倍ほどもある鉄条網には高圧電流が流されていて、ときどき中途半端に鉄条網にぶらさがって黒焦げになった屍体を見た。黒く焼け焦げた表面の隙間から真紅の肉が覗いていて、そこから薄黄色の蛆虫《うじむし》が帯状になって流れ落ちたりしていた。蛆虫は高圧電流も平気なのだろうか。

「平均して週に三十人ほど死ぬか」

「塵肺で？」

大賀の親分は顎の無精髭を弄《もてあそ》ぶ。

「それもあるが、過労と栄養失調だ」

繁盛《はんじょう》していた〈おめん〉だったが、鉱山監獄からの注文はなく、上槇ノ原で唯一懐《ふところ》具合のいい萬柳庄雑貨店の親父が村人たちの飲み食いした料金を一括して支払っていた。一時期のように豊富な食材は手に入らなくなっていたが、まだこのころは、贅沢さえ言わなければ食べるものには不自由していなかったのだ。

「昼夜の別なく三交代で掘ってるよ」

「八時間ずつ」

「いやいや、重なってるんだわ。十四時間水と塩だけでぶっ続けで掘らされて、残りの十時間のうちに飯食って寝て、また十四時間、地の底だ」

「もっと機械化されていると思っていた」

「まったくだ。が、黒煙を撒き散らす軽質軽油の掘鑿機《くっさくき》以外は鶴嘴《つるはし》だもんな。見事なまでに手作業だ」

大賀の親分は苦笑いに似た笑いを泛べた。

「で、気に食わなければ即座に射殺。ときになんの理由もなく射殺。面白がって撃ちやがるから、楯突く余地もないよ。奴ら、国家に不要な極道者を絶滅させる気だ」

私が思い描いていた塵肺の影響など、理に落ちすぎていた。上槇ノ原の住民たちはまがりなりにも食べていたが、囚人たちは雑穀《ざっこく》をお粥に仕立てたものしか与えられていないようで、過酷な労働とあわせて衰弱死させようとしているのではないか。現実には虐殺に近いことが行われているのだ。

「死体はちゃんと運びだしますよね」

「そりゃあ、放置して伝染病でも流行れば、さすがに穴掘りが足りなくなるだろ」

「けど、あの腐り具合は――」

私が言葉を呑むと、大賀の親分は妙に明るい声で笑った。

「最初は掘り終えた坑道にアレしてたんだけどさ、多すぎて、憲兵や刑務官のほうが腐臭に耐えられなくなって、週一だったか、一応ここから運びだして、下槇ノ原に通じる道路脇に棄ててくるって寸法さ」

焼却の手間も省くのか。私は絶句した。

「あの道は通らねえほうがいいぞお。俺も見てねえからあれこれ言えねえが、惨状ってやつだろう」

大賀の親分もすっかり痩せた。小さな軀がますます縮んだ。鉱山監獄では特権階級というべきか、大賀の親分を怒らせたりすれば極道者たちが一斉蜂起しかねないので、こうして私とお喋りができるくらいには特別扱いされている。

「んなことよりさ、黒ちゃん。世間の様子はどうよ」

「黒ちゃんじゃありません！」

「くー、怖《こえ》えなあ。ゾクゾクするぜ。黒ちゃん改め靜姉さん」

「――ヒトラーが陛下に〈嵯峨天皇宸影《さがてんのうしんえい》〉を送りました」

「なに、それ。天皇がヒトラーに送ったんじゃなくて？」

「はい。ヒトラーが天皇陛下にいつのまにか日本から消え失せていた絵をもどしてくれたということです」

「ふーん。ヒトラーってば、日本と組む気満々だね。ま、極東を押さえる要だもんな。おだててアメリカ、攻めさせれば筋書きどおりってやつだろう」

「ガソリンが足りないので、木炭と薪で走る自動車――木炭車《もくたんしゃ》がつくられるようになりました」

「なんだ、そりゃ。だいじょうぶかよ、大日本帝国」

「あ、大日本帝国。じつは、この四月に日本の国号が大日本帝国に正式に決まって、元首の称号は皇帝から天皇に統一するっていうお触れが出ました」

「もともとそう呼んでたじゃねえか。そういうのを強調して強制するようになると、いよいよヤバいよ、大日本帝国」

「満州はずいぶん焦臭くなってますから。威勢はいいですけれど、ぜんぜん勝てない。町には傷痍《しょうい》軍人《ぐんじん》があふれているそうです。物資や食料、足りなくなってきました」

「日本と中華の戦争は手打ちのしようがねえだろう。満州国って虚構に、現実が叛旗《はんき》を翻《ひるがえ》すってとこだ。あいつらだってやられっぱなしなわけがない。やれやれ、この国はいよいよドツボにはまるな」

　大賀の親分の預言どおり、後に太平洋戦争にまで連続して十五年も続く泥沼、日中戦争が始まったのは一年ほど後だ。大賀の親分は予言者だ。二・二六事件も年の初めに預言していた。なぜわかるのかと訊いたところ、黒ちゃんの情報が慥《たし》かだからだよ——と、はぐらかされた。

「軍備増強にじゃまだから、ロンドン軍縮会議も脱退してしまいましたからね」

「なあ、黒ちゃん。じゃねえ、靜姉さん。そういった歴史のお勉強みてえなニュースは飽きあきだよ。なんかおもろいやつ、色っぽいニュースはねえのかよ」

「——半月くらい前だったかな、阿部定《あべさだ》って女中さんが、仲良しの」

「仲良し？　なんじゃそりゃ」

「だから、愛人、ですか」

「黒ちゃんが赤くなったぜ。いいなあ、そそられるなあ。魔羅先《まらさき》が痺《しび》れらあ」

「——もう語りませんよ」

「すまんすまん、すまんの二乗三乗沙悟浄《さごじょう》」

　ほんとうに冗談がつまらない人だ。私はつっかえながら続けた。

「その、なんといいますか。阿部定さんが愛人の男の人を愛おしさのあまり絞め殺してしまって、その、局部。局部を、ですね、切りとって、懐に忍ばせて――」

「おおおお、いいなあ、好い女だ」

「大賀の親分も切りとられたいんですか」

「うん。静姉さんにな」

親分は真顔だった。私も真顔になってしまった。慾望は伝染する。私の心の奥底に、この人の局部を切りとってしまいたいという慾望が仄かに燃えあがった。この人を完全に私のものにしたい。その最終形が、この人を、私の手で、殺すことだ。

おそらく四十ほども歳が離れているであろう大賀の親分が、私は大好きだった。誰よりも好きだった。大賀の親分も冗談めかしていたが、私のことが大好きだった。

でも、私はこの人を利用して殺しかねないことを夢の断片から悟っていた。

だから恋情を必死で圧し隠して、けれど月に一度宿舎を訪ねるときは精一杯身繕いをした。

親分は愛情をこめて黒ちゃんと呼んでくれるのだが、野良仕事を控えて肌を焼かぬようにしたかった。

けれど将来に備えて雑穀を少しでも多く収穫しておきたかったので高畑家が所有している裏山に内緒の畑をつくって、四六時中耕していたので、ますます日に灼けていた。

「ねえ、大賀の親分。麻吸いって知ってますか」

「知らん」

「野良仕事で疲れると、百姓は乾燥させた麻の葉を吸うんです」

「なんじゃ、そりゃあ」

「麻の葉の先の方。もう神世の昔から続いてるんですって。しかも明治の御代から国策としてどんどん大麻を育てろって命じられていますし、ここいらは栃木に近いから、あえて植えなくてもあちこちに生えています。吸うとふんわりして気持ちいいですよ」

「――阿片みてえなもんか」

「さあ。阿片は知らないので」

「静姉さんはべつに衰えてねえよな」

「あ、毒はないみたいですよ。新聞とかに喘息のお薬として大麻タバコの宣伝、載ってるじゃないですか。神保町の製剤本舗、知新堂薬店謹製だったかな。私たちはそこいらに生えているのを吸うから、買う必要はないですけれど」

「漢方薬みてえなもんか」

「大麻は天皇家と結びつきが強い神の草ですからね。大嘗宮《だいじょうきゅう》の儀では天照大御神《あまてらすおおみかみ》が身に着けていたという大麻でつくられた麁服《あらたえ》というお服を献上するそうですし、神社の祓串《はらえぐし》もお相撲の横綱も大麻ですし。吸うと幸せな気分になります。なんか天竺《てんじく》のものとかはとんでもない効き目があるそうですけれど、ここいらに生えてるのは程よくお酒を飲んだ程度かな」

よく知ってるな、と呆れ顔の親分だ。どんな書物でも選ばずに活字を追うのが習い性になってしまっていることを見透かされたような気がして、居直った表情をつくる。大賀の親分は一瞬慈父の眼差しを注いでくれた。

この人は、いつだって私を肯定してくれるのだ。大儀そうに伸びをすると、言った。

「この檻の中にもいっぱい生えてるよな。こんど吸ってみるか」

「この中はお酒もないし、気分転換になるんじゃないかと。あと」

「あと?」

「これが一番かな。とにかく栄養があるんですよ、麻の種。七味に入ってるじゃないですか、麻の種」

「食うのか？」

「はい。油が搾れるくらいですから、滋養たっぷりです。それに」

「それに？」

「吸うと、すっごくよく眠れるんですよ。熟睡《じゅくすい》」

「ふーん。いいことずくめじゃねえか」

栃木は日本でも有数の大麻生産地で、明治の屯田兵《とんでんへい》は大麻と養蚕を奨励され、栃木の大麻種子が大量に送りこまれた。クラーク博士の札幌農学校は大麻および亜麻の栽培が正式科目だったそうだ。日本薬局方にも医薬品としての大麻の効能が詳細に記されている。

医薬品だけでなく、船舶用の舫《もや》い綱《づな》をはじめ麻繊維は軍需物資としても重要で、太平洋戦争が激化して制海権を失うとマニラ麻の輸入が途絶え、国内栽培がさらに奨励された。

ところが戦後ＧＨＱが天皇家とのつながりなどから日本における麻栽培を禁止してしまった。大麻を痲薬《まやく》扱いするのは、天朝に唾するものだ。

屯田兵の時代に大量に植えられた大麻は、法律で禁止されてからも北海道や東北で野生化して、いくら焼却してもどんどん背丈を伸ばしイタチごっこが続いている。

ふと、麻こそが上槇ノ原自立のための鍵となる——という天啓が降りてきた。それは確たるものだったが、なにを意味するかは漠然としていて、脳裏の奥底に仕舞われた。

私と麻の関係は、深い。まだ物心つく前から野良仕事の休憩時に親族から勧められて吸っていた。

「上槇ノ原は貧乏だから夕バコなんて買えません。だから大人はみんな、大麻で一服していました。

小学校にあがる前の私なんか、あんないがらっぽいもの、キセルからまともに吸うことができなくて、だから父が紙袋に煙を入れてくれて、それを口と鼻にあてがって息をするわけです」

作付けで軋んだ腰が大麻を吸うと、じわりとほぐれ、楽になったものだ。大賀の親分は大きく頷いた。

＊

次に訪れたとき、大賀の親分に耳打ちされた。

——人間てのは、疲れすぎると逆に眠れんもんでな。加えて鼾《いびき》やらなにやらで皆、殺伐とした夜をすごしていたんだが熟睡できるようになった。静姉さんに言われたとおり、麻の種を食べるようになった。ありゃあほんとに滋養に富んでいて軀にいいんだな。脚気《かっけ》がへった。死者もへった。

10

「生きて虜囚《りょしゅう》の辱《はずかし》めを受けず、か。英機《ひでき》君、ちょい違うんじゃねえかな。死なずに、また戦えばいいじゃねえか」

少し喉仏が目立ってきた鉄が、東条《とうじょう》英機の〈戦陣訓《せんじんくん》〉を小バカにした。鉄よりもさらに男っぽい顔つきになってきた鋼が頷き、吐き棄てた。

「死人が鉄砲を撃てるか」

もっともだ、と私も思う。それくらいの勢いで戦えということだろうが、本当に御国のために役に立ちたいなら、どんな境遇に落ちても死ぬべきではない。

昭和十六年、世情は切迫し、昂ぶりが空回りしている気配が強い。そんなときだが、山から一人だけ下りてきた鋼と、柳庄の鉄は綾の地下牢に入り浸っていた。

私は数えで十八歳になっていた。相変わらず痩せっぽちで色黒で、胸乳もほとんど大きくならなかった。

綾は七歳のままだ。つまり私の胸乳どころではない。完全に成長が止まったままだ。月経《げっけい》とも無縁で、このままの姿で永遠に生きるのではないかと思わされる。

私と鉄と鋼は大口をあけて頬張り、綾は嬉しそうにサトウキビの茎《くき》の破片《はへん》が残っている砂糖の小片をおちょぼ口で食べる。私たちの眼前には、軍需物資の黒砂糖が大皿に山盛りだ。本来は鉱山で極道たちを見張る任についている軍人や官憲のために柳庄に届いたものを、鉄がくすねてきたのだ。

砂糖は皆が涎をたらすような貴重品になっていた。砂糖とマッチは切符制から配給統制になってしまったのだ。配給は雀の涙程度、それもきちっと配給されるならともかく、上槇ノ原では遅配がひどく、皆、狂おしいまでに甘い物に飢えていた。

鉄は父親と一緒に猪狩りに出かけ、ちょくちょく肉を分けてくれたが、下界では豚肉の不足も深刻で、帝都では一時、販売停止措置が執られたそうだ。

高畑家もいまでは粟《あわ》や稗《ひえ》を食べているし、もともとお米なんてほとんど食べられなかった上槇ノ原の者たちにとってはどうでもいいことだが、関西六県は食堂などの米食廃止に踏み切った。

欲《ほ》しがりません、勝つまでは――。

国民学校五年生の少女がつくった標語で巷《ちまた》で大流行していたが、じつは少女の父親が拵《こしら》えた贋作だった。

食糧だけではない。税収を上げるためにサラリーマンの所得税が源泉徴収となった。有無を言わさず吸いあげるための方策だ。これは戦争が終わろうがなにがあろうが、野暮で強慾な国家が続く限り、未来永劫《みらいえいごう》変わることはないだろう。

さらに上槇ノ原では取り締まりこそ行われなかったが、警視庁は各家庭の電気の無駄を隠密裡に見張って、見せしめで非国民として槍玉にあげる〈電力警官〉を配置して睨みをきかせた。

「鬱陶《うっとう》しくなってきたなあ」

鉄の嘆息に、鋼が醒めた声で応える。

「バカが御国を動かしてるんだから、どうしようもないさ」

私は静かに割り込む。

「軍部の指導者も政治家も、そして民衆も誰もかもが、自分がバカであることに気付いていないから恐ろしいのよ」

「ま、いつの時代だって政治家とか、みんなそんなもんでしょ。永遠にバカはバカ」

鉄の呟きを受けて、鋼が平然と怖いことを言う。

「ヒトラーは寸足らずだけど、俺は真の指導者がバカ共をちゃんと引っ張るしかないと考えているんだ。国家社会主義しかねえよ」

「じゃあ、鋼が真の指導者になれば？」

「勘弁《かんべん》してくれよ。俺は自分がバカだって気付いてるんだ。自覚してるバカだ。だからこそ自分がバカであることに気付いていない本物のバカの仲間入りだけはしたくない」

「じゃあ、真の指導者は夢物語？」

「いや」

「真の指導者は、いるの？」

「ここにいる」

鋼と鉄、そして綾までもが私を見つめていた。鉄が問う。

「綾は、どう思う」

「靜姉さんが、真の指導者」

「だろ」

鋼が真顔で言う。

「俺は男尊女卑《だんそんじょひ》だけど、靜姉さんだけは床に額を擦りつけなければならない相手だ。ガイグメリさんも、あの御方は実存《じつぞん》だから徒疎《あだおろそ》かにするなって言ってた。実存ってなにかよくわからんが、凄いことらしい」

「静姉さん、実存だぜ」

意味もわからずに実存、実存と鉄と鋼が囃《はや》しはじめ、綾があわせて手を打つ。鉄が変なコブシをつけるものだから、なにやら民謡の発表会のようで、私は安っぽい実存として大いに照れたが、やがてバカらしくなって、小腹を立てた。

それにしても、ガイグメリの口から実存とは。鋼も国家社会主義云々と口にする。侮るつもりはないが、山の民は途方もないインテリジェンスの持ち主たちなのかもしれない。

これから始まる地獄についてはぼかして語らなかったが、そして物質的な万全の備えはこの寒村では不可能だが、せめて精神的な備えを保たなければ、と、折々に鋼と鉄に時勢などをあれこれ教えていた。

侵略に打って出たはいいが、十年ほど戦っても解決の目処の立たぬ日中戦争という重荷を背負い込んだ日本軍は二進《にっち》も三進《さっち》もいかなくなり、フランスがドイツに降伏したのに乗じて仏領印度支那《ふつりょういんどしな》へ武力進駐《ぶりょくしんちゅう》を開始して東南アジア侵略を明確にし、対英米戦準備のため仏印に航空基地を設置して状況を打開しようとした。

これによりアメリカ、イギリス、オランダの三国を怒らせてしまい、敵対が決定的なものとなった。

日中戦争の足抜けできない泥沼こそが、日米が戦う直接の契機となったのだ。

ルーズベルト大統領は在米日本の資産凍結令を公布し、イギリスとオランダもそれに追随した。八月にアメリカは対日石油全面的禁輸に踏切った。ガソリン一滴は血の一滴なる標語が真実になってしまったわけだ。

この八月、日本国内では映画の国家管理が決定され、娯楽映画が制作中止になった。金属回収令が公布され、お寺の鐘まで含めてあちこちから金属が徴収され、住宅営団が管理人として日中戦争で負傷した行き場のない傷痍軍人を採用するようになり、営団住宅は手や足のない人の職場となった。

九月以降、ガソリンで動くタクシーが禁止されて代燃車と称される自動車ばかりが走るようになった。ありとあらゆる物が公定価格に支配され、新たな戦争に備えて看護婦の年齢が十七歳に引き下げられた。芋の増産が義務化され、まずは桑畑《くわばたけ》が潰された。学生に対する進学制限の通牒《つうちょう》が発され、近衛《このえ》内閣が総辞職し、東条英機内閣が成立し内相と陸相を陸軍大将の東条首相が兼任《けんにん》することになった。

戦況や政治は変転極まりないもので、勤労奉仕《きんろうほうし》が義務化されるなど、生活に加えられる制限、統制は際限なく拡大されていく。

あれこれ並べあげるのが厭《いや》になってきた。大賀の親分ではないが、私だって『歴史のお勉強みてえなニュース』には飽きあきしてしまっていたのだ。

が、もうひと頑張りしよう。

俺の予言が当たるのは、学校で勉学に励んだからではなく、賭場で博奕に勤しんで読みってもんを鍛えたからだよ——と嘯《うそぶ》く大賀の親分の予言がさらに当たったのだ。

大賀の親分の言葉が、頭の中でうねる『ヒトラーってば、日本と組む気満々だね。ま、極東を押さえる要だもんな。おだててアメリカ、攻めさせれば筋書きどおり』——。

十二月八日、日本時間午前三時十九分（ホノルル時間七日午前七時四十九分）、日本軍はハワイの真珠湾を奇襲攻撃した。大東亜戦争＝太平洋戦争の始まりだった。

11

無謀《むぼう》にもアメリカを攻撃。

でも、もう、戦況もニュースもどうでもいいだろう。これを読んでくださる貴方《あなた》は、太平洋戦争が絶望的な負け戦であり、日本人の軍人軍属などの戦死者二百三十万人、民間人の国外での死亡が三十万人、国内での空襲等による死者は五十万人以上の合計三百十万人以上——というのが死者数を過小にすることに意を砕いた厚生省が昭和六十三年に公式発表した数字で、加えてアジアおよび太平洋各国の政府公表あるいは公的発表にもとづけば、これらの国々にとっては、なんと二千万人以上の死者を出した史上最大最悪の大惨事だった。

べつに私は反戦主義でもなんでもない。人間は戦うものだ。私だって戦った。これ以降は、上槇ノ原における出来事を、私たちの戦い——〈槇ノ原戦記〉を記していく。

＊

上槇ノ原冨澤出張所の所長である小原《おばら》さんが亡くなった。真珠湾攻撃の翌年の八月三十一日の夜だった。享年八十二。死因は餓死だった。

『不正は見過ごす。でも、私は一応所長だから、それに荷担《かたん》するわけにも、おこぼれを頂戴するわけにもいかんから』が口癖だった。逼迫《ひっぱく》してきた上槇ノ原の食糧事情と、それに附随《ふずい》して起こる泥棒やら諍いやらのあれこれを念頭においた言葉だった。ミッドウェイで大敗北し、ガダルカナルで日本兵が地獄に追いやられたころだった。

弱まったと思うと密に降り、ときに南東の風を引き連れて強く降りと、落ち着かない雨の日だった。

その雨がようやく夕方にやみ、吃逆川に落ちたのではないかと、姿が見えない小原さんを村の女の主立った者が探しにでた。責任感の強い小原さんは、吃逆川から引かれた用水の水門などを荒天の日には必ず見回っていたからだ。

小原さんは、ぬかるんだ自分の畑に顔を突っこんで事切れていた。その手が泥を掻きむしって、幾筋もの痕が残されていた。

右側が少し欠けた月が薄ぼんやり浮かびあがってきた。弔花は枯れ果て、いまにも落ちそうな葱坊主だった。

おめんの對馬さんが小原さんの白髪に手をかけ、泥濘《でいねい》に浸かった顔を叮嚀に引きあげ、顔を確かめた。對馬さんはなにかに気付いたらしく、小原さんの口に指を挿しいれ、大量の泥や小石をほじくりだした。

「小原の婆様《ばあ》、大バカだ。餓えのあまり、泥喰ってやがる」

泥の中の小石を嚙んだときに折れたのだろう、黄《き》ばんだ前歯を對馬さんは無表情に抓《つま》みあげた。

小原さんの畑は枯れ果て、生気のない茶色に変色した葱の成れの果てが散見できるばかりで、あとは空白——荒れた地面が拡がる見るも無惨な有様だった。なぜか小原さんの頭の近くの葱だけがいまにも枯れ落ちそうな葱坊主を頭に載せていた。

今年の上槇ノ原の畑はどこもこのような状態で、緑など欠片もみられない。暑くなったり冷えたり、大雨が降ったかと思えば、カラカラに乾燥した熱気が山肌を伝い落ちてきて、畑作物を完全に痛めつけていた。

国からの配給は完全に途絶え、それどころか作物の苗や種も入手不能となっていた。まともな物を食べていないので人糞も不足気味で、まともな堆肥もつくれなくなっていた。

「なぜ、泥を——。せめて枯れ葱でも囓《かじ》ればいいのに」

「なあ、静姉さん。人間、餓えが極限に至るとな、幻覚を見るんだわ」

「幻覚」

「小原さんには、泥が美味しいアンコにでも見えたんじゃねえかな」

傍らでは、小原さんの五十をとうに過ぎた息子が唇をわななかせている。

しゃっきりしっかりした小原さんの子供とは思えぬだらしのない男で、いまだに鼻水をたらしている。

小原さんは自分の食べ物も、この頼りない倅《せがれ》に食わせていたようだ。

泥と石を喰って死した小原さん。

明日は我が身。皆、溜息もでない。

それでも集落の者たちが小原さんのように餓死せずにすんでいたのは、柳庄の親父が鉱山に運ばれる食糧その他をくすね、皆に均等に分けていたからだ。

柳庄の親父も必死だったが、くすねる食糧はだんだん少なくなり、私的配給も間遠《まどお》になっていった。

こうなると抜け駆けなど難しい。もの自体が存在しないからだ。期せずして上槇ノ原は原始共産制のような状態になっていた。

「冨澤の出張所は、どうしよう」

住民の中から、そんな声があがった。毎年四月にやってきていた上埜郡の役人は兵隊にとられたのか、姿を見せなくなっていた。だから税金はとられなくなっていたが、そもそも払う金がなかった。

兵役のせいで日本中から男、とりわけ若い男が消え失せていた。

例外はここ、上槙ノ原だった。もともと数が少ない男だが、徴兵検査で甲種合格した者など一人もおらず、丙種、戊種も数少なく、九割が丁種で、目を覆いたくなるような有様だった。徴兵官が苦り切った貌で血の濁りを口にした。その後も召集令状は一切届くことがなかった。

泣きじゃくる小原さんの息子を横目で見ながら對馬さんが小さく息をつき、私のほうを向いた。

「靜姉さん。あんたが、やれよ」

「なにを」

「所長」

小原さんの屍体を前に不謹慎《ふきんしん》だが、思わず吹いてしまった。

「私は数えで十九の若輩《じゃくはい》ですよ」

「いいじゃないか。やれよ。やってくれ」

皆の視線が集中する。私はやや狼狽えながらも、拒絶した。慥かに普段からあれこれ指図する生意気な娘ではあった。けれど上槙ノ原の長のような立場になるのは厭だ。對馬さんが静かに迫った。

「知ってるよ、靜姉さん」

「なにが？」

「あんたが幾年か前から陰で必死に耕して、粟稗蕎麦の類いを貯めこんでいることを」

住民の気配に殺気がにじんだ。肌がちりちりした。高畑の家は雑穀を隠していると早とちりしたのだ。

「わかってるって。靜姉さんはいよいよってときのために、みんなのために誰にも見つからないように山ん中を開墾してるんだ」

「ばれてたか。なんか賽《さい》の河原《かわら》で石積むみたいなもので、虚《むな》しくて仕方がないんだけれどね。でも對馬さん。場所は教えないで。餓死しても横流しの食い物を口にしなかった小原さんのように皆が高潔《こうけつ》ならば、よろこんで耕すの、手伝ってもらいたいけれど——」

「こいつら、勘違いしておまえをアレしようとしたからな。その程度の奴らだ。絶対抜け駆けする。盗む。靜姉さんの心配は、わかってるって」

對馬さんはいったん息を継いだ。

「てめえら、隠畑《かくしばた》を曝《あば》くような愚かな真似はするなよ。ばれたら、八つ裂きだからな」

住民がいっせいに俯いたのが、正直つらかった。こいつらは、自分さえ食えればいいのだ。それが全員だから、ちょっと応えた。

「對馬さん。こんな奴らのために、上槇ノ原の所長になるなんて、厭だよ」

「わかるよ、わかる。わかるけどさ、あたしのために、一肌脱いでくれ。というのも」

「というのも？」

「あたし、妊娠したんだわ」

「——相手は？」

「うふふ。監獄の憲兵共に招かれて料理したとき、外で独活《ウド》を洗ってたら、犯された」

「犯された！」

「忍んできた極道者。私よりも軀、でかくてさ、力も凄まじかった。逆らえなかった。しかも」

「しかも？」

「気持ちよかった。幾度も気を遣った」

「それで？」

「そう。一発で孕んだ」

「何ヶ月？」

「四ヶ月かな」

「おめでとうって言っていいのかな？」

「当たり前だろ。イキまくったあげくの妊娠だからよ、おめでとうでいいんだよ」

對馬さんは周囲の者たちを睨《ね》めまわした。

「てめえら、この世にはあたしを抱くような物好きな男もいるんだな――とか思ってやがるだろう」

いっせいに否定の声があがり、けれどそれはすぐにしぼんだ。對馬さんが凄んで暴れる前に、私は皆の気持ちを代弁した。

「おめでとうだけれど、でも、こんな時代だよ。上槇ノ原だよ。赤ちゃん育てるの、大変だよ」

「だからこそ、靜姉さん。あんたに上槇ノ原の所長をやってもらいたいんだよ。役所の人間はシカトしてるけどさ、軍の人間やらは来るわけだから。靜姉さんならば、あれこれ折衝もできるさ」

「できるわけないでしょう。陸軍の奴らなんて、私たちを人間とは思っていない」

「それでも靜姉さん。あんたは、あたしの産む子をちゃんと育てる義務がある」

「どういう飛躍《ひやく》ですか」

「飛躍ときたか。あたしは靜姉さん、あんたが大好きだ。それに靜姉さんの家系は、上槇ノ原を統べる家系だ。それに」

「それに？」

「靜姉さんは普通の人間じゃない」

猛牛《もうぎゅう》じみた真っ黒い目が私を射貫く。大賀の親分もそうだが、ケンカの強い人は直感に優れている。對馬さんは私の内面を見抜いているのだ。ただの小生意気な娘が、人でない何ものかを隠しているということを。

「よし。槇ノ原選挙だ。靜姉さんが所長にふさわしいと思う奴、挙手」

對馬さんがぐいっと夜空に向けて手を突きあげると、つられて全員、手をあげた。

「はい、決定な」

「決定なって――」

「ごちゃごちゃ吐かすな。隠畑まで拵えて上槇ノ原のことを考えてる靜姉さんだぞ。あたしはおまえに権力を与えてやりてえんだよ。これより上槇ノ原の全住民は、靜姉さんに従う。あたしが従わせる。あたしは私設上槇ノ原警察の署長だ。いま、靜姉さんから武器使用も含めて権限をいただいた。まごついたこととして靜姉さんの足を引っ張りやがったら、てめえらぶっ殺すからな。だから、やれ。ぐいと顔あげて、拝命《はいめい》致しますと言え」

「――拝命致します」

「俯いて言うんじゃねえよ」

「不承不承《ふしょうぶしょう》だから」

「でも、もう、受けちゃったからな。御愁傷様」

對馬さんは加減せずに私の背をドーンと叩き、大声をあげた。

「では所長であらせられる靜姉さんに代わって不肖對馬が皆様に一言。いいか。おまえら洗濯やら清掃で徴用されて鉱山監獄に出かけるだろう。極道者の目を意識してるだろ」

「——舐めまわすようにってのかな。地獄の餓鬼《がき》の群れみたいな男衆だけど、アレしたいって慾求だけは枯れないいんだねえ」

「あたしは、もう、やっちゃったよ。孕まなかったけどね。やっぱケダモノじみた男はいいわあ」

「極道だってピンキリさ。見繕ってるとこだよ。しょぼいのとは、したくないしね」

「五人くらいやったけど、みんな速いね。三《み》こすり半《はん》とはよくいったもんだ」

「切迫してんだよ。見つかれば、銃殺だからね」

「なんかさ、ああいう追い詰められた奴に乗っかられると、凄く気持ちがいいんだよね」

「そう。速くたって、緊張感が違う。あたしたちだって肌が過敏だろ。ピリピリさ。なにされても感じるね」

「なんだよ、あんたら、そんなことして愉しんでたのか。クソッ。あたしは後れとってたわ。對馬さんだってできるんだから、あたしだってできるよな」

あわてて口を押さえた女に、對馬さんが舌打ちし、苦笑いした。だが、女たちは大騒ぎだ。まったくこの人たちは小原さんの屍体を前に、なにを口走っているのか。對馬さんが大声で割って入った。

「はい。そこまで。いま、妊娠してる奴、幾人いる？」

パラパラと手があがった。七人。對馬さんも入れて八人。ここに顔を見せていない女にも妊娠した者がいるだろう。呆れた。上槙ノ原ではいまだかつてない受胎率だ。

私は顔を顰《しか》めた。餓死者が出ているこんなときに性交・妊娠・出産――。

産み棄てるわけにはいかない。上槇ノ原の得意技、お返しだけはしたくない。吃逆川に流してなかったことにだけはしたくない。

ヒューマニズムなんかじゃない。生まれた子を殺すのは、綾を殺すのと同じことだからだ。私の心は烈しい振幅《しんぷく》で攪拌《かくはん》された。

人口減が止まらない上槇ノ原にとって、赤ん坊は宝だ。しかも新鮮な外の胤《たね》だ。新しい血だ。平時だったら大層喜ばしいことだ。

そう。平時だったならば。

「状況が好転するとは思えない」

下肚に力を入れたつもりなのに、ぼそっとした声しか出なかった。ぼそぼそ続ける。

「でも来年には赤ん坊は産まれる。出産が集中する。私の読みでは、食糧事情は最悪になる。一人一人の母親では赤ん坊なんてまともに育てられない。いまから共同で育児をする準備をします。お乳がたくさん出る人は、よその赤ちゃんにも飲ませてあげる。そういう手配をいまからしておきます」

喋りながら憂鬱になる。乳がたっぷり出るのは、物をちゃんと食べているときだ。皆も上目遣いで私の顔色を窺っている。私は顔をあげた。

「なるようになれだ。みんな、心して」

結局私も、皆と同様、楽天に支配されていて、わかっていて地獄に墜ちていくのだ。

公民館というには図々しい掘建小屋に上槇ノ原の村民全員を集めよう。これからのあれこれを相談し、役目を決めよう。

だが、いまは小原さんのお弔いだ。誰それが小原さんを運び、葬式の準備はあなたとあなた――という具合にごく自然に指図していた。

斜め背後で對馬さんがいっせいに動きだした女たちを一瞥して満足げに頷き、ふたたび私の背をドーンと叩いた。

12

バカな男共がはじめた戦争なんて威勢がよかったのは最初だけで、食糧事情はいよいよ悪化し、柳庄の親父がくすねる食糧も目に見てへってきた。

羽鳥山から下りてくる兵隊たちも、いよいよ敗残兵じみた凶悪な顔と貧相な体格になって、民家に忍びこんで食糧を漁る者まであらわれた。

食堂だからと、よりによって〈おめん〉に忍びこんだ命知らずもいた。

報《しら》せに夜半、あわてて駆けつけたら、荒縄で後ろ手に縛りつけられた若い兵隊だった。對馬さんは毟《むし》りとった肩章を私に示した。上等兵だった。

「糠味噌《ぬかみそ》は美味しかったかい？」

満面の笑みで對馬さんが問いかける。上等兵はあらぬ方向に目を向けて、なにも言わない。

その表情は、あきらかに開き直ったもので唇の端に薄笑いが泛んでいる。青臭い顔立ちだが、じつにふてぶてしい。

對馬さんにねじふせられて縛られてしまったくせに、あきらかに女を舐めている。兵であることを笠に着ている。

「美味しかったかって訊いてるんだけどな」

對馬さんが動いた。

え——と中途半端な声をあげて狼狽気味に對馬さんを抑えようとした。私の手は中空を摑んだだけだった。

對馬さんは菜箸《さいばし》で上等兵の頰を刺し貫いていた。この巨体にして、この早業《はやわざ》と感心してしまった。口を半開きにしていたときに刺したのだろう、左頰から刺した菜箸は右頰まで貫通していた。

「見てよ、靜姉さん。こいつ、おでんみたいだ」

「慥《たし》かに串刺しではあるけれど……」

呆れ気味に笑いがにじんだ。對馬さんはそんな私の笑みを横目で見て、満足げに頷き、グイッと私の肩を抱いた。

「靜姉さん。やっぱ肝が据わってるよ。あんたならだいじょうぶ。この上槇ノ原を守ることができる」

それは、これから起こることを知らないから言える科白だ。

上等兵だが、おでんという一言でなにをされたのか気付いたらしく、左右に手で貫通した菜箸の左右をさぐり、唐突にわななきはじめた。對馬さんが冷たく見おろす。

「なあ、糠味噌は美味しかったか?」

言いながら、菜箸を引き抜いた。

「これで喋れるだろ。喋る気になっただろ」

出血はたいしたことがない。けれど上等兵は左右の頰にあいてしまった小穴に指先を突っこんで、信じ難いといった面差しで對馬さんを見あげている。

「まったく、幾度繰り返させるんだよ。糠味噌は、美味し、かった、か?」

上等兵は答えない。

答えられない。

對馬さんはふっと短い息をついた。

「丹精《たんせい》込めた糠床《ぬかどこ》をこんなにしやがって」

「けど、なーんにも漬かってないじゃない」

「靜姉さんはうるさいよ。毎日、毎日、胡瓜とか茄子とか漬ける日が帰ってくることを祈って、手をかけてんだよ」

「ごめんなさい。でも、私に対する怒りはこの兵隊さんで晴らして」

「おいおい、靜姉さん。そそのかすなよ」

「じゃ、私がやろうか」

「いいよ。私の糠床だ」

肩をすくめると、對馬さんは私を凝視した。

「あんたってば、いよいよ肚《はら》が据わったね」

「だって上槇ノ原冨澤出張所所長ですから。手を汚さずに、指図するだけなんて耐えられない。こういう男を見てると、やっぱり我慢できないし」

對馬さんと私は顔を見合わせて、声をあげて笑った。

笑いはすぐに消え、鈴虫のりーんりーんという寂しげな声にとってかわられた。

對馬さんは蟀谷のあたりをボリボリ搔いて呟くように言った。

「おい。糠味噌上等兵。自壊申しつける」

「自壊―――」

「そうだよ。安直な自決は許さない。あっさり死ぬことは許さない。皇国臣民として皇軍として自分の指など食い千切るなどして誠意を見せなさい。あたしたちが納得するまで自分を壊して、じわじわと死になさい」

両頬から血を垂らしながらも、糠味噌上等兵は虚勢を張って、私たちを嘲笑した。

女を嗤った。

「では、指導するか」

私はされたことがないが、指導と称して兵隊から頬を張られた女が幾人もいた。加減しないから、歯が折れた女もいた。

對馬さんは、上等兵の頭の後ろに手を伸ばした。丸刈りだから髪を摑むことはできないけれど、巨大な對馬さんの手は上等兵の後頭部を覆いつくしていた。

「指導」

ごく軽く上がり框《がまち》に上等兵の顔を当てた。鼻血が滴った。

「指導」

「指導」

上等兵の鼻が消えていた。

いま気付いたのだが、上等兵の口のまわりの無精髭は糠味噌で汚れて薄茶色だった。

「指導」

「指導」

「指導」

「指導」

對馬さんの声は坦々としたものだが、徐々に力がこもっていく。気をきかせて上等兵が暴れぬよう軀を押さえる。

「指導」

「指導」

「指導」

「指導」

「指導」

衝撃で眼球が土間に落ちた。

「指導」

「指導」

「指導」

「指導」

「もういいよ、對馬さん。糠味噌上等兵、顔なくなっちゃったから。糠味噌ならぬ脳味噌垂らしてるから」

「横柄なくせして、指導のし甲斐がない屑だったね」

「思うんだけどさ」

「なに」

「兵隊って、命令があるから鉄砲が撃てるんじゃないかな」

「それだよ、それ。靜姉さんはいいとこ突いてくるね」

「極道者は、けっこう自分で撃つよね」

「だね。男はそうじゃなくっちゃ」

「だから憂鬱というか、きついんだけどね」

「なんのこと」

「——なんでもない」

「ま、いいや。靜姉さんはよくわかってるから、大好きだ」

「私も對馬さんが大好き。對馬さんがいなかったら、とてもとても」

「こいつ、どうする？」

言い終えると私の返事を待たず、對馬さんは指を汚した上等兵の血を丹念に舐める。

「吸血鬼め」

「靜姉さんも舐めればいいよ。直接啜ってもいいいな」

「とりあえず、いまは勘弁」

「とりあえず？」

「對馬さん、追及しないで」

「——靜姉さんは、未来が見えてる。そうだろ？」

「どうでしょうかね～」

「おちゃらけるなよ。見えてんだ」

「じゃ、そういうことで、この兵隊さん、始末しましょ」

「うん。上槇ノ原に下りてきて狼藉を働いた兵隊その他、必ず殺す。いなくなったってあちらさんは脱走兵扱いでお終いだ」

「だね。捜査とかする人、もういないから。ていうか上槇ノ原の警察署長は對馬さんだった。對馬さん、上槇ノ原を害する者は全員殺すから。じゃない、死刑にするから」

對馬さんは返事しなかった。はじめてその目の奥に、いままでと違った気配が流れた。私が屍体に手をかけると、即座に代わってくれて、見あげてきた。

「あたしは静姉さんに完全に従うから。なんでも命令してくれ」

＊

私たちは、とうに配給など当てにしていない。各家に隠されていた種芋などを供出《きょうしゅつ》させて薩摩芋畑をはじめ、いくつか畑を拵えた。隠畑の体裁なのは住民だけでなく餓えた兵隊に荒らされないためでもある。

對馬さんが組織した私設槇ノ原警察が巡回しているので、とりあえず作物泥棒はあらわれていない。

とにかく保存のきくものを栽培する。というのも悪夢によれば、この状態は最低でも三年は続くからだ。

虚《むな》しい足掻《あが》きだが、誰かが抜け駆けすればすべては崩壊する。いや、崩壊が見えているのに私は頑張る。頑張るしかないからだ。

もちろん性善説など通用しないのはわかりきっている。腹がへれば盗み食い。私だってそうする。なるほど鋼が言っていた国家社会主義的な統治しか、この難局を乗り切ることはできない。

申し訳ないが集団の存続の前には個人の慾望は単なるわがままだ。貧しい上槇ノ原の住民が生き抜くためには国家社会主義どころか原始共産制を貫徹《かんてつ》するしかない。

と、思いを巡らすのだが、すぐに鬱《うつ》に墜《お》ちこんでしまう。どうでもよくなってしまう。だって人間なんてケダモノじゃないか。ケダモノ以下じゃないか。私はそれを夢で知ってしまっているのだ。

手立てなんてない。なにをしようが、うまくいくはずもない。それなのに頑張れというのか？　頑張るのか。

各員一層奮励努力せよ――ラジオから響く気合いの入った声が、私を苛《さいな》む。

徴用されて鉱山監獄に行くたびに妊娠する女が増えていく。對馬さんをはじめ皆がもっている楽天性を私は呪う。

いまの人数だって皆飢えてカツカツだ。それなのに、まあ、なんとかなる――という楽天に支えられて性慾を抑えられず、わざわざ獣と化した男の群れの中に飛びこむ。

戦争が始まったころに届いた朝日新聞の見出しに『一家庭に平均五児を　一億目指し大和民族の進軍』とあった。

いまさら『産めよ、殖《ふ》やせよ』のスローガンを地でいく上槇ノ原の女共。

ふざけんじゃねえ――と処女の靜姉さんは唾《だ》棄《き》するのであった。

鉱山の男たちはいよいよ痩せ細り、幽鬼のごとき姿だ。けれどボーキサイトは軍需物資の王様だ。過剰な増産命令ばかりが極道者たちに突き刺さる。

いよいよ監獄から連れてくる囚人も尽きてきて、官憲も以前ほどは簡単に銃をぶっ放さなくなってきた。

食糧不足は上槇ノ原よりもさらに酷く、一椀のお粥の中に稗が数十粒、そこに本来は飼料として使う葉や茎が申し訳程度に入っているという。大賀の親分はぼやく。

「稗なんて鳥の餌じゃねえか。文鳥《ぶんちょう》だってもっとたくさん稗粒食ってるぜ」

欠け茶碗に麻の実が入っている。鉱山監獄内部では極道たちが大麻を育て、麻の実を収穫し、それでなんとかしのいでいる。官憲も見て見ぬふりをしているどころか、麻の実を盗んでいるそうだ。

もちろん上槇ノ原の者たちも近場の山の斜面などをざっと刈り込んで、麻を大量に育てている。とにかく生命力の強い植物なので、あれこれ面倒を見なくても育ってくれるのでありがたい。もはや吸うためではなく、繊維を採るためでもなく、命綱として若芽も含めて食うために育てる大麻だった。

「ずっと疑問に思ってきたんだけれど」

「疑問ときたか。なんだい？」

「なぜ、脱走しないんですか」

「なぜって、電気柵が怖くてさ」

「茶化さないで。憲兵だってみんな大賀の親分たちにびくびくしてる」

「わかってる。どんな世界でも死んでくのは弱い奴だ」

「だったら強い大賀の親分たちは、こんな地獄から抜けだせばいいじゃないですか」

「脱走して、俺たち、行き場があるか？」

「皆さん、才覚に優れてるから、食べるためにはなんでもできそうだけれど」

「できねえよ。できねえから、極道に成り下がるしかなかった輩ばかりだ」

「私には、才覚あふれる人たちに見えますけれど」

「お褒めにあずかりまして。でも俺たちは屑でゴミだ。自覚がある。俺たちは極道だ」

私は大賀の親分に、ここからいなくなってほしいのだ。そうすれば大賀の親分を利用しなくてすむ。大賀の親分を傷つけなくて、いや殺さなくてすむ。

「――そうですか。極道ですか」

「極道だ。頭が足りねえから極道になったってわけだよ」

「はい」

「って、肯定されるとカチンとくるけどな」

だが大賀の親分はまったく怒っていない。私を愛情のこもった眼差しで見つめる。父と男の二つが重なりあって溶けあった私をとろかす瞳だ。

「静姉さん。東京が空襲で焼かれたってのは本当か？」

「はい」

「まいったな。ますます逃げ場がねえ」

「脱走するつもりだったんですね」

「こんな御時世、指のねえ奴を大切に扱ってくれるわけもねえ。だからこその大都会よ」

「慥かに下槇ノ原に逃げても、悪目立ちするだけですもの」

「うるせえよ。俺たちは、ここを出て、どこに行けばいいんだ？　戦時統制ってのがいちばん応えてるのが、俺たちヤクザもんだよ。悪さしたくたってブツがねえ。生き抜く術《すべ》がねえ。静姉さんたちがクソ貧しい上槇ノ原にしがみついてるのも、行き場がねえからだろうが。よそに行っても生きていけねえからだろうが」

「その通りです。上槇ノ原の者全員、苦労して山を越え、たとえば越後《えちご》の村に辿り着いたとします。素敵な、けれど貧しい米所。私たちを歓迎してくれるでしょうか」

大賀の親分はそれに答えず、呟いた。

「そうか。空襲か――。わかりきってた負け戦でも、実際にそうなっちまうと、なんか胸が痛《い》てえやな」

「東京には親分の大切な人が？」

大賀の親分は、それにも答えなかった。

13

昭和十八年の一月早々、對馬さんがやたら大きな女の子を産んだ。

いよいよ食糧事情は逼迫《ひっぱく》していたが、對馬さんはたくさん乳がでる。スイカのようなオッパイに、赤ちゃんは凄い勢いで吸いつく。

まともに物を食べていない對馬さんだけれど、自分の肉体を削って乳を出しているのだろう。会うたびに頰が痩けていった。

對馬さんの出産を皮切りに、上槇ノ原の女たちは次々に極道の、ときに軍属《ぐんぞく》の子供を産んだ。出産は慶事《けいじ》だが、残念ながら男の子は生まれない。ただでさえ女の出生率が異様に高い上槇ノ原だ。女だけでは子供は生まれない。ヤクザでも軍人でもなんでもいい。上槇ノ原以外の土地の男の血を切実《せつじつ》に必要としているのだ。

けれどよその土地の血を受け継いだ男児は生まれない。この期に及んで、上槇ノ原の先々のことまで思い巡らせていた私は心窃《こころひそ》かにがっかりしていた。

出産した女たちに優先的に食糧をまわしてあげたいところだが、食糧自体がない。

そこをなんとか遣《や》り繰《く》りしていたけれど、對馬さんのように立派で強靭な体格ではないお母さんは衰弱が目立つようになった。乳など出るわけがない。

赤ちゃんは弱々しくむずかり、ちいさな手を握りしめて必死で泣いて、やがて声もまともに出ないようになって、死んだ。

　死んでいった。

「高畑所長、いやな噂を聞いてね」

「いやな噂」

「慥かめに行ってきたんだ」

　對馬さんは胸に横抱きにした、やたら大きな乳児をあやしながら、しばらくあいだをおいて呟いた。

「——死んだ赤ん坊を食った奴がいる」

　悪夢《あくむ》が、正夢《まさゆめ》になった瞬間だった。

　私は一瞬、笑んだと思う。心にもない言葉が洩れた。

「まさか」

　對馬さんは眼差しを伏せて、箇条書きするような調子で言った。

「報せに従って様子見にいった。鰤《ぶり》かなんかの骨に毛が生えたような大きさの骨が、徳爾《とくじ》の家の庭の灰から見つかった」

　徳爾さんの奥さんは未亡人だったが、對馬さんに次いで赤ちゃんを産んだ。

　私は悪夢が正夢と化すことを恐れ、往生際悪く希望的観測を口にした。

「狸《たぬき》かなんか捕まえて食ったんじゃないの」

「お鉢をきれいに割られた頭蓋骨《ずがいこつ》。歯のない小さな小さな頭蓋骨」

「お鉢を割られた？」

「脳味噌が滋養《じよう》に富《と》んでいるんだってさ」

耐えられない。

挑むように迫る。

「對馬さん、なに言ってるの」

「だから、赤ん坊を食ったらしいって。ごちゃごちゃ言わずに高畑所長が慥かめろ」

虚脱した。声帯が震え、奇妙なほど軽い声がでた。他人の声みたいだった。

「ついに来ちゃったか。も少し先かと思ってたけど、早くも来ちゃったか」

「ついに来ちゃった？」

「――うん」

「見えた？」

「――うん」

「そうか。見えたとおりか」

「まだ穏やかだったころ、毎晩、上槇ノ原の人たちが人を食う夢を見た。微《び》に入り、細《さい》を穿《うが》ってやつよ」

「夢で未来が？」

「どうなんだろ。見たくないよ、村人がひたすら人を食う夢なんて」

「いまも見る？」

「それが、パタリと見なくなった」

「現実になったからだ」

綾に夢を止めてもらったのだが、いちいち説明する気もない。頷き返しておいた。

「これから先は、どうなる？」

「わからない。わかるはずもない」

「人が人を食う。上槇ノ原の奴らが上槇ノ原の人間を食う。そういうことだね」

身も蓋もない即物的な對馬さんの言葉に、ふたたび大きく頷き返した。

「靜姉さん、どうしたらいいんだ！」

高畑所長が靜姉さんになっている。對馬さんの人徳《じんとく》だろう。私の頬が幽かにゆるんだ。

「靜姉さん、落ち着き払ってる」

「内心は――」

「だよね」

「對馬さん。地獄の始まりだよ」

「地獄――」

ほんの一瞬だが、對馬さんの顔が歪んだ。痙攣《けいれん》した。

私は下肚に力を入れなおし、對馬さんと一緒に徳爾の家に駆けた。

奥さんが、笑っていた。

崩れかけた縁側に座って、笑っていた。

なんとも愛想のよい笑顔だった。

私と對馬さんは申し合わせたように上目遣いで頭をさげた。私は咳払いして詰まった喉から声を絞りだす。

「あの、赤ちゃんが亡くなったって聞いて」

徳爾の後家は笑顔のまま、ひらひら指先を動かして、そこだけ雪が溶けて地面が覗いている庭先の焚き火の跡を示した。

灰の中に、對馬さんの拳ほどもない頭蓋骨があった。ノコギリでも使ったのか、頭の周囲がきれいに切断されていた。

頭蓋骨は焼け焦げていたけれど、頭の周囲が完全な円形に切りとられているのは、焚き火の熱で骨が割れたのではない。切開したのだ。切り落としたのだ。

あらためて慥かめて對馬さんも声を喪っていたが、大きく息を吸うと問いかけた。

「食ったのか」

「実代《みつよ》、美味しかったよ」

私は威圧的にならぬよう、尋ねる。

「なんで、食ったの」

「だって死んじゃったし」

「死んじゃったのか」

「うん。お乳出ねえからねえ。まったく出ねえ。對馬さんのようにはいかないよ」

名指しされて對馬さんは俯いた。三実《みつみ》さんは曇天を仰いで呟いた。

「実代、成仏したよ」

「そうだね。三実さんの血となり肉となってね」

じっと見つめて、目で肯定してやった。

三実さんの笑顔が消えた。

私を焦点の定まらぬ瞳でぼんやり見る。

頰が引き攣れはじめた。

唇が戦慄《わなな》いて、カチカチ硬質な音がする。戦慄きに合わせて、奥歯が烈しくぶつかっているのだ。

異様に瞬きする。

鼻水がずるりと流れ落ちた。

それを追いかけるように涙があふれた。

お——。

おお、おおおおお、お、おおお——。

唸る獣のような泣き声だった。對馬さんが駆け寄ってきつく抱き締めた。私も三実さんの痩せ衰えた軀を全力で抱き締めた。

＊

その夜、三実さんは首を吊った。

それを知って駆けつけたときには、三実さんはほんの少しの骨と髪の毛だけになっていた。

這いつくばっている女の子は五歳くらいだったたか。畳に染みた血に口を付けて、啜るようにして舐めていた。

二人の姉は、飽食したらしく、あるいは母を食べてしまったことで心が壊れたのか、放心して彼方を見つめていた。血塗れの顔が闇の中で妙に鮮やかだった。

徳爾さんのお祖母さんが、痩せ衰えた腕で上がり框《かまち》の踏み石の上で鉈を振るって三実さんの骨を割って、髄《ずい》を啜っていた。

＊

三実さんは自分の実をとって赤ちゃんに実代と名付けたのだ。誰よりも愛おしい小さな小さな娘を食べたとき、どんな気持ちだったのだろう。

私は水路脇の雪原に突っ伏して呻吟《しんぎん》した。泣いても呻いても解決しない。気を取りなおす。健気《けなげ》だな、私。バカ、とも言う。徒労《とろう》の人とも言う。

家族は食糧ではない。

無駄と知りながらもきつく申し渡した。

皆は酸っぱい顔をして、なにも言わなかった。

昨年末、ほとんどの輸送船を戦争のためにまわすという大本営の要求を政府がのんだ。御前会議《ごぜんかいぎ》の結果であるというのが大本営のゴリ押しの理由だった。

結果、完全に物流が途絶えてしまい、たとえ物があっても、滞留《たいりゅう》してしまって必要としているところに届かなくなった。完全に国民経済が破綻してしまった。

戦争。戦争。戦争。

もはや支配者たちは己が起こした無意味な戦争から逃れられず、国民に犠牲を強いるだけとなった。

なにしろガダルカナルの大負けで退却したのを『転進《てんしん》』と強弁する連中だ。

配給は半搗《はんつ》き米《まい》＝五分づき米のみとなったらしい。その半搗き米だって上槇ノ原に届いたことなど一度もない。実際、上槇ノ原は配給など戦争が始まって以降一切受けていないのだ。白米なんて夢の世界だ。

もともと上槇ノ原は自給自足でどうにかやってきた。ところが苗や種が手に入らなくなり、二進も三進もいかなくなっていたところに羽鳥山のボーキサイト鉱山が重くのしかかっていた。

御国《おくに》のためと称して、昨年中頃から軍属が上槇ノ原から徴発するようになったのだ。

歩兵が銃を構えているなか、問答無用でなけなしの雑穀を徴用する。

次に蒔く種だと道理を尽くして説明しても根こそぎ持っていく。

あげく昨年末には隠畑の一つが見つかってしまった。軀を張って守ろうとした女が、三人射殺された。

隠畑はまだ二つある。これを発見されてしまえば、上槇ノ原は完全にお終いだ。

だが当然ながら奴らもまだ隠畑があると踏んでいるだろう。鉱夫の監視もそっちのけで山を彷徨《さまよ》っている。

悠長に構えていられない。私は苦悩した。国には頼れない。誰にも頼れない。なにを頼ればいいのか。

「下槇ノ原」

口をついてでた言葉に呆然とした。

私の胸中には、応仁の乱以前は、上槇ノ原も下槇ノ原も一つの種族、一族であったという思いがあったのかもしれない。

では下槇ノ原の人たちは、頼ることができるか。

頼れるわけがない。

上と下のあいだにあるのは、とりわけ下槇ノ原にあるのは上槇ノ原に対する憎しみだ。積年の怨恨だ。

あまりに恨んだ年月が長すぎて、下槇ノ原の人たちはなぜ上槇ノ原を恨んでいるのか、その理由さえはっきりしなくなっているのではないか。

精神だけでなく、肉体に完全に染みついてしまった怨恨。始末に負えない。

それに加えて、ボーキサイト鉱によってほんの一時期だが羽振りがよくなったことに対して、下槇ノ原の人々は上槇ノ原を逆恨みしていた。悪感情ばかりがドロドロに発酵していた。

それなのに十五歳くらいだったか、まだ微妙な均衡が保たれていたころ、下槇ノ原の出張所に用があって恐るおそる出かけたとき、てきぱきと相手をしてくれた吉屋昇平《よしやしょうへい》さんの顔が泛んだのだ。

下槇ノ原の長老の倅である昇平さんは、私より少しだけ年上だろう。美男ではないが黒目がちな眼差しが鋭く、しかも優しい気配だった。いがみあっている上と下だが、昇平さんは屈託なく率直に相手をしてくれた。

私には紅玉の夜が憑いているせいで、不可解な力を発揮することができるようになっていたのだが、昇平さんに対したとき、強烈な電流のようなものを感じた。

――この人は、普通の人ではない。

大賀の親分に対する気持ちは、男と女のものである。人間のもつ感情だ。

けれど昇平さんに感じたのは、もっと根深いもの、同類であるお互いの血の中に隠されている人間には有り得ないなにか――だった。

それはまさに電気のようなものだ。電磁力だ。私がプラスで昇平さんはマイナス。強烈に引き合うのだ。

一方で、怖いのは、私が身を翻してマイナス面を露わにすれば昇平さんのマイナスとぶつかりあう。反撥《はんぱつ》しあう。

逆に昇平さんがプラスに転じれば、私のプラスと反撥する。それだけは避けなければならない。

お互いが正極と負極を向けあってさえいれば、これから先の上槇ノ原と下槇ノ原にとって劃期《かっき》を成すのではないか。

決して夢物語ではない。私と引き合う昇平さんは、この上槇ノ原と下槇ノ原を合一させる力がある。

私と昇平さんは、おなじ血の末裔《まつえい》で、その血が分岐したもので、いつかは一つに溶けてまとまって、長年にわたる気の遠くなるような無意味な争いに終止符を打つことができるのではないか。

私は飢えのあまり、希望的観測をでっちあげているのではないか。

上槇ノ原と下槇ノ原は同極を向けあって烈しく反撥するしかない存在なのではないか。

同極が固定されてしまっているのではないか。

極と極が向きあって錆びついて、微動だにしなくなってしまっているのではないか。

母屋で思い悩んでいると、母が昨秋創刊された日本初と謳った女性週刊誌〈婦人朝日〉を手にして、これを煮て食えればねえ——と力なくぼやいた。

娯楽のない上槇ノ原で、さんざん回し読みされて、戦時の粗末な紙に印刷されたものだから、すっかりぼろぼろになっていた。

山羊《やぎ》か——と笑ったが、なるほどその崩壊しかけた姿から、じっくり煮込むと食べられそうな気がしてきた。

私は、これからの成り行きを知っている。だから下槇ノ原に援助を願いに出かけても無意味なのだ。

それは充分に承知していたが、高畑の家もいよいよ食べるものがなくなって、母は焦点の定まらぬ目で雑誌を煮て食う夢想に耽っている。

見て見ぬふりをしていたが、新たに生まれた赤ん坊たちはまともに育たずに次々に死んでいき、母親は、その家族は、泣きながら赤ん坊を食べていた。

なかにはまだ息のある赤ん坊を殺して食う親もあらわれはじめた。

新生児だけでなく、子供が幾人か、いなくなった。

私だって、飢えていた。

もともと痩せっぽちだったけれど、いよいよ骨格標本じみてきた。

赤ん坊を食う親を咎めなかったのは、私自身、隠畑に忍びこんで雑穀を盗みたい衝動に駆られて胸を掻きむしっていたからだ。抜け駆けしたい気持ちを抑えるために廊下に頭を打ちつけていたからだ。

飢餓《きが》――。

凄《すさ》まじいものだ。

意図して行う断食《だんじき》など、児戯《じぎ》に等しい。慢性的に食えない日が続くのだ。数日ならともかく、一ヶ月で収まるはずもなく、一年で終わるはずもない。

永遠に続く断食――。

鼠《ねずみ》が走れば、それを必死で追いかけ、けれど体力がないから必ず逃げられる。土間に突っ伏して声を殺して泣く。

飼い犬飼い猫などとっくに食われて、上槇ノ原には存在しない。

あげく、自ら産んだ赤ん坊の骨と肉を余さず啖《くら》う。

骨は擂《す》り鉢《ばち》で細かくして食う。

脳は滋養に富んでいて、しかも腐りにくいのでタライに浮かべて日陰で保存する。脂身なのでよく浮くのだ。

糾弾《きゅうだん》？

誰が糾弾できる？

共食いなんて、当然のことだ。偉そうにあれこれ言うことなどできるはずもない。

私の抑制は、鋼がときおり山から持ってきてくれる狸や狐、兎などのおかげだ。鋼がいなかったら、私だって人を食っている。

理性？

余裕の産物だよ。

「綾は、いいな。御飯食べなくても生きていけるんだから」

「静姉さんだって紅玉の夜がついているんだから、御飯を食べなくたってだいじょうぶだよ」

「けど、腹が空く……。腹の空かないおまえが羨ましい」

紅玉の夜なんて、私をまったく助けてくれない。私を綾のように変えてくれ！

「可哀想に」

「ひもじいよ」

「ごめんなさい」

「謝るな。謝る理由がないだろう」

「静姉さんは変なところで潔癖《けっぺき》だから、自分の食べる分も他の人にまわしてしまう」

知ってるのか。鋼が持ってきてくれる獣の大部分は、困窮が著しい家に内緒で渡している。

他の者たちよりも食べている物は粗末で少量で、とっくに栄養失調で死んでいる状態なのに慥かに生きている。

紅玉の夜は、私を死なせないかわりに、飢餓をとことん味わわせてくれる。

なにか意図があるのか？

あるわけない。紅玉の夜には、人の心と慾求、そして苦しみを理解できないのだ。

生かしておけばいい、と思ってるのだ！

夜半獣は人の情動を食うという言い伝えがある。

もしそうだとしたら、飢えて身悶えする私の情動の振幅の烈しさは、さぞや御馳走なんだろう。

虚ろに笑う。綾に顔を近づける。

「今日、母さまが〈婦人朝日〉を煮て、ドロドロにしてしまえば食べられるんじゃないかって」

「母さまは冗談がお好きです」

違うのだ！　切実な妄想が湧いて、抑えきれないのだ。煮込んでパルプ？　と化した雑誌が、ことん煮崩れた雑炊のように感じられたのだ。

私は綾に額を寄せて、下槇ノ原に食糧の援助、いや無心に出かけようかと思っていると囁いた。

綾は目を丸くした。

「下槇ノ原が上槇ノ原を助けてくださるとでも？」

「――やっぱ、ねーよな」

蓮っ葉に言い放ち、私はがっくり首を折った。

方策《ほうさく》がないのだ。皆無《かいむ》ってやつだ。

いまはまだ子供を食っているが、やがて村人同士が殺し合うだろう。

女ばかりの郷で、女同士がお互いを獲物として殺戮しあう。想像しただけでも、凄い絵だ。放置すれば上槇ノ原の崩壊だ。

殺し合い、啖い合って、上槇ノ原は無人となる。消滅する。

「そして、誰もいなくなった——か」

四年ほど前か、アガサ・メアリ・クラリッサ・クリスティの洋書を取り寄せた。まだ、かろうじて洋書も入手できたのだ。外界との行き来が途絶《とぜつ》した絶海《ぜっかい》の孤島を舞台にした推理小説だった。

「まるで上槇ノ原だ」

「靜姉さん」

「なんだよ」

「怖い」

「——ごめん」

「行ったらいいよ。下槇ノ原へ行ったらいいよ」

「なにか展望が開けるか？」

「うん。たぶん。靜姉さん自身の」

「私自身の？」

「そう。どうすべきか」

「腹を完全に括れる？」

「はい。括れると思います」

「——生きて帰れるかな」

「靜姉さんは死ぬまで死なないし」

「当たり前だろ」

軽く小突く。綾はきつく身を寄せてきた。私は真紅の妹を抱き締めて、その冷たい肌を愛《いと》おしむ。

「明日、行ってくる。いつ帰れるか、読めない。綾、一人でだいじょうぶか？」

「だいじょうぶです。怺えます。ひたすら靜姉さんのことを思って、耐えます」

「母さまに面倒を見るように伝えとく」

「やめてください！　母さまも父さまも、私が真っ赤になる少し前から、まったく地下に降りてこなくなっています。ですから、黙って旅立ってください」

そうなのだ。父と母は一切、綾に関わろうとしない。飢餓が蔓延しだしてからは、願わくば勝手に餓死しろ——といったところだ。綾は、見棄《みす》てられたのだ。

父と母は、綾に対して完全に自暴自棄になっていた。それでも恐怖心は消え去っていないから、まったく近寄らなくなったということだ。

もし綾のせいで自分たちの身になにか禍々《まがまが》しいことが起きても、どのみち飢餓地獄。地獄の死に様なんてどんな姿でもいい。そんな開き直りもあった。

人には二種類ある。

とにかく生き抜こうとする人。

自ら命を絶って絶望から逃れる人。

私の両親も、そして私も、どうやら生き抜く病に冒されている。自ら死ねない。ならば綾に呪い殺されたほうがましだ。

だって、ひもじいから。

ひもじくて狂いそうだから。

お腹だけが栄養失調でぽっこり膨らんで、あとは骨格に皮を張り付けただけの状態だから。髪に指先を挿しいれれば、頭蓋骨の繋ぎ目がはっきりわかるから。もちろん髪もごっそり抜けるから。

月経なんて、とっくに止まっている。もしあの血が流れたら、吸いつくかもしれない。そんな夢想さえする始末だ。

14

つらい下山だった。上槇ノ原から下槇ノ原に到る道は、道幅は拡張されたけれど、殺伐さが増していた。

道路脇に棄てられた極道者たちの遺骸は、雪が覆いつくしている。腐臭は雪の冷たさが精一杯隠そうとしてくれてはいたが、それでも洩れ伝うおぞましい臭気の破片が私の嗅覚をいたぶる。

藁靴は雪に埋まり、凍りつき、それが私の体温で溶け、ふたたび凍る。その繰り返しのあげく私の足から完全に感覚が失せた。

凍傷で指がもげてるかな――と、腰を下ろして藁靴を脱ぐと、自分で言うのもなんだけれど、薄桃色の綺麗な状態だ。

呆れてしまった。笑いが洩れた。

凍えてしまって痛い。そして無感覚。

凍傷の段階を踏んでいるくせに、私の足指はまったく損傷を受けていない。

凍傷による指の欠損は、上槇ノ原ではよくあることだった。水膨れができ、真っ黒な鞣《なめ》し革のようになり、ポロリと落ちる。あるいは、腐った――とあきらめて、鉈で切断する。さんざん見てきた。

「凍傷からも見放されたか」

雪のあいだから丈を伸ばしている灰色の樺の木の幹に背をあずける。

「それにつけても、お腹が空いた。もう歩けないよ。座っちゃったとたんに、動けなくなっちゃったよ」

ぼやいて、膝に手を突いて立ちあがる。

よろめいた。

硬く凍った雪に顔を突っこんで、鼻血が滴った。もったいなくて仰向けになって即座に啜った。

木々で区切られた空は、異様に青い。青褪めている。幽かに振動している。快晴だが、気まぐれに粉雪を舞わせる。

血を啜りながら、このまま死ねたらどれだけ幸せかと朦朧とした。

気が遠くなった。

でも、すぐに起きあがるために足掻いていた。身をよじっているうちに、すっと立っていた。

私が自分の意志で立ったのではない。私の背骨に撥条《ばね》のようなものが仕込まれていて、それが機械的に伸びたかのようだった。

私は虚ろに歩きはじめた。

標高が下がるにつれて凍りついた雪が溶けはじめ、滑って頭を打たぬように気配りしなければならなかったので、ずいぶん気を遣った。体力がないときに、注意力を集中させるのは、じつにつらいことだった。

それでも道のほとんどは下りだ。ときに転げながらも、下槙ノ原の集落の入り口に辿り着いた。

そして、意識を喪った。

＊

気付いたら、下槇ノ原の出張所の板張りの長椅子の上だった。

染みだらけの骨張った手の甲を見せつけるように、ぐいと差しだされたのは半搗き米の粥だった。

椀の上から見ても、柔らかくふやけた半搗き米の姿がわかる。それなりの量が入っているのだ！

私は無意識のうちに木の匙《さじ》を挿しいれ、最初のうちは噛まずに呑みこみ、ふと我に返って半搗き米をひたすら噛んで味わった。目尻から涙が落ちていた。

「上槇ノ原から逃げてきたのか？」

問いかけてきたのは、昇平さんの父親である出張所長だった。

私は答えず、いま食べておかねばと半搗き米の粥に集中した。

食べ終えて一息ついて、父親の背後に、机に臀をもたせかけた昇平さんがいることに気付いた。

昇平さんは私に向けて短く頷くと、父親に言った。

「まかせてくれ。俺が善処《ぜんしょ》する」

「きっちり仕切れるか？」

「おいおい、いまや俺が出張所長だろう。はっきり言って、俺のほうがオヤジよりもちゃんとこなしてるだろ」

「生意気な」

「だが、事実だ」

「まあな。俺も歳だ。こういう難局《なんきょく》は、若い者に譲るべきだとは思う。が」

「が？」

「こと上槇ノ原のこととなると、そうもいかん」

「オヤジも弱いな」

「弱い？」

「突き上げが怖いんだろう？」

「――抑えるのに必死だからな。正直、おまえがくれてやれと言ったから粥を与えたが、それも躊躇《ためら》った」

「情けない。俺に完全にバトンタッチして、もう口出しはするなよ」

「敵性語？　本気で言ってるのか？」

「敵性語を使うな」

「なかば冗談だ」

「ということは、半分本気か？」

昇平さんの父親は、じつに弱気なものを滲ませた苦笑いを泛べた。

「おまえに特別な力があるのは、認めているさ。だからこそ」

「たかが粥でも、村人には知られたくない」

「そういうことだ」

「いずれ、俺を頼るしかなくなるさ」

「俺はな」

「うん」

「そうならないことを願ってるんだよ」

「オヤジの気持ちは、よくわかるよ。でも、無理だ。この土地は愚か者の巣だ」

「そういうことを吐《ぬ》かすな」

「残念ながら、下槇ノ原はカチコチの下劣なファンダメンタリストの集まりだ」

父親は昇平さんがなにを言っているのか解さないようだった。

ファンダメンタリスト＝ファンダメンタリズムは二十年以上前にアメリカのキリスト教徒が起こした運動で、聖書は完全無欠かつ無謬《むびゅう》、天地創造などの根本教義は完璧なる真実であると信じ、過激かつ攻撃的な行動を取る者たちだ。原理主義と訳される。

「敵性語は、使うな」

父親の弱々しい声に、昇平さんは横柄に顎をしゃくった。出ていけ――というのだ。

父親は操り人形じみたギクシャクした動きで、脚をねじ折られるような姿で、下槇ノ原出張所から出ていった。いや、退出させられた。

このとき私は完全に確信した。父親も言っていたが、昇平さんには力がある。常人には有り得ぬ力がある。

「さてと――」

私をじっくり睨めまわす。

「三、四年、いやもっと前か、ここに来たことがあるよな」

「はい。上埜郡の役所から戦時の心得について上下まとめて通達があるということで、しかたなく。上槇ノ原の所長は老人なので私が代わりに出されました」

「あのころからすると、ずいぶん痩せたな。ま、あのころもべつに太ってはいなかったけれど」

私は俯く。なにも目に入らず、粥にすべての意識がいってしまっていたことが恥ずかしい。しかも中途半端に食べたから、逆に腹が鳴りそうだ。

「こんな季節にそんな格好で上槇ノ原から下ってきたんだぜ。ちょい心配したんだ。オヤジも、よくも行き倒れなかったなあ――って感心してた。行き倒れてたんだけどね」

昇平さんは拳を嚙むようにして、一人で笑った。

私は笑えなかった。

やはり死ねないのだ。

凍傷の痕が一切ない足指に私が視線を向けると、昇平さんも私の足指に素早く視線を投げて呟いた。

「おかしいよ。霜焼けさえできていない」

昇平さんは私の足指から、石炭ストーブに視線を移す。石炭がないので薪が放り込まれている。樹脂の多い木らしく派手に焔が揺れて、鋳鉄の胴が赤熱している。

「ま、薪だけはたっぷりある」

上槇ノ原も薪になる木々だけはいくらでもある。けれど伐採する気力体力がない。破れ布団にくるまって白い息をぼんやり目で追うばかり、囲炉裏に霜が降りている始末だ。

「俺なんか日々ぬくぬくしてるわけだ。ここは暖かいどころか暑いくらいだ。結果、出張所から出られねえ。それでも霜焼けはひどい状態だ」

ニコッと笑って付け加える。

「藁靴な、凍りついていたから、勝手に脱がした。その質素な綿入れも脱がすべきだったかもしれんが、なんか手を出せなかった。寒くないか」

上槇ノ原では有り得ないストーブの熱で、私の軀や髪からは湯気が上がっている。

「――お世話になりました」

「うん。お世話しました。俺が巡回で見つけてなかったら、凍死してたぞ。あるいは村人に見つかって嬲《なぶ》り殺しにされてた」

「はい」

「それなのに、なぜ、訪ねてきた？」

その黒々とした瞳は、すべて見透しているのに、底意地悪く訊いてくる。私は言葉が出ず、きつく唇を結んだ。

昇平さんが重ねて問う。

「なぜ、命がけで訪ねてきた？」

「しばらく心の整理をさせてください」

昇平さんは柔らかく笑んだ。

「うん。まだ凍えきってるもんな。軀もだけど、心もほぐさないとな」

窓枠で区切られた夜を、くすんだ雪が密に流れていく。吹雪になりそうだ。昇平さんはしばらく灰色の雪を目で追い、呟いた。

「オヤジは疫病神みたいに言ってたけど、俺としては、よく来たなと言いたいね」

「高畑静と申します」

「うん。わかってる。以前来たとき、高畑の娘さんは美人だなあって」

言って、勝手に照れる昇平さんだった。すぐに真顔になって、付け加えた。

「もっと粥、食うか？」

「戴《いただ》けますか！」

「うん。食いたいだけ食え」

オヤジは、半分も盛らなかったからな。ケチくさくていかん――とぼやき声で呟きながら、ストーブの上でぐつぐつ湯気を上げている粥を丼になみなみとよそって、そこに卵を落としたものを差しだしてくれた。刻んだネギも山盛りだ。

「軽く混ぜるとさ」

「はい！」

「卵が半熟というか、なんだ？　かき玉か。そういう感じになって美味いぞ」

「はい！」

私は昇平さんに見守られながら、粥に集中した。

卵。あまりの滋味に目眩がする。新鮮なネギの香りが鼻に抜ける。半搗き米なんて食べられたもんじゃない――と見向きもしなかったが、これほど甘いものとは！

先ほどの一杯のように泣きはしなかったけれど、いま食べておかなければという強烈な慾求に、小声でお代わりを頼んだ。

昇平さんはどこか嬉しそうに頷き、ふたたび丼を充たしてくれた。

ずしりと掌に重い熱い熱い粥。私は一気に甦り、さらにお代わりするか訊かれたが、さすがにもう腹がいっぱいではち切れそうだ。叮嚀に礼を言って、木の匙を置いた。

「二十歳？」

「いえ、十九です」

「その年頃の女の子って、どんなことに興味があるのかな」

「興味。私の趣味は、読書です」

「たくさん読む？」

「はい。乱読《らんどく》です」

分校の図書室は、私だけのもの。なぜか私が慾する本が届いていた。過去形なのは、さすがに本どころではなくなっていたからだ。もちろんよけいなことは言わない。

「なんかピンとくるものがあるんだ。外れてたら、笑ってくれ」

「なんでしょうか」

「静さんは、小説家になりたい？」

「――なんで」

「わかったか？　なんとなく」

「この御時世ですから、諦めてます」

「諦めることはないんじゃないか」

「いえ、とてもとても」

「ふーん。ものを書いたら、すばらしい才能を発揮しそうだけれど」

お世辞でも、嬉しい。顔がほころぶ。

「昇平さんのご趣味は？」

「俺？　絵を描くこと。日本画家になるつもりだった」

あらためて顔貌を見なおせば、慥かに芸術家肌だ。

「小塚山《こづかやま》、わかるか？」

「はい。下槇ノ原の東を少し上がったところですね」

「よく出かけたな。あそこからだと、大彦岳を背後に控えた羽鳥山や御厨山が望見できるからね。

青く霞《かす》んで、じつに美しいんだ」

昇平さんは、上槇ノ原の山々を愛でていたのだ。画想を得ていたのだ。

「そう。大彦岳を中心に、かなり描いた。ときどき切なくなった」

「なぜ？」

「下槇ノ原に生まれたことを呪った。上槇ノ原に生まれていれば、間近に大彦岳を見あげることができるし、大彦岳のてっぺんまで登って、下界を見わたすこともできる。それにな」

「はい」

「俺は下槇ノ原では、異質なんだ」

「力が強い、ということにおいて？」

「そう。みんな、俺を怖がっている。ただ単に絵が描きたいだけの俺を」

私は見た。すべてを擲《なげう》って水墨画に集中していた昇平さんが、大東亜戦争が始まると同時に絵筆を擱《お》いたことを。一切描かなくなったことを。

「なぜ、描かなくなりました？」

「わかるのか」

「──はい」

「オヤジの負担を軽くしてやりたくてな。あの人には、無理だ。こんな時代にこの下槇ノ原をまとめるのは無理だ」

私は小さく笑んだ。

「上も下も一緒ですね。所長が亡くなって、こんな小娘の私が任命されました」

「静さんはいやいやだろう。俺は自ら率先してオヤジを支えることにした」

「親孝行ですね」

「そういうんじゃない」

「じゃあ、なんですか」

「権力って、愉しいじゃないか。絵を描くのと一緒。絵を描くってのは、世界を自分でつくること。自在に支配すること。たぶん小説を書くってことも、同じじゃないかな。ならば、直接支配してしまおう。権力を弄ぼう。たとえこんなちっぽけな下槇ノ原でも、支配は快感だ」

「はあ——」

「あいつ」

「真顔になるなよ。耄碌《もうろく》ジジイにこの難局は無理だ。あいつは住民に流されすぎる」

「ああ。あいつだ。俺は親を見放してる。下槇ノ原をここまで堕落させたのは、住民の顔色ばかり窺っていたあいつだ。それに」

「それに?」

「それに吉屋家は代々、下槇ノ原を統べる血統だ。しかも——」

「しかも?」

「しかも俺は力をもっている」

「はい」

「わかるか」

「異質と御自身で仰っていましたから」

「靜さんも、もってるからな。俺なんか比べものにならん。強烈だ。凍傷になんかなるはずもない」

「——でも、お腹は空くんです」

「ははは。いいな、腹は空くか」

「はい。はしたなく三杯もお代わりしてしまいました」

「ちょい痛々しかった」

「――でしょうね」

昇平さんはすっと表情を変えた。

「せっかくこうして下槇ノ原と上槇ノ原の新所長同士が顔を合わせたんだ。俺は靜さんに記念の品を進呈しよう」

昇平さんは古いがしっかりした飴色の机の抽斗《ひきだし》を軽く力んでひらいた。

「おいで」

「はい」

ごと、ごとっと小さなガラス瓶が二つ、机上に置かれた。黒いインキだった。ラベルにParkerとあった。

「片方は使っちゃって三分の二くらいしかないけど、もう片方は未使用だ」

「はい」

「で、インキは前振り。これを靜さんにプレゼントだ――おっと敵性語だな。贈り物」

差しだされたのはどうやって拵えたのか複雑で深い青が折り重なっている軸の、大層美しい万年筆だった。

「パーカーのラピスラズリ。また敵性語か」

ほら、と昇平さんは頬笑みながら私に万年筆を渡してくれた。

「ラピスラズリ＝瑠璃《るり》。いい色だろう」

「はい」

「女子は、赤いのとかが好きか」

「いえ」

なんとなく紅玉の夜の存在を気取《けど》られたような気がした。

「俺の愛用。すばらしい書き味だよ」

「そんな大切なものを」

「いいんだ。もらってほしい。静さんに、もらってほしい」

昇平さんは幽かに頬を赤らめていた。それを気取られたことに気付き、ぶっきらぼうに続けた。

「インキも持って帰れよ。食えないし、飲めないけどな」

食料よりも嬉しい、というのは偽善かもしれない。

それでも私の心は食べること以外の大切なものを思い出し、胸がきゅっとなっておさまりがつかなくなった。

万年筆を手渡されたときに、昇平さんの人差し指に私の指先が触れたのだ。

昇平さんの指紋の細かな綾までもが、しずしずと私の内面に拡がっていく。軀の奥底を揺らめかせる快が時間差で迫ってきて、私のほうが顔を真っ赤にした。

異性との接触。

ごく控えめだったが、彼方にひそんでいる危うい焔に窃かに点火された。

初めての体験だった。

こんなに昂ぶるなんて――。

私は軀の深淵《しんえん》から迫りあがる昇平さんに対する好意に、息が不規則になった。

たかが指が触れただけ？

ちがう。

触れたのは、心だ。

「ありがとうございます。大切にします」

紋切り型の礼を囁くように口にし、もう顔があげられなくなった。

「もう七、八年たつか。ずいぶん以前のことだ。大彦岳が紅く染まった晩があった」

手の中の、瑠璃の万年筆に視線を落とす。十二歳の綾と私が、マルキン自転車で大彦岳に登ったときだ。

「俺は、外に飛び出して、お山が燃えているのを目の当たりにして、居ても立ってもいられなくなった。胸が騒いだ」

私は目だけあげる。

「直感した。いまこの瞬間、誰かが夜半獣に言祝《ことほ》がれている。夜半獣の声を聞いている」

昇平さんは真っ直ぐ私を見つめる。

「俺ではなく、他の誰かを、言祝いでいる」

慥かに言葉を聞いた。

けれど奇妙なまでに人間臭く、いまでは私の頭の中につくりあげられた虚構のように感じられさえする。

「羨ましかった。嫉妬したよ」

鉄や鋼と同類なのだ、昇平さんは。

「言っては悪いが、上槇ノ原は未開の地だ」

「そこまで言いますか」

「ボーキサイトが出土するまでは、訪れる人なんて年に数えるほどだったろう」

「はい。下槇ノ原とちがって自給自足でなんとか凌いでいました」

「閉ざされていたよな」

「そうですね。慥かに閉ざされていました」

「結果」

「結果？」

「純血が保たれた」

「純血。よそと交わらなかったから？」

「そうだ。下槇ノ原は遠い昔から、三国街道の脇道、抜け道として、それなりに利用されてきたんだ。御宿《おんやど》湊屋《みなとや》も案外、客が訪ねてきた。結果」

「血が混じった」

「そういうこと。槇ノ原に伝わる血が、どんどん薄くなっていった。上槇ノ原に較べれば相当に薄くなった」

「それでも、女の人ばかり産まれますよね」

「近ごろは男女の比率も、ずいぶん均《なら》されてきているよ。上槇ノ原のように八割九割が女ということはない」

「それで苦労しているんですけれど」

「俺は男尊女卑だけれど、それの根っこにあるのは女には絶対に敵わないという思いだ。オフクロが早くして死んだからかもしれん」

「――女だけでは生きていけません。男だけでも生きていけません」

「そうだね。まさに、そのとおりだ」

昇平さんの黒目がちな目が、すっと細まった。

「でも、ボーキサイト鉱でたくさん子供が生まれたんじゃないか」

「――はい」

次に昇平さんが口にしたのは、信じがたい言葉だった。

「よかったね。食糧が生まれて」

昇平さんの視線と私の視線が絡む。

すべては見透かされている。上槇ノ原では食人が始まっていることを悟っているのだ。掌に汗がにじむ。

「でも赤ん坊じゃ、食いでがないや。早晩、大人も啖《くら》い合うようになるんじゃないかな」

私にどう答えろというのか。下唇をきつく咬んで黙っている。

窓の外の雪は、いよいよ真横に流れ去る。ランプの光を幽かに浴びて、黄ばんだ灰色の安化粧をしている。

パシッ！　ストーブの中の薪が爆《は》ぜた。昇平さんが腰を屈めて火掻き棒で、ストーブ内をかきまわした。

焔はいよいよ猛り、罅《ひび》割れた部分から這い出して、生き物のように触手を伸ばす。私は意を決して言った。

「だからこそ、こうしてやってきたのです」

「うん」

「ほんと、お国なんて当てになりませんね。下槇ノ原では配給が途絶えて、どれくらいになりますか？」

「配給」

昇平さんは、なぜか酸っぱいような顔をして唇をすぼめた。

「──配給は途絶えてないよ」

「えっ！」

「苦しいのは都市部だね。田舎のほうが配給に関しては、案外うまくいってるようだよ。なにせ地元で米がとれる。配給が半搗き米になったときは、みんなぶーたれてたけどね」

半搗《つ》き米──。

私が食べたのも配給の半搗き米か。

「でも、上槇ノ原には一切届いていないんです」

「そりゃ、そうだ？」

「そりゃそうだ」

「うん。俺の采配で、上槇ノ原の分まで、ここ下槇ノ原で食ってるからね」

眼前の男は、先ほどとは別人だ。

凝視しているうちに指先が顫えはじめた。肌が戦慄いているのを、他人事のように観察する。

「つまり配給開始時点で下槇ノ原と上槇ノ原の分は、一括して下槇ノ原に届けられるようになったというわけだ。お上には下槇ノ原と上槇ノ原の都合なんて知るよしもない。男手も少なくなってるし、合理化だね」

「それを盗んで食べている！」

「盗む？　人聞きの悪い。しばらくは保管してやってたんだよ。しばらく、だけどね。結局、上槇ノ原は取りにこなかったじゃないか」

私は下肚に力を込めて、迫る。

「では、これから先、上槇ノ原の分の配給をちゃんと取りにまいります」

「それは、できない相談だね」

「なぜ！」

「いまさら配給が半分になったら、下槇ノ原の愚劣な奴らがどんな騒ぎを起こすか」

「それをきっちり抑えるのが所長であるあなたの役目です」

「抑えきれるわけがない。いまだってどさくさにまぎれて上槇ノ原を攻め滅ぼしてしまえっていう声が強いんだから」

「まだ、戦争を続ける気ですか。日本は絶望的な戦争の渦中なんですよ」

「だからこそ、だよ」

昇平さんはふっと短く息をついた。

「申し訳ないが、配給は渡せない。下槇ノ原だってカツカツなんだ」

人を食うほどか！　と怒鳴りつけてやりたかった。

「これは羣馬縣上埜郡北上埜槇ノ原村字下槇ノ原村役場壱分塚《いちぶんづか》出張所の所長である俺の義務でもある。俺は下槇ノ原の愚劣共に飯を食わせなければならないんだ」

「──ずいぶん勝手な理窟ですね」

「うん。でも、上槇ノ原は敵国だから」

「本気で仰ってる？」

「本気も本気。なぜ、いま、攻めないか」

「なぜ」

「まだボーキサイト鉱が稼働してるから。兵隊もいれば、大量の極道者もいる」

その兵隊も極道も、いまや疲弊しきってまともにボーキサイトなど掘れない状態だ。国は叱咤するのだが、もうあの人たちは限界で無理なのだ。気合いでどうこうできる段階は、とうに過ぎさってしまった。

だいたい電力事情の悪化で電気も止まってしまっている。電流が流れていた鉄条網も、いまや抑止力にはならない。

なによりも電力の助けなしに、消耗しきった鉱夫と鶴嘴《つるはし》ではまともにボーキサイトを掘ることなどできない。電力がなければ黒く太い電線を引っ張ったドリルも動かないし、真っ暗な縦坑の底の鉱石を大量に地上に引きあげることなど、不可能なのだ。

ならば、鉱山から逃げだせばいいようなものだが、誰も動かない。動けない。

兵隊も、軍属も、極道も、動けない。

疲弊しきってまともに動けないこともあるが、鉱山にはお情けのように、上槇ノ原を通過して陸軍から食糧が届く。それを当てに、必死で鉱山にしがみついているのだ。

衰弱しきった大賀の親分が、乾ききって罅割れた唇を大儀そうに動かして、兵士軍属鉱夫問わず脱走者には内密に処刑令が出ていることを呟いた。

下界に逃げれば兵隊は脱走兵として軍法会議にもかけられずに処刑され、軍属も極道者も問答無用で処刑される。

国は彼らを見棄てたのだ。

まだそれなりの人数がいるけれど、地上に降りてきても刑務所にもどす余地はない。国家に反逆するあぶれ者は、鉱山ごと幽閉して餓死させる。これが国の決定だ。

「どうしても配給食糧を渡していただけませんか」

「うん。断る」

「そんな方には、見えないのですが」

「俺か？　申し訳ないが、俺は愚民政策が愉しくて仕方がないんだ。愚者を思い通りに動かす。下槇ノ原はちっぽけな村だが、俺にとっては国家なんだ。朕は国家なり！」

「頭、だいじょうぶですか？」

「いや、狂ってる。狂いはじめてる。自分の力に酔ってるんだな」

「そこまで自己分析できて、なぜ、暴走しようとするのです？」

「言っただろう。愚か者たちを支配し、正しき道に導く。それには、まず食い物。愚民は物で釣るしかないんだよ。ゆえに配給を渡すわけにはいかない」

瑠璃の万年筆を戴いたとき、私の掌にふわっと昂ぶりの幸福な汗が泛んだ。

いまはそのときの汗とちがう厭な汗が滲んで、握りしめた万年筆を冷たく濡らした。

昇平さんは窓外で荒れ狂う吹雪を背景に俯き加減で、なにかに耐えるかのように唇をきつく結んでいる。決して権力を愉しんでいる表情ではなかった。

＊

「すまんな」

出口に向かって横柄に顎をしゃくられた。

私は頭を下げるべきかどうか思案した。配給を着服されているのだ。頭を下げる理由はない。こっちから下槇ノ原を攻めてやりたいくらいだ。

睨みつけると、睨みかえしてきた。

「なんだ、その目つきは」

「配給」

「すまんが、無理だ。それよりも、その目つきだ」

「睨んでるんですよ。怒っているんです」

「そんなことじゃない。血の色だ。瞳が血の色に染まってる。白眼じゃない。黒眼が真っ赤だ」

「──怒りです」

それを放ってしまわないために、私は思いを綾に向けた。

私は怒りを覚えたときだけらしいが、綾は常に瞳が赤い。髪も、肌も、どこもかもが赤い。私の赤ちゃん。

昇平さんは嘲《あざけ》りの目で私を見返した。對馬さんが指導を加えた若い兵士に似通った目つきだった。強がりだ。虚勢だ。男というだけで、女にこういう眼差しを注ぐ。男の愚かさが凝縮した眼差しだ。

私の内側で鋭く蠢《うごめ》くものがある。冷たい真紅の焔が燃え盛り、一気に私の内面を覆いつくす。紅玉の夜の放つ放射状の殺意を必死で圧し殺す。

いきなり昇平さんが仰け反った。私の最奥で牙を剝いた紅玉の夜に気付いたのだ。

昇平さんはすぐに持ち直して、けれど、もう嘲りの気配はない。

「この場で、昇平さん。あなたを殺せます」

「殺してみろ」

「自殺願望がある？」

「ねえよ」

「強烈な死にたいという慾求《よっきゅう》が」

「伝わったか？」

「はい」

はは――と短く投げ遣りに笑うと、昇平さんは黙りこんだ。

「こんな吹雪の中に追い出すのですか」

「静さんはバカなのか。陽が昇れば発見される可能性が高い。静さんは死なないんだろ、たぶん。でも、騒ぎが起きる。愚民共が上槇ノ原に攻め入る口実になる。スパイだなんだってな。吹雪の闇夜だからこそ、追い出すんだよ」

一呼吸おいて、吐き棄てた。

「ちったぁ、情況ってもんを辨《わきま》えやがれ」

さらにあいだを置いて、怒鳴りつけるような声をあげた。

「ぐだぐだしてるんじゃねえ。俺の責任問題になるだろう！」

配給――。

理解を示す気など一切ないが、下槇ノ原だってカツカツなのだろう。あるいは上槇ノ原に対する兵糧攻めのよい機会と、昇平さんの言うところの愚民共からの衝きあげがあるのかもしれない。

昇平さんも下槇ノ原の存続を背負わされて必死だ。

それは私も同じだからよくわかる。私の場合は、なんで私が——というのが本音だが。できることなら上槇ノ原なんて抛《ほう》りだしてどこかに逃げたい。でも上槇ノ原という土地と綾の呪縛に身動きできないでいる。私を縛るものは、いったいなに？

「なあ、静さん」

「——なんですか」

「いっそ殺してくれたら、どれだけ楽になるか。俺はもう、こんなところに辟易してるんだよ」

やはり同じ思いなのだ。選ばれし者の苦悩といえば傲慢かもしれないが、選ばれた者はいつだって、なぜ私が？　という疑問と苦悩を背負わされる。

私と昇平さんは、自ら立候補して選挙で選ばれたのではないのだ。他に人材がいないから、押しつけられたのだ。

ここで昇平さんを殺しても、問題は解決しないだろう。朝になれば、出張所を訪れる人もいるだろう。

まったく方策が泛ばない。なにをすべきかわからない。迫りだしてきている紅玉の夜をぐっと抑えこむ。

ことがこじれる前に、いったん撤退するしかない。いったんどころか永遠の撤退になるかもしれないが——。

深く長い溜息が洩れてしまった。

昇平さんは腰を屈めてあれこれあさり、カッパや長靴などを差しだした。私に背を向けたのは、着替えろということだ。あらためて身支度して、ドアに向かった。

強風に軋《きし》むドアを開いて外に出ようとしたとき、呼び止められた。

昇平さんは黙って手を差しだしてきた。

私はもらった軍用手袋＝軍手を外し、そっと手を差しだし返した。

ぎゅっ。

強烈な力で握りしめられた。骨が軋んで、鋭い痛みが疾った。

「行け」

私は黙って頭を下げた。

烈しく吹雪く夜に踏み出す。

昇平さんは態度も言葉もやたらと居丈高だった。罪悪感の裏返しだ。

綿入れの上に雨合羽を着せられていた。毛糸の腹巻きを二つ折りにした中に、ハクキンカイロを入れてくれた。足許は真新しいゴム長だ。大きくて足が泳ぐ。もちろん藁靴とは比べものにならない。絶対にましだ。

邪険なのか、優しいのか。

上と下の懊悩《おうのう》する新しい所長。苦しむ私と昇平さん。

握られた手には、まだ圧迫された感覚が残っている。消えないでほしいと願った。

気合いを入れなおし、強風に向かって前傾姿勢で、一歩一歩進む。下槇ノ原から離れていく。上槇ノ原の方角から傾斜に沿って一気に落下する吹雪は、ときに私の呼吸を困難にする。でもゴム引きの雨合羽は、水分だけでなく風も通さない。ハクキンカイロがお腹から全身にじわりと熱を送る。

傾斜がきつくなってきた。勾配のせいで雪が流れ落ちていくので、積雪は少ない。私は地面を踏み締めて上槇ノ原を目指す。凍った睫毛を拭った瞬間、声が響いた。

――だって、靜だけが以前と同じじゃ、みんなから怪しまれるでしょう。

「え！」

――だから靜だけが痩せずにいると、靜だけが飢えないでいると、みんなが怪しむでしょう。言うこと、きかなくなるでしょう。

「紅玉の夜！」

――靜が大切にしているあの真っ赤な子は、絶対に斃せない。誰にも斃せない。

もう、声はしない。外からではなく、内側からの声。涼しげな女の声だった。

あの真っ赤な子＝綾。

斃せないとは、殺せないということか。ガイグメリは綾のことを神聖なる者の降臨であり、夜半獣を超える存在と言っていた。

ただし――と付け加えて、それが単なる善意的な存在でないことを匂わせた。綾自身は私のことが話題になるのはつらいと俯いた。

綾、あなたはいったいなんなの？　人じゃないの？

昇平さんによると怒った私は綾と同様、黒眼まで赤くなったらしいけれど、私は怒ったときだけ。

姉妹なのにこの差はどういうことなの？

思いは錯綜《さくそう》し収拾がつかず、しばらく立ちどまって胸を押さえ、不規則に暴れる心臓をなだめる。できることならば、痩せるのはともかく飢餓は勘弁してほしい。そんな人間臭いところに落ち着いて、ようやく吹雪の先に足を踏み入れる決心がついた。

「さ、上槇ノ原へもどろう」

一呼吸おいて、繰り返す。

「もどらなくっちゃ」

雪をギシギシいわせて歩みはじめる。吹雪はいよいよ猛り狂い、雨合羽が引き千切られそうだ。強風に頬が烈しく波打つ。

雨合羽のポケットの中で黒インキの壜がぶつかりあって、カチカチ澄んだ音を立てる。昇平さんに握りしめられた感触はもう手に残っていない。代わりにポッケの中の万年筆をきつく握りしめた。

15

上槇ノ原にもどって、放心した。情況はなにも変わらなかった。徒労だった。

真っ直ぐ綾のところにもどった。抱きついてきた。

「しんどかったですか？」

「最悪」

「――でも」

「なに」

「幸福そうです」

私は苦々しい無表情をつくった。綾は上目遣いでなにも言わない。

「綾は、下槇ノ原に行けば私に展望が開けるって言ったよね」

「はい。実際、開けたようです」

「肚を完全に括れるとも言ったよね」

「括った顔です」

「うん。下槇ノ原は絶対に攻めてくる」

「怖い」

「おまえは守る。いや、おまえは私を守れ」

「はい。でも」

「紅玉の夜がいるか」

「はい」

「とにかく、綾も私を守れ」

「はい！」

腕の中の綾の背を撫でながら反芻《はんすう》する。昇平さんは愚民共といういやな言葉を遣って、下槇ノ原の連中が攻めてくることを幾度か示唆《しさ》した。

「備えろ——って、言ってたんだ」

「はい。備えないと。でも靜姉さん、上槇ノ原はお腹が空いていてまともに動けない人ばかり。戦争は無理です」

「うん。私たちだけじゃね」

「なにか方策があるのですか」

「極道者《ごくどうもの》を使う」

「極道者！」

「いちいち驚くな。あいつら、戦争の、いやケンカの達人だから。私が協力を仰ぐ」

「わかりました。靜姉さんなら、ちゃんとやり遂げます。それより」

「なんだよ」

「素敵な人だったんですね」

「——微妙」

「靜姉さんは、いつだって微妙な人を好きになる」

「綾には秘密がもてない。最悪だ」

「首まで赤くなっています。大賀の親分さんは、もう？」

「うるせえな。どっちも好ましいから、始末に負えないんだよ」

「静姉さんって、じつは多情《たじょう》」

「そこまで言うか」

「羨《うらや》ましい」

「羨ましいか」

「羨ましい。綾はこんなちびっ子のままで、しかも真っ赤っかで、誰にも会えません」

哀れだが、贅沢な悩みのような気もした。人は長じるに従って、子供のころには考えもつかなかった懊悩を与えられるのだ。

「違います！　綾は静姉さんと同じ歳です」

「——だったね」

「軀はともかく、心は静姉さんと同じ歳なんです」

「ごめん」

「軀と心の釣り合いがとれていないから、悩ましいのです。苦しいのです」

「つべこべ言うな。わかってるよ、綾のことは」

「はい」

「一つはっきりさせとくぞ。苦しいのは綾だけではない。人間は、苦しいんだ。すべての人が苦しいんだ。苦しさの質にはいろいろあるだろう。でも、誰も彼もが苦しいんだ」

「はい」

「綾の苦しさの質と、私の苦しさの質はちがう。でも、その苦しさに大小はない」

「そうでしょうか」

「いや、あるな。ある。でも、私も苦しい」

「綾も苦しい」

「私たち姉妹は、苦しい」

「はい」

「よし。寝るぞ」

とっくに陽が昇っているが、外の吹雪は弱まっていないようだ。地下牢は気候の移ろいがほとんどわからないが、明かりとりの天窓は冥《くら》く濁っている。

大きな搔巻《かいまき》に、二人で潜りこんで、きつく密着する。綾の息が私の頰を擽《くすぐ》る。目覚めたら、鉄に頼んでトラックを出してもらい、ボーキサイト鉱を訪ねよう。

＊

ボーキサイト鉱を訪ねる前に、對馬さんに会った。對馬さんは私の雨合羽とゴム長を一瞥し、開口一番、言った。

「どうやらこの上槇ノ原で一番最初に人を食ったのは、極道か兵隊か、どっちからしい」

「鉱山内で死者を食べた？」

「死者か殺したのか、それはわからない。とにかく喰《くら》いやがって、それが洩れ伝わって、村人に人が食えるという窃《ひそ》かな思いを植えつけた」

私はそうは思わない。食人《しょくじん》は鉱山のほうが早かったかもしれないが、同時発生といったほうが正しい。よけいなことは言わず、問いかける。

「いまも鉱山では食いまくってるのかな」

「どうだろう。ま、腹が減りゃあ、なんでもやるのが人間だってわからされたよ」

「私だって、目を瞑って食っちゃいたいもんな」

「正直だな。でも、あたしもそうだ」

「對馬さん。あなたが上槇ノ原の最後の砦。對馬さんが食っちゃったら、私も食っちゃうよ」

對馬さんは顔をしかめた。

「靜姉さんを所長にしちゃったじゃないか。私は私設上槇ノ原警察署長になっちゃったじゃないか。そうでなかったら、私が真っ先に食ってたよ」

「お互い、損な役回りを引き受けちゃって難儀だね」

「知ってるよ」

「なにを」

「所長は私を特別扱いしてる。みんなにバレないように狸《たぬき》とか抛り込んでくれている」

私は肩をすくめて、とぼける。ほんと、對馬さんがいなくなったら、私はもうやっていけない。

對馬さんがぼやく。

「あたしってば、べつに正義の味方じゃなかったんだけどなあ。抜け駆けの達人と言われても、否定致しませんし」

「正義。関係ないから。善悪でもない。生きるか死ぬか。それだけだから」

「いやだ、いやだ。うら若き乙女までこんな殺伐としちゃって」

「内緒だけど」

「なに」

「うら若き乙女は、こないだ下槇ノ原に出向いた」

「その雨合羽とゴム長、掻っ払ってきたんだな」

短絡してくれたので、大きく頷いておく。

「食い物は？」

「厳重に守られてて」

「そうか……」

「あのね、配給。上槇ノ原の分も下槇ノ原が独占してる」

「なに！」

對馬さんの目玉が顔から飛びだして落ちそうだ。私は口の前に人差し指を立てる。

「誰にも言わないで。それこそ絶望して発狂しちゃう人が出かねない。下槇ノ原に下りてって殺されかねない」

「あの骸骨《がいこつ》ジジイ、因業《いんごう》すぎる！」

「いまや骸骨ジジイの倅が所長を継いでる」

「――下槇ノ原はとことん上槇ノ原にケンカを売る気だ」

「そう。あれこれ調べまわったけど、いやな結論ばかり。絶対に下槇ノ原は攻めあがってくる。戦争をする気満々だよ」

「まいったな」

「ね。こんな状態じゃ、ひとたまりもない」

「あっちは男が微妙に増えてるらしいじゃないか」

「なんで知ってるの？」

「そんなの、いやでも耳に入ってくるよ。吹聴っていうの？」

「それ、事実だから。しかも私たちが考えているよりも、はるかに男が増えている」

下槇ノ原は戦いに備えて、以前から心理戦を仕掛けてきていたということだ。

「つまり、ちゃんと配給を食って元気いっぱいな兵隊がたくさんいるってことか」

「うん。なんとかしなくちゃ」

「って、どーすんだよ」

「ねえ。どうにもならない。ただ」

「ただ？」

「上槇ノ原にあって下槇ノ原にないもの」

「なんだ？」

「鉱山。極道」

「奴らを使う！」

「そういうこと」

「できるか？」

「わかんない。でも、やってみないことにはね。他に打開策はないでしょ」

「――だね」

「これから鉱山に行ってくる」

「私も行こうか」

「だめ。私が集落からいなくなったのを知ったら、みんな、なにするかわからない。極道共と兵隊を説得するのにどれくらいかかるかわかんないし。下槙ノ原に偵察に行ったのだって、誰にも気付かれないために、すごい強行軍だったんだよ。とにかく抑える人がいないと。對馬さんが睨みをきかせてないと」

「わかった。靜姉さんばかりに重荷を押しつけて忸怩たるものがある。が、交渉ごとは所長にまかせる」

「まかせとけ。って、期待されても困るけどね」

「いや。きっちりやり抜け。それしか下槙ノ原の攻撃に対処する方法はない」

私が大きく頷くと、對馬さんは私の背をバシッと叩いた。

当人は気合いを入れ、親愛をあらわしているつもりらしいが、ほんと勘弁してほしい。自分の力というものがわかってない、これ即ちバカ力――と胸の裡で毒づいて、誘いこまれるように對馬さんの胸にもたれかかりそうになって、慌てて無表情をつくった。

＊

「しかし鋼も薄情だよな。山ん中なら、どんだけ食い物があるか」

「いろいろ食べられるものはあるだろうけれど、たくさんあるわけじゃない。そこが畑とのちがいだよ」

山の民《たみ》の人口は増えもしないし減りもしない――と鋼が言っていた。ときに派手に減ることもあるけどな――とも付け足した。

つまり狩猟採集生活、自然天然の食糧には限界があるということだ。山の民の狩猟に関する掟はじつに厳しいとのことだ。獲りすぎれば枯渇《こかつ》する。だから厳重な捕獲《ほかく》の制限があるという。農耕は人の数を飛躍的に増やす劃期《かっき》となったのだろう。とはいえ収穫が多い時期に人は増えるが、冷害などが起きれば人口は派手に減る。

いまや上槇ノ原も人口激減に向かって一直線だ。なにしろ生まれた子供を食ってしまうのだから。鋼が折々に兎や狸といった獲物を届けてくれていることは、鉄には言えなかった。鋼は大人びた考えをするところがあって、高畑家に入り浸っていれば、多少なりとも食糧面などで迷惑をかけるのではないかと、夜半、忍びこんできて、私と綾と少しだけ話をして、即座に山にもどってしまうのだ。

鉄はすっかりトラックの運転に熟達している。鎖を巻いた車輪が雪に、そしてその下の凍りついた地面に咬む。

ときおり大きく後輪が流れて胃がきゅっと縮むが、鉄は落ち着いたもので、なにごともなかったかのように林道を上っていく。

「どうよ、逆操舵《そうだ》の達人」

それからひとくさり、逆ハンドルなる運転技術について蘊蓄《うんちく》を傾けられた。いかに運転技術が優れていても、万が一ということがある。道から外れれば切り立った絶壁だ。

どうか運転に集中して——と、進行方向ではなく私を見ながら得意げにしゃべる鉄に、為す術なしといったところからくる歪んだ愛想笑いを向ける。

無事、鉱山に着いたときは、ちょっと膝ががくがくした。鉄がそれに気付いて囃した。思い切り頭を叩いてやった。

有刺鉄線に、鉄が地面に落ちていた銅線の切れ端のようなものを投げた。噂どおり電気は流れていない。なにごとも起きなかった。

鉄は肩をすくめると、荷台に積んできた大きな植木バサミのような裁断機で有刺鉄線を切断した。

「なに、するの！」

「俺と靜姉さんの入り口」

「慥かに大回りしなくてすむけど」

うん、うんと鉄は得意げだ。見回りの兵隊が銃を構えて駆けてきた。

「貴様ら、皇軍《こうぐん》の鉄条網を！」

「はあ？　皇軍の鉄条網？　二等兵。頭、だいじょうぶか」

「貴様！」

「いいのか、サンパチなんか俺らに向けちゃって。俺は中薗中尉とマブダチなんだぜ」

「中尉殿！」

「うざい。二等兵の喋りは、文章になおしたら、ビックリマークだらけだぜ」

「ハッタリをかますな！」

「満足に食ってねえから、息が切れてるぜ。黙って中薗中尉を呼んでこい」

兵隊はしばらく頰を歪めていたが、早足で兵舎にもどった。

「どうするの、鉄。中薗中尉って、鉱山で一番偉い人でしょ」

「そーだよ。物事は責任者に話を通さねえと先に進まねえだろ。なにをするのか、知らねえけど」

私は苦笑するしかない。大賀の親分に頼んで極道者を組織するつもりだったが、武器まで勘案すれば、中薗中尉を籠絡したほうが早いに決まっている。

中尉はまだ若かった。敗残兵じみた兵士の中では多少、顔色もいい。とはいえ頬の窶れはひどく、鼻が異様に高く尖って見える。私と鉄の前に立つと、軍靴の踵を鳴らして足を揃え、敬礼してきた。鉄が雑に敬礼し返した。私は深く頭を下げた。傍らで二等兵が中尉と私たちを怪訝そうに見較べている。

「柳庄大佐。どうかしたか？」

大佐？　物資を運んでいたころ、すっかり中尉を丸め込んでしまい、可愛がられているようだ。

「へへへ。久しぶり。俺の姉貴が挨拶したいってんで」

「お初にお目にかかります。高畑靜と申します」

「柳庄大佐。おまえと姓が違うぞ」

「そんな細かいことにはこだわらぬのが皇軍の本分である」

「やれやれ。柳庄大佐は軍隊を完全にバカにしているからな」

「バカじゃなければ、兵隊になんてならんだろう」

「ま、それはそうだ。それはそうと」

「なんだ」

「美人だなあ。やつれ果ててるが――」

「勝手に褒めて、勝手に照れてるんじゃねえよ」

「柳庄大佐。も少しニュアンスってもんをアレできんかね」

「敵性語！」

「指導！」

「柳庄大佐が判断を下す前に、自分で勝手に指導するな、中尉」

こんどは二等兵も私も、呆れ顔で中薗中尉と鉄を交互に見較べた。

「この子は悪い子ではないのですが、とにかく礼を失しているというか、地球が自分を中心にまわっていると思い込んでおります。どうか許してやってください」

「いやいや高畑さん。俺は柳庄大佐をとても買っているのです。当初、柳庄大将と呼んでいたら、そういうリアリティのないことを吐《ぬ》かすなと――あ、指導！」

「自分で自分に突っこむのは、やめろよ。つまんねーし。それより中薗中尉、なんか食い物ないか」

「柳庄大佐に差し上げる備蓄はない」

「じゃ、いいよ。武士は食わねど高楊枝。そして餓死」

「食い物をねだりにきたのか」

「いや、静姉さんが用があるって」

中薗中尉は私をちらっと見て、ポケットの中からしなびた大豆を摑みだして柳庄大佐に渡した。

「アレだろ。評判の超高硬度。こんなもん齧ったら、歯が欠けらあ」

「すまんな、柳庄大佐。もう、こんなもんしかないんだよ」

私を見ずに付け加える。

「高畑さんにも分けろ」

鉄は目玉を右上にひょいと持ちあげて、皮肉っぽい表情で呟く。

「まったく女ってやつは得だぜ。ちょい綺麗だからって特別扱いかよ。静姉さんじゃなくて對馬さんが一緒だったら、俺ら兵営にぶち込まれてるぜ」

中薗中尉は少し困惑の滲んだ苦笑いで開き直った。

「慥かに、俺は美人に弱い。凜々しい女性が好きだ」

「正直でよろしい。ならば靜姉さんの頼みを聞いてやれ」

兵営の士官室に連れていかれた。

二等兵も一緒だった。最敬礼でその場を離れようとしたのだが、おまえも付いてこいと命令され、部屋の中をキョロキョロ見まわしている。

「みんな、座れ。おまえもだ」

革張りの椅子に座って脚を投げだした鉄を真ん中に、私と二等兵は畏まって左右に座った。中薗中尉は鉄を一瞥し、ふっと短く息をつくと、呟いた。

「まったく、歯が欠けるよな」

鉄に渡した大豆のことを言っているのだ。

「だからポケットに忍ばせてな、飴玉のように一粒しゃぶって、延々しゃぶって柔らかくして嚙むって寸法だ。一気に嚙んだら、ほんと、歯が欠ける。南方に送っても長持ちさせるための特許らしいが、兵站の奴ら、やりすぎだ」

ぎこちなく座っている二等兵を目で示す。

「名は」

「東城二等兵であります」

「そうか。首相と同姓か」

「いえ。東の城であります」

「よかったなあ。首相でなくて」

意味を図りかね、東城二等兵は答えることができない。

「おまえも、これ、食え」

中薗中尉がポケットの中から摑みだした大豆を押し戴いて、東城二等兵はまさに食い入るように掌の大豆を凝視している。

「切ないな。まともな物を食わせてやれなくて、すまん」

東城二等兵は一瞬、中薗中尉を凝視し、きつく唇を嚙んで俯いた。中薗中尉は大豆を一粒、口に入れた。私も誘いこまれるように大豆一粒、口に入れた。鉄が横柄に東城二等兵の脇腹を肘でつついて囁いた。

「食えるときに、絶対食っとけ」

東城二等兵は大豆をつまんで目の高さにあげ、しばらく見つめて口の中に入れた。鉄が呆れた。

「大豆一粒で泣くなよ～」

中薗中尉が受けた。

「いや、もう、我々はお終いだ」

「食い物、もうない？」

「ない。誰かが隠しているかもしれぬが、俺が把握している食糧は、このポケットの中のこれだけだ」

中薗中尉はポケットの中の大豆をすべて机上に置いた。鉄が一瞬睨む。

「ざっと勘定《かんじょう》して、一〇二粒」

「一〇〇――二粒？　わかるのか、端数《はすう》」

「あたぼうよ。萬柳庄雑貨店では目のいい俺が、仕入れたもんすべてを勘定してた」

「合点《がてん》がいかんな。東城、数えてみろ」

東城二等兵が机の上に腰を屈めて身を乗りだした。

「そんな苦しい格好しなくていいよ。椅子《いす》を引いて、座って数えろ」

数え終わるまで、無為《むい》な時間が続いた。口の中の大豆を舌先で丹念に愛撫《あいぶ》して、充分に柔らかくする。

「中尉殿！　一〇二粒であります」

「柳庄大佐は、超能力者か」

「んなわけねえだろ。目がいいだけだよ」

中薗中尉は腕組みして、机上に十粒ずつ十列並べられた大豆と端数二個を見つめる。

口の中で、有り得《あえ》ん――と呟いて、蜂谷がぐりっと動いた。口中の一粒の大豆を噛んだのだ。

誘われて、私も鉄も東城二等兵も大豆を噛み砕いた。

甘い。

旨味、大豆の脂質。たまらない。

鉄が揶揄《やゆ》するように東城二等兵に言う。

「泣き虫だなあ。また泣いてるよ」

「と、柳庄大佐も仰っておる。泣くな。一〇二個、四人で等分しよう」

「二個あまるぞ」

「柳庄大佐がどうぞ」

「それはねえな」

「それはない？」

「中薗中尉はさ、もう俺と二等兵に一握りずつくれてるんだぜ。平等じゃないね。俺から靜姉さんに三〇粒。俺に残ったのが二八粒。二等兵に三六粒。計九四粒。もともとは一九六粒あったってわけだ。だから中薗中尉は二五粒以上とれる理窟だぜ。――チッ！」

鉄が顔を顰めた。中薗中尉が年の離れた弟に向ける眼差しで尋ねる。

「どうした？」

「どーでもよくなった。オヤジは俺を算盤代わりにして扱き使う。俺様はものを勘定するのに飽きあきしてんだ。ここは萬柳庄雑貨店じゃねえんだから、俺はもう計算しない」

「だったら、それぞれ二五粒。で、俺は二粒多くもらおう」

「よきに計らえ」

「しかし、有り得ん」

「なにが」

「なぜ、各々に手渡した数がわかる？」

「テキトーだよ、テキトー」

「――各々数えてみるか」

「うぜえなあ、中薗中尉は。もう、やめ！」

私は黙って戴いた大豆を机の上に出し、一粒一粒数えた。中薗中尉も東城二等兵も私の指先を追い、ひとつ、ふたつ、みっつと口を動かしている。

中薗中尉と東城二等兵が声をあげた。

「二九粒！」

「一粒、私が食べましたから二九。計算は合っていますね」

私は織り込み済みだから平静な表情だが、中薗中尉も東城二等兵も驚愕に目を剝いている。まぐれ当たりではないことを思い知らされているのだ。

鉄は素知らぬ顔で、まとめて大豆を口に抛り込み、大きな薬罐に直接口を付けて水を含み、大豆がふやけるのを待っている。私は本題に入ることにした。

「失礼なことをお尋ねします」

「いいよ、なんでも」

「もう我々はお終いだ――と仰いました」

「うん。連絡も補給も完全に途絶えた。上槇ノ原の住人である高畑さんは気を悪くするかもしれんが、陸の孤島に置き去りにされた」

失礼な、と思ったが、事実だとも思った。

「ボーキサイトは」

「掘っても、もう日本全国津々浦々《つつうらうら》、電力が足りない。精錬には途方もない電力が必要なんだ。鉱石が届いても、手の付けようがないってわけだ」

「で、見棄てられたと」

「そう」

「逃げだせば?」

「誰だってそう思うよな。けれど」

「けれど?」

「ここ天界から下界に下りれば、下槇ノ原の連中が我々を売る」

「上槇ノ原から下界におりると、通報されると」

「そう。兵士合わせて十二人、鉱夫二十人ほどが逃げたよ。で、奴らに密告されて銃殺。微々たるもんだが報償、配給の上乗せ目当てで昼夜問わず網を張ってやがる」

私が昇平さんに発見されて下槇ノ原の住民に見つからなかったのは、奇跡的なことであるようだ。紅玉の夜の力かもしれない。

「かといって我々は、このあたりの地理に疎い。山越えは自殺行為だ。そうだろう？」

「はい。絶対に控えたほうが。なにしろこの季節、この天候ですし、標高が二千を超える山々が連なっていますし。山に慣れた私たちでも動きようがありません」

「ははは。冬を耐えて春の雪融けを待っていたら、俺たちは干涸《ひか》らびた屍骸《しがい》だ」

なぜ陸軍は兵士たちを救い出さないのか。戦力は必須ではないか。それを問うと、中薗中尉は投げ遣りな息をついた。

「上の方でな、まだ戦況が好転すると信じているバカがいる」

東城二等兵がぎょっとして、中薗中尉に鋭い視線を投げかける。

「東城。俺は言いすぎか？」

「――いえ。おそらくは中尉殿が正しいのであります」

「話をもどす。この鉱山の扱いに関しては、上層部で意見が二つに割れている。鉱夫を処分して鉱山を棄て去り、兵を本来の役目にもどすべし――という一派と、戦況が好転した暁には、ふたたび採掘を再開し、そのためには生かさず殺さずで鉱夫を温存すべし――と主張する奴らだ」

中薗中尉は虚空を睨みつけた。

「温存派が大勢を占めていやがる。なにが温存だよ。もう糧食がない。届かない。兵の食い物がない。否応なしにこの鉱山からは誰もいなくなって、閉山だ」

つくづく嫌気が差したといった面差しで、中薗中尉は吐き棄てた。

「ボーキサイト鉱温存派。バカの坩堝。いまだにここが軍事機密であると箝口令を敷いている。下槇ノ原の連中も、この鉱山のことを外部に洩らすと処刑される。噂だが、実際に下槇ノ原では幾人か吊されたみたいだよ」

頭のおかしい軍上層部のおかげで、下槇ノ原の上槇ノ原に対する怨みは逆恨み込みで増幅されているわけだ。

「もっとおかしな噂もある」

どのような、と身を乗りだすと、中薗中尉は放心したような顔で呟いた。

「この上槇ノ原という土地はおかしいよ」

「どう、おかしいのですか」

「愛郷心に充ちた高畑さんに言ったら、怒られるかもしれんが」

「なんでも言ってください」

「出られないんだ」

「出られない？」

「飢えに晒され続けてるんだ。余所者の我々だ。逃げようとするのは当然だろう」

「はい。致し方のないことです」

「まだ雪が降る前から、夏の盛りあたりから兵隊もヤクザ者も、食い物を求めて幾人も脱走したよ。下槇ノ原には行けないから、山の方角のあちこちに逃げたわけだ」

「ところが上槇ノ原から出られない？」

「そう。ぐるぐる回ってもとにもどってしまう。必死で逃げおおせたと思ったら、眼前に崩落面をコンクリで固めた巨大段々畑——鉱山。兵たちは途方に暮れて、迷いの森と呼んでいるようだ」

「唯一迷わずに行けるのは下槇ノ原に通じる道だけということですか？」

「うん。下槇ノ原が唯一開いた門戸だ。追い詰められちまって、哀れなことに、いまも山越えを考えてる奴らがいるようだが」

「いまの季節は、絶対に無理です」

「だよな。あ～あ。我々は空腹のあまり、まともな判断力をなくして、同じところをぐるぐる回ってるのかな。まるで人生だ」

まるで人生――失笑しそうになった。もちろん眉一つ動かさず、意識して軀から力を抜いた。中薗中尉は真顔になった。

「高畑さん。我々は軍隊だ。地図ももっているし、方位磁石もある。太陽や星から方角を割りだすことも叩き込まれている。それなのに、同じところをぐるぐる回るばかり。不可解ではないか？」

「ほんと、不思議ですね」

「なにせ航空写真に写らなかった土地だもんな。戦争間近になって忽然と出現した土地だもんな」

話を逸らそう。

「――逃げだしたあげく、もどってきた兵隊さんや極道の方々は」

「べつに。罰したほうがいいか？」

「いえ」

「一番逃げたいのは、この俺だ。そんなことより上槇ノ原には、なにがある？」

「と、言われても」

俯き加減の綾の横顔が泛んだ。とにかく、とぼけ通すしかない。

「軍からの補給が途絶えたと仰っていましたが、窮状を訴えなかったのですか」

「訴えたに決まってる。幾度も糧食を司令部に要求したら、嘲るような答えが返ってきたよ。山ん中だろう。猪でも撃てと。そこいらに生えてる草を食えと。ガダルカナルで聖戦を続ける兵のことを思えと。あげく陶製の大根おろしが大量に届いた」

「なんですか、それ」

「ガダルカナルで飢えている兵士たちのために、拵えたものだよ。ジャングルの葉っぱには毒があるものが多い。けれど木の根は大概が食えるらしい。で、おろして食って耐え忍べってな。ところが輸送船がガダルカナルまで辿り着けない。次から次に撃沈され、民間の輸送船まで徴用してる始末じゃないか。ゆえにガダルカナルに届けることができなかった大根おろしが、鉱山にまわってきた。まさに木の根をおろして食え、自活せよということだな」

「その大根おろし、戴けますか」

「やめとけ。一応試したが、やたら手間ばかりかかって、それなのに渋くて苦くて泥臭くて食えたもんじゃなかった」

「ちゃんと晒してアク抜きしないと。良質とはいいませんが、たぶんそれなりの澱粉がとれるような気がします」

「木の根をおろすのが、じつに大儀でな」

飢えの極限にある者たちでなくても、大根ではなく、やたらと硬い木の根をおろすのは面倒だろう。上槇ノ原の住人に気力が残っているかが問題だ。

「そうか。アク抜きか。こんなもんが食えるかっていう先入観があったな」

「試してみましょう」

「わかった。我々も生死の瀬戸際だからな。おろし金？　おろし陶器？　いくらでも持っていけ。呆れたことに、千個単位で届いたんだ。もうシュールレアリスムの世界だよ。おっと、敵性語か」

中薗中尉が柳庄大佐をちらっと見やる。大豆が吸水して膨張したらしく、大佐は餌を貯めこんだリスのように頬を膨らませて中薗中尉にむけてニヤッと笑った。

「上槇ノ原は、ほんとうに陸の孤島にされてしまったのですね」

私の呟きに、中薗中尉は頷いた。

「うん。出入り口は下槇ノ原に到る道だけ。無限に拡がる山々は、迷いの森。進退窮まるとか二進も三進もいかぬというのは、いまの情況を端的にあらわしている言葉だな」

ボリボリバリバリ——派手に嚙み砕く音がした。鉄だった。ようやく嚙み砕けるまでに大豆がふやけたようだ。

「まへふひがなげへふぁ」

翻訳すると、前振りが長えなあ——ということだろう。

鉄はしばらく大豆を咀嚼し、薬罐に口を付けて流し込み、諫めるように私を見つめた。

「ぶっちゃけたことを言えよ」

こんなことを説いても、信じてもらえるだろうかという躊躇いを振り棄てて、上槇ノ原と下槇ノ原の過去の戦争の経緯などを大まかに語った。

中薗中尉は、いまの状態から察して応仁の乱あたりから続く上と下の戦いにそれなりに納得し、閉鎖された社会における血の問題を知りたがった。

「優生学的にどうなのかわかりませんが、上も下も、ひたすら女ばかり生まれます。たまに生まれる男は虚弱な者ばかりです」

中薗中尉は顎の無精髭を弄びながら、静かに頷いた。

「慥かに男を見たことがない。じつは極道者に加えて上槇ノ原の男を鉱夫に徴用する案もあったんだが、住民票を見て、なんだ？　この土地は——ということで見送りになったらしい。これだけ男が少ないと、落盤とかの事故で一気に死んじまえば、上槇ノ原という集落は滅んでしまうと判断したんだな。開山前は、まだそんなことを考慮する余裕もあったんだ」

「そうだったのですか。もっとも下槇ノ原はよその土地との混淆が進んで、だいぶ男の数が増えているそうですから、やはりこれは血の問題なんだと思います」

「訊きにくいことだが」

「血の濃さからくる問題ですか。不思議なことに、なぜか男だけにあらわれるのです。可哀想ですが、まともに育たぬ男児も多いのです。女にごく稀にあらわれるのは——」

いったん息を継いで言う。

「真っ白な肌の子です。御宿蘖埜の女将を御存知ですよね」

「凄い美人だ。映画女優みたいだった。が、慥かに言われてみれば、アルビノだ。おっと敵性語だ」

「蘖埜家は代々アルビノが生まれやすく、ところが上槇ノ原の言い伝えでは、アルビノはこの土地の最良の部分の結実とされ神聖視されています。もっとも蘖埜家以外にアルビノが生まれると、忌まれてしまうのですが」

口が裂けても綾のことは言えない。鉄もとぼけている。微妙な沈黙を破って、中薗中尉がいままで私が語ったことを、まとめあげてくれた。

「つまり戦時のどさくさにまぎれて、下槇ノ原が上槇ノ原を滅ぼしに攻めあがってくるということだな」

「下槇ノ原の人たちは、大東亜戦争を、上槇ノ原を滅ぼす千載一遇のチャンスと捉えているようです。あ、敵性語だ」

「指導！　まったく鬱陶しい世の中に成りさがったものよ」

中薗中尉の笑いは苦笑いにまで至らず、その口許に苦いものだけが残った。

ふと目をやると、鉄が大豆を示して東城二等兵に、とっとと食っちまえ――と唆していた。東城二等兵は上官が気になって大豆を口にすることができないのだ。

私の視線に気付いた中薗中尉が、命じた。

「それっぽっち、後生大事に残すほどか。とっとと食っちまえ」

はっ、と最敬礼して東城二等兵は大豆を口に抛り込んだ。鉄が薬罐の水を茶碗に汲んでやる。噛んでるときにくしゃみしたら、お終いだぞ。俺は危うかったんだ。ぜんぶ吐き散らすところだった――と、どうでもいいアドバイスをする。

そんな鉄を、中薗中尉は好ましそうに見やり、ゆっくり私に向きなおった。

「防戦しろ。あるいは応戦しろということだな」

「はい。誘いこみましょう」

「誘いこむ――」

「下槇ノ原の様子を探ったところ、攻撃を躊躇っているのは、鉱山があるからです。中薗中尉以下皇軍がいらっしゃるからです」

「ケンカ上手の極道者もたっぷりいるしな」

「はい。ですから、鉱山の人たちは全員が食糧難から、上槇ノ原から逃げだしたという噂を広めます。そして攻め込ませます」

「うーん」

中薗中尉は腕組みして考えこんだ。

「もちろん下槇ノ原におりると兵も極道も銃殺ですから、誰もがこんな季節に逃げだすわけがないと信じこんでいる山に、新潟なり福島なりに山越えで逃げたと」

「戦うメリットは？」

「食糧。攻めてくるのは男です。皆殺しにしてやります。男を殲滅《せんめつ》してしまえば下槇ノ原に残るのは女ばかり」

「いやあ、凄まじい。上槇ノ原の女ときたらじつに男勝りだもんなあ」

「私の顔を見て、しみじみ言わないでください。もちろん上槇ノ原の女には、下槇ノ原の女など力でいかようにもあしらえるという自負がありますが」

中薗中尉は笑んだ。嬉しそうだった。私はとどめを刺す。

「じつは、配給が下槇ノ原でストップしています。上槇ノ原には届かない」

中薗中尉も上槇ノ原の惨たらしい状況は充分以上に把握している。

「下槇ノ原が着服していると」

「はい。それも確認済みです。上槇ノ原のいまの惨状の原因は、下槇ノ原にあります」

中薗中尉は真顔になった。

「――人を食うのを止めるのは難しい。一度食ってしまうと、なんの抵抗もなくなる。腹が一杯のときは偉そうな御託宣を垂れることもできるが、我々のモラルなんて、その程度のものだ」

「はい。私も身悶えしてかろうじて怺えています」

「身悶え。色っぽい」

「中薗中尉。敵性語は許すが、それは禁句だぞ。思っていても口にするな」

「はっ。大佐殿。失礼致しました」

私は咳払いして割り込む。

「とにかく下槇ノ原の男を根絶やしにしてしまえば、下槇ノ原に食糧を徴用するなり、一気に途が開けます」

「うまいなあ、煽るのが。だが兵と極道合わせてまだ七百人ほど。全員の食い扶持など無理だ」

私は詰まってしまった。中薗中尉は器用に片目を瞑った。

「いいよ。やるよ。下槇ノ原の奴らを平定してしまえば、我々軍人も極道も、この上槇ノ原から逃げだすことができる」

「逃げだしたいですか？」

「当たり前だ。高畑さんは、逃げたくないのか」

「逃げられません。逃げません」

「意気に感ずというのも烏滸《おこ》がましいが、力になろう」

有り難い言葉だ。けれど、ほんとうのところは逃げだしたいだけではないか。

中薗中尉は闊達なようでいて、どこか根本的に他人を下に見て、それに気付かぬようなところがある。それは、上槇ノ原に対しても発揮されている。私は上槇ノ原に生まれ、必死に暮らしているのだ。

強いて言えばインテリならではの上からの目線とでもいうか。あるいは、よい人ならではの表面にでてこない無神経か。私は少々苛ついていた。

けれど私の様子には気付かず、高らかに放言した。

「率直に言って俺自身、内地のこんな取り柄のない山奥に幽閉されて、銃も撃てずにくさくさしてたんだ」

あえて聞き咎め、繰り返してやる。

「こんな取り柄のない山奥？」

「――すまん！」

中薗中尉の頬に怯えが疾って、東城二等兵が生唾を呑んだ。

鉄は当然といった薄笑いの表情で、口から豆吹くなよ――と、東城二等兵に囁く。

中薗中尉は私から視線をそらしていたが、下肚に力を入れて顔をあげた。

「あなたは、何者だ？」

「痩せ細った、こんな取り柄のない山奥、の女です」

「裂帛《れっぱく》の気合い。いや、違う。なんだ、内面から俺に烈しく突き刺さったものがある」

私はとっておきの柔らかな笑みを泛べる。

「上槇ノ原は、私の古里《ふるさと》です。ここが私の土地なのです」

「そんなことではない。逆らいがたい。高畑さんに逆らいがたい。俺は圧迫の刃に刺し貫かれた。高畑さんは俺が下槇ノ原を迎え撃たぬと言ったら、俺を殺すだろう。それも念じて殺す」

「中薗中尉殿。大仰です。私が中薗中尉殿に手など出すものですか」

鉄が割り込む。

「中薗中尉。静姉さん侮るべからず。ある意味、人じゃねえから」

「慥かに――誰なんだ？　いや、いったい何ものなんだ、この人は」

「わからん。が、中薗中尉の直感は正しい。静姉さんのために一肌脱いでやれ。裸になって迫れって意味じゃないぞ」

私は吹きだしそうになったのを怺えて、咎める。

「大佐。いい加減にしなさい。私たちはお願いする側です」

「けっ、いい子ぶりやがって。中薗中尉。このアマはな、普段はすっげー口が悪いんだ。貌《かお》は女でも、中身はアレだ。乳が小さいからって男だってわけでもねえけどな」

「鉄。あとで覚えてらっしゃい」

「へい。らっしゃい、らっしゃい」

「悪ガキ。処置なしです」

「も少し挑発すると、地がでるよ。おっかねえぞぉ」

「大佐。もう、やめろ」

「なーんで位が下の者に叱られるかな」

「大佐。おやめください」

「そうまで言うなら、やめてやる」

その夜遅くまで、蠟燭《ろうそく》の光のもと、中薗中尉以下なぜか東城二等兵まで含めて額を付きあわせて下槇ノ原迎撃の作戦を練った。

さすが軍人。その大胆な作戦に唸った。

16

下槇ノ原の奴らを完膚《かんぷ》なきまでに叩きのめすには、綾を地下牢から別の場所に移さなければならない。

中薗中尉によれば『至極当然のことだが、戦いというものは、敵が拠って立つところを真っ先に破壊してしまえば、それで勝利が九割方決まる』とのことだ。

私たちは攻める側ではない。誘い込み、迎撃するほうだ。誰が考えたって下槇ノ原の連中は、私たちが拠って立つところを狙ってくるだろう。

奴らにとって私たち上槇ノ原が拠って立つところは御宿蘖埜であり、高畑本家だ。貧相な荒ら屋《あばや》ばかりの上槇ノ原において、規模も抽《ぬき》んでて大きく、表通りに面して目立つ。それはまさに上槇ノ原の拠点だ。

奴らに軍事的な素養《そよう》がなくたって、真っ先に上槇ノ原に対する積年の怨みのシンボルを消滅させてしまおうと、全兵力を注ぎこんでくるはずだ。

――積年の怨み。

もはや、なにがなんだかわからない。

絶望的なのは、長すぎる年月によって怨恨《えんこん》が心よりも肉に強く刻み込まれてしまっていることだ。いまとなっては、血肉化《けつにくか》した怨みは脊髄反射《せきずいはんしゃ》のようなものに成りさがってしまった。

理由を突き詰めていけば、なんでうちらが下で、おまえらが上なんだよ——という子供じみた憤《ふん》懣《まん》に行き当たってしまうのだ。

上と下。上。下。

たかが言葉だ。高い場所にあるから上。低い場所にあるから下。大昔には啀《いが》みあうなんらかの理由があったのだろうが、いまは上と下という呪文に化けてしまっている。言葉というものは心底、恐ろしいものだ。

下槇ノ原の依怙《いこ》地さは、もはや血肉化しているから理を尽くしても無駄なのは、わかりきっている。理に明るい昇平さんだって、いざとなったら攻めてくるに決まっている。

下槇ノ原には御宿湊屋。

上槇ノ原には御宿蘖埜。

古からの言い伝えで、この二つの宿はそれぞれの土地の要となるものらしい。風水のようなものだろうか。

御宿蘖埜が焼かれてしまうのは心苦しい。蘖埜美苗さんにも、申し訳ない。けれど、この極限状況だ。怺えてもらうしかない。たとえ御宿蘖埜を喪って、上槇ノ原がバラバラになってしまうとしても——。

高畑本家が襲撃されるのもわかりきっているから、綾が死なないにしても、高畑の家に残しておく訳にはいかない。

もちろん下槇ノ原の者にその姿をさらすわけにはいかないし、上槇ノ原の者にもその姿を見られたくはない。秘密裡に処理しなければならない事柄だ。

「いっそのこと、綾、おまえが奴らを全員滅ぼしてしまえよ」

「できるわけないでしょう！」

「できないか」

「できません。綾はか弱い女の子です」

「か弱い……か」

大彦岳の夜半獣の遺跡を訪ねた真紅の夜、綾からふざけ気味に軽く叩かれたとき、私の肩口の皮膚と肉が沸騰して熔解《ようかい》した。その乱れた泡立ちの奥に少し黄色がかった骨が見えて、腰を抜かしてしまった。

綾の異様な力は、実際に触れないと発揮されないものなのだろうか。

いや、羽鳥山の崩落を隠し、上槇ノ原の集落を航空写真に写らなくし、ここから逃げだそうとした極道者や兵士に山中を彷徨わせ、ぐるぐる回らせたあげく振り出しにもどしてしまうのだ。ぐるぐる回らされて振り出しにもどる——綾の力に決まっている。なにを考えているのかわからないが、誰も上槇ノ原から逃げられなくしているのだ。

上槇ノ原に閉じこめているのだ！

村民も兵隊も軍属も極道も、そして私も上槇ノ原に幽閉《ゆうへい》されている。

中薗中尉は、上槇ノ原の集落を囲んで折り重なってそびえる山々を『迷いの森』と称した。

大彦岳のような岩肌が剝きだしの高山はともかく、二千メートル以下の山々は冬以外は木々も豊かで、緑も鮮やかだ。まさに『迷いの森』だ。

もっともいまの季節は晴れ渡った日に山々を見やると、木々はすっかり葉を落としてなかば雪に埋もれ、天に向けて恨めしげに骸骨の手じみた枝々を力なく伸ばしている。

よそから来た者は、まるで水墨画のような風景などといって愛でるのだ。

ふざけるな、見てるだけの大莫迦野郎《おおばかやろう》。ここで暮らしてみろ。生きてみろ。あれは水墨画のような景色ではなく、白黒の地獄だ。

わからない。まったくわからない。綾はなにを考えているのか。

上槇ノ原に住む者たちを幽閉しているくせに、なぜ、攻めあがってくる下槇ノ原の者たちを無防備に受け容れるのか。

悖理《はいり》。理不尽。不条理。意味不明。

不安げな眼差しを投げる綾を見つめ返す。どうせ私の心なんて読まれているのだ。私の疑念を知っているのだ。とぼけた顔しやがって。ならば、こう念じよう。

――綾。なぜ、おまえは、自分の手を汚さない？

「無理なんです。綾はこんなちびっ子で、か弱い女の子なのです」

「吐かしてやがれ」

「静姉さん、怖い」

「綾のほうが、よっぽど怖い」

「静姉さん、許して。綾を助けて」

苦笑いで終わらせようとした。でも、笑いは硬直して、笑っているんだか泣いているんだかわからなくなった。

私の表情を一瞥し、綾は俯いた。顫《ふる》えている。畳の上に涙が落ちた。居たたまれなくなった。抱き締めたくなった。ぐっと怺えた。思案を巡らせる。

上下槇ノ原の者たちにとって、綾はこの土地の象徴として突き抜けすぎている。白でも特別扱いなのに、真紅。

自分たちの血に潜んでいる奥深く根深いものの具現化だ。怯むに決まっている。

とはいえ綾を、父母の承諾も得ずに勝手にここから移すのも躊躇われる。父と母に告げるべきか、どうするべきか、悩んだ。ほっぺを両手で挟みこむ。懊悩する。

真っ赤になる少し前から私に全てをまかせて、綾に一切逢おうとしなくなった父さまと母さま。私の両親は綾を避けただけでなく、綾を屋敷の地下牢に棄てたのだ。

綾をここから黙って移すことに決めた。あんな薄情な人たちに、いちいち知らせることもない。完全に無視しよう。

綾を移したら、私はどうする？

うわべは、いままで通りを続けましょう。けれど心の中では、親子の縁を切る。この家から綾の姿が消えたって、どうせ父さま母さまは気付きもしないのだから。

貴方たちは勝手に生きてください。

私と綾は自分たちの道を歩みます。

そう心に決めて、独り頷いた。

次の瞬間、怒りとも憎悪とも悲しみともつかぬものが私の内奥から衝きあげてきた。

「どうしたの！　静姉さん」

「――なんでもない」

胃か腸かわからないが、実際におなかの中のなにかが、どろりと熔け、爆ぜ、それが食道を一気に駆けあがって、口の中に苦い唾があふれたのだ。

その苦みのほとんどは、激烈なる怒りだった。

それに続く厭な酸っぱいものは、憎しみと悲哀だった。

逆巻く憎悪の焔を口から吐きだしてしまいそうだった。

私は無意識のうちに唾を吐いていた。唾には海の底に潜む軟体動物が千切れたかの赤黒い血が混じっていた。床で散った唾を凝視して、ますます怒りが増した。

綾が怯んでいる。

けれど、抑えがきかない。

なぜ常軌を逸した激情が迫りあがってきたのか、自分自身のことなのに理解できない。ただただ眉間に縦皺を刻み、ケダモノのような唸り声をあげた。

綾が、恐るおそる袖を引いた。

それで完全に炸裂した。

「放せ！」

「静姉さん！」

綾の手を振りほどき、唇を戦慄かせて階段を駆けあがった。

父さまと母さまは空腹のあまり、宵闇の奥に身を潜めるかのように身を縮めて床に入っていた。

仁王立ちしている私の前で、母が懈《だる》そうに上体を起こし、寝惚けた顔で私を迎えた。父が横になったまま訊いてきた。

「なにがあった」

「どうしたの？　とんでもない剣幕だよ」

私は両親を見おろした。

肌から完全に熱が失せていた。

チリチリと蚯蚓《みみず》がのたくるように鳥肌が疾りまわる。先ほどまでは、焔に焙られたように全身が熱かったのに。

熱を喪った怒りが、私を凍えさせていく。私は鋭利な氷になった。

白い息を不規則に吐いている。外の気温のせいではなく、おなかの中の絶望的な冷気が洩れだしているのだ。

凍てついた怒りは、奇妙に冷静な口調となって父と母に降りかかった。

「見にこい」

母は小首をかしげ、父は横柄に応じた。

「なにを」

「綾」

母はふたたび小首をかしげた。

「綾？」

父は分厚く重なった目頭の目脂を抉り落としながら、呟いた。

「綾――」

母が小首をかしげたまま訊いてきた。

「ついに死んでくれた？」

父が目を見ひらき、布団に目脂をなすりつけながらより強い調子で母の言葉を復唱した。

「ついに死んでくれたか！」

「死んでくれた？　それが親の科白《せりふ》か？」

若干屈んで静かに問うと、母は狼狽え顔と笑顔の混じった奇妙に歪んだ貌で布団から出た。私は顎をしゃくった。

「とにかく見にこい」

父の目が険しくなった。

「静。それが親に対する言葉か？」

「父さま。いつまで偉そうに布団の中にいる気だ？　とっとと座敷牢まで綾を見にこい。これが親に対する言葉だよ」

本来ならば気の短い父だ。激昂するところだが、飢えが応えているのだろう、浮きあがった額の血管をピクピクさせ、膝に手をついてじつに大儀そうに立ちあがった。

私と綾は紅玉の夜以来、夜目が利くので灯りなしで暮らしていた。父と母は鳥目気味だろうから、燭台を手に私が先頭で地下に降りた。

「ほら」

と、目で示す。

父さま母さまは、蠟燭の光が照り映えていると思ったのだろう、綾を漠然と眺めた。

綾は身を縮こめて顫えていた。上目遣いで父さま母さまを見あげ、すぐに眼差しを伏せてしまった。

母が先に気付いた。

「綾、その髪は――」

「よく見ろ、母さま」

「綾、その肌は」

「白眼は昔から赤かったけど、より赤くなっただろ。いまでは黒眼まで真っ赤だ」

なぜ私は解説しているのだろう。なんとも莫迦らしくなった。

呆れたのは、父さまだ。いまだに綾が真っ白から真紅になってしまったことに気付いていない。あるいは、受け容れられない。

「あんたらが綾を避けてるうちにな、可哀想に綾は、こんなふうになっちゃったんだよ」

ようやく父が事態を察し、その血の色の髪に手をかけ、貌を露わにした。

「綾！」

目を剝いて凝視し、いきなり後ずさり、バランスを崩して真後ろに倒れた。寝間着がはだけて薄汚い褌《ふんどし》が露わだ。

母は綾に手を伸ばしかけたが、直前でその手は止まり、結局、綾に触れることはなかった。

綾は怒り狂ったことなどないのだが、私の口が勝手に動く。

「あんたらが放置したせいで綾は怒り狂ってな、こんな姿になってしまったんだよ。純白から真紅に変わってしまったんだよ」

さらに私の意志と無関係に口が動いた。

「なにが親か。あんたら幾年、綾の貌を見ていない？　あんたらはな、綾を地下に閉じこめて棄てたんだ。あわよくば、死んでくれ。そんな親がどこにいる！」

奇妙な熱狂とともに断言する。

「いいか。上槇ノ原を襲う厄災は、あんたらのせいなんだよ」

拳を振りあげて怒鳴り散らす。

「あんたらが綾をおろそかにしたからだ。綾を生きたまま殺そうとしたからだ。あんたらが番《つが》って綾を拵《こしら》えたくせに、よくもそんな無責任なことができたな。よくもそんな残酷なことができたな」

絶叫する。

「あんたらの子だろうが！」

父の唇が小刻みに顫えている。母は綾から顔をそむけて、顔中くしゃくしゃだ。

ごく静かに私は命じた。

「死ね。死んでお詫びしろ」

さらに抑えた声で付け加える。

「さすれば、上槇ノ原を襲ったこの厄災も、多少は収まるだろう」

父と母はガクガク揺れながらも、その場を動かない。動けない。

「行け」

顎をしゃくって階段を示すと、父と母は手まで使って、四つん這いで、どうにか階段を上って逃げだした。

いきなり私は虚脱し、その場にへたり込んだ。岩張りなので、痩せた臀を通して骨にまで冷気が沁みた。

なにを言ったかは細部まで、はっきり憶えている。

私は父さま母さまに『死ね』とまで言ったのだ。

私が言った？

私が？

思わず唇に触れる。

なんなのだ、この他人事のような感じは。私が言ったのか？　死ねと——。

そもそも私は両親に黙ってここから綾を移すと決めたのだ。父さまと母さまを完全に無視しようと心に決めたのだ。父母には一切関わらないと決めたのだ。

なんなのだ、この過剰な関わり方は——。

頭の左が鋭く痛む。奥歯を噛み締めて、いつもよりもさらに小さくなってしまった真っ赤な妹を見つめる。

死ね——。

紅玉の夜の仕業か。

いや、紅玉の夜は鎮まっている。

人の感情を糧に生きているという伝説を耳にしたことがあるが、紅玉の夜は私を煽るようなことはせずに、私の奥底に静かに身を潜めている。

夜半獣は自然に湧きあがる人間の感情が餌であるのかもしれない。

どうも奇妙なのだ。私の破裂は擬似的とでもいうべきか、私の本質的な感情ではない気がする。

この激情が夜半獣の餌にはならなかったことを直観した。

ちらっと綾を見やる。

綾が見返す。

紅玉の夜が囁く。

——**静は操り人形だもの。**

操り人形。誰の？

愛想笑いのようなものを泛べて、綾の傍らに座る。

紅玉の夜が、私にはとても口にできないことを、私に言わせる。

「やれやれ私は、操り人形か」

「静姉さん、なんのこと」

「なんでもない」

綾がすべてを無意識のうちに行っているとしたら、いかんともしがたい。綾の、この罪悪感のなさが恐ろしい。自分がしたという自覚がないのだから、致し方ないが。

「いや、勝手な思い込みかもしれないし」

「どんな思い込み？」

綾はあくまでも良い子の眼差しで問い返してきた。

私は疲弊しきって、その場に転がった。綾が甲斐甲斐しく私に掻巻をかける。

「おまえも、一緒に入れ」

「いいの、静姉さん！」

「なんだよ、嬉しそうだな」

「だって、さっきまで凄く怖かったから」

「――もう上槇ノ原は無茶苦茶じゃないか。だから殺気立ってたんだな」

「静姉さんのように落ち着いた人が、あんなに激昂するなんて」

「ごめん。ごめんね、綾」

「いいの。綾にぶつけて。それで静姉さんが楽になるなら」

調子のいいことを吐かすな――。

胸の裡で吐き棄てると、それを見透かしたように綾が密着してきた。

＊

夜半、胸騒ぎがして目が覚めた。綾に揺り起こされたような気がした。

けれど、綾は小さな真っ赤な握り拳を咬むようにして眠っている。ときに小さくビクッと揺れる。閉じた目蓋の奥の眼球が不規則に動く。熟睡して夢を見ている。

私たちはほとんど眠らない。それがめずらしく丑《うし》三つ時を過ぎていた。

怒りは体力を消耗させるものだ。絡みつく搔巻がやたらと重く、立ちあがるのがやっとだった。

父さま母さまではないけれど、階段に手を突いて四つん這いで上がった。

秋にはあれほど喧しかった虫の音も一切しない。雪が降りこめるばかりで、無音だ。

違和感が拡がった。下働きの人たちの鼾とか歯軋りとか、地上に出るとじつに騒がしいものなのだ。

そっと窺ってみた。

誰もいない。

誰一人、いない。

どこに消えてしまったのか。不安に囚われて私の足取りはぎこちない。だって、誰もいないんだから!

父さま母さまの寝所の襖《ふすま》を開いた。

影が下がっていた。

二つの影だ。

天井の梁から寝間着の帯が下がっていて、そこに影が二つぶら下がっていた。

帯を使ってしまったので、父さまと母さまは、前をはだけた影になっていた。

「物を食べてないから、おしっこしか洩れていないのね」

なにかの本で、縊《くび》れて死んだ者はあれこれ垂れ流すと書かれていたのが念頭にあった。

「私が命じたとおり、死んじゃったのね」

呟きはしたが、心はまだ目の前の現実を認めていない。だから、父さまと母さまは淡い影にすぎない。

なんだか異様な静けさだ。

「私が殺したんだね」

唇が歪んだ。

笑みだったので、狼狽えた。

高畑本家が無人となっているのは、誰の采配か。答えのわかりきった疑念を胸中で呟いて、二人が下がっているやや右端に転がっている踏み台を持ってくる。

「難儀だなあ」

妙に明るい声で言い、母さまをどうにか梁からおろし、乱れた寝具の上に横たえた。父は開け放った襖から流れこむ凍てついた風のせいか、幽かに左右に揺れている。

「この人には、触りたくないなあ」

嫌悪を抑えきれずに呟いてしまい、だらんと下がった枯れ木に取りつく。

首にめり込んだ汗臭く灰色に変色した兵児帯を外したとたんにバランスを崩した。

父が私の上に落ちてきた。

覆いかぶさっている。

冷たい。

重たい。

なんとか父の下から抜けでようと足掻きながら、屍体は他人の上に載っかっても、物にすぎないから忖度しないで全体重をかけてくるってことだ——などと、至極当たり前のことをまわりくどく反芻する。

「しかし冷たいなあ。屍体は掛け布団にはなりません」

覆いかぶさる父から苦労して抜けでる。

「こんな痩せっぽち、御飯食べてれば軽々撥ねのけてやるんだけどね」

私の頬を汚しているものに気付いた。触れると微かに粘る。中指の先から糸を引いた。嫌悪に指を振ると、ぷつっと切れた。

「——鼻水。まいったな」

悪寒が疾った。母さまの鼻水なら笑って許せただろうけれど、この男の鼻水だもの。最悪だ。いまごろになって垂れ流したおしっこの臭いが鼻に刺さる。

はじめ、父と母は影だったが、だんだん人間の——屍体であることをあからさまにしていく。

「最後まで狡《ずる》いなあ、おまえら」

父と母を雑に並べて、私は語りかける。

「さぞや楽になっただろうな。生き抜かなければならない私はどうするんだよ。ふざけんなよ。二十歳前の娘にぜんぶおっかぶせて、テメエら、あの世に逃亡かよ」

実際、母など解放感あふれる笑みらしきものを泛べているではないか。

「なんだよ、けっきょくは親孝行したみたいなもんじゃないか。やってられない!」

首に巻きついた帯を外し、一応着衣の前を整えてやる。

寝所から母さまの屍体を引きずりだす。両脇に手を挿しいれて息みながら廊下を行く。地下牢の入り口にまで運んで、もう一体、あることに泣きそうになる。

「無理だよ、体力が続かない――」

息を整えて、母を地下に落とした。

目尻に浮かんでしまった涙を雑にこすり、薄汚い男の屍体に手をかける。母さまよりも骨が太いせいか、重い。さらに邪険に地下に蹴落とす。

肩で息して地下牢に降りる。

綾が平たく見えた。なんだか折り紙のようだった。赤い折り紙で折った綾。

「吃驚したか？」

「母さまがひっくり返って落ちてきたのには吃驚したけれど」

「父さまにはもう心構えができてた？」

「はい。平気です。それより」

「なに」

「静姉さんが殺したの？」

死んでお詫びしろ、と言ったのは私だ。

「――遠因《えんいん》をつくったのは私だね」

なんで罪を引き受けているのだろう。私はとことんお人好し？　それとも私は徹底して綾の操り人形？

「どうするの、これ」

綾の呟きに『これ』はないだろう、と苦笑した。ある意味復讐を果たしたということだろうが、だとしたら、もっと感情をあらわせよ！　と憤りに似た気持ちが湧いた。

もっとも、綾の冷徹は当然のような気もする。私も完全に醒めきっていた。両親の死なんて、こんなものだったんだ。その他大勢の死と大差ない。

「ま、ただ見知ってるだけって存在だったもんな」

「でも、靜姉さんは、父さま母さまに可愛がられてたし」

「冗談じゃないよ。綾には上槇ノ原で無病息災な子供の本当のところがわかってない」

「本当のところ？」

「そう。くる日もくる日もひたすら働く。働かされる。子供は、奴隷だ。それは高畑の家も例外じゃなかった。理由はね、上槇ノ原全体が貧しいからで、男は虚弱で使い物にならないからだ」

苦いものが込みあげた。いったん息を継いで、続ける。

「おまえは朝早くから真っ暗になるまで野良仕事をしたことがない。しかも必死で働いて育てた作物が、冷害で一気に終わってしまう残酷を知らない」

私は幼いころから徒労という言葉を肌で知っている。上槇ノ原の農業は痩せた土地と気候条件等々から常に徒労に支配されていた。

丹精込めて育てた陸稲《おかぼ》が一気に枯れ果て、妙に明るい茶色に変色してゆくのを目の当たりにするとき、閉じなくなってしまった口から魂が抜け落ちていく。

また、この冬は飢えるのか——と、ぼんやり腕をさすって、唐突にすくみあがる。皆、打ちひしがれている。

「灼《や》ける陽射しに焙られて、朦朧《もうろう》としながら野良着の襟元に染みた汗が乾いて浮いてきた塩をなめる。後ろで婆様がどさりと倒れる。気付いているんだけど、誰も助けない。私も動けない。軀が動かないんだ。同じ姿勢を続けてるから、固まっちゃってるんだ」

眉間をつまむようにして抑揚を欠いた声で付け加える。

「牛に食わすためにきつく腰を折り、霜が降りて凍りついた地面にまばらに生えてる草を刈って、冷たさに麻痺したあげく、鎌で指を落とし損ねる」

私は左手人差し指に残った深い傷痕を一瞥し、投げ遣りに笑った。

「牛なんてとっくに食っちゃったけどな」

綾は俯き、黙りこんだ。

私もなにも言わない。乱雑に絡みあって転がっている父さま母さまをぼんやり眺めている。

なんだ、この土地の唯一の救いは、死じゃないか。

いきなり、私と目を合わせずに綾が訊いてきた。

「父さま母さま、どうするの？」

「どうする？　決まってるじゃないか」

「決まってる？」

「そう。決まってる。食うんだ」

「食う！」

「なにを驚いてる？」

「だって」

「本音で、もうこいつらを埋める力なんて残ってないから」

「こいつら」

「こいつらだろ」

綾は両親を『これ』と呼んだのを忘れているらしい。よほど『ついに死んでくれた？』という母の問いかけを綾の耳の奥に吹きこんでやろうかと思った。ぐっと抑えた。

「綾。おまえが料理しろ」

「だって靜姉さん、綾はお料理なんてできないもの」

私は嘲笑う。

「肉を焼くだけだよ。綾の得意技だろ」

大彦岳で綾が触れて熔けてしまった肩口のあたりをわざわざ示して続ける。

「凄まじい威力だからな。焼きすぎるなよ」

「靜姉さん」

すがる眼差しを突き放す。

「黙って、やれ」

「はい」

「骨まで焼け」

「はい」

「私と綾はこいつらの髄まで啜る」

「はい」

「よし。私はこいつらを並べる。おまえは料理に取りかかれ。全力を尽くせ」

「はい」

「食いたくない部分は、完全に焼き尽くせ。灰にしちまえ」

「はい」

私は最後の気力、いや体力を振り絞って両親を石畳の上に並べ、薄汚い寝間着を剝がして、より薄汚い肉体を露わにした。

「静姉さん。おしっこ臭い」

「小便もしないおまえが偉そうに言うな」

「ごめんなさい」

「焼いちゃえばアンモニアだっけ、蒸発しちゃうよ」

「そうでしょうか」

「どうでもいいいから、早くやれ！」

「はい」

返事はしたものの、綾は途方に暮れて私を凝視した。

「牛はアバラんとこが美味かった。でも、こいつらには刮げる肉もない。足。太腿。早く焼け」

綾は見習いの巫女みたいにおどおどと母さまの太腿に掌をあてがった。

「やりすぎるなよ」

「やりすぎる？」

「さっきも言っただろ。焼きすぎるなってこと。炭にしちゃったら食えないから」

「——はい」

綾は掌を浮かせた。

それでも母さまの太腿が焦げていく。

香ばしい匂いが立ち昇る。

なんだ、牛と同じじゃないか。

綾は焼きすぎぬよう気配りしつつ、母の太腿全体を掌でなぞり、焙っていく。

ぐぅ――。

「静姉さん、おなか、鳴った？」

「うるさい」

「ごめんなさい」

綾は母の両太腿を丹念に焙って、私を振り返った。

私はほんのり焼けた黄金色を見つめた。

綾は料理上手だ。ぱりっと奇麗に焼けている。涎が湧いた。

「よし。綾、おまえが、まず食え」

「え！」

「黙って食え」

「――どこから？」

「どこでもいいから手摑みで食え。指突っこんで剝げ。肉を削げ」

「はい」

綾の指先が母の太腿に申し訳程度に挿しいれられた。それでも綾が小さく息んで引っ張ると、音もなく、ちょうど単行本の背表紙ほどの長さの肉が引き剝がされ、その真っ赤で華奢《きゃしゃ》な指にぶらんとさがって揺れた。

「美味そうだな」

綾は黙って口に運んだ。

「美味いか？」

綾は小首をかしげ、背後の私を一瞥した。

仕種は可愛らしかったが、完全な無表情だった。

じつは、私は命令するだけで決心がつかなかったのだ。

綾は両膝をついて、静かに母さまを咀嚼している。

私に背を向けたまま、綾が囁いた。

「美味しいですよ、とても」

早く食え、と促された気がした。

「なにも食わないおまえが、こんなに食べるなんて」

「だって、美味しいんですもの」

「あまり美味そうにも見えないけどな」

あわてて付け加える。

「なにせ、こんなに痩せ細っちまってるからな」

「それでも、美味しい」

うん、と空返事して、綾と並んで母さまに向かいあう。

「ここ、とても美味しいの」

「――どれ」

綾が取り分けてくれた手の掌大の肉を口に運ぶ。

天火で焼いたみたいな見事な焼け具合だった。

でも、筋張っていて、あまり美味しくなかった。はっきり言えば不味かった。

前歯の隙間にはさまってしまった母さまの腱を指先で摘まみだそうと悪戦苦闘していると、綾が笑った。

「お行儀が悪い」

私は泣き笑いの表情を返し、指先の生っ白い腱を振り棄てて、俯き加減で母さまの肉に取りつく。

ふと我に返る。

「綾。おまえ、どんだけ食うんだよ？」

「ぜんぶ。すべて」

「腹に入るのか」

「はい」

「――まあ、これが私たちのお弔いのようなものだからな」

「そうです。そうなんです。これこそが供養です」

いかに飢えていても、胃の大きさには限度がある。私は父さまの太腿や脹脛を平らげたあたりで、もう食べられなくなった。

それどころか烈しい嘔吐の気配が迫りあがってきて、それを抑えこむことに必死になって額に冷たい脂汗をかいた。

飽食しはしたが、満足には程遠い不穏な苦痛を怺えて横になる。

厭な汗に全身を濡らして、痙攣じみた顫えに支配され、首まで掻巻を引きあげて天井を睨んでじっとしている。

どうにか嘔吐を怺えているうちに、目蓋が落ちかけた。

天窓から弱々しい光が射し、私の眼球をいたぶった。

寝落ちしたおかげで嘔吐せずにすんだ。

首だけ曲げて、そっと綾を見やる。

まだ綾はおちょぼ口で、ひたすら父さま母さまの肉を食んでいた。その飽くことを知らぬ口許は濡れて光って艶やかに笑んでいるかのように見えた。

17

「靜姉さん。これ、食べて」

綾が差しだしたのは脳髄だった。ほんのり焼かれていて、ぷるんと揺れた。

私は黙って口にした。白子の味だった。少し生臭く幽かな甘みのある白子《しらこ》だった。

父さまのものか母さまのものか判然としない。あえて訊かずに、ひたすら貪った。訊いたら食べられなくなりそうだったからだ。

「以前、靜姉さんが言ってたでしょう。脳は凄く滋養に充ちているって」

はは――と短く気の抜けた笑い声のようなものをあげて、私は膝に手をついて立ちあがり、唇にまとわりつく脂を舐める。

あらためて父さま母さまの屍体のあった場所に立つ。骨片がいくらかと、母さまの白髪交じりの髪しか残っていなかった。

肉や内臓はどこに消えた？

やっぱり綾のおなかの中か。

こんなチビの腹の中に、いかに痩せ細っていたとはいえ父さま母さまの肉や骨が全て収まってしまったのか。

蜂谷に指先をあてがって考えこんだが、どうでもよくなった。

布団の上にもどると綾が傍らにちょこんと座った。

「頑張ったね」

「はい。あとは、骨が少しだけです。靜姉さんを裏切らないように、ぜんぶ食べ尽くします。なにもできない綾ですけれど、綾は靜姉さんのためにちゃんとします」

「私のためか？」

「そうです。綾は靜姉さんのために、ここにいるのです」

くらっとした。

綾から放たれているのは、圧倒的な無私だったからだ。

この子は、何ものか。

たくさんの書物を読んだ私には、世界が謎に充ちていることくらい、わかっている。けれど、もっとも身近な現実に、私は最大の謎を抱いている。

たぶん、あれこれ考えこんでも、的外れの理に堕ちるだけで、綾という不思議からどんどん遠離っていってしまうのだろう。

共食い姉妹の姉は、綾の視線を受けながら外出の支度をする。

雨合羽の前を完全にとめて長靴を履くと、腹の中の父さま母さまが、私の隅々にまで触手を伸ばして内側から力が充ちてきた。

「綾。ちょっと用事がある」

「はい。父さま母さまの最後の後始末をしながら、綾は靜姉さんを待っています」

うん、と頷いて外に出ると、陽は中天にあり、その光で烈しい目眩がおきた。青褪めた雪に反射する光のせいで、まともに目をあけていられない。

誰にも会わない真昼の上槇ノ原は、まるで無人の集落だ。全ての人々が死に絶えてしまったかのようだ。

薄眼で光をさえぎって雪目に耐え、ときどき眩しさを怺えきれずに溢れでる涙を拭って大彦岳に向かう。涙で頰が中途半端に凍りはじめた。

白い息をたなびかせて山中に踏み入る。思いのほか新雪が深く、橇《かんじき》を用意してこなかったことを後悔し、引き返して勝手に山岸家に入る。

鋼のものだろうか、誂えたように私にぴったりの鳥木の枝を叮嚀に曲げてつくられた輪橇が土間に下がっていた。拝借して御厨山の登山道から大彦岳に向かう。

たいしてたたぬうちに、凍りついた崖の上から声が降ってきた。

「どした？　靜姉さん」

「助かった。見つけてくれなかったら、どうしようって心配だった」

「見つけないわけねえじゃん」

「——なんか、世の中の全てを疑っちゃう気分なんだ」

「わかりませんな。難しいことを吐かすわりに靜姉さん、血色がいいぞ。色艶がよくなった」

「まあね。父と母を食べたから」

「そうか。食ったか。美味かったか」

「うん。父はなんか嫌悪感があって食いたくなかったけどね」

「肉になって糞になれば、なんだっていっしょだよ」

「そうね。そうだね」

同意すると、遣り取りにしばらく微妙な間があいた。斜面の表層を銀の粉のような雪がさらさら流れていく。

「なにしに来た？」

「頼みがあって」

「ガイグメリさんを呼ぶか」

「お願い」

鋼に崖の上に引きあげてもらって、一人でぼんやり数十分ほども待ったか。鋼がガイグメリをともなってやってきた。

下槇ノ原が攻めてくることなどを絡めて綾をあずかってくれと手短に訴えた。

「かまわんが――」

「なにか問題でも？」

「一度あずかったものは返せない」

「返せない」

「そう。永遠に山の宝となる」

「山の宝」

「剣呑な存在だが、あれほど強い存在もないからな。我々がその存続のためにずっと求めてきたものだ」

「――お宝になるのはいいけれど、私は綾に逢うことができますか」

ガイグメリは断言した。

「できない」

「できないんですか！」

「できない」

「なぜ」

「掟」

「どんな」

「さあ。とにかく掟。古《いにしえ》よりの掟。夜半獣を抑える力を得て、それを手放すと思うか」

「手放すとかそういうことじゃなくて、逢えるかってことです」

「――長老と相談してみるが、たいして猶予があるわけじゃないだろう」

「はい。ありません」

「とりあえず、いますぐ綾をあずかろう」

「いますぐ」

「靜姉さんの気が変わったら、困るからな。俺はかまわなくても、どんな叱責を受け、責め苦を負わされるかわからん」

「――綾と逢えないと、いやです」

「わかってる。靜姉さんだけは例外だって長老を説く」

「口説けますか」

「口説けるとも。山に連れてきた綾が、靜姉さんに逢えないからと、その力を我々に向けて発揮したら――」

「それは、恐ろしいことになりますよ」

「脅《おど》されたぜ。ま、守神《まもりがみ》どころか、絶望的かつ取り返しのつかない厄災に変わってしまうことは、わかっている。長老も折れるさ」

「訊いていいですか」

「いいよ、なんでも」

「綾は夜半獣よりも強い？」

「うん。当人は自覚していないがね。言い方を変えようか」

「はい」

「綾は自分が人だと思ってる」

自分が人だと思ってる！

「靜姉さんは、綾に実体があると思うか」

「ちゃんと私の前に真っ赤に、ちょこんと座って頼りなげに頬笑んでいます」

「それは、大好きな靜姉さんだけに見せる姿かもしれないよ」

「でも、鋼君にも綾は見えるんですよ。いつだって綾は鋼君と愉しそうに遣り取りしてますから」

鋼が傍らで頷いている。

「実際に綾に会えば、ガイグメリさんにも見えるわけだから。両親にもその姿は見えましたし」

「靜姉さんに関係する人にその姿が見えるということは、それは大好きな靜姉さんといっしょにいるためだろう。靜姉さんの眼前にある綾の姿は、この世に投影された映し絵なんじゃないかな」

わかったような、わからないような。

「いつ下槇ノ原が攻めてくるかわかりませんし、なぜか上槇ノ原は無人のように静まりかえっています。綾は自分の運命を悟っているのでしょう」

「うん。愛おしいな」

「愛おしいと思いますか？」

「思うとも。だからこそ」

「だからこそ？」

「始末に負えぬ」

「ガイグメリさんは、本音では綾をお山に迎えることに否定的なんですね」

「人に御せる存在ではないからな」

なぜ、そんな存在が高畑の家に、あの冴えない両親から生まれたのだろう。

なぜ、私と双子で生まれたのだろう。

「静姉さん。さっきも言ったとおり、綾は我々の手に負えるはずもない」

「そうですね。お山の方々は夜半獣にかこつけて、大きな禍殃を自ら背負い込むわけですから用心してほしいです」

「静姉さんもそう思っているのだな。あの子は禍々しいと」

「禍々しいとは思っていませんが、人には対処不能です。それでも綾をお山に永遠に迎えたい？」

ガイグメリが腕組みした。静かに呟いた。

「人間の愚かな慾求だよ」

「どういうことです？」

「超越に憧れるのが、人間だ」

「綾が超越だとすると、超越というのは、あまり幸せでもないような」

「幸せ？　そんなもん、どこにもないさ」

「ないですか？」

「ない」

肯《うべな》うのも微妙だが、慥かにそうだと胸の奥底でなにかが囁く。

「一つだけ。ガイグメリさん、綾は読めないんです。人間に譬えていうならば、無意識に支配されて全てを意識せずにおこなっているようなものです」

「それは、人間の見方だろう」

「そう言われると、もう、訳がわからなくなってしまいますが」

「長老たちは、そのあたりがわかっていないんだ。古からの言い伝えのよい部分、人間にとって都合のよいところだけをつまんでいやがる」

ガイグメリの瞳に鋭い血の色が疾る。

「いいよ。あずかるよ。で――」

「で？」

「いざとなったら長老共を殺そう」

傍らで、鋼が大きく頷いた。ガイグメリと見交わして、ニヤリと笑う。

どうも、おかしい。

山の民にとって掟は絶対であり、長幼の序は揺るがすことのできぬものだ。ガイグメリはそれらを破るような男ではないし、先ほどから鋼は薄笑いを泛べるばかり、一切喋らずに頷くだけだ。

じつは、貴男方は、もう綾に操られているんですよ――と耳許で囁いてやりたかった。かわりに二重の意味を込めて言った。

「これなら、もう、だいじょうぶでしょう」

言ってから『これなら』ではなく『それなら』だろうと気付いた。

もっともガイグメリも鋼も精悍さとふてぶてしさのにじむ眼差しの奥に、なにか虚ろなものが揺れていて、微妙に焦点が定まっていない。

「鋼。これでだいじょうぶかな」

ガイグメリが背負子を示した。鋼は頷いた。声は放たれなかったが、綾はチビだから、それで充分と聞こえた。

「よし。靜姉さん、綾様をお迎えに参じる」

綾様——。

ついに様が付いた。

ガイグメリは積雪に背負子が引っかからぬよう軀の前にまわし、臀と背で斜面を委細かまわず滑り降りていく。ガイグメリの巨大な軀を小さな雪崩が追いかける。

鋼にぐいと手をつかまれて、ガイグメリの起こした雪崩の中を、下っていく。

落ちていくさなか、やっと鋼が口をひらいた。

「靜姉さん、橇《そり》の踵《かかと》を立てるようにして制動をかけるんだ。いまの勢いだと、ガイグメリさんを追い越して、滑落しちまうぞ」

「こう？」

「飲み込みがいいなあ、靜姉さんは」

なるほど引力にまかせて落ちる——じゃない、滑るにまかせるのではなく、自分で速度を決定できるとわかったとたんに、とても気が楽になった。

また鋼の橇の全体のしなりはすばらしく、加減せずに雪に突き立てても、折れる心配はない。

一気に麓まで着いてしまった。

とたんに、胸が軋んだ。

綾と離ればなれになる――。

私の無表情を鋼がさりげなく見ていた。

「安心しろ。綾には俺がついてる。命に替えても、靜姉さんがいつでも綾に逢えるようにしてやる」

「うん。鋼がいるから心強い。綾も、独りじゃないもんね」

「そーいうことだ。俺と綾は、けっこう仲がいいんだぜ。ただ万が一のとき、俺が抑えられるといいんだけどな」

「綾の力、わかってるんだね」

「まあな。はじめからビリビリ感じてたよ。でも突っ張って対等な口をきいてた。綾もそれを受け容れてくれた」

ガイグメリが振り返る。なにをヒソヒソやり合っているのかと怪訝そうだ。鋼は素知らぬ顔で、笑みだけ返した。

山岸鋼と柳庄鉄。幼いころから綾を怖がらずに接してくれた二人。綾が念入りにこさえた存在であるような気がした。

それを言うならば、私もか――。

＊

綾を見るガイグメリは、立ちすくんだ。綾は座したまま、にこやかに笑んだ。

ガイグメリはその場に膝をつき、平伏し、お迎え云々と鯱張《しゃっちょこば》った様子で告げた。

「綾。どうしたの、髪」

「靜姉さんのために切りました」

「私のため？」

「はい。これ」

綾がゆるゆると掲げて見せたのは、真っ赤な輪だった。

「編《あ》んだのか」

「はい。ほんの少しですけれど、母さまの毛も編み込んであります」

「うーん。母さまの毛。微妙だな」

「綾の毛だけの方がよかったですか」

「当たり前だろ」

「——いまさらほどくわけにはいきません」

「だろうな。絶対にほどけない、切れない」

「そうです。切れない、ほどけない」

「それで私の首を縛る」

「いやな靜姉さん」

目で促されて、綾の前に膝をつく。

綾が自ら私の首に、真紅の首飾りをつけてくれた。じっと綾を見つめる。

「おまえ、男の子みたいになっちゃって」

「真っ赤な男の子」

「嬉しそうだな」

「綾も靜姉さんみたいな髪の毛になりたかったから」

「短髪か」

「はい。そして真っ黒な――」

「それは、無理だな」

「ですね」

「綾」

「はい」

「必ず迎えに行く」

「はい」

「寂しくても、ちゃんと待ってるんだぞ」

「はい」

「ガイグメリさんが、よくしてくれる」

「はい。鋼君もいるし」

「そうだ。鋼君がいる」

「――鉄君も連れてきてほしい」

「うん。必ず」

「靜姉さん」

「なんだ」

「ぎゅーってしてほしい」

私はつとめて無表情をつくり、綾をきつく抱き締めた。

「靜姉さん」

「なんだ」

「背骨が折れちゃいます」

私は溜息とともに、力を抜いた。綾の満面の笑みから顔をそむけた。

「静姉さん」

「なんだよ」

「泣いちゃだめです」

「泣くわけねえだろ」

「ですよね」

そろそろ――とガイグメリが促し、しゃがみこんだ。鋼がそっと綾を抱きあげて、ガイグメリの背負子に座らせた。

綾はガイグメリに背を向けるかたちで背負子にちょこんと座り、ガイグメリは軽々と立ちあがった。

ガイグメリの背で、真っ赤な綾が小さく揺れる。ぴたり、鋼が寄り添っている。ガイグメリは厳かに階段を上がり、高畑の屋敷から出ていく。

私は小走りに追う。

御厨山の登山道に到り、鋼が囁き声で言った。

「ここから先は――」

私は頷いたが、唇が戦慄いて、息が苦しくて、瞬きできなくなった。

背負子の綾は私と正対して、私を凝視している。ガイグメリは委細かまわず大股で登っていく。

綾の唇が動く。

——静姉さん。泣かないで。

泣いているのは、おまえだろう、綾。

綾は、真っ赤な綾は、涙をぽろぽろ流していた。私は綾の毛で編んだ首飾りを両手の指で摑むようにして、雪の上に頽れた。

声をあげて、泣いた。

ひたすら綾を目で追いながら、泣いた。

綾も、口を半開きにして手放しで泣いていた。

ガイグメリの歩行に合わせて上下左右に頼りなげに揺れる綾。

雪の中でも鮮やかに浮かびあがる、真っ赤な真っ赤な私の赤ちゃん。

それなのに、急に雪が幕のように降りこめて、私の真紅は純白に隠されて完全に見えなくなった。

私は積もっていく雪に顔を打ちつけて、小刻みに顫えて泣いた。

18

さあ、戦争だ！

と、気合いを入れたが、困ったことがおきた。大賀の親分が拗《す》ねてしまった。関係がこじれてしまった。

あぐらをかいて、大賀の親分は無言かつ無表情で煙管《キセル》をふかす。麻の葉のいがらっぽい煙が立ちこめ、なんだか焚火の中に抛り込まれたようだ。

煙草代わりの乾燥させた麻の葉だが、これだけ喫いまくれば、やがて心地好くなってくるのではないか。不機嫌もおさまるのではないか。希望的観測を胸に黙って見守る。

滋養豊かな麻の実を食べることを教えたのは、私だ。麻は強く頑丈な植物だから、手入れをせずとも勝手に生えていく。私の心積もりでは、収容所じみたこの中でも生育可能な作物ということで、麻を薦めたのだ。

けれど隠畑の根菜などの手入れに明け暮れているうちに、いつのまにやら私たちが山の斜面に蒔いた大量の麻が全て根から抜かれて消えていた。

刈りとられたなら、また生えてくるが、これではどうしようもない。力まかせ。あきらかに作物のことを知らない者の仕業だ。

なにも採れぬ真冬、保存のきく根菜と麻の実で凌ごうと考えていたのだが、根菜は新たに開墾した畑の水捌けが悪くて根腐れしてしまい、麻畑は消滅していた。

あのときの絶望。

思い出したくもない。

極道者たちが、私たちの麻を盗んだのか。

けれど、あのころは有刺鉄線に電流が流れていたはずだ。

だが実際に麻の実を食べているのは大賀の親分であり、極道者たちだ。兵隊に麻の実が出回っている様子はない。

おそらくは極道者が裏で操るなり脅すなりして、軍属か下級の兵士を使って麻を全て盗ませたのだ。

過日、そう推理して、烈しく腹を立てた。その怒りはおさまっていないが、おくびにも出さずに黙って煙の彼方の大賀の親分を見つめる。

まいった。その皺だらけの仮面じみた貌からは、一切感情を読みとることができない。ただただ目に沁みる煙が立ち昇り、煙幕の奥に究極の無表情が鎮座している。付けいる隙がない。完全に撥ねつけられている。

親分を差し措いて、中薗中尉にあれこれ相談してしまった。流れでそうなってしまったとはいえ、まずかった。

真っ先に大賀の親分に相談にきたのですが――と言い訳しても、取りつく島もない。

男とは面倒なものだが、とりわけ極道はメンツにこだわる。

じつにバカらしい。内心は投げ遣りな気分になってきているのだが、ここで引き下がるわけにはいかない。神妙な面持ちは崩さない。

對馬さんは冷気から守るために赤ちゃんを巨体の胸の中にいれて、その上からおんぶ紐で括りつけている。へたにあずければ食われてしまいかねないので、いつだって我が身から娘を離さない。

鉄は、そんな對馬さんの膝を枕にして転がり、鼻をほじっている。長く続く沈黙をもてあまし、飽き果ててしまったのだ。

「まったくガタイも小さけりゃ、根性も小せえなあ」

いきなり辟易した声がした。

鉄だった。委細かまわず続けた。

「俺がな、鉄条網を切断したんだ。親分とこに行く近道をつくろうって腹づもりでな。そしたら東城君に見つかって、サンパチを突きつけられて中薗君が待ってる大本営につれてかれたってわけよ」

大賀の親分が煙管を叩きつけた。

「いま、なんて言った？」

「東城二等兵に大本営につれてかれた」

「その前だ」

「ガタイも小さけりゃ、根性も小さい」

大賀の親分の頬が、青白くなっている。危険な気配だ。配下共も表情を消した。私の拳にぎゅっと力が入る。對馬さんは赤ん坊をあやすふりをしながら視線をそらす。

鉄だけが、脱力している。だらけきっている。對馬さんの膝で大欠伸し、鼻屎《はなくそ》を床に敷きつめてある筵になすりつけた。

大賀の親分の蟀谷《こめかみ》がゴリッと動いた。

間合いをはかっていたかのように鉄が言った。

「靜姉さん、虐《いじ》めて愉しいか？」

爪に残った鼻屎を對馬さんの野良着の裾にこすりつける。對馬さんが鉄の頭を加減せずに叩く。鉄は頭を押さえつつ言う。

「頼ってくる女を、邪険に無視して、気持ちいいか？」

雑に息をつく。半身を起こす。

「おい、極道」

ヤクザ者たちを睨めまわす。

「テメエら、靜姉さんが教えてくれた麻の実食って、ときどき村の者食って、気分で仲間も食って、なんとか生き存えてるくせに、偉そうにすんなよ」

鉄は麻の実が入った丼に視線を据えた。

「俺たちが育ててた麻の実だぜ。任俠ってのはよ、靜姉さんの麻を、上槇ノ原の最後の麻を根刮《ねこそ》ぎ盗むことか？」

「鉄」

「なんだよ」

「俺は知らんぞ」

「現に食ってるじゃねえか」

大賀の親分は、配下たちを見まわした。

「これは靜姉さんの麻畑のもんか？」

配下は答えず、俯く。

「責めるなよ。子分たちは大賀の親分に食ってもらおうと思って、よかれと思ってやったんだからよ。俺だってオヤジのためにあれこれカッパラってるからな」

大賀の親分は靜姉さんの前に麻の実の丼をもどした。

「どう、落とし前、つければいい？」

「戦ってください。中薗中尉と会って、作戦を練ってください」

「下っ端はともかく、将校は好かんなあ」

「ここだけの話ですが、私も中薗中尉を好きません」

「なかなかいい男じゃねえか。けっこう気さくに俺たちの頼みも聞いてくれるぞ。除く、食糧だがな」

「あの人の、いかにもわかった風な貌が嫌いなのです。インテリにありがちですが、高いところから見おろしているくせに、私に視線を合わせているふりをするのが腹立たしいのです」

「なのに、力添えを頼んだのか？」

「頼みました。戦いに勝つためなら、なんでもします」

大賀の親分はごま塩の顎を弄びながら、意地悪く言う。

「――脱げと言ったら」

「脱ぎます」

「やらせろと言ったら？」

「やらせます」

「男も知らんくせに」

「だから、なんなんですか」

見つめあった。視線がぶつかった。睨みあった。

「やらせろよ」

「はい。どうぞ」

「いますぐ、この場で、だぞ」

「ですから、はいどうぞと言いました」

對馬さんが狼狽気味に私の裾を引く。大賀の親分の口許がほころんだ。

「俺の負けだ」

「勝ち負けではありません」

「けどな、俺は気合いで靜姉さんに負けた」

ホッとしたところを悟られぬよう、表情を消して答える。

「いえ。大賀の親分は、負けてくださった」

「買い被りだよ」

「いえ。いま私は、真の任侠道を目の当たりにしています」

我ながら、よくもまあ、すらすらと。ぬけぬけと。

大賀の親分は苦笑いしかけた。けれどそれは苦笑いにまで至らなかった。世辞《せじ》が通用しない人に、やりすぎた。言いすぎた。完全に見透かされた。

そこに鉄が、ひょいと割り込んだ。

「なあ、親分よ」

大賀の親分は目だけ向ける。

「靜姉さんはな、中薗中尉みてえな美男子が苦手なんだ。インテリとかいうのは言い訳だよ。変な趣味でな、親分みてえなちょいと変わった男が好みなんだ」

「つまり変な顔が好きと？」

「俺は言ってねえからな。ちゃんとぼかしてやったのによ。てめえで言ってりゃ、世話ねえよ」

鉄の助け船に乗って、たたみかける。

「慥かに私は、崩れた人が好きなようです。貌のことではないです。心、かな」

正直に言ってから、俯き加減になる。

実際に私が好きになる男の人は普通とちがう。いつだって、外れ気味の人を好ましく感じる。いわゆる美男子好男子と称される人に惹かれたことは一度もない。

けれど相手は名うての博奕打ち。並みでない洞察力を持つ男だ。率直な気持ちを口にしたけれど、だからこそ逆に目の奥を読まれたくない。

鉄が私と大賀の親分を見較べ、笑いを怺えるようにして言う。

「なあ、親分」

「なんだ」

「靜姉さん、必死だぜ」

大賀の親分は黙って私を一瞥した。

「よく見てみ。靜姉さんって博奕、じつに弱《よえ》えんだよ。ポーカーフェイスってんだろ。できねえんだよ。よくも悪くも正直者。でも、すっげー狡いとこもある。人間だもの」

「人間だもの？　なんだ、そりゃあ」

「人間だもの——。わからん。いきなり口をついて出た。そんなことよりさ、博奕の達人が靜姉さんみたいな素人をからかうのは、よくねえな」

「もっともだ」

「大賀の親分は偉えよ。俺みたいな小僧に説得された振りさえできる」

「もっともだが、うるせえよ」

大賀の親分の頬がすっかり和らいでいる。私よりも鉄のほうが好き——と、その頬に書いてある。

窃かな嫉妬が湧きあがる。

そんな私を大賀の親分は横目で見て、呟くように言った。

「相変わらずやせっぽちだが、多少は太ったか。色艶がいい」

勝負だ。

平静な表情のまま淀みなく言ってのける。

「両親を食べましたので」

「そうか。両親、殺したか」

「いえ。首を吊りまして」

「自らその身を差しだすなんて、じつに子思いの親御さんだなあ」

大賀の親分は満面の笑みだ。私も、静かな頬笑みを返した。大賀の親分は私の諦念に気付き、少しだけ酸っぱい貌をした。

食人など日常茶飯事だ。對馬さんも鉄も人殺しこそしないが、餓死した屍体を分けて食うのはもはや当たり前だ。だから私の告白に眉一つ動かさない。高畑本家から誰もいなくなったのは、そういうことだったのか——と納得しているだけだ。

「ねえ、親分。私たちは、この上槇ノ原から出られない。逃げられない。なにかに縛られているんです。陰陽道で言う八方塞がり。結果、人を食うしかない。もはやそれにも慣れつつあります」

「陰陽道が出てくるくらいだから、縛られてるというのは、国とかの話じゃねえな」

「はい。率直に申します。上槇ノ原を取りかこんでいる山々は、上槇ノ原を外界から杜絶させるための越えようのない障壁です。それは私たち上槇ノ原の住人に対しても、です」

「逃げた兵隊が言ってたよ。日本で一番詳しいとされる参謀本部陸地測量部の地図を見ながら逃げたのに、元にもどってしまったってな。方位磁石の針がぐるぐる回って、まったく役に立たなかったって。あちこちに目印を付けて動いたのに、それらが全て消滅してたって。ここは迷いの森だ――って」

「航空写真に写らなかったこととか、御存知ですよね」

大賀の親分は肩をすくめた。

「念写《ねんしゃ》。その逆か」

「まさに」

念写の逆という大賀の親分の言葉は、言い得て妙だ。東京帝大の福来友吉《ふくらいともきち》博士が透視の研究を経て念写実験をなされ、大正の初めごろに凄まじい透視能力をもつ高橋貞子《たかはしさだこ》という方を対象に、幾たびもの念写実験に成功したことは有名だ。

念によって密閉された写真乾板を感光させることができるならば、その逆も然り。私が感心の気配を隠さずに見つめると、大賀の親分は腕組みして言った。

「慥かにこの土地は、おかしいよ。あれやこれや、不可思議の坩堝《るつぼ》だ。だが、誰がなんのために？　自然天然の采配かもしれんが、たぶん、そうじゃない。俺に言わせれば、上槇ノ原に起こっていることは、なんか凄え人間くせえんだよ」

人間くさい――。

私は表情を消す。

大賀の親分はちらっと私の表情を見やり、しばし考えこみ、首を左右に振った。

「ただ俺には諸々、意図ってやつがわかんねえんだよな。なぜ俺たちは閉じこめられねばならん？　なんのために」

同感だ。私自身が夜半獣の存在、そして綾のことをいまだに整理できない。意図がわからない。

「強いて言えば、絶望的な悲しみと怒りが根底にあるようです」

「悲しみと怒り。誰の？」

死角にいる鉄が、もう喋るな――と目で合図してきた。

「それがわからないから、苦労しているわけです。安っぽい怒りと怨みのほうは、攻めてこようとしている下槇ノ原に充満していますが、上槇ノ原のあれこれは、人智を超えています」

「ふーん。でも幽霊っぽくはねえな。人間くせえと言っただろ。妙に生々しい。俺は体温みてえなもんを感じてるんだよ。冷てえなりに、体温がある」

なぜ、わかる！

大賀の親分の直観は、すばらしい。頼りになる。私だって途方に暮れているのだ。誰かに縋りたい。よほど気を引き締めないと、綾のことを喋ってしまいかねない。

私の気持ちを知ってか知らずか、大賀の親分はとぼけた声で言った。

「なんだっけ？　地縛霊か。上槇ノ原に食らいついた地縛霊。その手のもんでもない」

「はい」

地縛霊はその土地に抜き難い因果をもって宿っている死霊《しりょう》のことだが、綾も夜半獣も死者の霊魂ではない。

だが死霊という言葉が出るくらいだから、大賀の親分の心には幾許《いくばく》かはその懸念があるのだ。私はあえて逆らわずに頷いた。

それは地縛霊ではないという大賀の親分の言葉を肯定しながら、じつは地縛霊の類いかもしれないという気配を込めたものだ。

一瞬、ゆるい間があいた。

大賀の親分は地縛霊の可能性を脳裏で反芻している。そう決めつけた瞬間だ。

「静姉さんは、なにを隠してんだ？」

虚を衝かれた。

綾のことも紅玉の夜のことも、大賀の親分には絶対に隠し通すつもりだった。私の内面を大賀の親分に感づかれてはならないと、常に細心の注意を払ってきた。

上槇ノ原に対する中薗中尉の失礼な言葉に怒りを覚えて反応してしまい、尖ったものを発散してしまって驚かせてしまったことはあったが、大賀の親分に対しては完璧に封印してきたつもりだった。

釈明しようと唇を開きはしたが、言葉は欠片もでてこない。大賀の親分は私の頬の硬直を見てとって笑んだ。

「ま、いいか。ここで突っ込めば、また鉄に叱られる。ただ」

「――ただ？」

「うん。はっきりさせとくぜ。地縛霊なんてどうでもいいんだ。静姉さん。あんたは、おかしい。普通じゃない。俺にはうっすら見える。静姉さん。あんたは、なんかに取り憑かれてる」

言うだけ言うと、大賀の親分は器用に片目を瞑《つぶ》った。

私は狼狽えた。内側で、紅玉の夜がぴくりと動いた。

「――わかるのですか」

「おいおい、真顔になっちゃったよ。カマかけただけだよ。地縛霊とか持ちだしてな、地道に下地をつくって、カマかける。俺は博奕打ちだぜ。こういうのは得意なんだ」

鉄は考え深げな視線を大賀の親分に投げている。

「なあ、静姉さん」

「はい」

「おまえ、初対面のとき、俺の手錠、外してくれたじゃねえか」

きれいに失念していた。あまりに自然にできてしまったので、逆に忘却の彼方だった。

「以来、俺にとって、静姉さんは神聖にして冒すべからず――なんだよ」

大賀の親分はニヤッと笑った。

「けど、カマかけて、はっきりした。静姉さんにはなんか憑いてるよ。いいんだか、悪いんだかわからんが」

茶目っ気たっぷりに付け加える。

「なにが憑いてたって、俺に害をなさなけりゃ、どーでもいいけどね。万が一、呪われたりしたらたまらんから、最初っから頃合いをみて、折れてやろうと思ってたのさ」

私は大賀の親分に深々と頭を下げた。カマをかけたというが、それは補強のようなものだ。この人には、見えているのだ。抽んでた博奕打ちの直観はこれもまた、常人には有り得ない超越した能力だ。

「――博奕のことはよくわかりませんが、親分は札やサイコロの目がわかる？」

「ああ。調子のいいときには、ね。集中力だな。集中力が高まってるときは、すべてが明晰ってえのか、見えるよ」

「透視」

「いや、遠視だ」

鉄が顔を顰める。

「つまんね〜」

「すまん」

「俺のオヤジも自分の老化を駄洒落でアレしようとすんだよな。自虐ってやつだ。けど自虐でてめえの老化を笑い飛ばそうとする苦しい足掻きこそが老化だぜ」

大賀の親分は、決まり悪そうに眼差しを伏せた。もっとも一連の仕種は演技かもしれない。そのあたりは、まったくわからない。正体がつかめない。

そんな姿に、なぜか誰も持ち得ない稚気を感じて、うっとりした。老いがその肌を覆いはじめている男に可愛らしいもないが、たまらない。

大賀の親分に子分たちが問答無用で付き随うのも、おそらくは私と同じような感情を抱いているせいだ。

老化老化と嘲笑をやめない鉄を大賀の親分が軽く小突く。鉄は派手に筵に転がって痛がった。大げさに騒ぎながらもいかにも嬉しそうな鉄を無視し、大賀の親分は中薗中尉を連れてこいと子分に命じた。

よく考えたら、本来は四人のほうが出向くところだ。けれど大賀の親分にとっても子分にとっても、あっちから訪ねてくるのが当然なのだ。

「人間が本来もっている格の違い――」

思わず呟いてしまった。大賀の親分が私の方を向いた。

「その通りだ。靜姉さんがもっている格に、俺たちチンケな極道は平伏す」

違います！　と声をあげたかったが、それはそれでなにやら図々しいというか、微妙なものがある。

俯いて黙っていると、大賀の親分は頓着せずに麻の実をポリポリ囓りだした。鉄も筵に転がったまま肘をついて麻の実を頬張り、足で丼を對馬さんの前に移した。

遠慮せずに對馬さんも麻の実を食べる。もともと私たちが育てたものだし、なによりも母は強し。

對馬さんの懐の赤ちゃんは、じつにごっつい。岩石みたいだ。飢えの極致にあって、こんな大きな赤ちゃんにぐいぐいおっぱいを吸われても平気なのだから、その体力は尋常でない。

目を細めて對馬さんと赤ちゃんを見守っていると、忍びこむように中薗中尉と東城二等兵がやってきた。

東城二等兵はいつのまにやら中尉の御付きになってしまっていて、常に行動を共にしている。

二人は当然のように大賀の親分の下座に腰を下ろした。

「柳庄大佐、なに食ってるんだ？」

「麻の実」

「美味いのか？」

「七味に入ってるだろ。あれだよ」

「あれを、わざわざ食うのか？」

「中尉は無知だな。麻の実はすごくよい油が搾れるし、滋養豊富だ」

「どうやって食う？」

「実を軽く焙って、掌でぐりぐりすると皮が取れる。美味い実だけが残る」

鉄は大賀の親分以下極道を一瞥する。

「こいつらは焙りもせんでそのまんま食ってるけどな。ま、皮も栄養のうちってか」

私が咳払いすると、中薗中尉は表情を引き締めた。大賀の親分に向きなおった。

「親分も、靜姉さんから下槇ノ原を攻めるのを手伝えと」

「そういうこと。とっとと済ましちまおう。まずは宣伝工作だ。宣撫ってのか」

「宣伝が正しい。宣撫は下槇ノ原を植民地化してからだ」

「そうか。で、宣伝だが」

「下槇ノ原に駐箚《ちゅうさつ》している事務方の文官に無線で連絡するだけだ」

「我々が鉱山から逃げた——と」

「そういうことだ」

「俺は、子分の誰かを人身御供《ひとみごくう》にして下槇ノ原に送りこまなきゃならねえんじゃねえかって、ちょい憂鬱だったんだ」

「兵も含めて全員、あえて冬山を経て、何月何日に鉱山を去ることになったと打電《だでん》する。ただし、下槇ノ原にいる文官には因果を含める。これは大本営による極秘の作戦である。兵も極道も、秘密の任務にて鉱山を離れたのである。ゆえに鉱山関係の上層部には連絡不要。他言もならぬ——と」

大賀の親分が頷く。中薗中尉が続ける。

「あえて、絶対的機密だが、空襲も厳しくなってきたがゆえ、本土決戦に備えて軍司令部を山中に移すという計画があらためて検討され、群馬、福島、新潟三県の県境が候補に挙がり、その山間部に巨大地下壕を掘るという計画が立ちあがり、さいわい鉱山に従事する軍属その他は地質学や測量の専門家が多く、極道は人足として、その下調べにあたる——と、もっともらしいことを付け加えてやってもいい」

淀みなく喋る中薗中尉が黙ると、大賀の親分が受ける。

「人足として下調べはごめんだが、軍司令部の逃亡先選定ってのは、いいな。なによりも文官とやらには保身がある。だから軍の鉱山関係上層部には絶対に伝わらないだろう。一方で下槇ノ原の奴らには絶対に伝わるわな。これは絶対の秘密であるが、とか吐かして耳打ちだ」

「ま、人なんて、そんなもんだ。大賀の親分の言うとおり軍鉱山関係者には絶対に伝えない。もし伝えれば、極秘事項を口にした——と、さらにその上から罰せられると勝手に解釈するからだ。されど奴らは役場の壱分塚出張所の一角を接収して仕事をしている。上と下の確執は、なんとなく知っているだろう。軍司令部移転に関しては口を噤むにしても、上槇ノ原から兵も極道もいなくなった——ということは、絶対に洩れる。洩らす。恩着せがましく、な」

大賀の親分が頷きながら、ニヤッと笑う。

「もう準備は整っている。いつでも打電できる。そのときは任務として下槇ノ原の動きを逐一、報告させるよう言い含めよう。モールス符号での遣り取りは、下槇ノ原の奴らにも解読できるかもしれんので、絶対機密と称して電碼《でんま》を使う」

「でんま？　なんじゃ、そりゃ」

「中文に使う電信符号だ。漢字と四桁の数字を対応づけた文字規定だよ。二六文字のアルファベットやいろはと違って八千以上、途方もない組み合わせが存在する。送る方も受ける方も〈明密電編《めいみつでんぺん》〉

がなければ、なにがなにやら――。もはや一種の暗号だよ」

周到さに感心していると、中薗中尉は笑んで、続ける。

「戦車代わりの重機も整備兵に徹底的に整備させてある。重機かぶりだが、九二式の重機も完全整備済みだ」

「九二式――重機関銃か。無線といい、戦車代わりといい、さすが餅は餅屋」

「うっわ～、餅は餅屋ときたもんだ。古くせえ！」

鉄が冷やかすと、中薗中尉が注意した。

「柳庄大佐。目上に対する態度か」

「生憎《あいにく》。いまや俺のほうが背が高い。親分は目下だ」

当の大賀の親分は、ニコニコ顔だ。でも鉄は近づかない。親分の笑顔は読めない。拳の届く範囲には近づかない。

「中薗中尉。あのガキは大佐か」

「いつのまにやら。けれど、器です」

「大佐の器」

「本音は、大将の器。いや、それ以上」

「そこまで買うか」

「親分はどのように感じられている？」

「増長するから、言わん」

ずっと黙っていた對馬さんが、呟いた。

「上槙ノ原はまともな男が少ねえから、柳庄の跳ねあがりの穀潰しがよく見えちゃうんだよね」

話題の中心の鉄は、素知らぬ顔で麻の実を頬張っている。

中薗中尉が咳払いし、私に視線を据えた。

「あとは靜姉さんの決断を待つばかりだ。我々は靜姉さんの命令に従う」

19

私たちは飢餓状態にある。一刻の猶予もならない。生存のために、その場で即決し決断した。開戦だ。

その夜、中薗中尉は通信兵に付きっきりで辞書のように分厚い〈明密電編〉を参照させながら前もって拵えてあった文案を整え、それを打電させた。

下槇ノ原の文官は解読のために徹夜したのだろう、翌朝早くに返信がきた。

全ては中薗中尉が描いたとおりに運んだ。インテリゲンチャならではの韜晦や斜め上からの視線の位置は気に食わないが、軍人としてはたいしたものだ。

こんな人が実戦ではなく、後方も後方、山中の鉱山の責任者にされていることが、日本軍の限界を示している。あるいは、才を煙たがられての処置かもしれない。

私には、わかってしまっている。この世は駄目な男がおべっかと揉み手で上に昇っていくのだ。結果、駄目男はできる男が疎ましいので、自分のまわりから斥ける。

もっとも、駄目な男ほど自分ができると信じこんでいるという腐った、けれど強固な輪廻もある。

さらには、おべっかも揉み手もできないくせに自尊と自負だけは強く、漠然と自分はできると思い込んでいて、なにもできない駄目男も多い。

実際にできるがゆえに、中薗中尉は、どうもいけ好かない。そんな思いを抱く男たちに囲まれてきたのだろう。そのあたりを想像すると、苦笑いしか泛ばない。

一方で申し訳ないが、私もなんとなく中薗中尉が苦手だ。中薗中尉には気を許せない。気さくな振る舞いは上っ面だけだ。最大多数に好まれるであろう人物を演じているのだ。二人だけになったら、じつに緊張させられるという直感がはたらく。

大賀の親分と二人だけになれば、あれこれ烈しく遣り合うだろう。でも、気まずい思いはしないですむ。最後はちゃんと労ってもらえる。

＊

文官から次々に下槇ノ原の様子が届く。奴らの武器は明治以来の三八式歩兵銃が二十挺ほどで、倉に眠っていた明治以前の錆刀を研いでいるという。あとは鎌などの農機具の転用だ。鎌――。一揆《いっき》か。笑みを泛べかけたら、火矢を攻撃の主流に据えているという。大東亜戦争以前から準備し、拵えてきたもののことだ。かなり訓練もしているらしい。

「上槇ノ原を焦土化する気だ」

中薗中尉の呟きに、夢で見たとおり、燃え盛る上槇ノ原が見えた。御宿蘗埜と高畑本家以外、じつに貧相な上槇ノ原の集落だが、見納めになるのだ。

「他には男だけでなく、壮健な女子も兵として用いるそうだ」

中薗中尉が首を左右に振りながら呆れた声で続ける。

「やれやれ。いったいなにがそこまでさせるのか。過去になにがあったのか」

「大昔には、なにか原因があったんでしょうが、いまの状態を強いてあらわせば、純粋な憎しみとでもいいましょうか」

「ふーん。えらく哲学的な戦いだな。アリストテレスのいう形而上《けいじじょう》ではなく、易経《えききょう》のいうところの形而上だ」

なにを言っているのか意味がつかめず、苦笑を返すしかない。アリストテレス。易経。ほんとうのところは学びたいという慾求が湧いて、少しだけ戸惑った。

もっとも悠長に構えてはいられない。即座に村人のほぼ全員を、ここ羽鳥山の鉱山宿舎に移らせることにした。

私の命令は、即座に伝達された。上槇ノ原は私の村だから当然である気もするが、この御時世に女の私が司令官だ。

春の気配にわずかに溶けはじめた雪を踏み締めて、皆は項垂れて集落からやってきた。上槇ノ原は陽動のために残した人員をのぞいて、蛻《もぬけ》の殻《から》となった。

ずっと黙っていた大賀の親分が、ぼそりと言った。

「火矢ということは、側面から攻めてくるということだな」

「恰好よくいえば遊撃戦だ」

「臆病なだけだろう」

「当人たちは、そうは思っていない」

「奴らがどのあたりから矢を射ると静姉さんは思う？」

「集落入り口の向かって左側、なだらかな起伏のほうからでしょう。それでも上槇ノ原は高地にある盆地、充分に狙えます」

「山側には向かわないということだな」

中薗中尉が受ける。

「奴らだって兵隊にとられた者もいるはずだから、戦略的に無知でもないだろう。逆をついてくるかもしれん。それを慮って鉱山はまだ陸軍が管理していて、極道の全員と兵員のほとんどは山間に散ったが、居残りの兵士が重機関銃を構えて守備についていると伝えてある」

「なるほど。奴らは絶対に向かって右側には向かわねえな」

「上槇ノ原は男もほとんどいないし、鉱山には不要との決定がでていると伝えてある。ゆえに居残りの兵は持ち場から、つまり鉱山から一歩も離れぬよう厳命されていて、集落でなにがあっても動かぬ——と電信で伝えてある。つまり、さりげなく、けれど確実に左側に追い込むように仕向けてある」

「中薗中尉は策士だな」

「褒められた気がしない」

「褒めてねえ。が、使える男だ」

「やれやれ。親分には敵わん」

中薗中尉の頰に苦笑いが泛んだが、その目の奥に揺れた哀しみを私は見逃さなかった。

私が惹かれるように、中薗中尉も大賀の親分に心が傾き、羨望を抱いている。自分がなりたかった男が、眼前で麻の煙草をふかしている。

もちろん大賀の親分には、大賀の親分の哀しみがある。それをポーカーフェイスで覆い隠しているだけだ。

大賀の親分のように、そして中薗中尉のように才に恵まれ、周囲から抽んでていても、人はなりたい自分にはなれないのだ。

演じているのか地なのか、中薗中尉は鷹揚だから、極道たちに銃器等をわたして平然としている。

それが結果的に、中薗中尉の身を守ることになっていた。

極道は劣等感からくる見栄やメンツの裏返しで、胸襟《きょうきん》を開いて屈託なく武器をわたす中薗中尉を軽く扱ってはならぬと自らを戒めている。跳ね返りが突出した行動に出ないように気配りもしている。

この情況では、真っ先に中薗中尉が殺されて然るべきだ。なにしろ兵士は極道に暴虐の限りを尽くしたのだから。中薗中尉はその総責任者だったのだ。

けれど武器をはじめ自分たちと対等の扱いを心がける中薗中尉に対して意気に感じた極道たちは、過去の怨みをきれいに消し去っていた。

「しかし静姉さんは、いつ寝てんだ？」

「それだ。いつも忙しく立ち働いている。休むことがない」

「そうしていないと――」

綾のことを思い出してしまうんです。

心を笑みで圧し隠して、ついでに言葉も呑みこんで、その場を離れた。

20

早朝より下槇ノ原の遊撃隊が、上槇ノ原の左の低山に入ったとの報があった。二月下旬の凍える朝だった。

夜間、攻めあがってくると思っていた。あえて光射すときにやってきた。

舐められている。あるいは上槇ノ原の住民を完全に殲滅するつもりだ。暗いと逃す可能性があるからだ。

逆にいえば、完全に引っかかった。飢えてまともに戦う気力のない住民のみと信じきっているからこそだ。

なお遊撃隊だけで、本隊はないという。当然だ。真正面から攻めてくるような気骨があるはずもない。

中薗中尉が双眼鏡を貸してくれた。見おろされているとも知らず、銃と弓を背負った下槇ノ原の男たちが低い姿勢で雪中を移動していく。

数百人ではきかないだろう。まるで働き蟻の移動だ。ありったけの男を動員したのだ。矢を運ぶのは、若い女たちだ。

御丁寧に奴らは目に付く段々畑に次々に火を付けて焼き払っていく。

同じ百姓だけあって、隠畑を見つけるのに長けている。雪の中からようやく芽を出した雑穀を燃やし尽くす。歯噛みしたが、諦めるしかない。

昇平さんの姿を探した。拡大されてぶれるレンズ内に昇平さんの姿は見つけられなかった。先頭に立つものと思い込んでいたから、意外だった。

集落が蛻《もぬけ》の殻であることを悟られぬために残してきた女たちが、これ見よがしに路上を往き来していたが、その姿も消えた。

彼女たちをまかされていた東城二等兵が、そろそろ逃げろと合図して、御厨山側に彼女らを連れていっていることだろう。

この戦いのためにもらった軍服は、物資の不足から、毛織物から綿に変更された冬衣の一番小さいものだ。丈はともかく、ダブダブだが、ポケットがたくさんある。足許は昇平さんからもらった長靴だ。

腰のポッケに忍ばせた瑠璃色のパーカーの万年筆をぎゅっと握りしめる。折々に、あれこれ書き記している。私にしっくり馴染んで、手の一部だ。

大賀の親分が、私から受けとった双眼鏡を覗きながら訊いてきた。

「おい、あいつが下槇ノ原の大将か？」

もどされた双眼鏡を覗きこむ。

「――そうです。なぜ、わかりましたか」

「一人だけ、いいもん着てるじゃねえか」

なるほど――。昇平さんの格好だけが別誂えだ。なぜかインバネスを羽織っている。即座に双眼鏡を中薗中尉にもどす。中尉も昇平さんを確認した。

「撃っちまおうか。あいつをアレしちまえばあとが楽だぜ」

大賀の親分を中薗中尉が諫める。

「いかん。火矢を射らせて、奴らを集落に追い込まんと取り逃がす。いまは横拡がり、一列横隊だから効率が悪すぎる」

しばらく間をおいて、付け加えた。

「するのは、皆殺し」

私を向いて同意を求めた。

「そうだろう？」

「はい。根絶やしです」

ポケットの中で握った万年筆が、汗で濡れていた。でも、顔も言葉も平然としたものである自覚がある。

「いま撃てば、逃げられる。耐えてくれ」

私は頷いたが、大賀の親分はぶすっとしている。可愛らしいが、戦争に関しては中薗中尉に従う。

下槇ノ原の遊撃隊は、じわじわ弛まずに進み続け、点々と横拡がりに構え、上槇ノ原全集落を弓矢の射程におさめる位置にそれぞれが落ち着いた。

これから起こる上槇ノ原の大炎上。

私たちの気持ちを鎮めるつもりだろうか、唐突に中薗中尉が言った。

「数日前のことだが、卒業式における〈蛍の光〉斉唱が禁止されたそうだよ」

「――外国の曲だから？」

中薗中尉は頷いた。追い詰められた国のやることになど、なんの感慨も湧かない。そもそも戦意昂揚のために大きくつくりかえて、三番四番を付け加えたのではなかったか。バカらしいのひと言だ。
隣で對馬さんがドスのきいた小声で〈蛍の光〉を歌いはじめた。鉄も投げ遣りな声で唱和した。

螢の光、窓の雪、
書讀《ふみよ》む月日、重ねつゝ、
何時《いつ》しか年も、すぎの戸を、

ひょう！
矢が放たれ、大気を切り裂く音が山あいに響いた。
ひょう！　ひょう！　ひょう！
無数の火矢が白い煙の尾を引いて上槇ノ原の集落に吸いこまれていく。

開けてぞ今朝は、別れ行く。

ひょう！　ひょう！　ひょう！　ひょう！
ぽっと地味に火の手があがった。

止まるも行くも、限りとて、
互《かたみ》に思ふ、千萬《ちよろず》の、

空っ風に煽られて、一気に焔が育った。

心の端《はし》を、一言に、
幸《さき》くと許《ばか》り、歌ふなり。

對馬さんも鉄も燃えあがった上槇ノ原の集落を見おろして、静かに歌い続ける。

筑紫《つくし》の極み、陸《みち》の奥、
海山遠く、隔つとも、
その真心は、隔て無く、
一つに盡《つ》くせ、國の為。

柳庄雑貨店から火の手があがった。なにに引火したのか、黒煙とともに派手に燃えあがる。火の粉が乱れに乱れて悶えている。鉄は眉ひとつ動かさず、淡々と歌う。

千島《ちしま》の奥も、沖縄《おきなは》も、
八洲《やしま》の内の、護りなり、

高畑本家にも無数の火矢が射られた。他よりも建物が大きいだけに盛大に燃えあがる。焔は竜巻となって天を目指す。

至らん國に、勳《いさを》しく、
努めよ我が兄《せ》、恙無《つつがな》く。

集落の上にある對馬さんの家もとうに焼け落ちた。紙でつくった家みたいだった。

最後の四番まで歌い終えると、對馬さんと鉄はふたたび一番から歌い続ける。

螢の光、窓の雪、
書讀む月日、重ねつゝ、
何時しか年も、すぎの戸を、
開けてぞ今朝は、別れ行く。

對馬さんの胸の赤ちゃんの頬に、焔の朱が照り映えている。對馬さんの娘はくりくりの目を見ひらいていた。無邪気に紅蓮《ぐれん》の地獄を眺めている。真っ黒な瞳に焔が揺れる。

私は声をださずに嗚咽していた。頬を涙が伝っていた。

視線を感じた。大賀の親分だった。見つめ返すと、あわてて顔をそらした。

大賀の親分の目が、潤んでいた。私の視線を撥ねかえす勢いで、吐き棄てるように言った。

「煙が目に沁みてんだよ」

「ですね。私も目をあけてられません」

裏腹に大賀の親分の周囲を固めた極道たちの眼差しはじつに凶悪で、親分が抑えていなければ即座に下槇ノ原の奴らを襲いかねない気配だ。

兵士たちも、静かに下槇ノ原の遊撃兵に照準を合わせている。

「なぜでしょう。御宿蘗埜だけが燃え残っています」

「奴ら、意地になって御宿蘗埜を射てたけどな」

「不思議です」

「的はでかいのになあ」

御宿蘗埜はあちこちに矢が刺さってはいるけれど、燃えない。心の中で囁く。

——よかったね、美苗さん。

やや焔が鎮まった集落まで滑り降りた下槇ノ原の連中が、御宿蘗埜を囲んで直接火を放とうとしている。

御宿蘗埜だけは燃やしてはならぬ。

私が声をあげると、中薗中尉が手旗を持った通信兵に合図を送れと命じた。

「そうはさせるか！」

赤白の手旗が端正に翻る。

羽鳥山の方角でも、下界に通じる唯一の道でも、赤白の手旗が間髪《かんはつ》を容《い》れず優雅な踊りを返してくる。

地鳴りがおきた。

ブルドーザーなどの重機が黒煙をあげていっせいに動きはじめた。

奴らが唯一の退避口としている下槇ノ原に通じる道を、道路脇に隠していた数台の重機がふさぎ、ただ一人の逃遁も許さぬために重機関銃が据えられた。

羽鳥山のほうからも、急傾斜をものともせずに雪煙を蹴立てて次々に重機がくだってくる。土や岩に削られて鈍い銀色に光る排土板をグィと持ちあげている。狼狽えた下槇ノ原の奴らが闇雲に歩兵銃を撃った。

パンパン軽い音がして、カンカンさらに軽い音が響く。

銃弾は分厚い鋼鉄の排土板に撥ねかえされて跳弾となり、あらぬ方向に火花の尾を引いて消える。重機で完全に四方八方を封鎖した。背後には銃を構えた兵が整然と整列している。

「てめえらで焼き払ったあげく、身を隠す場所がねえというていたらく。いやはや狼狽えてやがるな」

大賀の親分が嘲るように、焦土と化した上槇ノ原は彼方まで見透しよく、遮蔽物も一切ない。重機の背後の兵たちが射撃すれば、逃げ場がない。ひとところに固まって、人間の盾をつくっている。少しでも真ん中に潜りこもうと足掻いている。

中薗中尉が凄い目つきで呟いた。

「徹底的に燼滅《じんめつ》してやる。三光《さんこう》作戦だ」

「三光作戦?」

「殺光《さっこう》、焼光《しょうこう》、搶光《そうこう》の三つを合わせて三光。殺し尽くし、焼き尽くし、奪い尽くす」

中薗中尉の目の奥で、なにやら不穏な黄金色が揺れる。獲物を前にした虎の目だ。中尉は、戦争がしたかったのだ。凄い目をしている。

四方八方を重機で囲まれて右往左往する下槇ノ原の男と若干の女たちを冷徹に見おろす誰の目にも、同様の危うい光が揺れている。

私の目も同様だろう。

いや、私の目は真っ赤かもしれない。

重機の包囲網はぴくりとも動かない。

下槇ノ原の奴らも、動けない。

静寂に沈みこむ。

吃逆川の茂みに巣をつくった紅猿子《べにましこ》のフィッ、フィッ――という低い口笛のような鳴き声が響く。

なんて見事な青空だ。

なんて透き徹った青空だ。

なんて清らかな青空だ。

穢れなき青空を背に、雪に覆いつくされた大彦岳がくっきり浮かんでいる。

綾――。

とたんに銃声がした。

静けさに耐えられずに焦れた下槇ノ原の男が、闇雲に銃を撃つ。

恐怖に駆られて、撃ちまくる。

銃弾は排土板に弾かれる。朱色の火花を散らして乱雑な、無数の放物線を描く。

銃声は凍えて屹立する山々に木霊する。

やがて弾が尽きた。

手旗信号に合わせて、いっせいに重機が動きだし、包囲の輪を縮める。

重機はまだ燻っている住居も委細かまわず乗り越えて、中薗中尉の目算で、おおよそ三百五十人が重機でつくられた円形闘技場に押しこまれた。

私たちも無言で斜面を滑り降り、重機の背後に駆けた。兵士と極道の大部分は、中薗中尉と大賀の親分、その取り巻きがやってくるのを待っていたのだ。

家を焼かれた上槇ノ原の女は、竹竿の先に銃剣や庖丁を取り付けたものを手に、身じろぎしない。瞬きしない。青褪めた頬に怒りと怨みと憎しみが凝固している。

情を通じた相手だろうか、ヤクザ者がそんな女たちの傍らにそっと立ち、抜き身の日本刀をだらりと下げている。その脱力は、一瞬にして人を両断する瞬発に変わる。

大昔から焼いたり焼かれたり、怨恨の連鎖だが、そろそろお終いにしたいものだ。完全に終わらせたいものだ。

まだ銃弾が残っているかもしれません——と縋る東城二等兵に向けてニヤリと笑い、中薗中尉が重機の排土板の上に仁王立ちした。

ぼんやり思った。

中薗さんは、死に場所を探している。

それを証するかのように、軍刀を抜くと天を指し示し、あえて的になるような体勢で、気の抜けた声で命令した。

てー。

一斉射撃だ。

重機関銃と小銃が火焔を撒き散らし、あたりに青白い硝煙が立ちこめて、視界がきかない。機関銃は煙が少ないが、小銃はやたらと派手に煙を出す。

九九式の有坂銃——。

皇紀二五九九年に採用されたから九九式小銃。軍国少女ではないが、否応なしに知っている。こんなことばかり教え込まれて、ほんとうに厭な時代だ。

腐りきった時代に対する感慨に耽っていたら、とっくに射撃は終わっていて、硝煙も山側からの風に消えつつあった。

凄まじい弾雨だったのだろう。

折り重なった下槇ノ原の男たちは、軀のあちこちに穴があいていて、その穴から、まだ白い煙が立ち昇っていたりする。

素早く目を疾らせる。

いない。

昇平さんがいない。

屍体の山に埋もれている可能性もあるが、私の直感が告げる。

逃げた。

昇平さんは、逃げた。

まだ生きている男がいる。まだ生きている女もいる。屍体の奥から這い出して、茫然とした虚ろな目を向けている。

銃剣を構えた上槇ノ原の女たちが突進し、刀を構えた極道者たちが補助するがごとく寄り添って駆ける。

さくさく――菜っ葉でも刻むような音がする。

女たちは飽くことなく刺しまくる。下槇ノ原の奴らを切り刻む。返り血で化粧して憑かれたように刺しまくる。

女たちの銃剣から逃げた男が、極道者に首を刎ねられた。斬首された男は頭を喪ったことをまだ知らないのだろう、首から水鉄砲のように血を噴きあげ、さらに逃げようと前のめりに駆けていく。

「静姉さん」

「はい」

「いねえんじゃねえか」

「大将ですか」

「ああ。山勘に過ぎんが、こんなかにはいねえよ」

博奕打ちの直感は正しい。昇平さんは逃げた。ここには、いない。脇で鉄が雑に頷いている。

傍らで聞いていた中薗中尉が、部下に命じて屍体の検案をした。小学校の朝礼のときの生徒のように屍体を並べていく。

すっかり高くなった陽にあからさまになった屍体の数を、鉄が一瞬であきらかにした。三百七十二体の中に、昇平さんの屍体はなかった。中薗中尉が蟀谷のあたりを揉みながら呟いた。

「まずいな」

「だが、もう下槇ノ原には兵隊がいねえだろう。戦争は不可能だ」

「もし大賀の親分が下槇ノ原の大将で、危難を察して下槇ノ原に逃げ帰ったとしたら、どうする?」

ははは——と大賀の親分は力なく笑った。

「そうか。そういうことか」

「そういうことだ」

「まいったな。腹が鳴るよ」

大賀の親分のぼやきに頷き返すと、中薗中尉は工兵に全速で向かえと命じて兵を満載した数台の重機を下槇ノ原にやり、さらに居残った重機の兵に命じた。

「まだ息がある者もいるだろう。丹念に踏み殺せ」

敬礼を返した兵隊は、ずらり並んだ屍体の上を重機の鋼鉄の無限軌道《キャタピラ》で丹念に踏み潰していく。粘る音は肉、乾いた割れる音は骨。蒼穹《そうきゅう》に響きわたる。

なぜか重機の音は聞こえず、ただただ人が壊されていく音だけがする。

内面の紅玉の夜が微振動して、抑えつけている私の感情を貪っている。

穿りかえされた雪に燃え落ちた建物の煤《すす》、そして血と肉の赤、脂の薄黄色に骨の白。なんだか紅ショウガをまぶした麦飯だ。

引き裂かれた腸から意外な勢いで湯気があがるが、なにやら他人事でまったく現実味がない。

終わってしまえば呆気なかった。

漂う腸内からの糞便の臭いが目に沁みて、ようやくこれが現実であることを悟る。

夜毎、私が見た夢は成就した。

21

ブルドーザーに乗って下槇ノ原に降りていく。暮れ泥《なず》むというのだろうか。なかなか暗くならない。太陽が沈むのを、なにかが邪魔している。

重機に乗ることのできない大多数の兵と村民、極道者は、軍用トラックに満載だ。幾度かカーブで振り落とされる者を見た。

トラックにも乗れなかった者が、列をなして追ってくる。必死の形相で駆け下る。

けれど自分の足が頼りの者たちは体力がないこともあり、次々に脱落していく。それでも皆が上槇ノ原から逃げだそうと必死だ。

先に焦臭い匂いを感じた。ものが焼ける匂いだが悪臭ではなく、どこか甘い。

次に下槇ノ原の集落から立ち昇る黒ずんだ煙が見えた。

さらに下っていく。集落は燃えていなかった。村はずれの方角から派手に煙が立ち昇っている。

重機が排出するディーゼルエンジンの真っ黒な排気ガスの臭いを押しのけて、なにやら煎餅を焼いているかのような香ばしさが漂いはじめた。

傍らで大賀の親分が溜息をついた。中薗中尉の蟀谷が複雑に動いた。奥歯を嚙み締めているのだ。

「あの煙は」

問いかけると、中薗中尉が吐き棄てた。

「逃げた大将が食糧に火をつけた」

大賀の親分が投げ遣りにぼやいた。

「まったく底意地が悪いというか、なんというか――」

私は間の抜けた声で問いかける。

「つまり、下槇ノ原に行っても食糧はない、と？」

「その通り」

「さすがの靜姉さんも、炭は食えねえだろ」

二人は、どこか予見していたかのような口ぶりだ。

記憶を手繰る。

下槇ノ原の大将が危難を察して逃げ帰ったらどうする？ と中薗中尉が問いかけると、大賀の親分はこう答えた。まいったな。腹が鳴る――。

香ばしいわけだ。煎餅を焼く匂いがするわけだ。穀物を燃やしているのだから――。

深く長い溜息が洩れた。

気を取りなおして、言った。

「早く降りて、火を消しましょう」

大賀の親分が首を左右に振る。

「俺たちよりずっと先に、兵を満載した重機を下槇ノ原に送ってるよ」

「消せないんですか、消えないんですか？」

私が意味のない問いかけをすると、中薗中尉が呟いた。

「菜種なんかの食用油だって、穀物に染みこめば派手に燃えて手をつけられんさ」

大賀の親分が言ったように、なんと底意地の悪いことか。

昇平さんの底意地は最悪だ。

このとき、私の心は、攻めてきた下槇ノ原の住民三百七十二体を重機で丹念に轢き殺してとどめを刺したことをきれいに忘却していた。

昇平さんにしてみれば、下槇ノ原の人々を完全に虐殺した私たちにわたす食糧など有り得ない——ということに思いが至ったのは、しばらくしてからだった。

人間というものは、いつだって自分の都合のよいように考えるものだ。

それとも私は人がよすぎるのだろうか。

食糧が焼き尽くされてしまっていくのを高所から黙って見下ろしている私たち。

戦いに勝ったはずなのに、私たちは絶望に覆いつくされて肌を凍えさせていた。

食糧が煙になって消えていく。

結局、食べるものがない。

食うものがない。

燃やされた。

私だけでない。對馬さんも、鉄も、東城二等兵も誰もかもが魂が抜け落ちてしまい、虚脱をまとったじつに暗い面持ちだ。

口が閉じなくなっていた。瞬きができなくなっていた。息が間遠になっていた。

それなのに穀物が焦げる匂いはあたりに充ち満ちて、半開きの口から狂おしいばかりに涎が洩れ落ちる。私たちは飢えの極限にある痩せ衰えた犬だった。

下槇ノ原集落の端に到った。中薗中尉に訊かれた。

「残っているとすれば女子供だけだろうが、殲滅するか？」

しばし考えた。首を左右に振った。

「もう疲れました」

鉄が抑えた調子で、言った。

「静姉さんは、甘い」

大賀の親分が頷いた。

「慥かに静姉さんは、甘い」

「でも、疲れました」

鉄が揶揄した。

「焼けた穀物でも見りゃあ、考えが変わるんじゃねえのか」

中薗中尉が軽やかな手つきで革の拳銃嚢の留め金を開いた。拳銃を一瞥して、鉄が声をあげた。

「南部《なんぶ》十四年式か」

中薗中尉は自ら撃とうと思っていたようだが、鉄を唆した。

「柳庄大佐、撃ってみるか」

「どうやる？」

「これが安全装置だ。安とあるだろう。こいつをグイと動かして火の位置にする」

「撃っていいか」

「いいよ」

揺れる重機の上だが、鉄は躊躇わずに引き金を引いた。

家屋の陰から様子を窺っていた老婆の額に小穴があいた。倒れた老婆を、着弾の衝撃で散った白髪がはらはら追っていく。

「殺光を徹底するには、甘い、甘いが――」

殺し尽くすには、甘い――とはどういうことか。中薗中尉の呟きの意味がわからなかった。

「柳庄大佐。わざと婆さんを撃ったな」

「バレたか」

「やれやれ、銃声でみんな逃げただろうな」

「中薗中尉だって俺に撃たせた段階で織り込み済みだろ」

「まあ、そういうことだが」

「疲れたっていう静姉さんの怠け心はよくないけど、女子供までぶっ殺すのは寝覚めが悪いもんな」

「だが婆さんと餓鬼、男と女、命に優劣があるか」

「そうきたか。難題だ。じつに難題だ」

「まあいい。これで女子供は安易に姿を見せない。あるいは、もう、いない」

「中薗中尉」

「なんだ？」

「俺、イッパツで仕留めてやれたか」

「婆さんか。ああ。額を見事に撃ち抜いた。俺も死んだことはないから断言するのは図々しいが、まったく苦しまなかったよ」

「親父と猟に出るじゃねえか。いつも心がけてんだ。必ずイッパツで仕留める。獣を苦しませない」

「貫徹してるか？」

「ああ。貫徹だ。イッパツで貫徹させて、必ず貫徹だ」

「そうか。貫徹だな」

「男子たるもの、イッパツ貫徹だな」

「どういう貫徹だよ。その口調だとアレか」

「それはともかく、これ、いい拳銃だな」

「うーん、それほどでもないがな。ただ握把が細いんで、日本人にはいいかもな」

「おまえみたいなチビにはいいかも――って言わないところが優しいというか、臆病というか」

「――やれやれ」

中薗中尉の苦笑いをぼんやり見つめる。大賀の親分も、苦笑している。

「おい」

と、中薗中尉が声をあげた。

鉄が拳銃を平然と自分のポケットに入れたからだ。

「ま、いいか」

より苦笑いを深くして、それ以上追及しない中薗中尉だった。

だいぶ火勢が弱まったと思われる穀物蔵の前に重機が到達し、私たちのあとに従っていた重機や軍用トラックも次々に到着した。

先に下山していた幾台かの重機が、しょんぼり駐まっていた。兵たちは消火しようとしたようだが、諦めてしまって、俯き加減で立ち尽くしている。

だめか？　と中薗中尉が訊くと、顔を煤で汚した兵士が、消え入るような声で、だめでした――と答えた。

念の入ったことに、集落すべての防火水槽の栓が抜かれていたとのことだ。

みんな、ぼんやり、ちろちろ揺れる焰を見守った。

もっとも焰が立ちあがっていたときは、さぞや盛大な焚火だっただろう。皆の失望、いや絶望に居たたまれなくなって声をあげた。

「それでも、これから先の配給は手に入りますから」

「靜姉さん、本気で言ってるのか」

中薗中尉の尖った声を大賀の親分が静かに諫めた。

「気持ちはわかるが、靜姉さんを追い詰めるな」

「追い詰める気はないが――」

鉄が割り込んだ。

「俺が代わりに言ってやる。配給なんて、とっくに来なくなってる。そうだろ？」

「ああ。なにせ我々のところにも糧食が届かないのだからな。ここにあったのは以前届いた上槇ノ原の分を備蓄したものだろう」

投げ遣りに応じた中薗中尉に、大賀の親分が呟くように言った。

「となると、あれだけの食糧、重機で丹念に轢いて潰して泥と一体化させちまったのは、拙速だったな」

「あれだけの食糧――三百七十二体の肉」

「そういうこと」

「その伝でいくと、鉄に十四年式を撃たせたのも、まずかったな」

「――まあ、そうだな」

「致し方ないな。我々がこうしてのんびり焚き火に当たってるあいだに、蛻の殻だろう」

中薗中尉はなぜか私をちらっと見て、大賀の親分に訊いた。

「親分はどうすればいいと思う？」

「どうもこうも、ここまで下ってきたんだ。俺たちには上も下もない。槇ノ原という土地からはオサラバだ」

「親分たちは、いいさ。だが、我々は陸軍の兵士だ」

「それは、てめえらの都合だ。俺たちはこっから出てくよ」

「ここから南下して関越《かんえつ》の脇往還《わきおうかん》を行けばいい。利南《となみ》村に出さえすれば、すぐに前橋《まえばし》だ。前橋に出さえすれば、まぎれこみやすいだろう」

中薗中尉はニヤッと笑って付け加えた。

「親分たちは目立つから利南村は迂回したほうがいいかもしれんな。地図をわたそう」

「いいのか」

「地図は、いくらでもある」

「すまん」

そんな遣り取りのさなかに、下槇ノ原に駐箚《ちゅうさつ》している事務方の文官《ぶんかん》が首をすくめてやってきた。

中薗中尉が投げ遣りに言う。

「報告は、いい」

大賀の親分が鉄のポッケに手を伸ばした。

鉄は逆らわず、大賀の親分は事務方の文官を撃った。唖然《あぜん》としている兵を手招きする。

「おい、こいつ、火ん中、抛り込め」

「これで親分たちの脱獄を連絡する者も咎める者もいなくなったってことだな」

「そーいうこと」

中薗中尉が笑んだ。軍人としての矜恃がぷつりと切れた瞬間だった。

「食い物はこうして煙になってしまったし、我々も槇ノ原にしがみつく理由はないな」

東城二等兵が声をあげた。

「僭越ですが、敵前逃亡は厳しく罰せられます！　軍法会議にかけられれば、まず死刑は免れません」

「敵前逃亡？　どこに敵がいる。敵がいないんだから、どこに行こうと勝手だ。そもそも鉱山自体が機能していない」

「ですが」

「南方《なんぽう》の戦地では、補給が途絶えてしまってちりぢりになった兵たちが、人を食ってどうにか凌いでいるらしい。非礼な言い方になるが敗残兵だ。残念ながら彼らには、あの噴飯物《ふんぱんもの》のおろし金も届かなかったようだ。ジャングルのあちこちに、頬や太腿の肉を切りとられた屍体が転がっているそうだ」

中薗中尉は眉間の縦皺を抓むようにした。

「ところが、我々も人を食ってなんとか命をつないでいる。ここは南方の孤島か？」

中薗中尉は呆《ほう》けたような、蕩《とろ》けたような、焦点の定まらぬ不明瞭な笑いを泛べた。

「なんでもな、南方戦地においては人肉を食うときに味がしないのがきついらしい。保存を考えて干し肉に仕立てあげているらしいんだが、干すとなぜか味がしないという。無味だ。塩さえあれば、とのことだが、その点、我々は恵まれているな」

中薗中尉は吐き棄てた。

「この日本で、本土で補給が途絶えてるんだぞ。有り得ん」

中薗中尉は諭すように静かに言った。

「我々は見放されたんだ。なあ、東城。いまの情況、大和魂でなんとかなるか？　気合いで凌げるか？」

「――凌げません」

「なら、答えは決まってるじゃないか。俺は逃げる者を止めぬ。先々脱走兵として処刑されるような立場に追い込まれるにしても、じわじわ飢えて死んでいくいまの情況だけはごめんだろう。もちろん座して死を待つというならば、それもよし。つまり全ては自由」

渋面をつくって続ける。

「自由。最悪だよ。自分で決めなければならないからこそ、自由がいちばんきつい。が、それでも自由だ。軍隊という拠り所が消えるのは、誰だって怖いものだ。命令に従ってものを考えずに生きてきた我々だ。命令という名の奴隷の安逸が消えれば、途方に暮れるだろう。だから軍人を貫徹して、鉱山にもどるもよし。脱走するもよし。自由だ。己で決めろ」

皇軍兵士一同、頭を垂れた。誰も身じろぎしない。立ったまま死んでいるかのようだった。涙だけが地面に滴り落ちていく。

それでも兵士たちが肚を決めていくのが伝わってきた。餓死よりも逃亡。当たり前のことだ。

そこに、食い物にありつけると下り道を転げるように足で追ってきた体力のある者たちが、三々《さんさん》五々《ごご》参集してきた。

おそらく、かなりの数の者が脱落したことだろう。行き倒れてしまったはずだ。徒歩でここに辿り着いた者たちは、体力にかけては選ばれし者だ。

極道といっしょに辿り着いた兵は、燻っている蔵などの意味を図りかね、あるいは糧食の焼失を認めたくないと未練を持って途方に暮れている。

けれど飲み込みの早い極道たちは、なにがあったのかを即座に悟り、自棄気味に割り切って大賀の親分の周囲にまとまった。

大賀の親分が、まわりに集まった極道たちを見まわして叱咤した。

「てめえらボーッとしてんじゃねえ。家捜ししろ。なんか見つけたら、それは見つけた者のものとする」

大賀の親分は器用に片目を瞑った。

「なんかってえのは、ま、食いもんだな。見つけた者が一人で食っていい。もちろん分け与えるのもいい。そのあたりは好きにしろ」

大賀の親分に一礼すると、極道者たちはいっせいに集落に散っていった。

たいしてたたぬうちに、いかにも敏捷い面立ちの若い極道者が小走りに種トウモロコシを持ってきた。

「カチコチでとても噛めたもんじゃないでしょうが、口に入れておいてください」

硬いのは彼のせいではないが申し訳なさそうに一礼し、大賀の親分に差しだす。大賀の親分は鷹揚に受けとった。

上槇ノ原でも、種として実が生ったかたちのまま乾燥のために家々の軒先に吊してあった。もちろん上槇ノ原では、とっくに腹に入れてしまって消滅していたが。

「ほら」

大賀の親分が三本の種トウモロコシを私に差しだした。

ぼんやり受けとると、大賀の親分は愛おしげに私を凝視した。

「餞別だ。あまりに少ないが」

「行ってしまわれるのですか！」

「俺一人だったら靜姉さんと所帯をもって、いっしょに飢え死にも悪くねえ。けど、俺にはたくさんの子分がいる。わかってくれ。それとも俺といっしょに来るかい？」

いっしょに行きたかった。親分といっしょに、槇ノ原から離れたかった。

上だの下だのもう心底嫌気が差していた。こんな痩せ細った八方塞がりの土地で、人を食うのに疲れた。

「ああ、靜姉さんに食われたかったなあ」

大賀の親分は真顔で言って、寂しげに頬笑んだ。

その背後で、中薗中尉が俯いている。

私と視線を合わせようとしない。中尉もここから即座に逃げようとしているのが伝わった。

兵士たちも、この地獄から逃げられる――と落ち着きをなくしていた。たいして遠くない先に訪れるであろう餓死に較べれば、もはや軍法会議などまったく抑止になっていないし、意に介していない。

極道や軍人の様子を目の当たりにして、上槇ノ原の女たちは、どうしたものか――と途方に暮れている。申し合わせたように私の顔を見ないようにしている。

大賀の親分が囁くように言った。

「なあ、靜姉さん。みんな、出てくつもりだよ」

大賀の親分が私を抱き締めるかのような深い笑みを泛べた。

「もう、いいじゃねえか。静姉さんは充分以上に頑張った。誰よりも頑張った。所長の重責を果たしたよ。誰も後ろ指を差さんよ」

大賀の親分の瞳の奥に、無私の慈しみを見た。大賀の親分は私を助けたいのだ。それだけしか考えていない。

「さあ、おいで。いっしょにおいで」

親分のところに、一歩踏みだそうとした。


キィーン！


金属が擦れるような音が頭の芯に響いた。紅玉の夜が怯むのが伝わった。

笑っている。

笑んで、いる。

気弱に頬笑んでいる。

綾が静かに笑いかけている。

頭のなかで、綾が頬笑んでいる。

私は首に巻きついた真っ赤な髪の首飾りにそっと指先をかけた。

男の子のような髪になった綾が、ガイグメリの背負子《しょいこ》にちょこんと座って、涙をぽろぽろ流しているのが見えた。

真っ赤な綾。

私の妹。私の赤ちゃん。

「――私は上槇ノ原を離れられないのです」

大賀の親分は溜息を呑みこみ、優しく頷いた。

「わかってる。靜姉さんは、なにかを守ってる。それは土地じゃない」

「はい」

「土地なら、棄てられる」

「はい」

「可哀想に――」

その、ひと言は、応えた。膝が崩れそうになった。

大賀の親分は目尻に滲んだ涙を雑に拭い、感情を殺した真顔で言った。

「上槇ノ原だが、全員、死ぬことはない。そこで靜姉さん、相談だ」

「なんでしょうか」

「上槇ノ原の者が俺たちについてくるなら、止めない。どれほどのことができるか心許ないが、出来うる限りのことはする」

私は深く頭を下げ、消え入るような声で頼んだ。

「よろしくお願いします」

「まかせておけと胸を叩いて言えればいいんだが、鉱山から消えたとなれば俺たちは手配の極道者。明るいところでは生きられねえが、それでも人肉を啖ってるよりは、いいだろう」

「はい。親分のお心遣い、感謝致します」

「なんの。野郎だけがぞろぞろ動くよりも、女連れのほうが目くらましになるんだよ」

親分は、私の心の負担をなくそうとしているのだ。だから私はあえて頰笑んだ。

奥歯を一瞬、嚙み締めた。下肚に力を入れた。天を仰いでから、声をあげた。

「みんな。聞いてたね。ここは大賀の親分にお縋りして、上槇ノ原から立ち去って」

戸惑い顔の對馬さんに言う。

「赤ちゃんのために、ここから離れて」

「でも、静姉さんが上槇ノ原の所長なら、あたしは私設上槇ノ原警察の署長だよ」

「誰もいなくなれば、私一人になれば、警察なんていらないよ」

「――それはそうかもしれんけど」

「お願い。いつの日か、大きくなった赤ちゃんを見せに上槇ノ原にまでやってきて」

喉が詰まった。

無理やり声を振り絞った。

「いつの日か、みんな、上槇ノ原にもどってきて！」

誰もいなかったら、大声をあげて泣き崩れていただろう。

ようやく暮れてきた。麦か、米か、すっかり弱まった焔の中で、小さな粒が朱色に輝いているのがわかる。

私はその場を離れた。

上槇ノ原の女たちも極道も兵隊も、私を止めなかった。

誰も、私を、止めなかった。

私のいないうちに、ここから離れて――という無言のメッセージを受けとってくれたからだと勝手に解釈し、ほとんど無意識のうちに集落の東側に向かっていた。

＊

小塚山《こづかやま》に到る山道は、当初はゆるい登りだった。けれどすぐに急になって、夜の底があたりを覆いはじめたころ、思いのほか剣呑な登りと化した。

たいして高い山ではないと侮っていたが、尖った岩が足の裏を刺す。ゴム長に穴があいたらいやだな――と眉を顰める。

夜はとろりと粘って、肌にまとわりつく。夜目がきくはずだったのに、まったく先が見えない。手探りで歩いているようなものだ。幾度か転び、斜面を滑り落ちた。

私は力を喪ったのだろうか。それとも小塚山に登らせたくないなにものかが、私の視力を奪ったのだろうか。

それでも、なにものかは、私が致命的な傷を負わないように気配りしている。それに気付いて、大胆に登りはじめると、もう私は一切転ばなくなった。

綾？

小声で呼んだ。

山肌を落ちてくる寒風が勢いを増しただけだった。

紅玉の夜は、鎮まっている。声でも聞きたいものだが、まったく気配がしない。夜目がきかなくなったのは、紅玉の夜を抜きとられたからではないか。そんな気がした。

飢えのせいで足許が覚束ない。息ばかりが忙《せわ》しない。私はだいじょうぶだろうか。死にかけているのではないか。

思い煩っても意味がない――と開き直ったころ、月が昇って小塚山の山頂のシルエットが浮かびあがってきた。

山頂で、軀を横たえよう。

そのまま死のう。凍死なら、無感覚で死ねそうだ。願わくば雪が降ればいい。私の屍体を完全に隠してほしい。

でも、朝までは生きていたい。朝日が射すまでは生きていたい。

昇平さんが言っていた。小塚山の天辺からは、大彦岳を背後に控えた羽鳥山や御厨山が望見できる。

「青く霞んで、じつに美しい」

昇平さんの言葉を口に出して言い、最後に羽鳥山を、御厨山を、大彦岳を一目見て死にたいと念じる。軍服のポケットに忍ばせたパーカーの万年筆をぎゅっと握る。

都合よく死ぬ気でいたが、我に返る。紅玉の夜によると、私はとりあえず死ねないらしい。けれど飢えや痛さ寒さ、諸々の苦痛は人並み以上に感じるのだ。

これは、ある種の地獄ではないか。私はそれほど悪いことをしたのだろうか。

幸いなことに飢餓の頂点で、思念だけはぐるぐる回るけれど、全てに対して無感覚だ。顔をあげて、あと少しの頂上を見やる。

なんだろう。ごく小さな朱色の光。ふわふわ揺れる。ほとんど点だ。

人魂にしては小さすぎる。夜が小指の先ほどの朱に抉られ、穿たれている。

やがて、流れくる香りに気付いた。

煙草だ！

山頂で昇平さんが煙草を咥えていた。

私に気付いた昇平さんは一瞬、怯んだ。

かまわず私は会釈した。

あたりは月明かりに朧《おぼろ》だ。

私と昇平さんの視線が絡む。

小さく咳払いすると、やや掠れた声で昇平さんが訊いてきた。

「下槇ノ原の連中は？」

「昇平さんだけですか、逃げおおせたのは」

「ああ。俺だけだ」

「全員が重機で」

「ふーん。潰した？」

「――そうですね。潰しました」

「三百七十人以上だ。大変だったろう」

工兵隊の兵隊さんがやってくれました――と胸の裡で呟いて、膝に手をついて上体を支え、間近の岩に腰を下ろす。飢餓からくる体力の限界で目眩がひどく、立っていられなかったのだ。

昇平さんは、煙草を丹念に踏み消した。

月明かりの青みが世界を覆った。

しばらく沈黙が続いた。昇平さんの息が不規則だ。ちらと見あげ、訊いた。

「なぜ、逃げることができたのです？」

「上槇ノ原からか？」

「はい」

「胸騒ぎがした。ここにいてはならない、と声がした」

「不思議な力ですね」

「――狡い力だ」

「そうですね。狡い」

上槇ノ原を灰燼《かいじん》に帰した元兇である昇平さんを目の当たりにしたら、怒り狂うはずだった。殺しても飽き足らない男だ。

けれど全てに対して、怨みの気持ちが消えてしまった。

なぜだろう。あまりに極端な状況が続いたから、麻痺してしまったのだろうか。

感情の変化を持てあましたが、それを凌駕する不可解な解放感が全身に拡がった。

私は両手を組んで、伸びをした。

「これで、もう下槇ノ原には、昇平さん以外に男がいなくなりました。長い間続いた戦いですが、終止符を打つことができました」

言外に、もう死んでもいい、死にたい、死なせてくれ――という思いを込めていた。戦いを起こしたのは、下槇ノ原の男共だ。けれど下槇ノ原には、もう男がいない。

成すべきことを成したのだから、もう、殺してください！

昇平さんはしばらく黙って私を見下ろしていたが、皮肉な口調で返してきた。

「戦いの終止符。どうかな」

「まだ男の人が残っているのですか」

「いや。俺だけだ」

「下槙ノ原は蛻の殻です。女の人たちは、みんな、逃げました」

「そうか。逃げたか」

「なにが可笑しいのですか」

「逃げた女、おそらく妊娠出産が可能な女全員が、俺の子を産む」

「はい？」

「だから、いざというときのために、俺は下槙ノ原の妊娠出産が可能な女全員と——」

しばらく意味がつかめなかった。唐突に気付いた。驚愕した。

「本当ですか！」

「まったく自分でも呆れる絶倫《ぜつりん》ぶりだった。異常な種馬《たねうま》だ」

はあ……としか返しようがない。

中薗中尉から女子供も殲滅するかと訊かれて、私はそれを断った。諸々、疲れ果てていたのだ。

殺戮はもうたくさんと、逃げた。

そんな私に鉄は『甘い』と苦言を呈した。大賀の親分も『甘い』と同調した。なるほど私は甘かった。

きっちり芽を摘むべきだったのだ。すべての可能性を排除するべきだった。でないと遠い先に、また絶望的な殺しあいが始まるかもしれない。

けれど散ってしまった下槙ノ原の女を、いまさら殲滅できるはずもない。昇平さんは最悪を見越して種馬となり、せっせと種付けしたのだから。

まてよ——。

彼女たちは、いざというときは徹底的に逃げろと言い渡されていたに決まっている。昇平さんが備蓄していた食糧に火を点けたのと同時に、女たちは下槇ノ原から逃げたのだ。

私の意を汲んだ鉄があえて老婆を撃ったわけだが、あのとき集落に残っていたのは女としての生殖機能に終止符をうった老いた女だけだったのだろう。

種馬か。小莫迦にしたように見あげる。皮肉な口調で言う。

「昇平さんの子供なら、ずいぶん力が強いでしょうね。不思議な力をもった子です」

揶揄が通じず、昇平さんは真顔で返してきた。

「どうだろう。わかってるんだ。俺とのあいだに生まれるのは完全に女だ。なぜか女しか生まれねえんだ」

原始共産制っぽい上槇ノ原とちがって、昇平さんは封建領主的な下槇ノ原の長老の息子であり、最高権力者だ。いままでにも幾人もの方に自分の子供を産ませてきたことからくる実感だろう。

「新しく生まれた女の子が結婚して子供を産めば、男も少しずつ増えていくのではないですか」

「そうだな。そう願いたい」

「で、また上と下で戦争ですか」

「――下槇ノ原の人間にとって、三百七十人以上が重機で圧し潰されたということは、忘れようがないだろう」

「攻めてきたのは、そっちなんですけど」

「そりゃ、そうだ」

「私たちは家をすべて焼かれました」

「まあな。でも、誘いだろ。俺たち下槇ノ原の人間は盛大な焚火を用意されたあげく、だまされて潰されたんだ」

「だから、攻めてこなければよかったんですよ」

「よく言うよ。あれこれ策を弄して誘いこんだくせに」

誘いこまなくたって、攻めてきたくせに。そう言い返してやりたかったが際限のない水掛け論、堂々巡りになるだけだ。

「――腹、空いてるか」

「そりゃあ、もう」

底意地の悪い、じつに残酷な仕打ちを受けたのだ。空腹は弥増して、耳鳴りまでしている。元気だったら昇平さんに飛びかかって、喉笛を咬み千切っていたかもしれない。

昇平さんは肩掛けしたズックのバッグから両手一杯になにか摑みだし、差しだした。飢餓の極致にある私は、即座にそれが大麦の匂いであることを感じとった。

こぼさないように気を張りつつ両掌いっぱいに受けとって、あらためて香りを嗅ぐ。

「六条ですか」

品種を問うと、昇平さんは怪訝そうに私を一瞥し、多分そうだといい加減に頷いた。お坊ちゃまの昇平さんは、畑仕事などしたことがないようだ。

粟や稗ばかりの上槇ノ原では麦御飯は御馳走だった。私は押麦に加工された麦を生のまま、口に入れた。

一気に唾液が湧いて、じわりと麦に沁みていく。頰の内側に貼りつくものもある。もっと唾を沁ませて柔らかくしてからと思いはしたのだが、怺えきれずに奥歯で嚙み締める。

甘い。

美味い!

ああ——泣きそうだ。

泣きだしてしまいそうだ。

泣きそうなわりに、口にしたのは一口だけで、残りはそっとポケットに落とし入れ、時間をかけて口の中の押麦を咀嚼しながら胸算用する。

反対側のポケットは大賀の親分からもらった種トウモロコシでいびつに膨らんでいる。頂上で昇平さんに出逢わなければ、歯が欠けてもかまわないという勢いで囓っていただろう。

これらを合わせれば、うまくすれば二週間ほどは生き延びられそうだ。すこし気が大きくなってきた。

「死のうと思って、ここに来たんです。ここからは上槇ノ原の山々が見えると昇平さんから聞きましたから」

「そうか。他の連中はどうした？」

私は嘘をつく。

「下槇ノ原でのんびりしてますよ。のんびりはないか。一息ついてます。私はみんなに食糧を与えられなかったことを恥じて、逃げだしてここに来たんです」

「そうか——。家を全て焼かれたんだから、もどるわけにはいかんもんな」

「そうですね。軍人も極道も鉱山にはもどらずに、あえて下槇ノ原に居着くつもりです」

「結局のところ逃亡兵であり、お尋ね者だもんな」

「はい。どこかに出張して食糧を盗み、戦争が終わるまでは下槇ノ原に逼塞《ひっそく》するつもりです。みんな、強《したた》かですから」

嘘をついていると、ついつい多弁になりそうだ。ぐっと気持ちを抑えた。

「故郷を追われた俺は、どこに逃げよう」

さあ――と、私は冷たく突き放す。遣り取りのさなかに早くも押麦の滋養が私の軀に拡がってい
くのがわかった。

「一応警告しておきますね。どこに逃げるのも勝手ですが、絶対に見つからないようにしたほうが、
いいですよ。極道の親分が昇平さんの顔をしっかり覚えていますから」

「なぜ極道が？」

「インバネスを着てるのが、下槙ノ原の大将だろうって言ってました」

昇平さんの顔が大きく歪んだ。

「親分は凄まじい直感力を持った人なんですけれど、そもそも他の人とまったく違う恰好ですもの」

歪んだ顔の昇平さんの汚れてしまったインバネスに視線を疾らせ、とどめを刺す。

「百姓の一揆勢の中にたった一人、真っ黒で真っさらなインバネスが派手に翻っていましたから。

目立ちすぎました。悪目立ち」

「――気負って、あんなもん、着るんじゃなかったよ」

私が沈黙を返すと、怯懦《きょうだ》を隠蔽するための闇雲な強がりがにじんだ、なんとも微妙な縋るような
眼差しで訊いてきた。

「極道の親分てのは、荒くれか？」

「そりゃあ、もう。大賀の大親分。大鋸屑の親分と恐れられています」

「大鋸屑」

「人を大鋸屑みたいに破壊してしまうそうです。でも怖がられているだけでなく、人望もあります。

命を差しだす子分が幾人も」

ちらと顔色を窺うと、もろに怯えが頰を硬直させていた。

ここまで臆病だったとは。底意地の悪さは、弱さの裏返しということだろうか。

ならば私も徹底的に底意地の悪さを発揮しよう。

「極道の親分は、双眼鏡で昇平さんをずっと追ってましたから」

昇平さんの口許に、泣きかけのような笑いが刻まれた。

「そうか。意気揚々と進軍してたつもりだったが、俺たちよりさらに一段高いところから全てを見下ろされていたのか」

昇平さんの口から落胆の息が洩れ落ちて、その息に合わせて全身から力が抜けていくのが伝わった。

「頃合いをみて下槇ノ原にもどるつもりだったが――」

「無理です。嬲《なぶ》り殺しにされたいなら、止めませんけれど」

「極道者は、やばいだろう。半端者ゆえに半端じゃないだろう」

なにを言っているのか、この人は。大きく頷いてやった。

「はい。半端ではないです。徴兵忌避《ちょうへいきひ》で自ら引き金を引く人差し指を平然と落とす人たちですから」

右手人差し指を凝視している昇平さんに向けて、他人事のように付け加える。

「人を食うのは、極道たちが始めたことなんです。村の者を食べた。それが上槇ノ原全体に広まってしまった。とにかくとんでもない男たちです」

「おぞましい――」

「そう言うけれど、そこまで飢えさせ、追い詰めたのは誰ですか」

「親父がそうしろと――」

「いまさら父親のせいですか。見苦しい」

昇平さんは貧乏揺すりの変形で、組んだ手指を小刻みに動かす。私の静かな罵倒など聞こえなかったかのように、焦り気味に尋ねてきた。

「ここから下槇ノ原を迂回して、前橋のほうに逃げるには、どうしたらいいんだろう」

「それを私に訊きますか」

昇平さんは俯いた。奥歯がカチカチッと鋭く鳴った。顫えたのだ。私の視線に気付いてあわててそれを収めはしたが、手の顫えは隠しようもない。

醒めた目で見やる。

――お坊ちゃまは、そんなに極道が怖いのですか。なにか心的外傷になってしまったような体験がおありですか？　それとも、単に臆病？　暴力が苦手？　まさか一度も叩かれたことがないとか？

昇平さんは私と視線を合わすこともできなくなり、狭い山頂をせかせか動きまわって、途方に暮れるばかりだ。

もはやお互いに交わす言葉もなくなった。下槇ノ原の出張所で遣り取りしたときの精悍さはどこに消えたのか。

後ろ盾を喪った若旦那の呆れるほどの脆さと弱さに、なにやら滑稽なものを感じた。

こんな男よりも、自分自身だ。

軀を精一杯縮こめて冷気を怺え、真っ白な息を指先に吹きかける。

さすがに吹き曝しの山頂に居続けるのは辛くなってきた。現金なもので当座の食べものを得たとたんに、死ぬ気が失せた。

立ちあがったとたんに、昇平さんが依存心丸出しの顔を突きだしてきた。私は嫌悪を隠さずに顔をそむけ、さらっと言った。

「私はすこし下ります。風が届かないところに逃げます」

「独りにしないでくれ！」

「情けない。ただの駄目男でしたか」

「そうだよ！　俺は駄目男だ。素裸にされちまえば、なんの力もない屑だ！　絵を描くしか愉しみのない地味な男だ」

「絵を描くしか愉しみがない？　もう一つあるでしょう。種付けが」

「種付け――」

「ま、下槇ノ原のみんなを見殺しにして、独りで逃げ帰った御方ですものね」

言うだけ言って立ちあがり、昇平さんを見下した目つきで見やり、山頂を離れる。

どうしたことか夜目《よめ》がきく。力がもどってきた。まさか押麦の力でもあるまいが、登ってきたときと違って労せず急勾配を降り、岩場のくぼみを見つけだした。

そっと、軀を潜りこませる。

いまの季節の尋常でない強風は、日本海側からやってくると聞いた。

潮の匂いでもしないかな――。そんなことを思いながら、精一杯軀を縮こめて冷たさに耐える。

寒い晩に犬と寝ると、大層温かいらしい。犬は人間よりも体温が高いからだ。食べるものに余裕ができたら、犬でも飼おう。

綾。

おまえといっしょに眠っていた日々は、じつは幸せな日々だったんだね。

綾。

元気か。ガイグメリさんや鋼君によくしてもらっているか。寒くて顫えてないか。

耳を澄ますが綾の声は聞こえない。

ただ紅玉の夜が、幽かに動いた。問いかけた。

「どうしたの」

――やってきた。

「誰」

――昇平。

私は周囲を探り、尖った石を手にした。

死ねない私だ。けれど苦痛だけは人並みに感じるようになっている。

紅玉の夜の言葉を反芻《はんすう》する――靜だけが痩せずにいると、靜だけが飢えないでいると、みんなが怪しむでしょう。

理不尽というか不条理というか。紅玉の夜もまったく、なにを訳のわからないことを。痩せ細ってもかまわないから、飢えをなんとかしろ。残りの麦を、トウモロコシを食べたくて、必死で怺えてんだぞ!

一口食べた大麦が呼び水になってしまい、昇平がここを発見するのに備えて石を構えてはいるのだが、それよりも新たに呼び覚まされた飢えに苛立っていた。

まてよ。昇平を殺して食糧を奪おう。

ピシッと音がした。脆い岩が昇平の靴底で砕けたのだろう。私は息を殺した。同時に掌に汗がにじむのを感じ、尖った岩をきつく摑みなおした。

「靜さん」

名を呼ばれたのと、石を突きあげたのと同時だった。見事に喉仏を抉ったつもりだったが、よけられた。

「俺は夜目がきくんだ」

「なにしに来た?」

「寒くて」

「当たり前だ。まだ冬だ」

「そう言うなよ。このままだと、凍死しちまう。温めあおう。な、インバネスで覆ってあげるから」

「種付けは、ごめんだぞ」

見事にはぐらかされてしまった気分だ。私はすっかりぞんざいな口調になってしまったが、昇平は嬉しそうな笑みを泛べて図々しく私の隣に潜りこんできた。

実際に昇平は甲斐甲斐しくインバネスで私を覆いつくし、密着はすれども身動きせず、静かな息をしている。

「胸が壊れるかと思ってたんだ」

私は答えない。

「靜さんとこうしたとたんに、鼓動も乱れた息もおさまった」

「極道に、嬲り殺されろ」

「そういうことを、言うなよ」

「おまえが諸悪の根源だ」

「だから、そういうことを言うな」

「調子に乗って私に触れたら、私が嬲り殺すぞ」

「わかってる。靜さんの怖さは、わかってるよ。せいぜい目が真っ赤にならないように気配りするから」

密着した反対側に、昇平のズックのカバンがある。私は委細かまわず手を挿しいれた。大麦の中に、なにやら脆い岩のような物がある。抜きだして、匂いを嗅いで、我慢できなくなった。

「美味いか」

「甘くて、甘くて、頭が狂いそうだ」

私は、なかば呆然としていた。

砂糖の純粋な混じりけのない甘味。忘れていたもの——。

「いいよ。ぜんぶ齧っていい」

黍砂糖《きびざとう》の塊の七割方を齧りとって、我に返る。そっと昇平の手にもどす。

「間接キッスだな」

「色気づくな、バカ野郎」

「——信じられん。こんなに口の悪い女だったなんて」

昇平は前歯で黍砂糖を齧り、ふたたび私の手にもどした。左手で黍砂糖を持ち、右手をズックのカバンに挿しいれる。遠慮なしに大麦を抜きとり、ポケットに移す。

そこで気付き、目を剝いた。

「どうした?」

「昇平からもらった万年筆が、麦まみれになった」

「——持ち歩いているのか」

「私の宝物だ」

昇平は黙りこんだ。いままでと違った緊張がインバネスの中に充ちた。

「よからぬことを考えてるなら、調子に乗るなよ」

「俺にも力がある。が、靜さんの力は、俺なんぞと比べものにならん。さすがに命が惜しいよ」

私はそっとパーカーのラピスラズリを取りだした。麦の細片にまみれていた。指先で刮げ落とそうとして、これはこれでいいと思い直した。いよいよというときは、この青い軸を汚した麦の粉を舐めよう。

「本音を言おうか」

「本音」

「そうだ。本音だ。俺は命を棄てても、靜さんと肌を合わせたい」

「——それほどのものか」

「それほどの、ものだよ。ただな」

「ただ？」

「うん。靜さんが妊娠したら、怖い」

「なにが、怖い？」

「どんな赤ん坊が生まれるのか。俺は槇ノ原に関する古文書をあれこれ研究してた時期がある。ざっくり言うと、上と下、それぞれの村長の子が番うと、とても危うい子が生まれるという」

綾の姿が泛んだ。だが、どう考えても母が下槇ノ原の男と番ったとは思えない。

「それはな、夜半獣でさえも御することのできぬ特別な存在らしい。神に等しいともあった。ただし」

「ただし？」

「ただし、神と悪魔は紙一重」

「悪魔の可能性もある？」

「そういうことだ」

「たとえば、だけど」

「うん。たとえば？」

「私と昇平が交わって子供が生まれれば、長年続いた上と下の争いが収まるきっかけになるんじゃないか？」

「――争いを続けたい者共が、あえて上と下の合一を阻止するために、そんな話をでっちあげた？」

「そんな気がするが、どうだろう。私にはわからない」

心は、決まっていた。

もし私と昇平の子供がこの槇ノ原の争いに終止符を打つことができるなら、よろこんでこの身を差しだそう。

いや、都合のよい理屈を捏《こ》ねて、いまの気持ちを誤魔化すのは、狡い。

私はこの臆病な、絵を描くしか能のない坊ちゃんに惹かれている。初対面のときから好ましく感じている。好きなのだ。

さらに穿《うが》った見方をすれば、人間であることから多少なりとも隔たった私と昇平は、同類だ。だから否応なしに引力が働く。

「近親憎悪かな」

「なんのことだ？」

「上と下」

「ああ、もろにそうだよ」

「私と昇平は、根っこではいっしょ？」

「うん。まちがいない。同族だ。同時に」

「同時に？」

「私見だが、俺たちには、お互いが殺し合わずにはいられない本能のようなものが、仕込まれている」

「生憎《あいにく》、私には仕込まれていない」

「——そうか」

「昇平は私を殺したいか？」

「いや。殺されてもいいが、殺したくない」

しおらしいことを言う。私の頬がゆるんでしまったのを、異性経験が豊かな昇平は見逃さなかった。

密着に、新たな熱が充ちた。

唇が近づいた。逆らえなかった。ずいぶん長いあいだ、唇を重ねていた。昇平は手慣れたものだが私は初めてだ。すっかり火照ってしまった。

息を整えていると、昇平の指先が私の軀を探りはじめた。これも、逆らえなかった。

やがて、昇平の鼻息のほうが荒くなってきた。手慣れた昇平に若干の嫌悪を覚えつつも、私は素直に身をまかせていた。

正直にいえば、どこにこのような快美の種子が隠されていたのか訝しくなるほどに、私は昂ぶっていた。

けれどなにぶん処女にすぎないので、これから先、どのようになるのかまったくわからない。これが愛撫というならば、ずいぶんじっくり時間をかけるものだ、と漠然と思ったときだった。

昇平が苦しげに呻いた。

その呻きを反芻してみたが、まさに苦痛というか、苦悶の呻きだった。

「——どうしたの？」

「それが」

「苦しいの？」

「まったく反応しないんだ」

「反応？」

「男にならないんだよ！」

なにも怒鳴らなくても、と、昇平の顔を窺う。泣きかけていた。

私の視線を浴びて、昇平の体温が急激に下がっていくのが伝わった。

「どんなときだって、男として一人前になれた俺だったのに——」

直感した。

綾が、私と昇平がひとつになることを邪魔している。

昇平は絶対に不可能だ。

不可能。なにが？

「昇平」

名を呼んでも応えない。勝手に続ける。

「私は男を知らない。だから昇平がどうなったのか、じつはよくわからないんだ。でも、無理する必要はないよ」

昇平は頬を硬くして黙りこんでいる。なにやら自尊心のようなものが大きく傷ついてしまったようだ。

私は昇平に気付かれぬよう、静かに息をついた。

とたんに吹きすさんでいた風が鎮まった。薄気味悪いくらいに、静かになった。

私は昇平に寄りかかった。昇平は気を取りなおして私を支えた。

躯はつながらなかったが、心は深くつながった。ひとつになった。私は一生、処女でいようと決めた。

22

他愛なく眠ってしまった昇平を残して、下山する。

押麦《おしむぎ》でポッケが膨らんでいるので、すっかり気が大きくなっていた。

上槙ノ原から一人で逃げだしたことからもわかるとおり、いざというときには危難を察して身を翻すことができるのだから、昇平はなんとか生き抜くだろう。

問題は私のほうだ。どうせ死ぬなら、いや死ねないのだが、とにかく上槙ノ原にもどろう。綾の間近で暮らそう。

孤独に強いし、希望的観測だが、私一人ならば食う物もなんとかなるだろう。

面倒なのは、上槙ノ原にもどるにしても一度小塚山を下槙ノ原まで降りなくてはならないことだ。小塚山の岨道には上槙ノ原に至る脇道がないからだ。だからこそ昇平も下槙ノ原を迂回して前橋に出るにはどうしたらよいかを私に訊いたのだ。

紅玉の夜、あるいは綾の力を借りれば、登山道から外れて適当に動いても上槙ノ原にもどれそうな気もするが、積雪は相当なものだし、そろそろ雪崩の心配をしなければならない季節だ。

私は山育ち、冬山そして初春の山を侮り舐めるようなことはしない。

本音をいえば、この杓子定規な律儀さのようなものが鬱陶しくてならない。紅玉の夜を信じて道を外れ、ぐいぐい行けばいいではないか。

だが、できない。

道から外れることのできない私は、いや人を食ってとっくに外れてしまっている私は、物思いに耽りながら山を下っていく。

もし私が昇平の子を生んだら、綾のように真っ白なのだろうか。それとも私のようにやたらと頑健なのだろうか。昇平のような芸術家気質なのだろうか。その子は綾よりも強い力を持つだろうか。それとも昇平のように卑怯で情けない性格なのだろうか。

だろうか、だろうか、だろうか――で頭の中を埋め尽くして、小塚山を下る。

だいぶ勾配もゆるくなってきた。申し合わせたように朝の陽射しの最初の一射しが私の頬をくすぐった。

あたりの雪は朝焼けの色に染まり、福寿草の花が陽射しを浴びて、花瓣《はなびら》をじわじわ拡げていく。

その健気な、けれど目に痛いほどの黄色を見つめているうちに、笑みが泛んだ。簡単に人を殺すことができる毒草なのに、その姿は健気で可憐だ。

――静みたいだ。

「うるさいよ」

――でも、静みたいだ。

「健気で可憐というあたりは、そのとおりだけどね」

沈黙が返ってきた。紅玉の夜の無言は、あきらかに意図されたものだ。

「なに黙ってんだよ！」

苦笑いして、気付いた。なにやら下界がさんざめいている。

いや、さざめくほどに騒がしくはないが、あきらかに人の気配が、雑多な人の気配がする。

早くも下槇ノ原の女たちがもどってきたのだろうか。

だが、男の声もする。

下槇ノ原の男たちは昇平をのぞいて、すべて押し潰されて地面にめり込んでしまったはずだ。

どういうことだ、と足を速める。

万が一下槇ノ原の奴らだとしたら、見つかったらまずい。集落が見下ろせるあたりまで下って、楢《なら》の巨木に身を潜める。

様子を窺う。

拍子抜けした。

一気に緊張がほぐれた。

次に疑問が湧いた。

なぜ？

なぜ、もどってきた？

下槇ノ原において上槇ノ原の御宿蘖埜に相当するのが湊屋だが、その前の広場で、おそらくは家屋を叩き壊して薪にしたと思われる巨大な焚火を取りかこんで暖をとっているのは、上槇ノ原の女たち、極道者、そして兵隊だった。

あわてて駆け下りた。

皆の視線がいっせいに集中した。

對馬さんが泣きかけたような、なんとも言いようのない変な表情で私を迎えた。ただただ首を左右に振る。なにが言いたいのかまったくわからない。

鉄が駆け寄ってきた。加減せずに勢いよく抱きついてきた。私はその耳の奥に言葉を押しこんだ。

「私を棄てて逃げた薄情者め」

「おっと、そりゃあ違うぜ。俺はな、一人、居残ったんだ。一応みんなと一緒の素振りをみせねえと、あれこれ口説かれて面倒じゃねえか。だから頃合いをみて下槇ノ原にもどったんだ」

「――みんなも、そうなのか？」

鉄は私から軀を離し、半泣きのような顔をつくった。それが崩れてしまった笑顔だと気付くまでに、しばらくかかった。

對馬さんといい鉄といい、なんなのだ、この奇妙な表情は。鉄は気を取りなおして言った。

「自分からもどったのは、俺だけだ。みんなは俺がもどってずいぶんしてから、もどってきた」

「どういうこと？　官憲に見つかって、追われでもしたの？」

鉄は黙りこんだ。

この場にいる者たちの視線が、私に集中している。おそらくは疲れ果てて御宿湊屋で横になっている者も多いのだろう。けれど、それでもこれだけの視線を浴びると、なにやらたじろいでしまう。飢餓のせいと織り込みずみだが皆、幽鬼《ゆうき》じみている。死霊のような顔つきだ。加えて恐怖らしき気配に顔色を喪い、肌を尖らせている。

その怯えが刺さって私の心を烈しく乱す。

気合いを入れなおしてざっと見わたす。大賀の親分の姿はない。湊屋を一瞥して舎弟に視線を投げると、大きく頷いた。さすがにお歳だ。疲労困憊して横になっているらしい。

あまりの変わりように気付くのが遅れたけれど、中薗中尉が焚火の前に座って、上目遣いで私を見つめていた。頰がげっそりやつれていた。目の下が黒ずんで、まるで歌舞伎の隈取りだ。ものを言う元気もないようだ。

私が傍らに立つと、それでもぎこちない笑みを向けてきた。私はしゃがみ込んで顔の高さを中薗中尉と同じににした。首をあげるのも大儀そうなのを見てとったからだ。

「ずいぶんお疲れです」

「ああ。限界だ。情けないことだが、精神の糸がぷっつり切れてしまった」

いつだって飄々としているところを演じるこの人にあるまじき、見栄も外聞もない落胆ぶりは、いったいどうしたことだ？　思わずポケットの中から黍砂糖を取りだし、中薗中尉に手渡した。してはならぬことをしてしまったことに気付いたのは、周囲の唾を飲む音と重い響動《どよ》めきのようなものに気付いたからだ。

中薗中尉は小さく囁ると、口を半開きにしたまま焦点の定まらぬ眼差しで黍砂糖を凝視し、東城二等兵に差しだした。

東城二等兵は茶褐色の塊を手に困惑気味に立ち尽くす。皆の視線が黍砂糖に集中している。とても囁れる雰囲気ではない。殺しあいが起きそうな気配で、どうしたものかと狼狽気味に思案する。赤ちゃん鉄がひょいと手を伸ばした。黍砂糖を奪って、對馬さんの赤ちゃんの唇に押しつけた。赤ちゃんはしばらく反応しなかったが、いきなりチュウチュウ吸いはじめた。

いまごろになって黍砂糖が手から消えた東城二等兵の落胆が伝わったが、赤ちゃんのものになってしまったこともあり、奪いあいの殺しあいは起きなかった。

けれど黍砂糖をめぐって殺気が拡がって、それはいまだに鎮まっていない。

みんなを支配しているのは、恐怖だけでなく、じつに投げ遣りな気配だった。自棄気味といってもいい。殺伐としたものが空気をひりひりさせている。

中薗中尉が赤ちゃんの口許と私を交互に見て、訊いてきた。

「こんなもん、どうした」

私は開き直って訊きかえした。

「甘かったですか？　涙が出そうだった」

「このあたりではなく、離れた山側の家に隠してあるのを見つけたんです」

すらすらと嘘をつく私だ。かなりの人数が焚火を離れた。残された物を求めて家捜しだろう。あの人たちのためにも、なにか出てくればいいのだが――。

あらためて中薗中尉を見据える。

「なんでもどってきたんですか。なにがあったか教えてください」

中薗中尉はぎこちなく不規則に首を左右に振る。

「出られなかった」

「出られなかった？」

「下槇ノ原から出られなかった。離れられなかった。山中ではないのにな、下槇ノ原から離れられなかった」

「だって、その道を真っ直ぐ行けば郡道でしたか、村道でしたか。とにかく利南村に出るはずです」

「地図では、そうだな。地図では二里弱で脇往還、旧千種街道。大正の郡役所廃止までは郡道九号、現村道十二号だ」

迷いようのない一本道なのに、村道まで辿り着けなかった？

いきなり背筋に汗がにじんだ。声が勝手に洩れた。

「迷いの森」

「このあたり、森らしい森はないが——そういうことだ」

呆けてしまったかの中薗中尉から無理やり視線を引き剝がし、私は顔をあげた。茫然と大彦岳の方角を仰いだ。

薄雲にぼんやり覆われた休火山は、雪化粧もあって、その姿を認められぬほどに朧に霞みはじめていた。

なぜ、よそから来たこの人たちまで幽閉するのか？

もう解放してあげてもいいではないか。

私一人が上槇ノ原に残れば、充分ではないか——胸中で訴えかけると、烈しい耳鳴りに襲われた。

両耳を押さえて耐える。

声。

耳鳴りの奥に潜んだ声。

囁きに意識を集中する。


靜姉さんの御飯。


懐かしい甘え声だった。

意味がわからなかった。

私の御飯。

私の御飯。

私の御飯。

胸中で繰り返し、漠然と思いを巡らせる。

私の御飯とは、みんなのことか。

私の御飯とは槇ノ原から解放されず、無理やりもどされて、魂を抜かれてしまったかのようなみんなのことか。

私の御飯とは、食糧ということか？

みんなは私の御飯としてもどされた？

けれど私は死なない。死ねない。

だから、御飯なんてあってもなくても一緒だよ！


それでも、おなかが空くもの。ひもじいもの。静姉さん、たんと食べて。


なんとも親身な声だった。

そっと手を握られたかの実感もあった。上目遣いの柔らかで優しい真紅の笑みまで脳裏に映じ、耳鳴りはいよいよ高まって、私の心の芯を射貫く。

食べ物をはじめ諸々追い詰められた私が、怺えきれずに上槇ノ原から逃げだしかねないことを綾は憂えているのだ。嫌気が差して、いなくなることを心配しているのだ。

直覚した。

おそらくは、私だけは自由に動けるのだ。それは私に本来そなわっている力か、紅玉の夜の力か。

私は行きたいところに行ける。どこにでも行けるのだ。

綾は、私を手放したくないのだ！

一緒にいることは無理でも、間近に私をおいておきたいのだ。

綾は、私と共にいたいのだ！

自身の波動が届く範囲に私を囲っておきたいのだ。

私に皆を食わせても、傍に置いておきたいのだ！

綾は私が大好きなのだ！

大好き？

皆の前だから、うずくまって呻くのはどうにか怺えたが、耳鳴りはおさまらず、私は発狂しそうだった。

私の御飯。

あんまりだ。

私は對馬さんと赤ちゃんを食うのか。鉄を食うのか。中薗中尉を、大賀の親分を食うのか。みんなは生きている食糧――。

胸中できつく叱ってやろうと身構えたのだが、もう綾の声はしなかった。

もう綾の声を聞きたくなかったから、綾の声を聞くのは怖かったから、ようやく遠のいていく気配を見せはじめた耳鳴りに、私は胸をなでおろしていた。さしあたり恐ろしいものから逃れられた――という安堵だ。

少しだけ乱れて逃げるように消え去った紅玉の夜の気配も、もどってきた。

紅玉の夜が心を撫でさすってくれて、凍えた軀に体温がもどってきた。いまや私にとって紅玉の夜は真の心の支えだ。

それでも尋常でない顔つきで愕然としていたのだろう、気付けのつもりか中薗中尉があわてて私の背を叩いた。

　私は曖昧かつ不明瞭な笑みのようなものを返したと思う。というのも現実にもどって安堵して、いきなり悟らされたのだ。

つまり、いま、ようやく、わからされた。

父と母を食べたときも、綾はじつに淡々としたものだった。綾にとって食人は、禁忌でもなんでもなかったのだ。

だって綾は、もともと人じゃなかったから！

じゃあ、綾って、誰？

誰なの？

なんなの？

誰なのなんなの誰なのなんなの誰なのなんなの？

なぜ、私に親しげに振る舞うの？

私のことが好きなの？

大好きなの？

それとも。

それとも呪い？

なにかの呪い？

呪い？

呪い！

私は綾から逃げたくて身悶えしたかった。けれど無数の眼差しがある。

対処のしようがなく、ぼんやり私を見つめている私の御飯たちに向けて、八つ当たり気味な挑むような掠れ声をあげた。

「皆がここから離れるために、私はあえて身を隠したんですよ。それなのに――」

中薗中尉が両膝のあいだから地面を睨みつけながら、途方に暮れた小声で受けた。

「協議して、トラックなどの軍用車両はここに棄て去ることにした。トラックで一気に駆け抜ければ我々の逃亡も逆に発見されづらいのだが、燃料が底をつきかけていたからな。そもそも全員が乗るのは無理だ。ま、そういった理由を挙げることもできるが、村道は、交通量がまったくないわけではない。揮発油が切れてしまった空っケツの軍用トラックを道ばたに放置すれば、車台番号から所属がバレてしまう。怪しまれる可能性がある。結局のところ、この揮発油の量では、とても利南村までもたなかっただろうしな」

なにやら回りくどいというか、言うことが錯綜している。中薗中尉は唇をすぼめた。口笛を吹くかのようなかたちだが、溜息を細く長くついたようだ。

「とりあえず大賀の親分たちと一緒にってことで、下槇ノ原を発ったんだ。山ん中じゃないからな。ちゃんと道があるからな。ボーキサイトで整備されたのは、下から上槇ノ原に到る道だけじゃない。村道十二号も脆弱な路肩も含めて細かく手が入れられた。下谷《しもや》峠にまで到れば郡役所時代の廃道、旧道もある。旧道ならば大賀の親分たちも誰にも会わずに利南村を迂回できる。そのあたりで別れようと考えていた」

中薗中尉は黒眼だけあげて、私を睨みつけるようにした。

「やっと逃れられる。そう念じて、道に沿って進んださ。里程標がなかば埋まってるあたりまでくると下槇ノ原の集落が見えなくなって、なんとも感慨深かったよ。誰もがそうだったと思うが、じつに感慨深かった」

人を食って生き延びたのだ。感慨は当然だろう。感慨はひとしおで、相当に複雑なものだっただろう。

「なにしろ下槇ノ原周辺に関しては地図を見るまでもない。囚人たちが山盛りの列をなしたトラックで粛々とやってきたんだからな」

極道たちから苦笑いのような、苛立ちを含んだ微妙なものが立ち昇った。

こんなところに連れてこられるくらいなら監獄のほうが数百倍ましだった――といったところだろう。

だが、もはや落胆と空腹と疲弊に気遣いができなくなった中薗中尉は続ける。

「ところが幾時間歩いても、いつまでたっても脇往還に出ないじゃないか。道は、ほぼ真っ直ぐなのに、景色も少しずつ変わっていくのに、なんだか無限の円環に塡まり込んだような気がしてきたさ」

節榑《ふしくれ》立って関節が突出して見える指を小刻みに震わせ、爪のあいだを汚した垢を凝視して投げ遣りに言う。

「だいたい、痩せ衰えた無数の亡霊のような悪目立ちする面々を引き連れてるんだぜ。道路整備以来、抜け道としてそれなりに交通量があるはずなんだ。誰かに見つかって見咎められたらまずい。軍服を着ているということで、あるいは同行している者たちに指がないということで憲兵に連絡されでもすれば、ことだ。ひどく気を揉んだよ」

焚火の煙に燻されたせいで目頭を覆った目脂を雑に刮げおとして、呻くように言う。

「不安になって、地図を見た」

懐にぐしゃぐしゃになって押しこまれていた陸軍参謀本部陸地測量部の検印の入った二万五千分の一地形図を差しだす。

「見てみろ」

下槇ノ原からほぼ真っ直ぐ村道に続くはずの道がなくなっていた。地図から完全に消えていた。山々を示す等高線がうねる波に見えた。その連想からか海図が脳裏に泛んだ。

上下槇ノ原はかろうじて一つの塊に見えたが、外界とのつながりが一切なく、大海原に浮かぶ絶海の孤島だった。

笑みのかたちに顔が歪んだ。

笑うしかなかった。

「可笑しいか」

「御免なさい」

「いや、ここまでくると、可笑しいよな」

「ほんとうに、御免なさい」

「静姉さんが謝るようなことではない」

しばらく耐え難い空白が続いた。東城二等兵が沈黙に耐えられぬといった緊張を孕んだ声で呟いた。

「この土地は、いったいなんなんですか。自分は磁石を一瞥して愕然としました。右に左に、ぐるんぐるん針が廻ってるんですから。あと」

「あと？」

「影ができないんです。太陽がひたすら中天に居座ってたんです。自分たちは、影をなくして歩きまわっていたんです」

素早く東城二等兵の足許を見やる。影はちゃんとある。私の視線に気付いた東城二等兵が挑むように言った。

「この土地は、槇ノ原は異常です！」

「よせ、東城」

「けれど――」

「静姉さんに当たるのは、お門違いだろう」

「――そうでしょうか」

東城二等兵の直感的な疑問に、皆の視線が集中した。

殺気だ。皆はこの不条理に生贄を求めている。まちがいなく私はこの理外な出来事の関係者だ。加えて、いまの情況において殺人は、常に食糧という実利をともなっている。

私は祈った。私刑に処され、死んでしまいたい。死ねるのならば、いま死にたい。遠慮せずに殺してほしい。その大きな焚火で私を焙ってほしい。私を食べて、みんなのおなかを満たしてほしい。私という存在など忘れ去ってほしい。

上槇ノ原の女たちは曖昧に視線をそらしている。極道たちは下っ端ほど露骨な殺意を露わにしている。

もっとも殺気が強烈なのは、兵士たちだ。瞬きせずに銃の握把に手をかけている者もいる。

助け船というのだろうか。いつも大賀の親分の身近に侍《はべ》っている舎弟頭が、いつのまにか傍らにやってきて、静かに声をあげた。

「親分が待っておられます」

舎弟頭は前後の遣り取りは知らないが、博奕打ちの勘で、私の身が危険な状態にあることを察したようだ。

その眼差しは、早くこの場から離れろ――と囁いている。そっと私の背に手をおくと、歩くように促した。

舎弟頭が周囲を睨めまわすと、皆が萎縮するのが伝わった。私は彼に同道して湊屋の玄関をくぐった。

大賀の親分は子分に囲まれて、大広間で立派な布団にくるまって、ぼんやり天井を見あげていた。ひとまわり縮んでしまったかのようだ。私が傍らに膝をつくと、照れたように言った。

「歳だな。下槇ノ原にもどったとたんに、いや、もどされたとたんに、急に動けなくなっちまった」

「ちがいます。それは、おなかが空いてるせいです」

大賀の親分は逆らわずに頷いた。私は舎弟頭を手招きし、おかゆにしてください――とポケットから押麦を取りだした。大賀の親分は押麦を見もせず、呟いた。

「がっかりすると応えるよな、空きっ腹」

ここにもどされてしまったことで中薗中尉と同様、気力が萎えてしまい、体力も喪ってしまったのだろう。私は素直に肯《うべな》った。

「慥かに、烈しく気落ちすると楽をしたくなりますね」

「楽をしたくなる？」

「はい。死にたくなります」

「だよな。人生、眠ることほど楽はなかりけり――ってやつだ」

「はい。永遠に眠りたくなります」

「死ぬことが怖くてさ」

「はい」

「敵対する奴らをぶっ殺して、さんざん足掻いてこの歳まで生きてきた。生き抜くためには、殺さなければならなかった」

「はい」

「でも、考え違いだったよ」

私は親分の罅割《ひびわ》れて色を喪ってしまった唇に視線を据える。

「静姉さんのおかげで、いまさらながらに悟っちゃったよ。人生、死ぬことほど楽はなかりけり」

私は大きく頷いた。

「でも、死ねねえんだな」

「はい」

くっきり返事をして、大きく頷いた。

でも、死ねねえんだな――大賀の親分は私が死ねないことを悟っているかのようだ。そんなことを思う私を見ないようにして、親分は言った。

「勘違いすんなよ。俺のことだ。俺が死ねねえのは、静姉さんと知り合っちまったからだよ」

「どういうことですか」

「どういうこと？　冷てえなあ」

「といいますと」

「惚れちまったってことだよ。真剣に惚れちまった。この歳で生まれて初めてなんて科白《せりふ》を吐くのも図々しいけどさ、生まれて初めて女を好きになった」

大賀の親分は照れを含んだ眼差しで私を一瞥し、逃げるように視線を天井にもどした。

「言葉と気持ちと裏腹に、子分どもを引き連れて槇ノ原から逃げだしたわけだが、一歩一歩がつらかったよ」

大賀の親分は笑みを深くして続ける。

「だってさ、どんどん靜姉さんから離れてくんだぜ。靜姉さん独りを残してな。俺は阿呆だ、大馬鹿野郎だって自分を罵倒したね。中薗の野郎は、旧道を行けば誰にも会わずに利南村を迂回できる——とか助言してくれるわけだ。大きなお世話だよ」

私は黙って親分の手をとる。

親分は、弱々しく握りかえしてきた。

「子分どもがいなかったら、俺は残ったよ。居残った。靜姉さんと一緒に暮らして、一緒に死ぬのを選んださ」

大賀の親分は、ちらと舎弟たちに視線を投げた。

「男ってのは、つれえよな。つらいよ。じつにつらい。おめえらみてえなむくつけき野郎共のために、大好きになった女を棄てなきゃならねえんだぜ」

ふっと息をつき、ぶっきらぼうに付け加える。

「すまん。俺は下槇ノ原にもどされて、嬉しかったんだ。けど、その一方でさ、がっかりした気分も強かった。おめえらを逃がせなかったからな。親分風吹かしてるくせに、じつに使えねえ駄目な男だ。俺のがっかりは、槇ノ原にもどされたことじゃなくて、おめえたちを救えなかったことだ。申し訳ねえ——と思ったとたんに、じわりと力が抜けた」

子分たちが眼差しを伏せる。幾人か、落涙《らくるい》し、畳の上に控えめな真珠《しんじゅ》が光る。

「中薗はさ、もどされちゃったとたんに、もう魂抜かれたみたいに腑抜けちゃったんだけど、俺は同じところをぐるぐるまわって下槇ノ原にもどっちゃったって知って、内心小躍りさ」

子分たちの嗚咽が高まる。

「こんな奴が親分ヅラしてたんだから、子分もいい面の皮だ。すまん」

幾人かの子分が声を発したが、涙声のせいでまともな言葉になっていなかった。親分をこの土地から離れさせられなくて忸怩たるものがございます——といったところか。

満足そうに子分に目配せし、大賀の親分は短く息をつく。

「神様か、仏様か。わかんねえけど、いるかもしれねえな」

私は頷く。両手で親分の手を握りこむ。

「ちゃんともどしてくれたもんな。靜姉さんのところに」

「はい。もどってきてくださいました」

ほんのわずかの沈黙の後、大賀の親分は吐き棄てた。

「——やっぱ、いねえか。神様」

大賀の親分は眉間に縦皺を刻んだ。舌打ちした。

「いねえよ、絶対。だって、せっかく靜姉さんに逢えたってのに、中薗とは違った意味で魂抜かれかけちゃってるぜ」

「そんなことを言わないでください！」

「わかるんだよ。下槇ノ原にもどってきたとたんに、命が抜けはじめた。それまではけっこう元気だったんだぜ。ところが、このザマだ」

大賀の親分は、目を細めた。遠い彼方を見やるような目つきだ。

「それが、なんていうのかな、まるで誰かに抜かれてるみたいでさ。サイダー飲むとき、麦藁の、なんだっけ？」

「ストロー」

「それだ。ストローで吸うじゃねえか。ったく誰かが俺の命を吸いあげてやがる。それがさ、なんかガキが吸うみたいに、チュウチュウ可愛らしく吸われてる感じだから、たまんねえよ」

なぜ、こんな惨い仕打ちをするのか。

私はもう親分の顔を見られない。

「それでもさ、最後にひとめ、靜姉さんに逢えたな。逢わせてくれたって感じもする」

大賀の親分は私の目の奥を凝視した。私の目を通して、あの子を見透している。

「なんなんだろ。優しいんだか、残酷なんだか。わからねえ」

「親分。気を慥かにもってください」

この期におよんで、こんなことしか言えない私が疎ましい。腹立たしい。悲しい。

「ま、いいや。よろしく伝えてくれ。俺の命はおめえにくれてやる――って。存分に吸えって」

私は大彦岳の方角に視線を据えた。

いい加減にしろ！

何様だ！

ふざけるんじゃない！

脳裏に罵詈雑言が渦巻いた。

大賀の親分が弱々しく手を握りかえしてきた。

「いいんだよ。いいんだ。いいか。俺が死んだら、真っ先に靜姉さんが俺を食え」

ただ、ただ、涙あふれて止まらない。

「わかってるんだ。神様は靜姉さんに俺を食わすためにここにもどして、命をチュウチュウ吸って
――」

「神様なんかじゃない！」

「おっかねえ声をだすな」

「御免なさい」

「謝るな」

「親分」

「ん？」

「ずっと好きでした」

「おお、衝撃の告白だぜ」

「ずっと惹かれていました」

「ま、俺に父親を見たってあたりだろうけどな。それでも、嫌われるよりはナンボかましだぜ。ありがとうな。俺の人生、最後の最後で報われた」

なぜ、この人は、ここまで透徹しているのか。すべてが、わかってしまうのか。

「いいか、靜姉さん。俺を食え。必ず食え」

「はい」

しっかり頷いて、そっと付け加える。

「子分の皆さんと一緒に、ありがたく戴きます」

「いいよ、奴らにやる必要はねえって」

「照れないでください。いままで損得感情抜きで尽くしてくれた方々じゃないですか」

「だから照れくせえんだよ。俺も奴らが大好きなんだよ」

ついに舎弟たちは男泣きに泣きだした。

おおおおおお――嗚咽が大賀の親分を包みこむ。

親分は柔らかな眼差しを子分たちに投げ、大きく息をついた。

私は手の甲で涙をごしごしこすり、眦を決した。大賀の親分が事切れてしまう前に訊いておかなければならない。

「親分。教えてください」

「なんだ？　なにが知りたい？」

「お名前は――」

「俺の名前か？」

「はい。大賀という姓しか知りません」

「そうだったっけ。そうか。なんかさ」

「はい」

「あえて名乗るのが恥ずかしくてさ」

「名前が恥ずかしいのですか」

「恥ずかしいなあ。とても口にできねえ。恥ずかしくてたまらんよ」

「それでも、教えてください」

「ポチ」

はあ？　と、小首を傾げてしまった。それくらい意表を突かれたのだ。

「ふざけないでください」

「大賀ポチ。冗談を言ってるわけじゃねえ」

親分は悪戯っぽく笑い、私はいよいよ悲しくなって泣き笑いだ。

「洟《はな》、かめよ。美人が台なしだぜ」

「涙が、涙が止まらないんです」

「静姉さんにこうして手をとられ、しんどかった一生を終えることができる。最高だ。いいか静姉さん」

「はい」

「俺が死んだら、ときどきポチ、ポチって呼んでくれ。心の中で、ポチ――ってな」

親分が笑った。いよいよ図に乗った悪戯小僧じみた笑いだった。

次の瞬間、きつく力を込めて握っている私の手に、親分の命が消えたのが伝わった。

親分は死しても私の手を握ってくれていたが、もはや脈動も精気も一切感じられず、やがて私の手からその手が離れ、軽く畳を叩いた。私の手を摑んでいたときのかたちそのままだった。

私は大賀の親分を掻き抱き、あたり憚らず大声をあげて泣いた。

どれだけ泣いただろう。枕許にはまだ幽かに湯気をあげる麦のおかゆが供えてあり、傍らに鉄が畏まって座っていた。

鉄は顔をあげたまま、手放しで声をあげずに泣いていた。

私が見つめても、口を半開きにしたまま涙にくれてまったく気付かず、混じりけのない哀しみだけが全身から放たれていた。

ふたたび泣きそうになった。

きつく下唇を咬んだ。

もう、泣かない。一生、泣かない。

私は、泣かない。

お湯を沸かしてもらって、その全身を浄めていく。痩せさらばえたその軀を拭いているとき、気付いた。

私が親分に直接触れたのは、これが初めてだった。

初めて触れた親分は、冷たくなっていた。茶褐色と青白いものが入り交じった不思議な肌の色で、カサカサだった。

その貌は、どこか超然として捉えどころがない。痩せ細ってしまったせいで鼻の高さが目立つ。西洋人の鼻のように尖ってしまっている。

目尻も叮嚀に拭いたのだが、涙がにじみはじめていた。親分は泣いているのか。それとも死したことによって涙腺がひらきっぱなしなのか。

苦しげな表情でないのが救いだが、下槇ノ原にもどされたとたんに、これである。なんと呆気ないことか。親分自身、まさか殺されるとは思ってもいなかっただろう。

舎弟頭が膝で立って、じっと親分を見おろしていた。唇が烈しくわなないているが、涙は流さない。そっと手を合わせ、黙禱《もくとう》した。私も合わせて黙禱した。

沈黙——。

障子をとおして夕暮れの気配が伝わってきた。私は親分の寝姿を整え、そっと布団を引きあげた。

「お名前をお呼びしたいのですが、まさかポチとは呼べません」

「わたしら、親分が黒と言ったら、白いものも黒ですから、まちがいなく大賀の親分はポチです」

「ポチか――。見事にはぐらかされてしまいました」

「――真次郎《しんじろう》です」

「しんじろう」

「はい。真の次の郎です」

「大賀真次郎さん。真そのものではなく、真の次ですか」

「そういうことに、なりますか」

己の食い扶持をなんとかするためにはヤクザ者になるしかなかった貧しい家の次男坊であることくらい、私にだってわかる。

でも真の次というのは真そのものよりも親分に似合っている。

真なんてろくなものではない。けれど真の欠片もない奴ばかりだ。

そんな中で真の次。

今日初めて、私は舎弟頭と顔を見合わせるようにして静かに頬笑んだ。

「鉄。あなたも手を合わせなさい」

「いやだ」

強く拒絶すると、屈んで親分にきつく顔を押しつけた。

「おい、ポチ。てめえ、話がちがうじゃねえか。俺を養子にするんじゃなかったのかよ。断りもなしに死にやがって」

いつもは大人ぶっている鉄が、すっかり子供に還ってしまっていた。

親分を烈しく殴打しはじめたので、あわてて引き剝がす。涙でぐしゃぐしゃの貌が痛々しい。

私も貰い泣きしそうになった。ぐっと怺えた。もう泣かないと決めたからだ。

あまり美味しくなかった。

それが皆の意見で、私もそれに同意した。なにしろ筋張っていて、食べるところがほとんどなかった。

＊

滋味あふれる人柄ではあったが、その肉は新鮮であるにもかかわらず、焙る前から干し肉だった。痩せ衰えていたせいでたいした量にはならなかったが、下槇ノ原にもどされてしまった全員が大賀の親分の肉を食べた。泣く者もいれば、貪り食う者もいた。

子分と私と鉄は骨を例のおろし金で粉にし、水杯と共に飲みほした。

大賀の親分は若干の頭髪を残して、この世から完全に消えた。

23

上槇ノ原にもどることにした。なぜかみんな、私に従った。ついてくるなとは言えなかったが、密かに歯噛みした。

迷いの森のせいで実際には逃げ出せないにせよ、この土地から逃げ出すならば、誰が考えたって下槇ノ原にいた方が可能性が高く感じられるはずだからだ。

ひょっとしたら、迷いの森の外から訪れてくる人がいるかもしれない。そんな希望的観測をもたないのだろうか。

もっとも、そういったことを抜きにしても上槇ノ原より標高の低い下槇ノ原のほうが冷気も積雪もましで、風も静かだ。しかも焼き払われていないだけに棲むところは選り取り見取りなのだが。

くだくだ心の中で喋ってはいるが、もちろん綾がすべてを支配していることは悟っている。だが、それを考えたくない。

多少の揮発油はあるということで、軍用トラックの助手席に乗せてもらった。でも途中で油は切れてしまい、私と中薗中尉は並んで無言で山道をのぼった。そのあとを亡霊のようなみんながぞろぞろ従った。

私は綾の言う『靜姉さんの御飯』を引き連れて上槇ノ原にもどったということだが、あらためて見る上槇ノ原は見事に焼けおちてしまい、やたらと見透しがいい。地面に転がった、黒くボコボコした柱の燃えかすなどが目立つ。

樹木だけは旺盛な土地柄だから、貧乏家屋であっても大黒柱だけは立派だったのだ。また閉ざされた共同体の常として、家を建てるときは村民が当然のように協力しあったこともあり、わりと規格に則ったような家屋が多かったこともある。

が、それらはすべて喪われた。

私は北北西からの寒風に髪を乱しながら、茫然と立ち尽くす。

従ってきた皆のことなど、どうでもよくなって、意識から消えてしまっていた。

ただただ、上槇ノ原だった黒焦げを凝視する。空っ風に乾燥しきっていたこともあるだろうが、見事に焼けたものだ。

やがて足許が覚束ない感覚に襲われたが、それは不安をともなったものではなく、なにやら希望の欠片が仄見えたような控えめな眩しさを私に与えた。

泛びあがった光には、抽象的な物言いで恥ずかしいが、確定した未来をあえて策定する実感があった。

脳裏で唯一燃え残った御宿蘗埜を中心に、その前面に、やり過ぎなくらいに道幅の広い大通りというか、上槇ノ原の本通りを拵え、そこからやはりいままでとは別物のたっぷりした道幅の支道を南北に、整然と通す。

御宿蘗埜を中心に、困窮している者は無料で診てもらえる診療所も含めた上槇ノ原の公共的なあれこれを配置する。

萬柳庄雑貨店も敷地を整理して、新たに店舗を建てる。上槇ノ原で暮らすのに必要な物は萬柳庄ですべて揃う。それくらいの規模の大きな店舗だ。そのころは、きっと鉄に代替わりしているだろう。

畑地の水利のために吃逆川の南側から新たな灌漑用の水路を引く。陸稲ばかり拵えてきたが、水田は可能だろうか。それとも麦などに特化した方が効率がいいか。

羽鳥山東側のなだらかな草地は、さらに開墾して牧場をつくる。長閑《のどか》に草を食《は》む乳牛たち。これは私の趣味だ。北海道の酪農に強い憧れがあるのだ。

新たな上槇ノ原が、私の頭のなかで次々に生まれていく。際限なく育っていく。

我に返る。

能天気なものだ。真っ黒けの焼け跡を目の当たりにして都市計画をしている己に呆れ果てる。都市計画は大仰か。

でも、私は上槇ノ原をいままでとはまったく別の街に再建したい。

こうして焼き払われたのは、旧弊のしがらみを断ち切って上槇ノ原を住みやすい街に改造するためだ。

経済的自立と完全なる自治。

見てくれだけでなく仕組みも変えてしまいたい。この焦げた柱しか残っていない光景は、それを全うするよい機会だ。

創造には破壊がつきもの——というではないか。もちろんモラヴィアの経済学者が口走った科白をわざと曲解しているのだが。

新たに構築される上槇ノ原は、まずはなによりも飢餓から解放された上槇ノ原だ。皆が飢えずにすむ上槇ノ原だ。誰からも縛られない自立した上槇ノ原だ。国家という愚劣から完全に隔絶された上槇ノ原だ。

私は上槇ノ原の中心部を真っ直ぐ貫く太い大通りで遊ぶ子供たちの姿を髣かに見たのだ。

そこには忌々しい侵入者の姿は一切なかった。気心の知れた者たちだけの、ごく小規模な集落だからこそ成り立つ、ある程度の経済的平等を保障された世界だった。といってコミュニズムとはまったく無縁な世界だ。もっとルーズな、のんびりしたものだ。

よくいえば絶望のどん底だからこその建設的な自分の夢想だが、吟味しているうちに、ますます呆れ果ててしまった。

いかに前向きな未来を描こうが、現実には食べる物がまったくない——飢餓の渦中にあるのだ。状況が好転する目処はまったく立たないのだ。

それでも『私の御飯』たちは、操り人形のように私のあとをぞろぞろとぼとぼ付いてきたあげく半虚脱状態で、揃ったように両手をだらんと下げて肩を落とし、焼け野原を見渡している。

当然ながら焼け残った御宿蘗埜とボーキサイト鉱の宿舎に分散して寝泊まりすることになった。村民は御宿蘗埜へ、軍人と極道は宿舎に向かった。

美苗さんは、久々に人でいっぱいの御宿蘗埜に女将の血が騒いだが、もてなしに供する物がなにもないと白湯《さゆ》を茶碗に注ぎながら顔を曇らせた。

それでもみんな、上槇ノ原の空気が落ち着くようだった。疲れていたこともあり、皆は遣る瀬ない空きっ腹を抱え、軽い鼾をかいて寝入ってしまった。

危惧しなかったわけではない。けれど、御宿蘗埜に兵隊や極道まで泊まる余地はない。目が届かなくなることは不安だが、そうせざるを得なかったのだ。

虞《おそ》れは早くも翌朝に、現実となった。

まだ雪が積もってはいるけれど、吃逆川の河原周辺は流れのせいで地面が剝きだしになっているところがけっこうある。村の女が幾人か、山菜採りにでた。蕗《ふき》の薹《とう》に若干の野蒜《のびる》と芹《せり》が採れたようだ。この季節の芹は甘味が強く、じつに美味《うま》いものだ。けれど、まだまともに育っていない芽にすぎないものを強引にねじ採ったので、血が染みた雪上に見《み》窄《すぼ》らしく小さな緑がわずかに散っていた。

對馬さんが腰を屈めた。雪にあいた小穴にぶっとい指先を突っ込んだ。ほじくりだしたのは、銃弾だった。赤銅色のそれを私の眼前に突きだし、冬眠から目覚めた熊のような焦点の定まらぬ目でボーキサイト鉱の方角を一瞥した。

「歩兵銃の弾だぜ」

と、鉄が呟いた。ダブダブのズボンのポケットをさりげなくいじっている。燃える下槇ノ原の食糧蔵の前で大賀の親分から取り返した拳銃を慥かめているのだろう。

「無駄弾を撃たないでね」

「ああ、わかってる」

言いながら、片目を瞑った。

「あとでいいもん、見せてやるから」

期待せずに、ボーキサイト鉱山の方角に視線を据える。

羽鳥山は、そのあたりだけ雲が吹き飛んで青空が剝きだしになっていて、奇妙なほど長閑に鎮まっていた。

「兵隊が食糧調達か――」

私が呟くと、誰がいなくなったかを對馬さんが素早く耳打ちしてきた。撃たれた女に子供がいなかったのが救いだった。

子供が残されていたら、誰かが面倒を見なくてはならないが、この情況で他人の子に物を食わせるのは難しい。面倒を見ているうちにその子を食いかねない。

それを慮れば、不幸中の幸いだ。残念ながら私は、そんなさもしい損得勘定をするほどに追い詰められていた。對馬さんが不審げに尋ねてきた。

「銃声、しなかったけど」

鉄が偉そうに答えた。

「雪。吸音材ってやつだから。河原に下る斜面に積もった雪が、音を吸うんだ」

「ふーん。で、靜姉さん、どうする？」

「肉を分けろって談判する？」

「きついなあ、靜姉さん」

「ふふふ」

「なぜ、笑える？」

「なぜって、あっちから宣戦布告してきやがったからね」

「戦争、するの！」

「第二次槇ノ原戦争の勃発だね。一発の銃弾が、まがりなりにも保たれていたいままでの均衡を破ったってとこかな」

「けど相手は兵隊だよ。鉄砲にどう対処するんだい？」

「うん。まいったね」

「気合いじゃ勝てないもんね」

「勝てないいね」

ムダな遣り取りは、なんだか井戸端会議のようだった。でも、私に目覚めた殺意は本物だった。そんな私を鉄がさりげなく窺っていた。いつ對馬さんから奪ったのか、歩兵銃の弾を掌の上で弄んでいる。

この調子だと、極道者たちも村民を襲うだろう。そもそも村人を最初に襲って食ったのは極道者だった。その極道者は大賀の親分に処刑されて食われたらしいが。

川面は春の気配に小躍りして莫迦《ばか》みたいに朝の陽射しを乱反射し、眼球をいたぶる。そっと問いかける。

ポチ、困っちゃったよ。正直まいっちゃったよ。どうしたらいいのかなあ。ねえポチ。なにかいい策はない？

もちろん胸中で訊いても答えはない。寒風に耳がぢんと痛んだだけだ。

大賀の親分という抑止力がなくなってしまったのだ。いかに舎弟頭が人格者だって大賀の親分のように抑えることはできないし、飢餓には勝てない。

腑抜けになってしまった中薗中尉には、なんの期待もできない。それどころか兵隊を組織して襲ってきかねない。

恰好つけることを抛擲《ほうてき》してしまった人は、始末に負えないものだ。善人は最悪だ。いままで取り繕っていた倫理や道徳が反転してしまい、なんでもありになってしまう。

上槇ノ原の村民、一人減って百二十三人。

一二三――か。

一応は出張所の所長だから、即座に数字が泛ぶ。女ばかり百人少々で、武器を持っている兵隊と、あるいは喧嘩の達人である男たちと、どうやり合うか。

「なに笑ってんの」

「なにも方策が泛ばないから、笑うしかないの」

「心許ないなあ。この子のためにも頑張ってくれよ」

胸に抱きこんだ赤ん坊をどんどん叩く。

「對馬さんは簡単に言うけど、まいっちゃったよ」

「気持ちはわかるけど、あたしたちは靜姉さんに完全に従うから」

「うん。まあ、なんか考えるね」

「だいじょうぶかなあ。今夜、みんなで相談しようね」

なにを相談するの？　と、問い返しそうになったが、ぐっと呑みこんだ。

「せっかく河原に降りたんだから、私たちもなんか、探していこうよ」

「――そうだね。それがいいね」

鉄が目敏く雪を割って顔をだした蕗の薹を見つけた。ひょいと對馬さんに差しだす。

「對馬さんが食うんじゃねえぞ。よく嚙んでガキに食わしてやれ」

「うわあ、呑みこんじゃいそうだぞ。鉄、残酷な仕打ちだ！」

「對馬さんの血筋は、上槇ノ原にとって大切だからさ、絶やしたらならん」

「うちは大切な血筋か？」

「うん。なんとなくな」

「なんとなくか」

「そ。なんとなく」

「――なあ鉄」

「うん」

「もっとあったかくなれば、好転するよな」

「うん、と頷きたいとこだけど」

「だめかな」

「なんともいえねえ。對馬さんと靜姉さんだけに伝えときたいことがある。とりあえず絶対、内緒だぞ」

いつもどこかふざけているような鉄の表情が、キリッと締まっている。私たちは山菜を探す手を止め、鉄に向きあった。

＊

さらに、よくないことがあるのだろうか。鉄の真顔に不安が募る。

もっとも鉄が真剣な眼差しだったのはほんの一瞬で、その目は雪のくぼみのあちこちを彷徨っている。

「ほら、また蕗の薹だ」

腰を屈めて、器用に肥後守《ひごのかみ》で蕗の薹を三本切断し、對馬さんに差しだす。

「ねえ鉄。これ、あたしが食っていいかな」

「いいけど、靜姉さんにも一個やれよ」

言いながら鉄の目は雪がまばらになったその下の、色を喪って茶褐色になった草々の上を素早く這う。

すぐに新たな蕗の薹を見つけだした。人間離れした視力なのは知っていたが、すばらしい才能だ。畑ではないから皆の腹を満たすほどは採れないにせよ、ある程度まとまった量を入手できそうだ。灰汁《あく》の苦みも意に介さず私たちは生の蕗の薹を堪能した。

いまになって對馬さんが、こんなえぐい物を生で赤ちゃんに食べさせてしまって大丈夫だろうかと心配しはじめた。

鉄は肩をすくめて、腹拵えも終わったし、行こうか——と呟いた。

どこへ？　とは訊かない。黙って鉄の痩せた背を追う。

撥ねた川水が沁みて凍っているところもあるが、逆に雪が溶かされて地面が覗いているところがけっこうある。

目の隅にごく小さな淡紅色が揺れた。仏の座だった。残念ながら七草で俗称される仏の座とは別の草だ。食べられない。

吃逆川の上流に向けて十分ほど歩いた。亀の飛び石のあたりだ。このあたりは浅場なので粗末な橋が架かっていたが、大水で流されて以来誰も橋など架けず、茸《きのこ》狩りなどで対岸にわたるときは川底にうまい具合に石が沈んでいるこのあたりを飛び石のように伝う。

雪融け水で多少水かさが増している。素足になった。亀が飛び石を使うはずもないが、なぜ亀なのだろう。そんなことを思いつつ流れを横切る。

万が一對馬さんが転びでもしたら赤ちゃんが大変なことになるので、私も鉄も気を張ったが、對馬さんはどうということもなく向こう岸に立った。

凍えきった足を叮嚀にこすり、血のめぐりをもどしてから、訊いた。

「どこに行くの？　千島笹《ちどりざさ》の崖んとこ？」

「そーいうこと」

「根曲竹《ねまがりだけ》は、まだ先だぞ」

對馬さんが指摘すると、鉄は首を左右に振った。

「鉄砲、隠してある」

私と對馬さんは、てっぽぉ～と素《す》っ頓狂《とんきょう》な声をあげた。

「銃も弾もたくさんある。親父がさんざんくすねた」

「軍の鉄砲？」

「一番いいのばかりを、な」

「鉄砲、どうするの？」

「撃つ」

「――射撃訓練？」

「靜姉さん、おもしれえなあ。おもしろすぎて、つまんねえや。いいか、俺は大賀の親分にさんざん言い聞かされてきたんだ。喧嘩は先手必勝。で、俺は銃の名人だ」

「兵隊を撃つ」

「そういうこと。極道も撃つ。上槇ノ原に楯突く奴は、皆、撃つ。狙撃する」

鉄はキリッと言い切ったが、私と對馬さんは顔を見合わせた。妙に心許なかった。

すっかりゆるんだ雪に足を取られながら、北側の崖に向かう。

この陽の当たらぬ崖には千島笹が繁茂《はんも》している。日陰でもよく育つとされる笹だが、越冬したので葉が薄茶色に枯れているものが多い。

鉄は笹を摑んで崖を下っていく。

見おろす對馬さんが、猿みたいだね——と囁く。思わず吹きだすと、鉄がひょいと見あげてきた。私たちは素知らぬ顔をつくる。

やがて鉄の姿が見えなくなった。

手持ち無沙汰に空を見あげる。よく晴れ渡っていて、陽射しが強い。大彦岳の方角から傾斜に沿って風が伝い落ちてくる。北風にもかかわらず春の気配が含まれていた。

乾いた音に視線を向ける。對馬さんが柳の枝に貼りついたカマキリの卵を指先ではさんで潰した音だった。

「中身は?」

「孵《かえ》って、どっかへ」

「カマキリって食えるかな?」

問いかけると對馬さんは微妙な顔をした。

「カマキリとくれば、寄生虫。ハリガネムシだっけ」

「あまり食べたくないね」

「けど、鱒とかにもおんなじのが寄生してるよ。イワナとか。引っ張りだすと十寸くらいあるもんね。刺身で食う奴の気がしれん」

「人間にも寄生するのかな」

「こんな飢えてるとこに寄生されたら、たまったもんじゃない」

「まったくだね」

そんな無駄話をしているさなかに、鉄がもどった。麻縄を口にくわえている。引っ張るのを手伝ってくれと言う。私と鉄ではまともに引っ張りあげられなかった。

對馬さんが赤ちゃんを私にあずけて、麻縄を引っ張った。千島笹をグヮシャグヮシャいわせて筵にくるまれた大量の銃をあっさり引きあげた。

「三十二挺ある。うち狙撃銃が十挺」

「狙撃銃？」

「九九式。遠距離射撃に特化した小銃だよ。イングリッシュでライフル」

「そうか。イングリッシュでライフルか」

「そうだ。ライフルだ」

對馬さんと鉄の遣り取りを聞きながら、ライフルというのは単に小銃という意味ではないか——と脳裏にある英和辞典の朧《おぼろ》な記憶を手繰る。

私は書物の文字を絵のかたちで覚えてしまうので、わりと都合よくそれを再現できるのだが、英和辞典をほぼ余さず覚えているというのも、なんだか微妙だ。

もちろん、よけいなことは言わない。

黙っているうちに、滾るものが湧きあがってきて抑えきれなくなった。

「鉄、狙撃しよう」

「どした、静姉さん」

「だから狙撃する」

「だから最初から言ってるじゃねえか、狙撃するって」

「うん。言ってたね。意味がわかった。先手必勝だ。柳庄大佐、撃ち方を教えて」

「いいけど、無駄弾撃ったらぶっとばす」

「——私、そういうの、上手じゃないかな」

「どーだろね。ま、俺の射撃を見て勉強したまえ」

「よし。いますぐ撃ちに行こう。実地で学ぶから」

鉄の目が見ひらかれた。妙に幼かった。

「本気かよ」

「だって先手必勝でしょ。相手はもう手を出してきてるんだし。それに」

「それに？」

「うん。みんなを偉そうに指図する前に、ちゃんと撃って、ちゃんと斃しておきたい」

「斃す――すなわち、ぶっ殺しておく。よい心がけですな」

鉄が對馬さんに視線を投げた。狙撃には連れていけないと言った。

對馬さんは懐の赤ちゃんを抱きなおし、不服そうに舌打ちしたが、さすがに子連れで撃ちに行くのも憚られると思い直した。

私たちはその場にしゃがみ込んで、銃の手入れをはじめた。

鉄の父親は機械油までくすねていた。鉄に倣って、金属ブラシを銃口に突っ込んで油をくれてやり、可動部分に油を注していく。

「銃は小倉造兵廠《こくらぞうへいしょう》。狙撃眼鏡は日本光学。抜群の出来だぜ」

なにを言っているのかわからない。迎合して頷いておく。

いつ手に入れたのか、鉄は山の民と同様に尻にカモシカの敷皮をさげているが、私は雪上に直接座りこんでいる。

「靜姉さんは女だから、ケツの脂肪で充分だろ」

「うるさい。貸しなさい」

「横暴なり！」

なんだかんだ言いながら鉄は敷皮を私の腰に括りつけ、しばし私の恰好を眺めてから言った。

「長丁場になるから一旦もどって、防寒対策しねえとな」

昇平からもらったハクキンカイロを使うにはベンジンを入手しないとならない。御宿蘗埜にもどって、誰か持っていないか尋ねてみよう。

ひと冬を崖の窪地で過ごした小銃の錆を落とし、しっかり油をくれてやって作動を確かめると、これから使う狙撃銃だけを残して、ふたたび崖に隠す。

肩から狙撃銃をさげて帰途《きと》につく。ポケットは七・七㎜弾でこんもり膨らんでいる。銃を撃ったこともないくせに強くなったような気分で、天下を睥睨するかのように顔が上を向いている。

御宿蘗埜で美苗さんに声をかけると、あっさりベンジンが見つかった。食べられない物は、けっこう残ってるもんだね――と美苗さんは笑った。對馬さんが皆に内緒で鉄が採った蕗の薹を美苗さんに渡した。

私は声を張りあげて皆に御宿蘗埜から動かないように命じ、付け加えた。

「撃たれて食われたいなら山菜採りもいいけど、いまから私と鉄が奴らが安易に水蓼土鉱山から出てこられないように処置するから、それからにしよう」

女たちと、ごく少数の男が力なく頷いた。

「そんな顔しないで。私と鉄が食糧調達してくるから」

食糧――という囁きがおき、殺すのか？　という問いかけがさらになされた。

私はごく軽く笑んだ。皆の視線が肩の狙撃銃に集中する。だが、その目に泛んでいるのは期待薄といった気配だ。

「鉄がいるから仕留められるよ。ただ、どう持ち帰るか。難しいか。斃したとたんに奴らに共食いされちゃいそうだもんね」

皆に失望が拡がる。私は笑う。

「けっこう蕗の薹が芽を出してた。安心して山菜採りが出来るようにはするから」

鉄が袖を引いて割り込んだ。

「演説は、もういいって。今夜は徹夜するけど、とりあえず陽のあるうちに何発か撃ちたいからさ、もう行こう」

24

最後に真っ白い敷布を頭からかぶった。鉄が痩せ細った幽霊とからかいの声をあげた。痩せ細った幽霊は、お互い様だ。

敷布の下には大量に着込んでいる。着膨れて動きづらいが、夜を明かすことになるかもしれないと鉄が言うので、凍え死ぬよりはましだ。鉄がハクキンカイロを固辞したので、私が使わせてもらうことにした。

狙撃銃を肩に歩きはじめる。重さは四キロ程度か。肩に食いこむほどではないが、軽いわけでもない。同じく肩からさげた輪橇《わかんじき》が揺れる。

羽鳥山に向かう。

ここは私たちの土地だ。私たちの山だ。軍隊がつくった林道など使わない。山岸宅を折れ、岨道を行き、御厨山への分岐に至る前に小径《こみち》を外れた。

輪橇を装着し、大震災のときに崩落して手つかずになっている斜面に踏み込む。抉り取られた部分の積雪は急傾斜に沿っているから脆い。橇がないとまともに歩けない。

黙々と登っていく。ザクザクザクザクと雪を踏み締める音が奇妙なほどに規則正しく響く。

標高の低いところは溶けて凍ってを繰りかえして粒の大きな銀のザラメだが、高度を稼ぐに従って雪は密で艶やかな純白となった。

わずかに汗ばんできたころ、崩落部分の最上部の西の端に辿り着いた。

鉄と一緒に雪に穴を掘る。しゃがんで座れるくらいの雪洞だ。

並んで座ると吹き曝しにもかかわらず、風は頭上を抜けていく。

下界に視線を投げる。鉄が狙撃銃の上部に取り付けた狙撃眼鏡を覗いて呟く。

「ちょうど八十メートル、おっと敵性語はいかん」

真顔で言い、換算した。

「二十六丈半といった距離か」

狙撃眼鏡自体がメートル法でつくられているのだから、敵性語云々は冗談のようなものだが、計算の得意な鉄の面目躍如《めんもくやくじょ》だ。さらに続けた。

「狙撃には頃合いだぜ。命中させられる距離だけど、とりあえず撃たれた方は連射されないかぎりどっから弾が飛んできたか、わかりづらい。よろしい。じつに、よろしい」

狙撃眼鏡で距離がわかるらしい。私の狙撃銃にもついている。ちょっとだけドキドキしながら覗く。

意外な近さでボーキサイトの宿舎が見下ろせた。望遠鏡みたいなものだ。十字の真ん中に狙撃対象を合わせる。それくらいは私にも理解できた。

「親父はあえて日本光学製ばかり抜きとってたから、たぶん結露には強いはずだ。でも急な温度変化はなしな。結露させせちゃうとアレだからな」

よくわからないが、頷き返す。

鉄は静かに天を仰いで空模様を慥かめ、舌を出して風向きを探って、崩れるかなあ——と呟き、すっぽり敷布をかぶり、擬装というのだろうか、雪に化けた。私も倣って敷布をかぶる。

鉄を真似て敷布をかぶる前に空を見あげたが、山肌を削りとって造成した巨大な鉱山の側からやや黒みがかった灰色の雲が迫りだしてきて、陽射しがさえぎられて垂直の壁面に影が射していた。

純白の幽霊二名、ぴたり寄り添って狙撃眼鏡に区切られて整然と並ぶ宿舎を見下ろす。

「腹が減ってるから、ムダに歩きまわるような奴がおらんなあ」

「おらんか?」

「おらんなあ。ま、動けないいんだろうけど」

「私たちだって、寝っ転がって薄ぼんやりしてるばかりだもんね」

正直なところ私も蕗の薹を囓ったくらいでは薄ぼんやりが消えず、かなり気怠い。

鉄は薄ぼんやりの欠片もみせず、さりとて力みもせずに言った。

「出てきやがったら、頭を撃ち抜いてやるんだがな。靜姉さんも狙うのは頭だぞ。腹は的がでかいから、致命傷を与えられない可能性がある。頭なら、この距離だと爆ぜはせんだろうけど、貫通するぜ」

爆ぜはせん——とは頭が爆ぜることはないということだろうか。

「頭を突き抜けるのか」

「抜けるな。でも爆ぜない」

「爆ぜたら、見物だな。首から上がなくなるんだろ?」

「靜姉さんもおっかねえな。けど爆ぜねえほうがいいよ」

「なぜ?」

「爆ぜさせると、味噌が食えなくなる」

「あ、そうか」

着弾の衝撃で細片となって霧散消滅していく人の頭部を脳裏に見た。凄い絵だ。けれど実利を重んじる私たちとしては願いさげだ。

そんなことを思っているさなかに気付く。私たちは当然のように人間を食糧扱いしている。

「味噌は美味えよな」

「うん。蟹《かに》でも味噌がいちばん美味い」

「沢蟹《さわがに》しか食ったことがねえ」

「綾のための御飯に毛蟹《けがに》が出たことがある」

「毛蟹。どんなんだ?」

「北海道の蟹で、こんもり、でっぷり」

「こんもりでっぷりか。いいなあ。たまらんなあ」

「脚の肉とか目眩がするほど美味しかった。でも、味噌がさらに美味かった」

「どうせ靜姉さんがぜんぶ食ったんだろ?」

「綾は、なーんにも食べないからね。迫ると不承不承摘まむけど。申し訳ないが毛蟹はぜんぶ私が食べた」

ははは——と鉄は気の抜けた声で笑った。そのあと、唾を飲みこむ音がした。さらにそれを追って腹が鳴る音がした。

「ごめん」

「——毛蟹とは言わんけど、脳味噌、食いてえなあ」

強く同意する。

「うん。食いたい。凄まじく食いたい」

「脳味噌に限らず脂身は、たまらんな」

「うん。昔は脂身が苦手だったんだ。けれど飢えるようになってからは、なによりも脂身だ」

「やっぱ脂身だよな」

「やっぱ脂身だ」

「脂身、萬歳《ばんざい》！」

「あ〜、食べたい。軽く焙って啜りたい」

鉄が困惑まじりに問いかけてきた。

「撃ち抜いた屍体、どう回収する？」

「——無理だよ、この情況では」

「だよなあ。無理だよなあ」

「せっかくの弾を使って、奴らに味噌を与えるのも業腹だけど」

「ゴーハラ、ゴーハラ」

左目で狙撃眼鏡を覗いたまま鉄が呪文のように唱え、私も小声で唱和する。

——ゴーハラ、ゴーハラ、ゴーハラ、ゴーハラ、ゴーハラ、ゴーハラ——。

「靜姉」

「うん」

「俺が見本をみせる」

「うん」

「見てろ」

「うん」

頷くばかりの私に笑いかけると、鉄は純白の敷布を少しだけまくった。雪に肘をめり込ませて狙撃銃を保持した。

次の瞬間、小柄な鉄の軀が烈しく揺れた。

鉄のすべての動きには一切の躊躇いがなかったが、だからこそ反動というのだろうか、その上体がぶれたのには驚嘆させられた。

狙撃銃を撃つということは、途轍もないエネルギーを扱うことだ——と得心した。

いまごろになって山肌に銃声が木霊し、硝煙の香りが追いかけてきた。

右目にあてがった狙撃眼鏡の中で、水筒を持った兵士がゆっくり頽《くずお》れていく。

「え！」

「どした」

「鉄が撃ったの、東城二等兵だよ！」

「ふうん」

じつに素っ気ない。

けれど、微妙な間があいた。

撃つときは、俺にはすべてが的にしか見えない——と鉄が独り言《ご》ちた。

だから確実に当たるのだろう、と私は小さく頷いた。

「頭、抜けちゃったよね」

「抜けたなあ」

「抜けたんなら、さすがの東城二等兵もお陀仏《だぶつ》だね」

「ふらふら出歩くから、死んじまうんだよ」

「うん。東城二等兵が悪い」

鉄は口をすぼめて黙りこんだ。

なにか言葉をかけたかったが、肝心の言葉が泛ばない。風が強まって、敷布がバサバサ暴れる。

私は無言のまま、あらためて狙撃眼鏡を覗く。奴らはまだ東城二等兵の屍体に気付いていないようだ。鉄が呟いた。

「回収できたらなあ」

「うん。せめて食べてあげたいね」

「あ〜あ、味噌」

鉄のぼやきに無理やり笑みをつくり、心の底で中薗中尉が姿を見せれば、一発で仕留めてやるのに、と思う。腑抜けの本性を露わにはしたが、まがりなりにも指揮官だ。真っ先に仕留めたい。

「――撃ち抜いてやるのに」

思いを言葉にすると、鉄が狙撃銃を構えなおした。

あわてて狙撃眼鏡に目を押しつけてしばたたくと、中薗中尉が狙撃眼鏡のど真ん中でオロオロ動いていた。

「鉄、私が撃ちたい」

「狙撃用の薬莢《やっきょう》だから、反動が凄いぞ。靜姉さん、ちゃんと撃ち抜けるか?」

「わからない」

「相手は下っ端じゃねえから、あれこれ知識がある。士官学校で勉強してると思うんだ。すなわち失敗すると、狙撃地点を特定されるかもしれん」

「そりゃ、まずいね」

「まあ、わからんとは思うが、ばれたらまずい。絶対まずい」

「カムフラージュしてても、ばれる？」

「相手次第。気のきいた奴なら、雪を抉った銃弾や、銃声の方向からアレするな。そこに当たりをつけて重機関銃を乱射されたら、いかんともしがたい。下手な鉄砲、数撃ちゃ当たる。それより静姉さん」

「なに？」

「カムフラージュは敵性語だ！」

「柳庄大佐！　お許しを」

「ははは。——逃げちゃった」

「ありゃ、ほんとだ」

「東城君の屍体、放置して逃げやがった」

「じっくり観察されてるのに気付いたってことでいいかな？」

「好意的な解釈ですな」

「あの人、本音でいけ好かないんだけどね」

「俺はそうでもないけどな。静姉は、整った貌が苦手だよな～」

「なんでだろ。だめだなあ」

「けど静姉の貌なんて、整いまくりだぜ」

「嬉しくない」

「綾には負けるけどな」

「お人形さん」

「そんな可愛らしいもんかよ」

鉄は綾のことが好きなのか嫌いなのか。私をちらっと横目で見て、話を逸らすかのように呟く。

「士官てのは保身が素早いというか凄いね。靜姉が嫌うのもわかるよ。ったく、なんとかしてやれよ、東城君」

踏み固められ、泥と混じりあった雪の上に東城二等兵の血が大きく拡がっている。西日を受けて、血の朱がより濃く照り映える。

静まりかえっている。まがりなりにも中薗中尉は、身の回りの面倒を見てくれていた東城二等兵が斃れたので、飛びだしてきたわけだが――。

「さすがに狙撃直後は、誰も出てこねえか」

「――でも、誰か飢えに負けて」

「うん。出てきかねないな。そんときは俺が撃つ」

「えー」

「いよいよ撤収というときには、靜姉さんにも撃たせるから」

幾人か狙撃されて息の根を止められれば、相手だってそうそう安易に外には出てこないだろう。

私が撃つチャンスは、巡ってくるのだろうか。

手持ち無沙汰だ。

自分が手にしている狙撃銃を見つめる。鉄の命令で弾は抜いてあるから遠慮なくいじくりまわし、あちこち矯《た》めつ眇《すが》めつする。

「鉄。私の狙撃眼鏡は、どうやら東京芝浦電気製だ」

「ふーん。見せてみ」

じっくり吟味したあげく、なーんも変わらんな——と鉄が呟いた。

軍用品なので仕様は一緒であるようだ。当分のあいだ兵も極道も姿を隠しているだろうから、鉄に狙撃銃の説明をしてもらった。

銃自体はレバーを引いて装弾して引き金を引けばいい。撃ったら同じくレバーを引いて黄銅色をした空薬莢を排出する。そこにふたたび装弾する。

鉄が撃ったのを見守っていただけで、理解できてしまった。だから狙撃眼鏡の使い方について訊いた。

「いうなれば、倍率四倍の望遠鏡だな。で、ゼロから千五百メートルまで、百メートルごとに目盛ってあるわけだ。この距離内にある対象の奴のデコを照準点に合わせれば、腕さえあれば額を撃ち抜ける」

私は神妙に頷く。

「俺の肩が揺れたんでびっくりしたみたいだけど、静姉さんは素人だから、あまり反動のことなんか考えないほうがいいぞ。なんせ拳銃とちがって弾がでかいからな。とことん着膨れたのは、肩に痣をつくらないためもあるんだ。銃床の宛てがい方が適当だと骨折する運の悪いバカもいる」

「ちょい怖い」

「大丈夫。人間がつくって人間が操れるようになってる」

鉄が銃床——木被後床をどのように肩に当てるかを叮嚀に教えてくれた。

「あとは引き金を引く。撃つ対象のことを考えると、うまくいかないぜ。俺も親父から、おまえが狙ってるのは単なる物だ——って教わって現在に至る」

狙っているのは人や獣ではなく、物。

すばらしい教えだ。若干修正されながらも銃床を幾度も肩に当て、肘や手首の位置を直されて、鉄の墨付きをもらった。

狙撃眼鏡を覗いたときから気になっていることを訊いた。

「目盛りの三百メートルのところにある水平線は、なに？」

「見越《みこし》」

「神輿《みこし》？」

ぱかんと頭を叩かれた。

「御神輿じゃねえよ。見越。見越射撃の目盛り。なんて言えばいいのかな。走って逃げる中薗中尉を狙うとするじゃん」

「うん」

「狙撃眼鏡で姿を捉えても、次の瞬間に中薗君は撃たれたくねえから必死で別の場所まで走るわけだ」

「だね。その通りだ」

「見越射撃の目盛りって、未来を測る目盛りなんだ」

「未来を測る？」

「中薗中尉がどこまで走ってくか、見越の目盛りで見当を付ける。見越の水平線を走る中薗中尉に合わせる。その線内の目盛りをどこまで走るかで、おおよその走る速度の見当を付ける。で、目標となる着弾未来位置を決める」

「そして、撃つ」

「そーいうこと。だらだらしてたら狙撃の機会を逸してしまうけどな」

なるほど、現実の射撃は相手が動いている場合のほうが多いだろう。中薗中尉が一秒で一目盛り走ったら、三秒後に幾目盛り動くかがわかる。そこに照準を合わせて引き金を引く。

着弾未来位置——凄い言葉だ。

「撃てるよ、鉄。これで確実に撃てる」

昂ぶりを隠さずに言うと、鉄が皮肉な横目で言った。

「どーかな。靜姉さんは理窟を知っただけ。実践はまたちがう。みんな勘違いしちゃうんだ。銃の撃ち方だけ知ってる奴はいくらでもいるよ。理窟なんて猿にだってわかる。でもさ、できねーんだよ。弾は、当たらない。理窟は怖い。理解はヤバイ。できた気にさせられちゃうからね」

私は口を尖らせた。鉄が中指の先で私の唇を弾いて笑った。

慥かに鉄の言うとおりなのだ。理窟を理解して、それですべてうまくいくなら、この世は達人だらけだ。

「しかし困ったぞ」

鉄の呟きに、目で訊く。

「撃てば、奴らに食糧を与えることになる」

それは先ほども悩んだことだ。

「でも、まだたくさんいるよ。二、三人はいいんじゃないかな。安易に鉱山宿舎から上槙ノ原に降りてこないようにっていう警告ということで」

「それってば、靜姉さんが撃ちたいってことだろ」

「——よーくわかっとるな、大佐は」

「狙撃銃撃ちたがる女なんて、あんまりいいねえよ」

「それは考え違いだな。上槇ノ原は、女の郷だ」

「――否定できねえところが、しんどい。上槇ノ原で男に生まれちまった悲劇だぜ」

鉄の父親は衰弱がひどく、いまや寝たきりだ。鉄の父は頑健だったが、皆のために働きすぎた。とても口にはできないが、命の火が消えるのは時間の問題だろう。

鉄の父は例外だが、上槇ノ原の男たちはあきらかに女よりも生命力が劣る。

女はもともと男よりも長生きすると聞いたことがある。けれど上槇ノ原における男はなにか根本的に欠けている。足りない。生命力も、能力も。

「まあな。いまや女に伍して大活躍は、俺くらいじゃねえか。俺に言わせればな、上槇ノ原は女だけが進化していくおかしな土地なんだよ」

「女だけが進化――か」

「そう。綾なんて、とんでもないとこまで進化しちゃってるだろ」

「うーん。あれは進化なのかな?」

変異だろう、と胸中で付け加える。

「微妙かもしれないけど、俺や靜姉さんよりもアレだろ、位が上だろ」

「――位が上、か」

「進化しすぎて、訳のわからん神様になっちまった」

訳のわからない神様。

綾のことを言い表すのにもっとも的確な言葉だ。感心している場合ではないが、脳裏の綾の横顔を見つめていると、鉄が狙撃眼鏡を覗き、出てきやがった――と囁いた。

「食いたい一心で東城二等兵を三人がかりで宿舎ん中に引きずり込もうとしてる。残念ながら中園中尉はいねえけどな。下っ端に東城二等兵を片付けろって命令して、様子を窺ってるって寸法だな。さ、撃とう」

私があわてて狙撃銃に装弾し、構えると、鉄が命じてきた。

「静姉さんは、一番左の兵隊。いいな」

「はい」

「俺は連射して残り二人を仕留める」

「できるの？」

「理想を語っただけです」

ふふふ――と笑いが洩れた。瞬時に鉄から習ったあれこれを反芻し、狙いを付ける。

幸いというべきか、飢えきった男たちは体力がないので東城二等兵を引きずるのに手間取っている。

撃て――と鉄がふたたび命じてきた。

操り人形のように引き金を引いた。

狙撃眼鏡の中で、左右の兵隊の頭が同時に仰け反った。まるで首の骨が折れたみたいだった。

傍らでジャキン！　とレバーを操る金属音がして、次の瞬間、鉄は第二弾を装塡し、放っていた。

真ん中の男の額に、綺麗な小穴があくのがわかった。この男も首を大仰にそらして頽れた。

「鉄――凄い！」

「銃がか？　俺がか？」

「鉄！」

「へへへ。排莢、装弾を一秒以下でやる訓練をさんざんさせられたからな」

「凄いお父さんだね」

「まあな。親父はバカなんだか悧巧なんだかわかりゃしねえが、俺にとっては最高の親父だ」

朝早く、奴らは上槇ノ原の女を一人射殺した。いま奴らは頭部を撃ち抜かれて四人転がっている。

こいつらが女を撃ったのかどうかはわからないが、上槇ノ原に手出しをすればどのようなことになるか、思い知ったことだろう。

と、狙撃銃を撫でさすって悦に入っていたが、鉄の舌打ちに我に返る。

「やべえかも」

あわてて狙撃眼鏡を覗く。

「屍体を積み重ねて、なにやってるの?」

「楯にして機関銃を据えてやがる」

「屍体を弾よけ?」

「そーいうこと。奴ら、胴体なら俺らの七・七ミリ弾は抜けねえと見切りやがった。つまり俺たちが隠れてるとこまでのおおよその距離を悟った。奴ら九二式重機だから、俺たちはギリギリ射程距離内だ」

「当たる可能性、あるわけ?」

「あるんだわぁ。なんせ一分間に四五〇発撃てるんだ。このあたりと目星をつけられて、薙ぎ払うように撃たれたら、目も当てられねえ。やばすぎる」

「どうする?」

「そろそろ転進するか」

「退却でしょ」

「なーに言ってんだか、靜姉さん。これは転進です」

「ま、陸軍がらみの大本営発表なんかだと、退却すなわち転進だけど」

「あのな」

「なに」

「木村兵太郎《きむらへいたろう》はな、転進どころか敵前逃亡しやがったんだぞ」

「木村兵太郎――ビルマからもどって陸軍大将になった人だっけ？　ビルマ方面軍の司令官だよね。敵前逃亡なんて聞いてない」

「そりゃあ、いちいち大本営が発表する訳ねえだろ」

「中薗中尉からの情報？」

「うん。すっげー怒ってた。イギリス軍がビルマに攻め入ってくるのがわかったとき、ビビっちゃって手が顫えだして、まともに喋れなくなっちゃったあげく、第二十八軍軍司令、桜井省三《さくらいしょうぞう》が――ここで移動と称して逃げだしちまうと、作戦指導上困難が生じるがゆえ速やかに前進すべしって進言したら、木村君、それを却下したねえ」

「ちゃんと指揮をとれと、指揮をとれるようにしろっていう進言を最高責任者が却下したんだね？」

「そーいうこと。それどころか田中新一《たなかしんいち》軍参謀長が、方面軍司令部は軍の中枢だから、ビルマのあちこちで戦局が破綻しつつあるいまこそラングーンに踏みとどまらなければならないって主張したら、なんと木村君、田中参謀長が出張してるあいだに司令部から転進撤退、つまり敵前逃亡しちゃった」

「――大将が敵前逃亡」

呆れ気味に呟くと、鉄が吐き棄てた。

「敵前逃亡したときは中将だったけど、なぜか逃げもどったら大将に昇進だって。陸軍七不思議。残り六つは知らねえけど」

私は苦笑いにも至らない笑いを口許に泛べる。

この国の偉い人たちは、下っ端の憲兵から大将、政治家まで平時は居丈高に威張りまくって怒鳴り散らしているくせに、ただの臆病者の集まりなのだ。臆病からきた失敗を隠蔽するためには、昇進さえさせる。

「木村君てば、部下たちに無断で飛行機でラングーン方面軍司令部を脱出しちゃって、傷病兵を含む子分どもを置き去りにして自分だけ助かって大将になりました。大日本帝国はすばらしい国だ。めでたし、めでたし」

ボッ！

ボッ！　ボッ！

ボッ！　ボッ！　ボッ！　ボッ！

ボッ！　ボッ！　ボッ！　ボッ！　ボッ！　ボッ！　ボッ！

威圧的な衝撃音と揺れる大気に、あわててその方向に視線を投げる。

彼方から雪が高さ数十センチほども爆ぜ、雪煙をあげて炸裂しつつ迫りくる。

いや、雪が迫りきているのではなく、私たちが身を潜めているあたりに重機関銃の銃弾が着弾しはじめたのだ。

「やっべー」

「どうする！」

「敷布お化けのまま、転進だ！」

「木村君のことなんて喋ってないで、とっとと逃げてりゃよかったね！」

「まったくだ。どこまで疫病神なんだ、木村君は」

どこをどう逃げればよいか私にはまったく見当がつかないから、擬装のための敷布を引きずって急斜面に向かう鉄のあとを必死で追う。

ボッ！　ボッ！　忙しない機関銃の弾の着弾の音が、少しずつ遠のいていく。

姿勢を低くして駆けたので、お臀の筋肉がきつく張り詰めてしまっている。岩陰に身を潜めて、一息つく。

「いやあ、腐っても兵隊。俺たちのいる場所を徐々に絞ってきやがった」

「大将とちがって、下っ端はけっこうよく働くよね」

「まあな。けど、人間、九割駄目人間」

「それはきつい指摘だよ」

「本心だけど」

醒めた目で私を見やる鉄に、小声で返す。

「私だってかなりの駄目人間だから」

「わかってんなら、いいよ。問題は駄目人間じゃないって思ってる駄目人間」

「はいはい。鉄は偉い」

「当然。俺は偉いんだ」

「ま、鉄といれば、なんか死なずにすむって気がするけど」

「なわけ、ねーじゃん。死ぬときは死ぬ。とはいえ静姉さんは、殺しても死なねえ感じがするけどな」

ちらと私の瞳に投げた視線には、すべてを見抜いているかの光があった。

紅玉の夜が鉄に好意を抱いているのが伝わってきた。けれど、ここで内面と遣り取りするわけにもいかない。

「お山を荒らしちまって、申し訳ねえな。というわけでガイグメリさんたちに謝りに行くべえか」

「綾に逢える！」

鉄は器用に片目を瞑った。

25

「綾様がいらしてから、長老たちがバタバタくたばっちまってな」

嘆くでもなく、ぼやくでもなく、世間話をするような口調でガイグメリは語る。

「山の民なんて恰好いい名前を戴いてはいるが、いまや総勢十九名。老人が、いや長老が消えてしまったから、若輩の俺があれこれまかされてオタオタしてる始末。はっきり言って俺たちは、じり貧だ。これから先、どうしたものか」

ガイグメリは左頬にできた疣《いぼ》を指先で弄びながら抑えた調子で続ける。

「いいか静姉さん。老人を大切にというが程度問題だ。どんな集団でも、まずは子供だ。ガキだ。子供がいないと、終わる。それは家も一緒だ。家族の態を成すためにはガキが必要だ。殖めよ増やせよ——は、あながち過ちでもないんだ」

少子は集団の存続を危うくする。それは上槇ノ原にとっても同様で、ガイグメリはそれを力説している。山の民は、血の濁りの問題をどう解決する気だろう。

「十九人でしたか。上槇ノ原とちがって男と女が半々なのは取り柄ですが——」

「あまりにも少ないよな。だが数の問題よりも、この十九人で子作りに励めば、滅亡に向かって一直線だ。それがわかってるから山の民は古よりひたすら掟で禁じてきた」

「なるほど。そのあたり、上槇ノ原よりもきちっとしていますね」

「うーん。平時ならば我々は東北から九州まで山を自在に渡る。同様に他の山の民が我々のもとに訪れる。が、この戦争で動きがぴたりと止まった。誰もやってこなくなった」

それは綾の仕業ではないか。

結界を張ってそこから誰も出られなくするということは、外からも誰一人入ってくることができないということだ。

私は希望的観測を口にする。

「戦争が終わったら、遣り取りも復活するから、山の民も盛り返すでしょう」

「どうだろうなあ。よその者から胤をもらっても、それがある程度の数として結実するのは、分母が小さな我々においてはずっと先のこと。はっきりいって手詰まりだ」

手詰まりを訴えるわりに、ガイグメリは意外なほど明るく笑った。

「無責任と言われるかもしれんが、俺はもう考えるのをやめた。綾様がいらしてくれたのだ。すべては綾様の思し召し。俺は綾様に従うのみ」

ガイグメリは綾に背骨を抜かれてしまったのかもしれない。信心に耽る人独特の他力の気楽さが横溢して、屈託がない。

振る舞われた岳鴉の骨まで奥歯で嚙み砕いた鉄が、頓着しない声で訊いた。

「綾はどこにいる？」

「綾様は、上の祠《ほこら》だ」

「祠。祀《まつ》られてるのか」

「そうだ」

「生きたまま、祀られてる？」

「そうだ」

「まいったな。ほんとに神様になっちまったんだな」

鋼が控えめに割り込む。

「ほんともなにも、神様だ」

「うん」

素直に鉄が頷く。鉄と鋼が並ぶと背丈も顔立ちも似たようなもので、すばらしく精悍な二人だ。まるで双子だ。

紅玉の夜は、気配を消している。私たちは夜半獣の伝説に縛られて右往左往していたようなところがあったが、まさか身内から綾のような存在があらわれるとは――。

私は岳鴉の臭みのある肉を前歯で骨から刮げ落としてじっくり噛み締め、ガイグメリに綾に逢っていいか訊く。

「妹に逢うのに俺の許しはいらんが、綾様は神だ。礼を失せぬよう」

神――。

真顔だった。ガイグメリは本気で言っているのだ。

取り繕いようのない奇妙な間があいてしまった。どのような顔をつくっていいのか、わからない。結局は中途半端な頬笑みのようなものを泛べて立ちあがった。

集落は風をさえぎる垂直の大岩に三方を囲まれた窪地にあった。かなりの高地だ。夕陽の位置から、大彦岳の南面らしいということくらいしかわからない。

棲処は巨大な屋根をそのまま地面に葺いたというか、置いたかたちだ。端にいけば寝っ転がるくらいしかできないが、構築するのは簡単だし、風雪にも強いだろう。

神の姉だからか、外で作業していた山の民たちが私に向けて深々と頭を下げてくる。私も遣り過ぎなくらい頭を下げかえす。

ガイグメリの先導で私と鉄、鋼が続く。失礼な物言いになるが、この集落には不似合いな美しい石畳の小径を上っていく。

相当に古いものだが、叮嚀に磨き込まれている。どれだけの労力を注ぎこんでつくりあげたのだろう。どれほどの骨折りで、これを維持しているのだろう。

直線的な石段にしてしまえば距離も短くてすむところを、あえて傾斜のゆるい勾配でつくりあげている。大回りするかの優雅な円で石畳は続いていく。

気怠げな摺り足で進んでいた鉄が、立ちどまった。歯のあいだにはさまった岳鴉の肉の繊維を引っ張りだして、あらためて口にもどした。

ガァガァガァーガと岳鴉の地鳴きが聞こえてきた。鋼が呟いた。

「奴らなんでも食らうし強いから、どんどん増えて飼いやすいんだ。飼うというよりほったらかしだけど」

餌付けして、繁殖させているらしい。

「靜姉さん、俺たちも飼おう」

「うん。でも鉱山の奴らがいるうちは、うまくいかないな。どうせ望遠鏡で様子を窺ってるはずだ。育てたら、襲われて奪われて食われちまう」

「だな。まったく、ムカつくぜ。とっとと追い出したいものよ」

鉄らしくない嘆息が続いた。

私は石畳の小径の上方に視線を投げる。

あの子が私たちの食糧として奴らを閉じこめているかぎり、邪魔者は上槇ノ原を去ることができない。鉄が私の表情を読んだ。

「ほんと、なに考えてるかわかんねえよ」

「なにも考えてないのよ」

「そうかな」

「そうに決まってる。当人はいいことをしているつもりだから」

「――まいったなあ」

誰のことを話しているのかを悟ったガイグメリが振り返った。

「不遜だぞ」

「いいんだ、ガイグメリさん。綾はこんなことでは怒らない」

「――お前たちだけだろう、それが通用するのは」

笑みを返しておいたが、内心では、どの程度通用するかわかったものではない――と、やや投げ遣りに呟いていた。かわりに思い切って訊いた。

「神と言いますが、神の条件は？」

「簡単だ。食わずに生きていけるのが神」

古今、無数の神の定義がなされてきた。けれどこれほど単純かつ真実をついたものはなかった。

鉄が感心したように復唱した。

「食わずに生きていけるのが神」

鋼が耳打ちするような調子で言った。

「羨ましいよな」

「慥かに。食わねえで生きてけるなら、飢えねえですむなら、そりゃあ神だ」

同意した鉄を横目で見る。ならば、食わずに生きていけるのに、飢えを感じ、苦しみに身悶えする私は、いったいなんなのか。

「神様ってのは、単純だったんだな」

鉄の言葉を、ガイグメリが引きとった。

「小賢しいことを言うぞ。食わずに生きていけるということは、人を含む他の生き物を殺さずにすむということだ。経済という悪から逃れられるということだ」

商人を、商売を否定されたように感じたのだろう、鉄が挑むように訊きかえした。

「経済は悪いことなのか？」

「ああ。経国済民に行き詰まったからこそ、この国は救いようのない戦争に突入してしまった。あげく同胞を食い合ってるんだからな」

「なるほど。食い合いな。南方戦線は上槇ノ原と同様、絶望的だってさ。殺したら、干し肉をつくってるらしいよ」

「ある程度、日持ちさせるには、いい遣り方だな」

「俺は牧畜がしたい」

「牧畜？」

「肉は新鮮なほうがいい」

「だが、どうやって？」

鉄は朗らかに笑って答えをはぐらかした。かわりに鋼が大人びた口調で言った。

「莫迦な政治家と軍人に引きずられて、下界の奴らは生き地獄へ真っ逆さまだ。なんで莫迦ほど、でかい貌をするのか」

ガイグメリが受ける。

「莫迦だから、だよ」

戸籍を持たぬ人たちは言いたい放題だ。苦笑いが泛び、なぜか気が楽になってきた。

「神様か――」

呟きに、ガイグメリが反応した。

「静姉さん。輪廻転生《りんねてんしょう》だ」

「なんのことですか」

「釈迦《しゃか》は鹿や熊などから次第に転生して、ようやく人として生まれ、仏となった。綾様の輪廻転生は人とは違うから、釈迦の転生は当てはまらぬが」

「なにを仰っているのか、よくわからないのですが」

「綾様は鹿や熊から次第に転生なさるような存在ではないということだ」

「転生してこの世に顕れはしたが、人の転生とは無関係？」

「そういうことだな」

「では、なにが転生したものですか？」

「わからん。が、人智を超越したもの」

人智を超越したもの――というガイグメリの言葉はなんの答えにもなっていないと思いつつも、別の世界の存在が転生してこの世に顕れたとするのは、なんとなく肯えた。

「綾は転生したなにものかであると」

「そうだ。それが綾様だ」

「それらは山の民の伝承ですか？」

「そうだ。我らは遠い昔も実際に転生なされた綾様を祀っていたことがある。おそらくは応仁の乱のころだ」

山の民の言い伝えが正しいとして、応仁の乱というと、上槇ノ原と下槇ノ原の成立に結びついているのではないか。

「我らがなぜ山中深く在るか。それは綾様が転生なされたとき、お仕えするためである」

ガイグメリはいったん息を継ぎ、感極まった声で言った。

「長かった。とても、長かった。が、ようやくいらしてくださった。長老たちは綾様を一目見ることができたので、もう思い残すことはない——と、次々に自死なされた。綾様にとってもはや役に立たぬ軀と、御自身を見切られたのだ」

もし、転生した綾のためだけに山中の暮らしを続けているのだとしたら、山の民は私たち下界の者とはまったく違った時間軸で生きているのではないか。

綾は私の母の胎内を借りて、双子としてこの世に転生した。姉にされた私はただの人にすぎず、姉として綾を守る役目を負わされてきた。

守れたかどうかはともかく、綾は私によく懐いていた。私はいろいろ複雑な思いを綾に抱きはしたが、それでも綾のことが大好きだった。

両親は、山の民の伝承と同様のことを知っていたのではないか。だから上槇ノ原では有り得ない御馳走＝お供えを並べて、綾の機嫌をとったつもりでいた。

父さま、母さまは、ほんとうに間抜けだ。だって綾は食べなくてすむのだから。

でも父さま母さまを莫迦になどできない。誰だって、どう綾に対処していいかわからない。そもそも綾がなぜこの世に転生してきたのかもわからない。

ただ言えることは、純白だったころ、そして真紅になったときも、私は綾を嫌わなかった。ぞんざいに接しはしたが、すくなくとも両親のように敬して遠ざけるようなことはしなかった。

綾という名の無垢《むく》は私によく懐いていた。綾という名の純粋は、私という不純とよく馴染んだ。

「靜姉さん。祠だ」

鋼が顎をしゃくるようにして上方を示し、その瞳に幽かな恍惚をあらわした。

私は鋼の視線を追うよりも、その瞳に泛んだ無窮の欣幸《きんこう》の気配に戸惑った。

祠というが、屋根だけを地面に伏せた小屋だった。

すっと扉が開いて、綾が駆け下りてきた。小さな真紅の影が、飛びついてきた。きつく抱きついて動かない。

懐かしさに胸が一杯で、泣きそうだ。奥歯をグイと嚙み締めて一呼吸おき、頰擦りしながら訊く。

「元気だったか？」

「靜姉さんは？」

「腹ぺこで、息も絶え絶えだ」

「ちゃんと御飯をたくさん残しておいてあげたのに」

「――相手は猛獣だ。簡単に食われてはくれないよ」

「なんとかしないといけないです」

「もう、よけいなことはするな」

「それは命令？」

「そう。命令。手出し無用。結界も、解け」

「ああ、靜姉さん。私にはなにもできないんです」

「その科白は聞き飽きた」

ガイグメリに袖を引かれた。生き神様に対してあまりにぞんざいな態度の私に、狼狽えている。

＊

輪廻転生などともっともらしいことを言ったって、ガイグメリはなにも説明していないのだ。解釈は、たくさんだ。

一つだけわかっていることがある。私は直観している。綾以外、誰も過去にはもどれない。過去とは追憶するしかない代物だ。

繰り返す。私たちは過去にもどれない。

「さ、綾。結界を解け」

ガイグメリを無視して迫ると、綾は両手で顔を覆ってしまった。

「綾は、自分の身の回りの時間をちょっとだけもどせる。そうだろう？」

高圧的に問いかけながら、考えこんでしまった。

身の回りの時間だけをもどす。どういうことだ？

それとも私たちの時間も綾に従ってもどされているのか。私たちはそれに気付かないだけなのか。

物理を超越している私の妹。睨みつけるようにして理不尽なことを断言する。

「意味ないよ。たくさん巻き戻せるなら様子も違ってくるかもしれないけど、ちょっとだけじゃ、意味がない。せいぜい身の回りを整えることくらいしかできないじゃないか。せいぜい死なないくらいのことしかできないじゃないか」

腕の中で、綾が真紅の目を見ひらいて私を見あげる。

投げかける言葉と裏腹に愛おしさが迫りあがって、きつく、きつく抱き締める。

力を込めすぎたので、綾が苦しげに――幸せそうに眉根を潜め、薄く目を閉じる。口許に幽かな笑みが泛かぶ。

私は、綾に捲したてる。

「過去にもどれたらどんなにいいか。けれど残念ながら、綾とちがって私たちには未来しかない。過去とは確定した地獄。未来とはあやふやな地獄。過去の地獄は終わってしまったこと。だから、変えようがない。未来は思い描いたってその通りになった例しがない。未来で確実性が多少なりともあるのは、悪夢だけだから」

悪夢――と綾の口が動く。未来を仕込んだのは綾だ。私にさんざん未来に起こる悪夢を見せつけて苛んだ。

「私はせめて、未来の悪夢を多少なりともましなもんにしたいんだよ！」

綾がわずかに首を左右に振った。

おまえにそれはできないと否定する権利はない。

「腹立たしいことに現在は未来の始まり、発端にすぎないじゃないか。無数にある選択肢のどれかを選ばなければならないのが現在だろ。選ばずに流されるという無為は、いまの情況では許されない。だから綾。とりあえず結界を解け」

ムチャクチャな論旨で迫ると、綾が途方に暮れる。

「静姉さん、難しくてなにを言っているのかわかりません」

両腕を摑んで迫る。

「黙って姉の言うことを聞け」

「――はい」

「そうすればガイグメリさんのところにも他の山の人たちが訪れる。ここの女の人たちには、よその血がいる。ここの男の人たちは、よその女の人に血を分けることができる。結界を解くということは、ガイグメリさんたちにとってもよいことなんだ。おまえはガイグメリさんにお世話になってるんだから、それくらいしろ」

「はい」

背後から、くぐもった咳払いが聞こえた。私は振り返らずにガイグメリに言った。

「神様は御飯を食べないから、手がかかりませんね」

「――ちゃんとお供えはしています。獲れた物の一番よいところを」

「それは無駄ですから、不要です。ね、綾」

「はい、靜姉さん。綾は、お供えはいりません」

「けれど掟で――」

「神がいらないと言っているのです。ガイグメリさんは神に逆らう？」

「いえ。仰せの通りに致します」

綾が声をあげた。

「嘘です。いままでだって綾は、お供えなんていりませんから皆さんで食べてくださいってお願いしたんです」

綾は満面の笑みで私を見あげる。

「さすが静姉さん。綾が言っても聞き入れてもらえなかったことを、ちゃんと言ってくれました。ちゃんとしてくれました」

「ちゃんとかどうかは、わからんけどな」

「いいえ。ちゃんとです。綾も、ちゃんとします」

「じゃあ、ちゃんと結界を解け」

「はい。解きます」

「なんだ、できるんじゃないか」

「でも静姉さんの御飯」

「だな。綾の好意は無駄にしない」

「ほんとう？」

「ああ。ほんとだ。だから」

「はい」

「さっきはいますぐ結界を解けって言ったけど、言葉の彩《あや》だ。結界は、いよいよいまだってときに解いてもらう」

「いまだってとき。どんなとき？」

「私が合図したとき。綾に私の合図を伝えるには、どうしたらいい？」

「紅玉の夜にお願いすれば」

「でも紅玉の夜は、おまえのことを怖がってるみたいだぞ」

「綾が怖い！　失礼です。私はとっても優しい子です」

なに言ってやがる。私は綾の頭を加減せずにはたいた。いや、手が綾に当たる前にガイグメリに摑まれ、抑えられた。

あいてて――と剽軽《ひょうきん》で情けない声が洩れた。凄まじい力だ。手首が折れそうだ。

「綾様を叩くなど許されん！」

「叩いてないから。手を離してください」

「二度と手を出さないか？」

「もちろん。二度あることは三度ある」

ふたたび力がこもって、あいててて――と復唱するかのように顔を歪めた。綾が意外なほど鋭い声をあげた。

「やめなさい！」

「が、綾様」

「靜姉さんは私になにをしてもいいのです」

「そんな――」

「そんなもこんなもありません。お世話になってはいますが、靜姉さんに対する狼藉だけは許しません」

不安と恐怖の入り交じった眼差しで綾を見つめるガイグメリを安堵させるために、私は偉そうに頷きながら言った。

「よし。綾。よい心がけだぞ。だから命じるが、ガイグメリさんとその一族に絶対に手出しするな。ガイグメリさんとその一族の弥栄《いやさか》を約束しろ」

「はい。綾は靜姉さんに言われたとおりにします」

「よろしい。というわけで」

ガイグメリに向きなおって、笑む。

「私の見るところ、綾は自らの妄想でつくりあげてしまった未来は改変できません――妄想はひどいか」

「靜姉さん、ひどいです」

笑んだまま綾を一瞥する。ふたたびガイグメリに顔を向ける。

「綾は、夢見てしまった未来を変えられません。けれど、いまここで約束したことは、きっちり守ります。だから安心してください」

なんだか私に頭を下げそうなガイグメリだが、私の視線を追って綾に頭を下げた。綾も嬉しそうにガイグメリに頭を下げ返した。

「いまから上槇ノ原の存続に関わることを綾と相談致します。できましたら外していただけると」

さりげなく付け加える。

「もう二度と綾に手をあげません」

見あげる綾の目が、ほんとうですか？　と訊いている。私はとぼけて視線をそらし、さりげなく視線をもどす。

絶対に嘘です――と綾の瞳が笑っていた。

＊

綾は私の腕枕で眠った。鉄はすこし離れて大の字で軽い寝息を立てている。

天気が崩れ、しずしずと雪が降りこめている。だが奇妙なことに寒くない。程よいぬくもりがある。私だけかと思ったが、鉄もなにもかけずに眠っている。

もともと、やたらと睡眠時間が短い私たちだ。この夜も早く眠って、翌日になる前には目覚めていた。

ミミズクが意外な近さで鳴いている。寒いよ《ホーホー》、冷たいよ《ホーホー》——と鳴いている。頬擦りしそうなくらい口許を近寄せて、綾が囁いた。

「静姉さん。私は一度、結界を解いてしまうと、ふたたび張ることはできません」

ヒソヒソ声で、問い返す。

「二度と張れないって、どういうこと？」

「ここまで完璧な、誰も逃げられない結界は無理ってことです」

「完璧って言うけど、下槇ノ原の奴らは逃げたぞ」

「それは綾が苦労して逃がしたんです」

「なぜ」

「まだ必要だからです」

「下槇ノ原が？」

「はい。すべては対になっているから。いつかは対になっていなくても、だいじょうぶになるけれど」

磁石のN極とS極、二つの磁極のようなものか。上槇ノ原と下槇ノ原は同じ磁極が向き合ってしまっているから反撥するのか。その反撥が解消するときがくるのか。

けれどN極S極といった譬え話じみたことではなんら解決しない。

なによりも綾の言っていることは簡単すぎて、難しすぎる。単純かつ抽象的なので、なにを言っているのかわからない。

　未来のことはあとでじっくり考えることにして、話をもどす。

「そうか。一度解いてしまうと、結界は張れなくなっちゃうのか」

「ここまで完璧な、誰も逃げられない結界は無理って言いました。下槇ノ原の人たちが抜けられたのは、私が骨身を削って初めから仕込んでいたからです」

「なにを目論んでるんだよ」

「だから、まだ下槇ノ原が必要だから」

「理由は？」

「ああ、綾にはよくわかりません」

　反射的に悟った。わからないというのは嘘だ。わかっているが、口にしたくないのだ。

「わかりませんじゃないだろ。ちゃんと説明しろ」

「だから下槇ノ原の人が必要なんです。それに下槇ノ原の人は遠い昔に血がつながっていたから、逆に動かしやすいっていうのかな。あえて結界をやぶらせました」

「やれやれ。結界か。なんでそれを上槇ノ原のみんなにも用いない？」

「それは――」

　言葉を呑んでしまった綾だった。私から微妙に視線をそらしている。綾がなにを思っているか、見えみえだ。

　みんなが上槇ノ原から逃げだしてしまったら、私もみんなを追って上槇ノ原から離れてしまう。つまり綾を棄てて逃げだすのではないかと気を揉んでいるのだ。

　あまり黙っているとまずいと思ったのか、綾は息を大きく吸い、つくりものの明るい声で言った。

「――軽い結界なら、静姉さんにだって張れるんです」

「そうなのか」

「そうです。便利ですから、こんど試してみてください」

便利。まったく気に入っている台所の道具を勧めるような口調だ。

「わかった。どうやればいい？」

「念じるだけです」

「念じるだけ。わかったような、わかんないような」

「完全に世界を閉じようとするのじゃなくって、つまり意識を空間に向けずに、誰と誰は出さないとか入れないって思うだけです」

ふーんと気のない声で応えると、綾は私に密着して切迫した声をだした。

「それよりも、ほんとうにいいんですか。完璧な結界を解いてしまって」

「うん。解いてくれ。でないと私たちの身動きが取れない。綾は私たちに御飯を食べさせたいんだろう？」

「はい。静姉さんの御飯」

瞳をきらきら輝かせて言うのだが、私たちに兵隊や極道を食わせたいというのが、よくわからない。

諸々の根底に下槇ノ原との諍いがあるのは否定しようがないが、詰まるところは結界を張られてしまったがゆえの飢餓ではないか。

もちろん上槇ノ原を離れることができたって、食える保証はない。山を越えてよそに逃げたって、自分たちだってカツカツなのだ。誰が難民を食わせてくれようか。

けれど結界のせいで閉じこめられて野垂れ死にはあんまりだ。

上槇ノ原の人が生き残るための肉は用意しました。よそからきた獲物は檻に閉じこめてあります。あとは自分で狩ってください。ただし静姉さんがいなくなるのは困るから上槇ノ原の人も檻に閉じこめました——。

この不条理が、綾には理解できないのだろうか。それとも綾にとっては、これらは理不尽なことではないのか。

あんまりだ。こんな幼児の立てたような目先だけの安っぽい計画にはとても付き合いきれない。私や上槇ノ原の人に対してなんらかの罰が仕込まれているとしても、遣り過ぎではないか。私が冷たい眼差しで一瞥すると、綾は勢いこんで言った。

「だから静姉さんにちゃんと御飯を食べさしてあげたかったんです」

「くどい。堂々巡りは、もういい」

冷たく遮断すると、綾は泣き顔で呟いた。

「静姉さんは、行きたいところに行けるんだけど」

言ってしまってから、しまったという表情の綾だ。

生憎、そんなことはとっくに悟っている。綾の首を絞めるようにして言う。

「いいか。綾の近くから離れられるわけないだろう。高畑の家は、完全に焼かれてしまった。綾がいた地下牢まで火が移って真っ黒焦げだった。上槇ノ原に綾の居場所は、もうない。真っ赤じゃなかったら、私も皆を説き伏せようと頑張ったかもしれないけどな。でも、いまの綾は抽んでていすぎる。皆の理解を超えている。だから綾をあそこから出したのは間違いじゃなかったけど、ガイグメリさんにおまえが背負われて私の前から去ったとき、どれほど泣いたか。切なかったか。つまり心の縛りという一番強力な結界を張られてるのが、この私だ」

「嬉しい！」

「やめろ、接吻は」

「だって」

「変な気分になるだろ」

「うふふ。ちゅっ」

綾の口から、赤ちゃんのような唾の香りがする。可愛らしくて、たまらない匂いだ。

「――始末におえんガキだ」

「綾はガキじゃありません」

「はいはい、私の大切な双子の妹です」

綾が満ち足りた貌で私を見つめる。

「靜姉さんはお山の麓にずっといてくれるんですね」

「幾度も同じことを言わせるな」

「御免なさい」

人間の世界にまったく別の種がまぎれこんでしまい、絶望的な孤独に覆いつくされ、苛まれている。

その孤独を癒やす唯一の存在が私である。そんな大仰な空想をした。けれど綾の放つ絶望的な孤独は真実だ。あえて軽い調子で話を変える。

「それより、なにか別のことを言いたげだった気がするんだけど」

「わかっちゃったか。あのね、靜姉さん」

「先々のことですが上槇ノ原には完璧な結界が必要になります。理由は私にもわかりませんけれど」

「理由はわからない？　わかっているに決まっている。でも、よけいな疑義は差しはさまずに、目で先を促す。

この子は凄まじい能力をもっているが、その本質はどこか子供じみている。遣り取りをしていれば、自ずと解れていくからだ。

「将来、誰も出入りできない結界が必要になるとは？」

「永遠に続く結界です。その結界は、たぶん上槇ノ原の人は自由に出入りできます。けれど、よその人は選ばれた人以外は入れない。そんな結界です」

「なんか、ずいぶん調子がいい結界だ」

「はい。そんな結界が上槇ノ原のために必要になるのです。けれど私は――」

「もう二度と完璧な結界を張ることはできない？」

「そうなんです。命をかけて張れるなら、いくらでも張りますけれど、そういうものでもないんです。綾は一回きりなんです。完璧は一回きり。しかも下槇ノ原の人たちっていうように狙いが定まっているならともかく、意識せずとも出入りする人をいちいち選ぶことができるような結界は無理です。じつは、綾は役立たずなんです」

「ふーん。どうしたらいいかな」

「あの、あまり言いたくないんだけれど」

「言え」

綾は真紅の眼差しを伏せた。小さく顫えている。唇を戦慄かせて私を見た。

「絵が見えて、それがとても怖いんです」

実際に綾の表情が苦しげに歪んだ。けれど言ってもらわないことには先に進めない。凝視する。視線を浴びた綾が、唇をわななかせた。瞬きせずに凝視してきた。

「怖いけれど言いますね。その結界を張るために、とても不幸で悲しい女の子があらわれるのを待つしかありません。その子は上槇ノ原の生まれではないような気がします」

「ふーん。外の子か」

「たぶん下槇ノ原」

「そのころはN極とS極がきれいにくっついて、下槇ノ原と仲良くなってるのかな」

「――いえ。次の完璧なる結界、真の結界が叶ったときは、御宿湊屋も焼けおちて、下槇ノ原はもう存在しません。私には鬱蒼たる太古の森が見えます」

「下槇ノ原は森になっちゃう？」

「そうです。滅ぼされるのです」

いつのことか判然《はんぜん》としないが、永遠の啀《いが》みあいが終わる。いまの戦争状態が解消する。下槇ノ原は消滅する。

そうか。そのときにはやたらと調子のいい結界が必要になる。上槇ノ原は暮らす人、訪れる人を選べるようになるのだ。争わなくてすむようになるのだ。自立できるのだ。

そのためには経済的な基盤をつくりあげなければならない。そんな現実的なことにまで思いを巡らせつつ、綾の貌を見据える。

いまの地獄に終わりがくる――ということでいいのか。

だがそれよりも昇平さんだ。

けれど、昇平さんはどうなるの？　とは訊けなかった。

私が黙りこむと、綾も口を閉じた。その目には、なにやら含むものがある。

心を読まれてるんだろうなあ――と漠然と胸中で呟く。

読まれたって、私の心だ。私の心は私のものだ。だから、どうでもいいや。

鉄と目が合った。闇の中でも鉄の目は猫の光を帯びていた。鉄は横たわったまま、じっとすべてを聞いていた。くぐもった声で問いかけた。

「なあ綾。とても不幸で悲しい子って、どんな子だ？」

「綺麗です！　すごく綺麗。お人形さんみたい。でも――」

「でも？」

「非道い目に遭っている子です。御両親に虐められているのです。心にも軀にも信じ難いほど惨いことをされています。幾度も殺されかかっているのです」

「綾といっしょで、死ねないのか」

「ああ、そうなんです。その子は死ねないのです」

「死ねないってのは、よかれ悪しかれだからなあ」

奇妙なまでに大人びた鉄の声だった。鉄も死を希求《ききゅう》したことがあるのが直覚された。居たたまれなくなり、口をはさんだ。

「その子は、いつごろあらわれる？」

「ずっと先です。ずっと――」

「とっととあらわれてくれたらいいのに」

「その女の子はまだ生まれていません。生まれても、大きくなるまでは地獄が続きます。地獄を終わらせるためには、その子を真に護る夜半獣が男の人に這入り込む必要があるのです」

「――よくわからない」

「その男の人は、上槇ノ原とも下槇ノ原ともまったく無関係な人でなければなりません。しかも左手の爪二本が折れ欠けている人でないと金剛石の夜は、動きません」

「金剛石の夜！」

「その女の子には、たぶん銀の夜が這入ります。銀の夜は、基本的に護る夜半獣です。でも――」

「でも？」

「はい。その女の子は夜半獣以前に、私なんかよりも、もっともっと強い力をもっています。自在に結界を張れるどころか、指先から稲妻を放つほどです。結界とプラズマで世界を滅ぼすことができるほどです」

　綾は小首をかしげた。

「勝手に口をついて出てきちゃいましたけれど、プラズマってなんですか？」

「物理学的には物質第四の状態だったかな。固体、液体、気体、そしてプラズマ。太陽の輝きとかの核融合だね。超高温プラズマは温度が数億度にもなるって」

「凄い、静姉さん、博学」

「うるせえよ」

「怒ること、ないじゃないですか」

　大彦岳の遺跡で、綾は私の肩を軽く叩いただけで肉を沸騰させた。私の肩口が、熔けたのだ。凄まじい痛み苦しみだった。あれはプラズマのせいか？

　しかも綾は骨が見えてしまった私の肩を一瞬で治した。治癒。その延長線上に、飢餓の極致にあっても死ねない私がいるのかもしれない。

静かに見つめる綾の視線に沈思から醒め、横柄に命じた。

「――続けろ」

「その女の子自身はなかなか気付かないでしょうけれど、靜姉さんからプラズマについて教えてもらってわかりました。なんと太陽以上の力を持つ方です。誰か抑える人がいないと、ふとした苛立ち程度で世界を消滅させてしまうほどに。だからこそ金剛石の夜がこれと決めた男の人が必要なんです。その男の人だけが、その女の子を抑えられます。ちょうど私が靜姉さんにぎゅって抑えつけられているように」

「私は、そんなにおまえを抑えつけているかなあ」

「はい。靜姉さんは、私が自在に飛びまわることを許してくれません」

私は綾の力を封じているのか。

「靜姉さんは妄想って言いましたよね」

「言った」

「妄想はひどいけれど、ふわっと泛んだことが現実になってしまったら、とんでもないことになっちゃいます」

大厄災という言葉が泛んだ。

「――怖いことを言うな」

「だいじょうぶです。靜姉さんが妄想は妄想のままにしておけって」

私は顎の先を翫《もてあそ》んで考えこむ。

「まさに妄想は妄想のままにしておくべきだけど、言った覚えはないなあ」

「いつも私に囁くんです。それはほんとうにすべきことか、綾――って」

「私は綾の内面なんてわかんないし、自分の無力に打ちひしがれてるんだけどな」

「靜姉さんだったら、私のこの思いに対してなんて言うだろうか？　って考えて、答えを得るようなものかもしれません。でも自分で思うってわけでもないいんです。やはり靜姉さんの声がするんです」

腕枕のまま、鉄が割り込む。

「微妙に話がちがうのを承知であえて言うけど、親父と猟に出るだろ。山奥に入ると親父の声が聞こえるんだ。でも隣で歯屎《はぐそ》をほじってる親父は声なんか出してない。俺のことなんて眼中にない。それでも親父の声が聞こえる。そっちに行くなとか、撃つにはまだ早いとか、いま小便してあたりに臭いを付けたらぶっとばすとか」

「お父さんは、べつにあれこれ思ってないいんだよね」

「だと思う。ボーッとしてやがる。でも、なんか親父の心の奥底の声が聞こえるんだ」

「鉄君は、凄い。そういう感じです。靜姉さんと離れて思い知らされました。距離が離れてたって声が聞こえるんです。綾は私に従うしかないんです」

「率直に言うが、綾は私に従ってない」

「従ってます！」

「従ってない」

「水掛け論はやめたまえ。俺だって声が聞こえたって守らないこともあるしな」

「あのね、鉄君。私は私にできることは、靜姉さんの声がしたら必ず守ってます」

鉄がどこか投げ遣りさを内包した戯《おど》け声で言う。

「だったら、なーんでこんなことになっちゃったのかな」

「それを問われると――」

「ま、靜姉さんはインテリゲンチャってやつだから、綾の間近にいながら、綾の力を信じてなかったのかもな。信じてたら、もっとうまく綾を操ったよ」

慥かに綾のことをどこかで見下していた。それが最悪の結果をもたらしたのかもしれない。けれど、そんなことよりもインテリゲンチャ。中薗中尉から聞きかじったのだろうが、顔が赤くなってしまった。もっともきつい揶揄だ。皮肉だ。たまらない。

「鉄君」

「なんだよ」

「靜姉さんをいじめないで！」

「そんなおっかない声をだすなよ」

「鉄君だって許しません」

「許さないか？」

「許しません」

「なら、とっとと殺してくれよ。もう疲れちゃったよ」

私は羞恥を追い出して、綾を真っ直ぐ見つめる。

「ねえ、綾。おまえを責めるつもりはないけど、鉄も私も疲れ果てちゃってるんだ。鉄も私も神様じゃないから、なにか食わないと生きてけないんだよ」

「だから――死にたい？」

「そう。死にたい」

「だめです！　人は生きないと！　生きてください」

ああ、この子のずれは、人にすぎない私たちにはあまりに、あまりだ。

人は生きなくてはならない。そりゃあ、そうだ。

けれど死にたくなることだってある。

綾だって死にたくなって周囲に火を付けたり、手首を切ったりしたのだ。

それなのに、なぜ私たちには生きることを強いるのか。自分が死ねないから、私にも死ぬことを許さない――穿ちすぎだろうか。

異質？　異種？　肌の色をのぞいて綾は私と同じ姿かたちをしている。

けれど、たぶん綾の血や肉は私たちのものと質がちがうし、感情や痛み苦しみの質がちがう。

鉄が左腕を枕にして斜め上に視線を投げながら、呟いた。

「綾は純粋だからなあ。完全な純粋だ」

ああ、鉄は凄い。思考のよけいな回り道をせずに直観で一気に核心に迫る。

そうだ。純粋なのだ。綾は純粋なのだ。

純正、純孝、純情、純朴、純度、純愛、純忠、純文学――際限ないからやめるが、一見よさげに、純のつく言葉は綺麗で美しくみえるが、どこか貴石の硬さと冷たさと透明さをもった排他の結晶というか、信心や主義に身をやつす人にありがちなたった一つの神とか正義とか真実とやらを押しつける融通《ゆうずう》のきかない原理主義的な身勝手というか、結局のところ純粋という名の幼稚には己しかないというか、なんというか――。

この濁りきり腐りきった灰色の世界に純粋は、害悪だ。

加えて綾の純粋は、意味不明だ。私たち人間にとっては、なにがなにやら――。

そんな私の思いを見透かしたように、綾が声をかけてきた。

「ねえ、靜姉さん」

「なんだよ」

つい受け答えが邪険になる。反省。優しく問い返す。

「どうしたの」

「うん――あの」

「まどろっこしいなあ」

「ねえ、靜姉さん。ほんとうに死にたい？」

「御飯が食べられるなら、死にたくない」

「ですよね」

「ですよね、じゃ、ねえだろ」

「御免なさい」

「言いたいことがあるんだろ、言え！」

「――はい。さっき、とても哀れな女の子のことを話しましたね」

「いじめられて、でも死ねない子か」

「そうです。その子が私の役目を引き継いでくれるんです」

「――その子は、白い？　あるいは真っ赤になるのか？　別の色か？」

「いいえ。私よりも完璧な子だから、肌の色はふつうです。けれど完璧ゆえにたった一人で生まれるんです。綾は生まれたときから靜姉さんがいましたけれど、その子は一人なんです。たった一人。独りぼっち」

綾の瞳の奥が揺れた。縋る気配をどうにか抑えこんでいる。

「言いかけたんだ。ちゃんと言え」

「――はい。その子が完全に覚醒《かくせい》したとき、私はもう要らなくなるんです」

喉がぎこちなく鳴ってしまった。思わず綾の手をとる。

「要らなくなるということは」

「はい。いなくなるってことです」

綾は健気に笑んだ。

「私、悪いことを考えました」

「どんな」

「綾はいなくなるとき、靜姉さんを――」

「殺す？」

「殺しませんけど、靜姉さんもいなくなるんです」

「この世から？」

「そうです。この世から。靜姉さんと綾は手を携えて別の世界に行くのです。ただ、なんか、よけいなものが付いてきそうで」

「なんだ？　よけいなもの」

「男の人」

思わず吹いた。私が死ぬとき、男を連れていく。正しくは綾がこの世から去るとき、私は死に、男を道連れにする？

「靜姉さんが手を下すことはありません。けれど綾が消えるとき、靜姉さんに対して引き金を引いてくれる人が必要なんです」

「なんのことやら――」

「綾は靜姉さんにいっしょに来てほしいけれど、どうしようか、悩んじゃうんです。困りますよね、男の人」

「男って誰だ？」

「決まってます。靜姉さんが好きな人」

「まだ存命の？」

「そうです」

私はポケットの中のパーカーのラピスラズリをぎゅっと握った。

敵国の万年筆は、いつも私のポッケの中で揺すられて、ときにぶつけられ、インク漏れも起こさず酷使に耐え、壊れる気配もない。

「いまひとつ現実味がないし、言っていることもよくわからないけれど、綾がこの世界から去るとき、私にもいっしょに来てほしいってことでいいのか？」

綾は消え入るような声で、そうです――と答えた。鉄が呟いた。

「靜姉さん、いっしょに行ってやれよ」

なんとも軽い調子だった。私も、ごく軽く返した。

「そうだね。いっしょに行ってやるよ」

「ほんとうですか！」

「腐れ縁だもんね」

「綾との関係は、腐ってますか」

「いや、腐ってるよりもたちが悪い」

「ひどい！」

「ぽかぽか叩くなよ」

「だいじょうぶです。熔けません」

「――熔けたら大変だ。あの痛みは二度と味わいたくない」

「御免なさい。ほんとうに御免なさい」

「それより、いっしょに行く件、約束だぞ」

「ほんとうですか」

「女子に二言はない」

「――好きな男の人も一緒だから？」

「まあな。それもある。でも綾を蔑ろにはしない。たぶん、ひたすら綾といっしょだ。男は私たちの僕《しもべ》となり、私たちの影を踏まぬよう三歩後ろを歩く」

「それ、いいですね！」

「気に食わなかったら、そのときの気分で消しちゃってもいいし」

「それ、もっといいですね！」

「臆病だから、間違いなく私たちに付き随って温和しくしてるよ。芸術方面には詳しいから、道化として私たちにあれこれ面白い話をしてくれそうだ」

あの男には、下僕がふさわしい――という言葉を呑みこんで、小さく笑う。

「ああ、今夜は言うべきことをすべて言いました」

綾は満足げだ。狙い澄ましたように夜明けの気配が忍びいった。

「あ!」

「まだ、言い残したことが?」

「ちがいます。靜姉さんをもう少しふくよかにしてあげないと」

「ふくよか——。太らせるってことか?」

「はい。いま急に肉付きがよくなったら皆が怪しみますから、この戦争が終わったら少しずつ靜姉さんをふくよかにしますね」

じっと腕を見る。

「頼むよ。もともとやせっぽちだったけど、もはや骸骨だからなあ」

呟いた心の奥には、大賀の親分ことポチの笑顔があった。ポチはいつだって私がもう少し太ったらいいと言っていた。誰だってこんな血管ばかりが浮いた骨格標本みたいな姿は願いさげだろう。大賀の親分と所帯を持ったときのことを想う。私はポチの望むほどよい軀をしている。ポチがそっと手をのばして肌に触れた。顔がほころんだ。頰が幽かに上気した。

まさか際限なく太っていくとは思ってもいなかったので——。

26

大彦岳からもどって、即座に女たちを組織した。

年寄りはともかく、私の一存で選別した能力的に優れた視力の衰えのない若い女には狙撃銃を配った。

それ以外の女たちも拳銃をはじめ、なんらかの武器を手にしている。

正確な数字はわからないが、相手は兵隊と極道を合わせれば、まだ三百人以上はいるだろう。

こっちは百二十三人。私たちが有利なのは山を熟知していることくらいだ。

俺も鉄砲を撃ちたい——と鋼も私たちに同行することになった。

これはガイグメリの配慮だった。鋼が参加するということは山中を自在に動くことを許すということだ。場合によっては助けてもらえるだろうが、もちろん頼るつもりはない。

御宿蘗埜の大広間で、鉄が銃の扱いを女たちに教えている。金属音が響く中、私はさりげなく對馬さんに声をかけ、並んで調理場の段差に座りこんだ。

「對馬さんの彼氏は、まだいるの？」

「彼氏？　ガキの父親か」

「そう」

「いるよ。いると思う」

「好き?」

「愛してるかってことか?」

對馬さんの口から愛という言葉が出たのが意外で、思わずその顔を見つめ直してしまった。對馬さんはニヤリとした。

「嫌いじゃないね。あんな好い思いをしたのは初めてだったしね。でも、本音はどーでもいい。私には景子だけだ。景子が恙《つつが》なく育てばそれでいい」

「じゃあ、頼まれてくれる?」

「やってやろうじゃねえか。って、なにを」

「宿舎に出向いて、彼に、迷いの森から出られるからいっしょに逃げようって」

「誑かす?」

「そう。絶対に洩れると思うの」

「ま、あたしがわざわざ出向けば、そして奴が『こっから出られる! 逃げられる』ってそわそわすれば、なんかある——ってみんな思うだろうな」

對馬さんは眉間に縦皺を刻んだ。閻魔《えんま》様みたいな貌だった。常に胸に抱きこんで離さない赤ん坊に視線を落として、独りごちる。

「おっかねえ役目だ」

「他の女をやれば、食われかねないから」

「あたしだって食われるかもしれんぞ」

「對馬さんならだいじょうぶ」

「ったく、どんな裏付けがあるんだよ」

苦笑いしながらも、對馬さんは大きく頷いた。ごつい肩に、まったく力が入っていないところがすばらしい。

對馬さんの顔をじっと見つめる。年齢不詳だが、当人も歳のことは口にしない。鬼瓦じみた顔貌だが、この飢餓状態で痩せはしたけれど色艶は抜群で、肌には染みひとつない。

相当な年齢であるという噂だ。妊娠できる歳じゃない――となかば驚愕まじりに揶揄する老婆もいた。

ひょっとしたら長老と称されるべき年齢なのかもしれない。

上槇ノ原の女は総じて長生きだ。けれど對馬さんの家系は抽んでた長命で知られる。常軌を逸した長生きをするらしい。

ひ弱で短命な男たちと、老いを忘れ去ったかの對馬さん。生命の強弱はなにがもたらすのか。そんなことを思いながら、これから先のことを語る。

「迷いの森から出られる――要は結界がなくなったって、だませばいいんだな」

「そう。内緒だけど」

「誰にも言わん」

「じつは、結界を解くことができるようになったの」

「ほんとかよ!」

こんどは私が大きく頷き、綾に触れることはできないから、雑な作り話を吹きこむ。

「大彦岳の遺跡まで行ってきて、あれこれしたから、いざとなれば私たちは行きたいところに行ける」

「夜半獣に話を付けたのか?」

「そんなとこ。ただし、まだだから。まだ結界は解けてないから」

「けど、解けるんだな？」

「解ける。信じて」

はぁあ～と對馬さんは奇妙な息をつき、その巨体を前屈みにして虚脱した。

對馬さんほど肚が据わっている人でも、上椚ノ原から逃げられないことが、重くのしかかっていたのだ。

「とにかく奴らを宿舎から出す。迷いの森が解けているのは尾瀬ヶ原《おぜがはら》から奥只見《おくただみ》の方角、北の方ってだましてほしいの。陸軍参謀本部陸地測量部だったっけ、とにかく地図を出させて、只見川に沿って北上するようにって誘導してほしい」

「なんで、そっち側？」

「山が険しいから。雪が深いから。ただし、実際に尾瀬ヶ原まで行かれたら困る。あの開けたところで狙撃なんて無理だし、只見川に沿って北上なんてされたら、取り逃がしたも同然。冗談じゃない」

「誘いの文句が尾瀬や奥只見で、実際は遥か手前でカタをつけるってことだな」

「うん。季節柄、急に暖かくなったりしたら目も当てられないじゃない。相手は生肉だから腐らせたくない。積雪がたっぷりのうちに処理したいんだ」

うんうんと頷いて、對馬さんは口許を笑いで歪める。生肉か——と呟いて、けれど、すぐに目玉を上にあげ、小首をかしげる。

「あたしはどーなるんだよ。景子を抛《なげう》って、男に付き合って、あんな熊しかいねえようなところの沢筋をだらだら行かなければならんのか」

「まさか。最初の狙撃のときに、奴ら、ばらけると思うんだ。弾がたくさん飛んでくるから、頃合いを見て離れちゃって。尾根筋にあがればだいじょうぶ」

「他人事だと思って軽く言うなあ」

「でも、宿舎に籠もられていたら私たちは攻撃できないから。狙撃しようがないもん。しかも、鉱山宿舎は耐火構造とやらだから、放火も難しいし」

「――上槇ノ原はよく燃えたな」

「まったく。でも見透しがよくなったから、奴らもおおっぴらに攻めてはこられない。私たちに協力してくれたおかげで、重機なんかの燃料も尽きちゃったしね」

「織り込み済み？」

「まさか。御宿蘗埜を残して完全に焼き払われたことに対しては、忸怩たる思いがある」

「よっ、さすが所長」

どかん！　と背を叩かれて、私は烈しく噎《む》せた。バカ力め！

「めんご、めんご」

「まったく！　ぶっ壊れちゃうよ」

「大げさだよ」

「對馬さんは自分の力がわかってない」

「へいへい。人間て奴は、自分のことが一番わかってないもんですよ」

「言ってろ」

「ふふふ。積雪その他を考えると、のんびり構えてはいられんな。よし。いまから行ってくるよ」

あっさり立ちあがった。巨体に見おろされて、私は對馬さんの手をとる。

「――この戦争は、私たちの戦争は、對馬さんにかかってる」

「おお、凄いことになってきたぞ。靜姉さんは、誰かになにかをやらせる才能に長けてるよな」

對馬さんは私に赤ん坊を託すと、あっさり背を向けた。

一切の躊躇いをみせない。まるで散歩に出るみたいだ。凄い人だ。私は對馬さんの信頼に応えなければならない。

膝の上にのせた景ちゃんを軽く揺すった。母の不在に景ちゃんは幽かにむずかった。けれど、すぐに平静になった。真っ黒な目で私を見あげる。さすが對馬さんの娘だ。きっとお父さんも並みではないのだろう。

上槇ノ原に残っているすべての食糧を供出させた。さらに防寒のための衣料をとことん吟味して、全員に着用させた。それでも凍傷で指を落とす人がでるだろう。凍死者がでるかもしれない。

女たちは、まともに射撃訓練もしていないが、對馬さんが唆《そそのか》せば、奴らは即座に宿舎を立ち去るだろう。逃げだしたくてたまらないのだから。

常に兵隊と極道を監視下におかなければならない。行動を躊躇うと私たちは終わってしまう。陽のあるうちにということで、即座に御宿蘗埜の裏手から御厨山に分け入った。人数が多いこともあり、山岸宅を経て最短距離で羽鳥山に向かうと見咎められる可能性があるからだ。

若い女のなかでも選ばれた三十二人が、九九式小銃を背負っていた。武器は牙だ。牙を得た女は顔つきがちがう。

犀利《さいり》とは、このことをいうのだ。皆、眼光が鋭くて、精悍で恰好いい。

残りの女とほんのわずかの男は戦闘に参加もするが、老いも若きも基本的に捕獲した食糧の運搬役だ。

上槇ノ原は蛻《もぬけ》の空となった。

御厨山山中から羽鳥山に抜けた。狙撃されたこともあり、崩落部分に対しては奴らも注意を払っているだろうから山頂近くから宿舎を窺う。狙撃眼鏡の視界がすっかり馴染むようになった。

對馬さんの巨体が遥か眼下にあらわれた。声はまったく聞こえないが、男たちを叱咤している気配だ。

どこに行っても對馬さんは對馬さんだ。狙撃眼鏡で見おろす皆のあいだから圧し殺した笑いがあがった。

気配からすると軍からなにも届かなくなって、食糧事情は上槇ノ原よりも酷いようで、逃げだしたい一心なのに軀がまともに動かないようだ。

死にかけている者を運ぶかどうかも議論になっているようだ。それでせっかちな對馬さんが苛立っているのだ。

極道者よりも兵隊の動向だ。あえて重機関銃を持って移動するか、それとも小銃のみで宿舎から逃げだすか。鉄が声をあげる。

「重機、ばらして担いでやがる」

鋼が受ける。

「さすが大日本帝国の兵士。腹が減ってても持つべきものは持ってくってか」

重機関銃の怖さは、私がしつこく吹きこんでおいた。だから女たちの顔が不安に歪んでいる。重機を軽く見て穴だらけになって死んでしまうよりはましなので、私は無表情をつくって黙っている。

對馬さんに引き連れられて、兵隊と極道者たちが動きだした。死にかけは宿舎に残していくようだ。

項垂れて歩くその姿は、亡者の群れのようだった。それでも上槇ノ原から逃れたい一心で、盲目的に對馬さんの背を追っていく。

戦略上、できることなら指揮官は真っ先に消してしまいたい。指揮官は先頭にあるべきだ。せめて對馬さんと並んで歩くべきではないか。

けれど中薗中尉は見当たらない。私は狙撃銃を構えて、中尉の姿を捜した。

中薗中尉の姿が狙撃眼鏡に映った。隊列の中程、一瞬だった。すぐに揺れて重なる数人の人影にまぎれてしまった。

よほど舌打ちの音が大きかったのか、同じく狙撃眼鏡を覗いていた傍らの女が声をかけてきた。

「だめ?」

「うん。部下を楯にしてやがる」

「隠れて動いてるってこと?」

私は頷き返し、我に返った。

たとえ機会があったとしても、撃たなくてよかった。對馬さんが身を挺して男たちを宿舎から連れ出したのだ。

ここで撃てば、奴らはふたたび宿舎に籠もってしまう。あの建物は軍隊がつくっただけあって、要塞めいている。絶対に宿舎にもどしてはならない。

私たちの勝機は、積雪ですっかり見晴らしのよくなった山中で、高所から狙い撃つことにある。季節がよくなって木々が緑をまとってしまえば、とたんに見透しが悪くなるのが山だ。遮蔽物に身を隠されてしまえば、どうしようもない。

素早く思案した。奴らは山を知らず、雪に慣れていない。

對馬さんが提案しなくても、体力の点からも奴らはまちがいなく谷底に近い部分を移動するだろう。

あるいは雪山を知っている者がいたって、對馬さんは私たちが上方から狙い撃ちできるように狭隘《きょうあい》な低地に誘うだろう。對馬さん自身も沢筋と呟いていた。

「靜姉さん」

「うん」

「焚火、できないね」

蘗埜美苗さんの心配は、もっともだ。私がおぶっている景ちゃんに視線を投げ、不安そうだ。

「――そうだね。暖をとるには、よほど気配りしないとね」

「夜なら、多少の煙はだいじょうぶだとは思うけれど」

「人数がいるからね。赤ん坊もいるし。盛大に火を燃やしたいところだけれど、それは絶対にだめ」

「まだ、冷えるよ」

「わかってる。分散してチマチマした火で暖をとるしかないよ」

凍死者も織り込み済みだ、とは言わない。けれど私は鬼になる。悪魔になる。犠牲者を出しても、上槇ノ原を護る。

国家は税を毟《むし》りとるだけで、私たちになにもしてくれない。食糧を与えてはくれない。

皆が私に注目している。私はごく軽い調子で言う。

「奴らも、上槇ノ原を離れれば――つまり迷いの森を抜けられるって確信すれば、隙を見せるよ。解放感もあるだろうし。だからなるたけ早く結界を解く算段をするから」

「それは、とっととケリを付けちゃうってこと？」

「そう。獲物を運ぶ距離は、短ければ短いほど楽だから」

皆が、私の表情にある含みに気付き、さらに凝視してきた。

「――理想だけれど、できたら生け捕りがいいね。そうしたら自分の足で上槇ノ原までもどって戴ける。鉄の着想だけど人間牧場。食べ物として保存するには、生かさず殺さずを貫徹すること。鉄に言わせると、奴らを坑道内につないどけばいいって」

「牧場っていうけど、飼料はどうするの？」

「骨を与える。私たちが髄を啜った残りを与える。奴らに命じる。生き残りたかったら、この軍特製の陶製おろし金で戦友の骨を、兄貴分の、子分の骨を粉にしろって」

「連れ帰るのだって、難儀しそうだよ。相手は生き物だ」

「あまり真面目に考えないで。生け捕って、歩かせて、動けなくなったら食う。どうせたくさんのやつが動けなく、あるいは動かなくなる。ならば撃ち殺す。解体して食べきれなかったら、日陰の雪の中に埋めておく。天然冷蔵庫。それでいいじゃない」

「静姉さんは、怖い」

「私は上槇ノ原のみんなを生かすことしか考えていない」

これだけの人数が間近にいるのに、息の音さえしない。

私は皆の視線が頬に刺さるのを感じて、ほとんど意識せずに顔に手を伸ばした。頬に触れずに、指先を一瞥した。皹《あかぎれ》でぼろぼろだ。しかも爪には真っ黒な垢が詰まっている。

風呂に入る気力さえないのだ。顔を洗うこともなくなった。臀に獣の革をぶらさげて、石器ならぬ歩兵銃を担いだその姿は、狩猟に命を懸ける原始人だ。

私は気詰まりなのを誤魔化すために、わざとらしく咳払いした。

「さ、奴らの様子を見張って」

皆は我に返り、鉄と鋼の指図で私のまわりから散っていった。

山で生まれ育った女たちだ。最低限の指示で、橇で雪をギシギシ踏み締めて、すっと散っていく。

雪の斜面をものともせずに横切っていく。

27

夜半、雪上に横たわる兵と極道を見張っていた。

腹這いになって狙撃銃を構えた。夜目がきく私はともかく、夜は誰彼の区別なく暗い。戦端を開くわけにはいかない。

明けるまで交代で見張りを立て、数十分ほどウトウトした。

明け方近く、小一時間ほど雨が降った。雪に変わらず、雨のままだった。季節は確実に春に向かっている。とはいえ冷える。皆、身を寄せあい、雨と寒さを凌いだ。

一夜明けた。

極道はともかく兵士は野営に慣れたもので皆、軀を縮こめて心臓を冷やさぬよう右側を下に眠っていた。

奴らはなかなか目覚めなかった。日の位置からして午前十時くらいか、やっと起きだした。

全身に霜が降りたまま起きあがらない者が数十人ほどいた。即座に銃剣で全身を断ち割られ、貪り食われた。

骨片と化した死者を横目で見つつ兵も極道も雪を掬って喉を潤し、白い息をたなびかせながら狭苦しくつながる谷あいを亡霊の群れのように歩きはじめた。

結界を解くよう伝えてくれと紅玉の夜に頼んだ直後だった。

亡者の群れの先頭に立った兵士が地図と地形を較べ合わせて、大きく顔をあげた。

実際に足が地面から離れたわけではないけれど、地図を手にした兵士が跳ねあがったように見えた。表情が喜悦《きえつ》に輝いて唇がわななき、地図を持つ手が顫えていた。

背後の兵隊に大声で告げている。

同じところをぐるぐる回っていない、と。

迷いの森から抜けた！ と。

声は谺して無数の尾を引いた。

雪が小さく崩れ、斜面を幾筋もの銀が疾る。緩みはじめている雪に大声がぶつかったからだ。

心の中で、さらに紅玉の夜に頼んだ。

いまは上槇ノ原から少し離れてしまったけれど、私は綾から絶対に離れない、遠くに行かないと伝えてくれ、と。

――なぜだろう。なにも信じない子なのに、靜の言うことだけは真に受ける。うっとりしてる。幸せそうだ。

紅玉の夜の報告を心に聞きながら、狙撃眼鏡をきつく右目に押しつけて、笑んだ。

安全保障のために伝えてもらったのではない。本音だ。可愛い綾。私の赤ちゃん。

綾がこの世界からいなくなるときに私もいっしょに行くと決めた瞬間、命をあげると決めたとたんに、私の綾に対する愛情は真実になった。

真実なんて、正義と同様に大嫌いな言葉だが、私の綾に対する気持ちはそれしか言いあらわしようがない。

綾の孤独は、私が引き受ける。

綾だって私だけいればいいわけだから、もっと早く私の気持ちが変化していればよかった。

私の綾に対する気持ちは好悪が極端で、いつだって抑制がきかなかった。

ときに猫可愛がりしたが、おおむね邪険に接し、けっきょくは鬱陶しがっていた。

それだけならともかく、私は綾を恐れていた。怖がっていた。

いまの私は、少し前までの私とは別人だ。綾が愛おしくてならない。

綾が上槇ノ原に降りてこられないのなら、私が足繁く綾のところに通おう。腕枕して、密着しながら他愛のないお喋りで夜更かししよう。

強引にこじつければ、ようやく私も女として成熟し、母性愛を得たのだろう。

だが、遅かった。まったく間に合わなかった。

まだ幼くて、日本人形のように真っ白だったころの綾の孤独に気付いてあげることができ、母のように親身に寄り添うことができていれば、綾はよくない妄想を抱く必要もなかったのだ。

諸悪の根源は、私だ。

綾の妄想は絶対的かつ絶望的な孤独がもたらしたものだから、この惨状の責任は、私にある。

人ならぬものの気持ちがわかるはずもないという言い訳も泛ぶが、綾と常に一緒にいた私の感受性の鈍さが、いまの厄災の原因だ。

いまも、これから先も綾のことは誰にも言えない。言わない。

綾が私を別の世界に連れ去るまで、綾のことは誰にも明かせない。

兵士と極道の行軍が目に見えて勢いを増した。もちろん飢餓状態にあるから、その歩みは遅々としたものだが、あきらかに気配がちがう。恐るおそる歩いていたのが、確信を持って動いている。

道なき道だが、地形は地図通り続いて揺るぎない。上槇ノ原から逃れられると舞いあがっている。

列の中間、やや前寄りにいる對馬さんに誘導されて奥只見の方角に向かっている。

凍えた両耳を押さえた對馬さんが、さりげなく見あげてきた。

きっちり私たちが構えている場所を見抜いている。

さすがだ。下からは見えはしないだろうから無意味とは思いつつ、大きく頷いた。

袖を引かれた。美苗さんだった。

「景ちゃんのおっぱいの時間」

「――でも、おっぱい、でないから」

わかりきったことをいちいち口にするなという気配の眼差しと、幽かな棘を含んだ言葉が返ってきた。

「ひたすら雪を舐めさせとくわけにもいかないでしょう」

それは、そうだ。昨日は諸々にまぎれて背の景ちゃんのことを忘れていた。

景ちゃんは芯から強い子なので大仰に泣くこともなく、静かなものだった。

途方に暮れて、あちこちに胡乱《うろん》な視線を投げた。どうしていいかわからないので、視線が定まらなかったのだ。狼狽えたのだ。

雪を舐めさせただけ――。

美苗さんが見るに見かねたのだ。

無責任極まりない。景ちゃんのことを引き受けておいて、どう授乳させるかといったことは一切考えていなかった。

どのみち對馬さん以外にまともに母乳の出る者などいないという思い込みもあった。

思い知らされた。私にはなにか大きく欠けているところがある。

それは景ちゃんだけでなく、綾に対してもそうだった。

知識はたっぷりだが、核心を見逃すのだ。

自責の念が這い昇り、ぎりぎり締めあげられるように胃が縮こまって痛んだ。

美苗さんが斜面上方の林を鎌で示す。

「きて。瓜膚楓《うりはだかえで》の幹に傷つけといたから」

「樹液《じゅえき》か！」

楓の木は、根から吸いあげた滋養を夏のあいだに糖に変える。その糖分で厳しい冬を越し、春の成長の糧とするのだ。

雪融けの兆しがあらわれるころ、楓は地中からどんどん水分を吸いあげて糖を幹全体に行きわたらせ、背丈を伸ばす準備をする。

鉄と鋼に目配せして、持ち場を離れる。

すぐそこだから——と、私に心配をかけない配慮を示す美苗さんを前屈みで追い、勾配をあがる。

樹齢三、四十年ほど、太さ二〇センチほどの楓が幾本か選びだされていて、幹に十字の傷が付けられていた。そこから淡く澄んだ茶色の水が流れ出している。

「若木のほうがもっと出るけど、山の木々は宝だから、ちょいお年寄りの瓜膚楓にお世話になることにした。この木たちはここまで育ったんだから、傷を付けてもだいじょうぶ。ちっとやそっとのことでは倒れない」

大きく頷いて、あわてておんぶ紐をほどいて景ちゃんの顔を幹に押し当てる。

景ちゃんは生木の匂いに怪訝そうだったけれど、甘味に気付いたとたんに幹にしがみつくようにして、チュウチュウ吸いはじめた。

私は両脇に手を挿しいれて大きな赤ちゃんを支える。

美苗さんが目を細めて景ちゃんの頬を撫でさする。優しく囁く。

「甘いか？　甘いだろ。たんと吸いな」

景ちゃんは楓の樹液に夢中だ。だがそれにもまして美苗さんが景ちゃんに夢中だ。

真っ白い人形だったころの綾ほどではないが、集落では抽んでて白い肌の美苗さんは、なかなか妊娠しない。妊娠しても美苗さんの家系は流産が多い。

私の知らないところで子供が流れてしまったのかもしれない。お腹の奥底に命を宿し、突きあげるような母性に覆いつくされた美苗さんだが、残念ながら赤ちゃんはこの世にまで至ることができなかった。

そんな勝手な空想をしつつ、甘い樹液を吸う景ちゃんを美苗さんの手にあずける。

美苗さんは一瞬私を見て、重っ――と嬉しそうな声をあげ、うっとりした貌で景ちゃんを抱き支えた。

「この樹液を煮詰めたものをメイプルシロップとかいうらしいよ。カナダの特産。壜に入ってる写真を見たことがある。なんか板谷楓が一番出るらしい。もっと探せば板谷楓の林もあるかもしれないね。いつか上槇ノ原の特産にならないかな」

どうでもいい蘊蓄《うんちく》と展望を口走ると、美苗さんは私を見ずに言った。

「景ちゃんは私にまかせて。みんなが待ってる。早くもどってあげて」

それもそうだとその場を離れたが、奇妙に脹脛《ふくらはぎ》が強ばって歩みがぎこちない。授乳のことなどなにも考えていなかったくせに、離れがたい。

景ちゃんが美苗さんに奪われてしまう――そんな得体の知れない強迫観念さえ迫りあがってきた。

先ほど私はようやく母性に目覚めたと感じたが、それは知性がもたらした解釈に過ぎなかった。だからこの胸苦しさは、なかった。あらためて思った。

私にも母性があったのだ。すっかり軽くなって体温の失せた背中が心許ない。

綾は、私が男の人と仲良くなるのを許さない。私は、一生子を産む機会がない。

寒々として、きつく両手を交差させて自分を抱き締め、斜面を下る。

皆は下界の行軍に合わせて移動し、先回りしていた。

谷底をいく蟻たちは橇がないので、雪に足を取られて前進に苦労している。私たちは素早く動ける。鉄が言った。

「このまま進ませると運ぶのが大変になる。とっととやっちまおうぜ」

運ぶのが大変とは、屍体のことだ。私は無表情に頷き、鉄と鋼に囁いた。

「骨のある奴はこっちに向かって闇雲に挑んでくるかもしれないけれど、ほとんどの奴はあっちの斜面に逃げる。鉄も鋼も、あのまともに木も生えてないハゲハゲの斜面に逃げるように射撃して誘いこんで」

鋼が向かいの山肌に視線を投げ、呟く。

「静姉さんは陰険だなあ」

鋼の言葉に鉄はニヤついて、なんとも嬉しそうに頷く。

「なるほどね。狙撃銃を撃ったことがなくったって、山肌なら撃てるよな」

女たちを呼び寄せ、どのあたりを狙うかを鋼と相談してざっと説明した。

女たちは雪上に腹這いになり、狙撃銃を構えた。鋼の指図で狙撃眼鏡を覗き、山肌に銃口を向けて実際に撃たずに予行演習だ。

兵士と極道者の縦に長い列が谷底をゆるゆると移動していく。凍えた蟻の行列だ。

中薗中尉の周囲だけが、取りかこんだ人柱でこんもり膨らんで幽かに湯気があがっている。鉄が戸惑いを含んだ呆れ声をあげる。

「どーしちゃったんだ、中薗君は。すっかり臆病者じゃねえか」

「鉄の言うところのインテリゲンチャってやつの正体だね。臆病だからこそ、突っ張ってたんだ。恰好つけて虚無的に振る舞ってた。下槇ノ原の奴らを殲滅《せんめつ》したときまではそれができた。けれど、いよいよ上槇ノ原から逃げられるとなって命が惜しくなったんだ。中薗中尉の虚無は付け焼き刃だった」

「靜姉さんもゲンチャだけど、臆病とは無縁だな」

「うるさいよ。いいか。基本的に先頭と後ろを狙う」

「雪隠《せっちん》詰めだな」

「斜面は鋼にまかせるけど、それまでは奴らが進んだりもどったりできないように女たちに指図して撃たせて。たぶん私と鉄は重機関銃にかかりきりになる」

ここはなんという山だろう。私たちは山に詳しいが、地理には疎い。いまや自分がいるところが何山かも知らない。

五メートル以上積もった雪から頭を出している白檜曾《しらびそ》の様子からすれば、標高は二千メートルを超えているのではないか。

私の気持ちは未来に向かっていた。山は過酷だが、宝箱でもある。先ほどの楓の林といい、なにが隠されているかわからない。それこそ温泉だって出るかもしれない。

ああ、なにも考えずに硫黄の臭いのするお湯に軀を浸したい。

「なに考えてんの？　幸せそうに」

鋼が顔を覗きこんでいた。

「──幸せそうだった？」

「うん。うっとり、遠い眼差しってやつだ」

「じゃあ、そのうっとりを実現するためにも撃たないとね」

私が銃を構えると、即座に鋼と鉄が両脇を固めた。鋼が怪訝そうな声をかけてきた。

「なんで一発？」

意味がわからず小首をかしげると、鉄がさも当然といったふうに答えた。

「無駄弾撃たれると、悲しいだろ」

聞き咎めて、問い詰める。

「どういうこと？」

「五発、装弾できるんだ。鉄は弾をケチってるよ」

鉄は派手に舌打ちし、私に装弾のしかたを示した。私は真似して五発、弾を込めた。

「俺は商人だから、効率を考えんだよ。あえて言っとくけど、ボルト引かなくちゃならんから一発ずつ装塡して撃つのと大差ないぜ。ちゃんと当ててくれよな」

信用がなくて、少し悲しい。

気を取りなおして軽脚と称されるぶっとい針金の一本脚を雪に挿しいれて銃を固定し、狙撃眼鏡に右目を押し当てた。

静姉さんが一番最初に撃ってくれ──と鉄が囁き声で言った。

私は頷いた。銃の腕は二人には遠く及ばないが、私には撃つ責務がある。

地図を眼前にかざした先頭の兵士に、照準を合わせる。引き金にかけた指先が幽かに汗ばんだ。息を大きく吸って、静かに吐く。吐くのに合わせて——。

撃つ。

地図が細片となって、舞った。紙片の雪を血が追いかけた。重力に引かれるまま、兵士は受け身をとらず真後ろに斃れた。

ホッとした。初っぱなの一発を外したら鉄にどんな厭味を言われるかわかったものじゃない。

おっと、気を抜くわけにはいかない。鋼の指図で女たちも撃ちはじめたので銃声が幾重にも重なった。

私はボルトとやらの操作がぎこちなく時間がかかるけれど、鉄と鋼は無数に弾が込めてあるかのように撃ち続ける。

鉄と私が集中して狙っているから、機関銃を組み立てようとしている兵士が次から次にくしゃっと倒れ込む。

兵たちも諦めずに、屍体を楯に重機関銃を組み立てようと匍匐《ほふく》して近づいてくる。

機関銃の本体を脚に取り付けようと悪戦苦闘している兵士に狙いを付けて鉄が呟く。

「あれ、三〇キロくらいあるんだぜ。腹ぺこには重たいよな〜」

昂ぶると、外してしまう。息を鎮め、重機関銃を組み立てさせぬよう狙いを定める。

重機に近づこうとする兵士が面白いように斃れていく。爆ぜた血が雪の上に派手な花を咲かせる。

周囲の兵は歩兵銃を構えて援護し、重機組み立てを助けようとするのだが、私たちの居場所が判然としないせいで射撃は闇雲だ。

都合のよいことに外した弾のことは印象に残らない。見事に仕留めた場面ばかりが脳裏に刻まれる。

私だってかなりの確率で斃すことができている。自負しつつ、撃つ。

操り人形の糸を切るかのように、兵も極道もぱたぱた倒れていく。

持ちこたえるのは無理だ――と判じた兵の隊列が後方から乱れ、崩れて、向かい側の斜面に逃げはじめた。

谷底だ。季節柄、岩々は雪の下に隠れていて弾よけ＝遮蔽物はない。

少しでも射撃の威力を削ぐためには、向かいの高山の切り立った雪の斜面に逃げるしかない。小銃を持たされていない極道者たちもそれに続き、我先に逃げだした。

奴らが考えもしなかった雷雨のような大量の弾幕だ。否応なしに山肌に向かわせる。

死への誘導は、うまくいっている。

引き返せないし、進めない。

登るしかない。

右脇に鋼がいるのに気付いた。

鋼は襷掛けにした翫鹿の革のザックに弾をたっぷり詰めこんだ。銃弾の補給にやってきたのだ。

一段高いところで狙撃銃を撃っている女たちのところへ肘で這っていく。

「臆病じゃなくて、慎重」

「立ちあがらないこと?」

「そ。あいつは長生きする」

「多少は撃ち返してきてるもんね」

「上から撃ってるから、重機で薙ぎ倒すように撃ってこなけりゃそうそう当たらんけど、まぐれ当たりも有り得るからな。楽観てやつは大切だけど、この場合は当てはまらねえ。靜姉さんも動くときは這うんだぞ」

うん！　と頷きつつ、重機関銃に取り付いた兵を狙撃するのに集中する。

どうせ撃つなら重機自体を破壊してしまえばいいと素人考えが泛び、狙いを定める。

火花が散った。

金属音が聞こえたような気がした。命中したが、重機は微動だにしなかった。

鉄が私を一瞥し、ふたたび射撃にもどり、連射しながら言った。

「靜姉さんの弾、ヒレに当たった」

「ヒレ？」

「火薬の爆発、弾の摩擦。銃身て、すっげー熱くなる。機関銃は、撃ち続けると数分で銃身が真っ赤っかになるんだぜ。それを防ぐためにヒレがついてるわけ。空冷《くうれい》ってやつだ。で、靜姉さんの弾は、そこに当たった。ヒレが欠けても撃てちゃうけどね」

「――意味がなかったか」

「水冷《すいれい》だったら穴があいて水が流れて、よかったんだけどな」

「水で冷やすのもあるんだ？」

「うん。日本は満州まで行って戦争はじめたじゃねえか。あっちは寒いらしくて、効率のよい水冷は冷却水が凍っちまって使えなかったっていうよ」

無駄話？　をしながらも鉄は次々に重機関銃にまとわりつく兵士を撃ち倒していく。

銃を撃つと人が死ぬ。

実感がない。私にあるのは肩口に残る反動の衝撃と硝煙の匂いだけだ。

それでも死屍累々の人海戦術の果てに重機関銃は組み上がった。

中薗中尉が指揮している。本性をあらわしてしまいはしたが、戦争にかけては玄人だ。これは、まずい。

對馬さんがまだもどってきていない！

ほんとうに、まずい。

逃げだして私たちのほうに直登したら、真っ先に狙われるだろう。

悪い予感は当たるものだ。

對馬さんが転がった屍体の下からさりげなく抜けでた。両手を合わせているのは、その屍体が景ちゃんの父親だからだろう。

對馬さんは巨体を縮こめて、私たちがいる斜面に移動してきた。

四つん這いになって急傾斜を登る。雪が緩んでいるので踏ん張りがきかない。

四つん這いのまま、ズズズと滑り落ちた。

中薗中尉が気付いて、なにか喚いている。

重機関銃の銃口が對馬さんの方に向いた。

私は射手を狙おうとしたが、屍体で土壇を築いたその背後に身を隠している。

やべえ！　と鉄が顔を顰めた。

私は声もない。

對馬さんはよりによって暗褐色の野良着なので、雪の斜面でやたらと目立つ。

重機関銃が對馬さんを照準に捉えた。

距離的にも一点集中で狙えるのだろう、左右に払うわけでもなく、一直線に朱色の帯が對馬さんに向かう。

連続して乾ききった銃声が谷底に響く。

罠にかけた女を挽肉にしてくれる！

「あれ？　重機、頓珍漢なとこに弾が飛んでくぞ」

鋼が首をかしげて言い、鉄が私を見た。

「靜姉さんが銃身を撃ったからだ」

「ヒレだっけ？　ヒレなのに、頓珍漢？」

「――靜姉さんもかなり頓珍漢だな。ヒレって言うけどよ、そりゃあ銃身も歪むぜ。機関銃の銃身てのは消耗品だ。取り外しができるようになってるから、横からの衝撃に弱い」

得意そうに解説してくれたが、なにを言っているのかよくわからない。

それよりも對馬さんだ。銃撃が外れて瞬時息をついたあと、火がついた。火事場の馬鹿力で、凄まじい形相と勢いで雪煙をあげて高度を稼ぐ。

なにやら叫んでいる。

声はつぶれてよくわからないが、その唇の動きは読めた。

景、景、景、景、景、景、景、景――。

いきなり美苗さんが立ちあがった。両手で景ちゃんを掲げて對馬さんに示す。

對馬さんが気付き、一瞬動きを止め、さらに雪に半身が埋まる勢いで登りはじめた。

鉄があわてて美苗さんを押し倒した。鉄が見越して倒したのだろうが、美苗さんは景ちゃんをうまく抱きこんでいた。

ムチャするなよ～と、ぼやき声で美苗さんを叱っている。

母は強し。

いや對馬さんが特別強いのだ。景ちゃんを認めた對馬さんは左右に薙ぎ払う重機の射撃をものともせず、人間離れした勢いで私たちのところに向かって直登する。

「景！」

對馬さんは美苗さんの手から景ちゃんを受け取り、抱き締めると手放しで泣きだした。

「景！　景！　景！　怖かったぞ、かーちゃん死ぬかと思ったぞ！」

その巨大な立ち姿とドラ声を狙って機関銃も小銃も一斉射撃だ。周囲の女たちがあわてて對馬さんの脚に取りついて引き倒した。

転がった對馬さんは景ちゃんをしっかり抱いて守り、おいおい泣いている。

見守る美苗さんは、頬笑みが崩れたすっぱい貌で俯いて、静かにその場を離れた。景ちゃんが自分の手から離れてしまって、哀しみに覆いつくされてしまったのだ。

相憐れむというわけではないけれど、なんとか美苗さんを妊娠させてあげたい。

上槇ノ原の男は掟で禁じられている。生け捕りにした男を使う。それには、絶対に勝たなければならない。

鉄と鋼を見やる。大きく頷く。

いまや眼下の行軍は大きく崩れて、鉄の概算によると重機にまとわりつく八十人と、いっせいにばらけて向かいの高山の斜面に取り付く大多数の者たちに別れた。

私たちのほうの斜面を登ろうとする者は、皆無だ。

「ありゃま。奴ら、よりによって斜面の木々が途切れたほうに逃げてくぞ」

剽軽な鉄の声に、鋼が薄笑いを泛べた。

よりによってではない。誘導されている。兵と極道は私たちの銃撃によって逃げやすい場所、登りやすいところを選ばされてしまっているのだ。

鉄は狙撃銃の引き金に添えた人差指を小刻みに動かして平常心からやや外れている。それでもこれから起こることを悟られぬよう、地上に居残った兵を狙い撃ちしていく。

鋼は至って平静だ。

私と同様に気が急いて落ち着きをなくした女たちの左側に膝で立ち、まだまだまだ——と抑えた声をかけて制している。

狙撃眼鏡を覗く眼球の上を、涙が流れていく。白い世界が微妙に歪む。

早く撃ちたい。じれったい。掌と背に、汗がじわっと湧きあがった。

まだまだ、まだまだ——。

まだなの？　奴ら、あんなに登っちゃったよ！

まだまだ、まだまだ、まだまだ——。

静かになった。しわぶき一つ聞こえない。まだまだ——と念仏のように唱える鋼の声だけだ。

思わず狙撃眼鏡から顔を外して、上ずった声で鋼に問う。

「まだ？」

鋼が、にこりと笑った。

「いまだ。尾根の臍《へそ》を狙え」

圧し殺した声だったが、女たちも私も鉄もいっせいにほとばしり、一塊《ひとかたまり》になった。

三十五の銃声が一つに重なって、じつに太く威圧的な轟きを放った。

絡みあう銃弾は朱色の尾を引いて鋼が指示した臍＝ツボとでもいうべき高山斜面のかなり高い位

置に吸いこまれた。

よし、と鋼が頷きながら射撃を制した。

撃ち続ければ、奴らは斜面を下って逃げてしまう。南風にのって硝煙の匂いがふんわり流れていく。

雪面に張りつき凍りついていた兵と極道が唐突に止んだ射撃に首をすくめながら様子を窺っている。

追い詰められた人は、自分の都合のよいように考えるものだ。

――女ども、弾が尽きたようだ。

奴らが登りかけている斜面の上方に露出している根曲竹が、踊りはじめた。

根曲竹は長さ、いや高さが四メートルほどだろう。つまり積雪は四メートルくらいということだ。

根曲竹の尖端が、ぴょこぴょこ左右に揺れる。

雪が一番底で崩れはじめているせいで、いままで押さえられていた根曲竹が起きはじめているのだ。

私たちからは、浮かれて跳ねているように見える。

雪の肌に鮮やかな青い影が射す。深い裂けめの剣呑な色だ。

けれど奴らはまだ気付いていない。

「なんか天の導きかな?」

鉄の呟きに、私は笑みを泛べて頷く。天ではなく綾の導きだ。

「だって理想的な四十五度だぜ」

ゆうゅゅゅゆゅゅゅゅゅ――。

奴らが蟻のように取り付いている斜面から奇妙な口笛が聞こえた。

すぐに止んだ。

静寂が拡がる。

私たちの昂ぶりの呼吸だけが異様に大きく聞こえる。

手に汗を握って見守る。

んごぉおおおぉごごごごんごぉ――。

どこか湿り気を含んだ地鳴りが轟いた。

雪面が上方から大きく迫り出し、宙に向けて打ち放たれた。

蟻たちが驚愕の眼差しで天を仰ぐ。

なにが起きたか気付いて左右に、あるいは下方に必死で逃げはじめた。滑落する者も多い。

経験則からいって雪崩が起きるのは直角の半分の角度なのだ。直角の半分以下だと雪は滑りづらく、半分以上だと雪は満足に積もることができない。

この斜面は、鉄が指摘するように、雪崩を起こすのに理想的な角度だ。

しかも夜半の雨で、雪はすっかり緩んでいる。地面と積雪のあいだに雨水が這入り込んでいる。

サラサラではなく湿った雪だ。

湿った雪はスコップですくっても持ちあげられないほどに重い。

それを受ける者にとっては最悪の雪崩だ。白い鋼鉄だ。

「いやあ、見事な水雪崩だ」

鋼が呟くと、鉄が訂正した。

「正しくは底雪崩」

鋼は相手にしない。

斜面を駆け下りる無数の白い塊を静かに眺め、連鎖的に巨大化し膨れあがっていく純白の悪魔の軋み音を愛でる。

「すっげえ！　軍用トラックくらいあるぞ、雪の塊が――」

鉄の感嘆の声と同時に、兵と極道、まとめて暴走する無数の純白の軍用トラックに激突され、ひと呑みにされて消滅した。

後に知ったことだが、水雪崩、いや底雪崩の巨大な雪塊は大量の水分を含んでいるせいで重さが五トンにも達するという。

早くも最上部の茶褐色の地面が露出している。

降り積もった雪の上っ面だけ雪が滑り落ちているのではなく、根刮ぎ引力に嘉《よみ》され、嬉々としてすべてを呑みこんで地の底に向かって疾駆しているのだ。

どれくらいの時間がたっただろうか。

ふと気付くと静寂だった。

雪煙だけが濛々《もうもう》とあたりを覆っている。

谷底がずいぶん高くなっていた。

重機関銃に取り付いていた兵士も、余さず雪の底に閉じこめられていた。

新聞の見出しの調子で言えば『初春の雪崩による大惨事』といったところだ。うーん、見出し。ぜんぜん面白くないな。

本音をあかせば、最初の一撃、銃を撃ちはじめたときからビクビクしていた。

銃声によって雪崩が起きてしまえば、兵と極道合わせて三百人以上を一気に殲滅することができなくなる。

重機関銃に対処することも重要だったが、兵と極道のほとんどを、いつも雪崩が起きるせいで樹木が一本も生えていないスキー場のような斜面に追い込むのがすべてだった。

「不思議だよな」

「なにが」

「大声で小さく雪が崩れるほどだったのに、銃を撃ちまくって、あげく重機関銃ババババババ！　だぜ」

「――そうだね」

「鋼の合図で銃弾を撃ちこむまで、雪たちはじっと待っててくれたんだぜ」

雪たち、という擬人化がすんなり受け容れられる。

慥かに雪は意思をもった生き物だった。

鋼は会話に加わらなかった。その瞳が彼方に向けられている。たぶん綾がいるところだ。

鉄と私は生臭い会話を続ける。

「雪崩に呑まれた奴は、そのまま放置だな」

「うん。冷蔵庫。見たこと、ないけど」

「冷蔵庫。さすがに高畑の御屋敷にもなかったなあ」

「こんな大きな冷蔵庫、どこにもないよ」

「ねえなあ、こんな巨大で真っ白な冷蔵庫。うまい具合に日当たりの悪い谷だ。どんくらいもつかな？」

俺に訊いてるのか、と鋼が顔を向ける。

「最低でも梅雨までは、六月までは充分、冷蔵庫だ」

「そんなもつか？」

「もつよ」

鋼は眼差しを伏せて続ける。

「多少溶ければ、浅く埋まってる奴の腕とか足が出ちゃうかもしれんけど。それより深く埋まってる奴は、夏になるまで人間様にはお手上げだ」

「掘るのはできるだろ」

「埋まってる場所を特定できるか？　これほどの大量の雪、闇雲に掘るのか？」

「ああ、そういうことか」

「俺たちの犬を、つがいでやるよ。ただし絶対に食うなよ」

鉄が顔を下に向けて鼻をクンクンさせる。鋼が頷く。

「俺たちは雪崩に遭った奴を探すのに、犬。犬の嗅覚が頼りだ。もっとも大概が間に合わない。屍体回収の場合がほとんどだ」

「やっぱ捲きこまれると、死ぬか」

「死ぬ。ただ息ができなくなるだけじゃないから。氷に浸かってるようなもんだから。それに雪の重みで圧がかかって、肺が潰れる」

「怖えなあ、雪崩」

「いまごろの雪崩は凄まじく重たいから、直撃された奴は手足がもげてるよ。首がなくなる奴もいる。逃げて真正面から塊を受けずに埋まっちまった奴も、すぐに死ぬ」

鋼は一呼吸おいて、続けた。

「掘りたては真っ赤に上気してる。窒息して赤いんだ。すぐに青白くなるけどな。で、埋まったまま見つからないで時間がたつと、暗い緑色になる」

私と鉄は眉を顰めて頷く。

向かいの山の景色はすっかり変わってしまい、乱雑に重なった白銀から手や足がはみだしている。

この途方もない雪崩に遭って、それでも生きている者もいる。

乱れに乱れた雪の中から上半身を出して、あるいは雪上に座りこんで皆申し合わせたように咳き込んでいる。

「雪崩に流されたとき、雪が肺に入ってしまったんだよ」

「苦しそうだな」

「埋まって動けないうちに、ケリを付けちゃえよ」

「おう。みんな、下るぞ」

鉄が真っ先に滑り降りた。

銃を手に、藁縄を襷掛けにした女たちが続く。

戦いに目覚めた女たちの目は鋭い。獲物を狙う鷹が乗り移ったかのようだ。この強さがあるかぎり上槇ノ原は安泰だ。

そんな感慨を抱きながら、銀の雪を蹴立てて私も滑り下る。

28

反り返って見あげる。

春爛漫《はるらんまん》の青空を背景に、ボーキサイト鉱が聳えている。崩落部分を補強するコンクリートの擁壁が八段重なった超巨大な雛壇だ。

右はまだ残雪がところどころ残る崩落した急斜面が羽鳥山の頂上附近まで続き、左は雛壇に緩斜面を拵えて、線路が引かれている。鉱山用の循環式インクライン、水礬土を運ぶケーブルカーだ。

横坑に入ると、たいして行かぬうちに垂直に切り立った縦坑と呼ばれる垂直坑が真っ黒な口を拡げている。

採掘されなくなってそれほど時間がたったわけではないけれど、石を投げ込むと、遠い水音がする。信じ難い深さだ。

垂直坑を避けて横坑を羽鳥山の胎内深く真っ直ぐ進むと、幾つもの採掘場があらわれる。御国はボーキサイト鉱が我が国に存在したことに驚喜し、途轍もない資金を投入した。

いまは往事の熱気もない。棄てられた鉱山は漠然とした闇が拡がるばかりで、静寂が支配している。

洞窟の常で温度が一定しているから、この時期は外にいるよりも多少は暖かく、夏は涼しいだろう。

二つ目の横坑に雪崩から生き残った食糧が百人弱、つながれている。

藁縄は強いが、濡れると腐る。宿舎に蓄えてあった銅線などを用いて、遣り過ぎなくらい厳重に手足を固定した。

数珠つなぎにされた男たちの姿を見るたびに思う。上槇ノ原でボーキサイトが発見されて鉱山がつくられたのは『静姉さんの御飯』を用意するためだったのだ――と。

闇の中で膝を抱く幽鬼のごとき男たちは当然ながら覇気がない。

保弾板がたりない、保弾板が――と譫言《うわごと》のように繰り返しているのは、重機関銃の射手か。

男たちは私の姿を認めると縋る眼差しを投げるか、俯いたまま微動だにしない。

揺れる松明の明かりで死んでしまった者を選別するのが日課だ。

ここに男たちを連れ帰った直後に、この中から一人だけ選ぶとしたら、誰を選ぶ？　と美苗さんに問いかけたところ、無表情に首を左右に振った。

ふたたび美苗さんを連れて、男たちのところに出向いた。

小銃を構えて、中薗中尉に声をかける。

「死ぬ前に、子孫を残したくないか？」

中薗中尉は黄色く変色した歯を見せて美苗さんを瞬きせずに凝視した。

西洋の女優のような美しさの美苗さんだ。言い寄る男はたくさんいる。けれど美苗さんは好みが極端で扱いが難しい。ほとんどの男が撥ねのけられてしまう。

「美苗さん、このあたりで妥協して」

私が囁くと、妥協という言葉が癇に障ったのだろう、中薗中尉が睨みつけてきた。

美苗さんは矯《た》めつ眇《すが》めつして呟いた。

「頭は、よさそうだね」

「すごく、いいよ」

「男としては」

「さあね」

私が肩をすくめると、美苗さんも大げさに肩をすくめた。その仕種はほんとうに西洋の女優さんのようだ。

薦めるのも奇妙だが、率直に言った。

「私も趣味じゃないけど、並以上ではある」

品定めされるのが耐えられないのか、中薗中尉は奥歯を咬みしめて蟀谷を小刻みに痙攣させた。なんだかんだいっても下っ端の兵隊よりは多く食べていたようで、虜囚のなかではもっとも色艶がいい。

「ねえ、美苗さん。美男子だよ」

「美男子。まあまあってところだな。本人は自信があるみたいだけど、その悪臭がちょっと――」

実際に鼻をつまむ美苗さんだった。

「贅沢言わないで。もちろん他に好きな人がいるならば、その人を選んでいいよ」

「ぜんぶ、嫌い」

「美苗さんは大工の西さん一筋だからなあ」

あんな禿げた貧相な年寄りのどこがいいのか。

私の嘆息に、美苗さんが妖艶な笑みをかえす。その色香に、ぞくっとする。

「西さん、私に興味がないもの。だから狙ってるのは西さんの倅。使えるようになったら内緒で使っちゃう。靜姉さんは掟とかあれこれ言わないよね」

「言わない。好きにしていいよ」

美苗さんの眼差しが、翳る。

「――ところが、そうもいかないんだな。知っての通り、うちの家系は上槇ノ原の男と交わると、可哀想な子が生まれるから」

可哀想な子が生まれるのは美苗さんの家系だけの問題ではない。上槇ノ原の女には、よその男が必須だ。

けれど男と女の関係は好悪の問題だ。

「私にはなんとも言えない。好きにして」

「――よその血が必要だよね」

「うん。絶対に」

「いいよ。この男で」

以後、幾度も中薗中尉に働いてもらった。強制しなくても中薗中尉は美苗さんに夢中になり、のしかかった。痩せさらばえたその軀のどこにそんな力が残っているのだろうと啞然とするくらいに、中薗中尉は止むことをしらなかった。

男の性《さが》かもしれない――などと男を知らぬ私はよそを向いて、けれど万が一に備えて銃の引き金に指をかけたまま、横坑内の最奥における美苗さんと中薗中尉の逢瀬に立ち会った。

すぐに美苗さんの月の物が止まった。美苗さんはお腹を押さえて確信ありげに頷いた。妊娠したことのない私は見分けがつかず、念には念を入れて中薗中尉を用いた。

春たけなわのころ、中薗中尉は吼《ほ》え声をあげた。

いままでも雄叫びに似た獣の唸り声をあげて果てていた。けれどこの日は、坑内に反響するほどの途轍もない凄まじい終局の声だった。

中薗中尉は、目を見ひらいたまま事切れていた。

「ねえ、美苗さん」

「なに」

「男って、いつもあんな声をあげるの？」

「男による」

「ふーん」

「中薗中尉は、別格の騒がしさだった」

思わずちいさく吹きだすと、美苗さんは控えめな笑みで頷いた。

「あまりに切実じゃない。私のことを好いてるみたいだったし。だんだん情が移った」

「――気持ち、好かった？」

「うん。情が移ってからはね」

「どんな感じ？」

「内臓が痺れるの。背骨を電気が伝って、後頭部で爆ぜて、真っ白になる。あとは腰がどんより重くて立てなくなる」

「――凄いね」

「うん。凄い」

「男なら、誰でも？」

「嫌いな相手だったら、なにも感じない」

「そうなんだ？」

「そう。私は気持ちが乗せられる相手じゃないと、なにも感じない」

「気持ちが乗せられる？」

「うん。なんか相手に気持ちを添わすことができるっていうのかな？　私の実感では、やっぱり相手に気持ちが乗るの」

快楽については皆目わからなかったが、気持ちが乗るというのは、なんとなく理解できたような気がした。

「本当はみんなで分けるところだろうけど」

「いいよ。美苗さんが食べて。お腹の赤ちゃんのためにも。お父さんも本望でしょう」

美苗さんは火を熾《おこ》し、幾日かかけて中薗中尉をすべて食べ尽くした。横坑最奥の出来事は、完全な秘密だった。

後始末のこと

上埜郡の本局からやってきた老年の郵便局職員は、家捜しをする私たち以外に人影がない下槇ノ原を怪訝そうに見まわしながら、東京が大空襲を受けて十万人が焼け死に、ドイツが降伏したらしいと教えてくれた。

「住人は、どこに行ったんだ？」

「さあ。でも、いずれもどってきますよ。土地に縛られた人たちだから」

「で、あんたら、なにしてる？」

言い淀む私のかわりに、鉄が満面の笑みで答える。

「種籾や種芋、いろいろ掻っ払ってる」

職員は私たちが肩からさげた狙撃銃を盗み見て、よけいなことを言わずに去った。

この職員は郵便物もないのに御苦労なことに猛烈な残暑で陽光がギラつく中、ゲートルを土埃で汚しながら上槇ノ原を訪れ、広島と長崎に新型爆弾が落とされ、ソ連が参戦し、玉音放送があり、大東亜戦争が終わった――と報告しにやってきた。

御国は小径を拡張して整え、こんな山奥に電気まで引いたが、いまや電線は切れて風に揺れるばかり、上槇ノ原はランプさえない生活で陽が沈めば眠り、陽が昇れば起きだす。私たちは半月以上終戦を知らなかった。

戦争が終わった。

壮大なる負け戦ということらしい。

あの狂騒はなんだったのか。気抜けした。あまりにひどい犠牲の数々が迫ってきたのは、後々のことだ。

気を取りなおして郵便局員には御宿蘗埜に泊まってもらい、焼いた肉で饗応した。

「こりゃ、美味えなあ。なんの肉だい?」

「腿肉ですよ」

笑いながら答えると、そうか腿か——と局員は笑い返し、肉など久方ぶりと舌舐めずりして美味い美味いと連呼して貪り食った。

私たちは兵士と極道に対する戦い以降、結束も固く、抜け駆けする者など誰一人いなかった——と記すと綺麗事だ。

私たちは食人で生き延びたという一点でつながって、なにかに憑かれたように上槇ノ原の復興を希《ねが》って頑張った。

下槇ノ原を徹底的に家捜しして得た種籾や種子の類いを中心に、飢餓のさなかにもかかわらず上槇ノ原の住民が隠しもっていた微々たる雑穀の種子などを供出させて、共同の農場を立ちあげた。いままでの隠畑とちがって、当然ながら地味のよいところを選んだ。男たちの骨粉を肥料として撒いた。

よほどの熱波や旱魃《かんばつ》に襲われないかぎり、秋にはある程度の収穫が見込める目処が立った。

兵と極道の肉で凌いでいるあいだに、すぐに収穫できる菜の類いも育ち、山中の隠畑に秋蒔きした大麦も立派に穂を付け、麻も早蒔きした玉蜀黍《とうもろこし》も見事に実った。

日本の敗戦が伝わる以前から上槇ノ原の食糧事情は満足のいくものではないにせよ陽気がよくなるにつれて徐々に好転し、けっきょく私たちは雪崩に呑まれた男たちには手を付けず、鉱山跡に幽閉した男たちのみで飢餓を乗り切った。

大工の西さんの手で住民たちの家も少しずつだが建ちはじめ、私の脳裏にあった計画通り道幅もゆったりと、御宿櫜埜を中心に焼き尽くされる前とはまったく別の上槇ノ原が再生されていく。

羣馬縣庁から国の意を受けた鉱山関連の調査団がやってきたのは、終戦の翌年の根雪も完全に溶けたころだった。

以前の高圧的な態度ではなく、民主主義とやらで役人どもは奇妙なくらいに腰が低かった。

「すべて焼けたんですね」

はいと頷くと、まるで帝都の有様だと調査員は笑い、あわてて真顔をつくった。

「この状態ですから、まだ新しい家のない住人は、無人となった鉱山宿舎で雨露を凌がせていただいています」

蛻の殻となった採掘現場等を視察してきたばかりの調査員が、怪訝そうに尋ねた。

「兵も囚人も、全員脱走した？」

「はい。鉱山の操業が止まって以降、国からの物資の補給も途絶え、皆様方は飢餓の極限でしたので――」

御厨山の中腹にさりげなく視線を投げる。肥料に用いる骨粉などたかがしれている。

遺骸の骨を安直に縦坑に抛り込んで始末しようとするのを止め、御厨山の山麓にある上槇ノ原の共同墓地に埋めた。

この地は土葬だ。雨で土が流れて骨が多少露出していても言い訳が立つ。

美苗さんがまだ首が満足に据わっていない愛娘を抱いて、片手で器用に御茶を淹れ、調査団の方々に勧める。

「綺麗な女の子だ。末が愉しみだ」

赤ちゃんを褒めながら、調査員は美苗さんの貌に釘付けだ。

私が苦笑を怺えて漠然と中空を眺めていると、我に返ったかのように調査団長が訊いてきた。

「兵士と囚人は、どちらの方角に逃げましたか？」

「北に向かいました。正確には北西ですか。山を知らない方々です。谷底をひたすら伝ったのではないでしょうか」

「うーん」

「どうかしましたか？」

「いえね、あれだけの大人数でしょう。けれど新潟にも福島にも長野にも、この羣馬にもどこにも人員流入の記録が残っていないんですよ」

私はもったいつけて顎などいじる。あくまでも噂ですが、と前置きして言う。

「じつは、山を往き来する猟師の人から聞いたのですが、羽鳥山を迂回して谷底をしばらく行ったあたりで大規模な雪崩の跡がございまして、その雪の中からたくさんの手足が覗いていたと」

「雪崩に巻き込まれた！」

「私たちはここ上槇ノ原から離れないので、ほんとうのところはわかりません。でも、たいした距離ではないとのことでした。もし雪崩に巻き込まれて遭難なされたというなら、お労《いたわ》しいことです。このあたり、春先は水雪崩がひどく、根刮《ねこそ》ぎです」

調査団はすぐに谷あいに沿って北に向かった。そして、二日後にはもどった。

「惨状でした」

「やはり、雪崩？」

「そうです。まだ肉の残った骨が――」

私が痛ましそうな顔をつくると、調査員は真に受けて言葉を呑んだ。

しばらく沈黙が続いた。

「――とにかく、兵と囚人は全滅ということです。あまりに御遺体の数が多すぎて、いまの情況では収容は不可能です」

いまの情況と言いはしたが、情況が好転したって御遺体の収容は一切なされなかった。雪崩の跡には大量の薬莢などが残されているはずだが、それについては一切触れることもなく、極道を制圧するために撃ったのではないですか――と解釈を用意していた私は肩透かしだった。お役所仕事とは手抜きだ。醒めた気分になった。

「疲弊しきった我が国ですが、やがては復興の狼煙が上がるでしょう。幸いボーキサイト鉱山の設備その他、破壊と無縁ですので、そう遠くない将来に鉱山再開を考えています。今回はそのための調査でもあるのです。再開の暁には上槇ノ原も大きく発展しますよ」

調子のよいことを吐かした調査団長だったが、奴らが上槇ノ原を去ってからまったく音沙汰がなくなった。

それでも駐在所ができ、もともと電柱があることから、案外早く電気が復活した。

私はさんざん陳情を重ねた。ボーキサイト鉱山が再開したのは、戦後十年たってからだった。

四月下旬、東条英機らA級戦犯の遺骨がようやく遺族に引き渡されたころに連絡が入り、十月には鉱山が稼働しはじめた。

鉱夫の腹を満たすために、對馬さんは〈おめん〉を再開し、十を少し過ぎたばかりには見えない大柄な景ちゃんが、甲斐甲斐しく料理を運んだ。

御宿櫜埜も鉱山関係者で大盛況、美苗さんもずいぶん華やいで、どなたが父親かはわからないが、第二子の長男を出産した。

残念ながら鉱山は七年ほどで閉山した。海外から鉱石が安く入ってくるようになって、立ちゆかなくなったのだ。

けれどこのとき上槇ノ原は戦時中の第一次に続いて第二次ベビーブームで、美苗さんをはじめ女たちは鉱山関係者の子を次から次に産んだ。

美苗さんは男児を出産したが例外で、残念なことに女ばかりが生まれた。

いつの時代でも上槇ノ原の男女比は一対九を崩すことがなく、地磁気の異常により遺伝子が――などと生半可な知識であれこれ推理したが、すぐにバカらしくなった。

地上は高度成長期とやらで浮かれ、物好きな旅行者が上槇ノ原を訪れたりもした。

それも七十年代のオイルショックでめっきり少なくなり、いつしか上槇ノ原はもとの忘れ去られた土地にもどった。

00

景ちゃんですが、現在では一緒に暮らしている若い喜美《きみ》ちゃんに〈おめん〉をまかせて悠々自適です。

蘗埜省悟さんからは、仁王様なんてニックネームをつけられてしまいましたが、省悟さんには景ちゃんの実年齢なんて見当もつかないでしょう。

不可思議なことに景ちゃんは、あるころから歳をとらなくなりました。年齢不詳のまま、いまに至ります。

じつは母親の對馬さんもほとんど歳をとらなかったのですが、昭和三十四年の四月八日に膵臓《すいぞう》の癌《がん》で亡くなりました。

泣き言もいわず、健気に苦痛に耐えて働き続け、太田市の県立東毛療養所（現・群馬県立がんセンター）に入院したときは、手遅れでした。

私は大泣きして、一週間くらいなにも食べられずに魂を抜かれたようになってしまいました。

ようやく持ち直すことができたのは、癌の治療はともかく、上槇ノ原にもそれなりの診察ができる診療所をつくらなければならないと決心したからです。

志願者を募って国公立大学の医学部に若い子を送りこみました。

上槇ノ原がすべての学費その他費用を負担しましたが、肝心の診療所ができても上槇ノ原にはもどらぬ人ばかりで、それなりの苦労がありました。

いまの先生は三代目で、歳は離れているのですが言いたいことを言い合える真の意味で信頼ができる女性です。

上槇ノ原診療所、待合室が年寄りの憩いの場になってしまっていますが、大切なインフラです。

歳をとらないといえば蘖埜美苗さんの長女も、一時期まで綾を思わせるほど幼いままでした。

美苗さんは発育不全などと言いながらも、娘をとても可愛がりました。

私とちがうのは、そんな純白の長女を周囲の視線もかまわずに、堂々と誇らしげに連れ歩いたことです。

私や私の両親は綾を隠蔽しました。見えないものにしてしまいました。存在しないものにしてしまった。

美苗さんと手をつないで仲睦まじく歩く娘さんの姿を目の当たりにすると、罪の意識に胃に痼《しこ》りを覚え、心の奥底で綾に謝ったものです。

美苗さんの長女は東京オリンピックで日本中が沸きたっていた昭和三十九年ごろに、急激に大人っぽくなりました。

神懸った美貌でした。私としては苦手だった中薗中尉の面影が一切ないことになんとなくホッとしたものですが、中薗中尉は美苗さんの血肉となり、美苗さんの命をつないで果てました。

この長女の妊娠は唐突でした。

父親が誰かはわかりません。まさに珠のような女の子を産んだあと、産褥熱《さんじょくねつ》で命を閉じました。

美苗さんの悲嘆は烈しく、よく死ななかったものだと思います。

娘の死後、美苗さんはなぜか、この子の名を呼ばないでくれ——と皆に迫りました。長女、あるいは子と表記したのは、それが理由です。

長女が産んだ子は、香苗と名付けられました。美苗さんのお孫さんです。

美苗さんは長女の生まれ変わりのように香苗さんに愛情を注ぎ、香苗さんが成人すると私の役目は終わったとばかりに御宿蘗埜を継がせ、上槇ノ原を離れました。

いまは埼玉県上《あげ》尾《お》で暮らしています。長男は東京に出ましたが、詳しい消息はわかりません。

私は昔のように掟で人々を上槇ノ原という土地に縛ることを忌避しました。

私といっしょに戦った——食人で生き残った女たちの結束は固いものでしたが、それでも行きたいところに行き、暮らしたいところで暮らせるようにしたのです。

上槇ノ原にも民主主義？　がやってきた、ということですが、ほんとうのところは上槇ノ原には私一人が残って、綾の気配を肌に感じながら生きることが理想でした。

実際は、そうはならずに上槇ノ原は以前とは比較にならないくらいに豊かになり、人口も少しずつですが、増えました。

上槇ノ原に一人で残ると記しましたが、いつだって紅玉の夜が私の内面に静かに佇んでいてくれました。

御宿蘗埜を継いだ美苗さんの孫である香苗さんは、後に蘗埜省悟さんと結婚し、男児をもうけました。

丈夫であってくれという思いからでしょうか、丈《たけ》と名付けられましたが、私の見るところ上槇ノ原の将来を背負って立つ逸材です。

ガイグメリさんが亡くなったのは、昭和四十六年の暮れも押し迫ったころでした。

高度成長期の開発の波が山間部にも押し寄せ、都会の電力をまかなうためにダムが幾つも建設され、送電線などの鉄塔が山中に建ち並んだころです。

ガイグメリさんは常に私たちと一線を引いて接してくださいました。それは、じつは私にとって救いだったのです。

私たちは、いや私は自らの意志で食べました。食べて生き残りました。

厳しい生活を強いられる山の民ですが、ガイグメリさんが人を食べたことがあるかどうかは、わかりません。御自分のことは一切、語らない方でしたから。

ただ、これだけは確信をもって言えます。ガイグメリさんは人ならざる者――神を見出すことのできる方でした。

私は綾という妹をもちながら、神といった概念に対しては徹底的に不感症でした。冷感といったほうがよいかもしれません。私はそれを心窃かに誇りに思います。

綾のどこに神性が宿っておりましたか？　というのが私の本音です。

それでも神は、私に父と母の肉を与えてくださって、一歩踏み出す力を与えてくれたようです。

incarnatio＝受肉＝言葉は肉となってわれらの内にやどった――を即物的理解の謗《そし》りを恐れずに言うならば、これこそがイエス・キリストの精神でありましょう。

それとも、これはただの自己正当化でしょうか。

鋼さんはガイグメリさん亡きあとの山の民を率いておりましたが、時代の変化が鋼さんたちの生活をさらに苦しみに充ちたものに変えてしまいました。

それでも柳庄鉄さんが常々援助してどうにか山の民は生活を続けておりました。

もちろんそれは綾に対する裨益《ひえき》の側面もありましたが、鉄さんは鋼さんが大好きだったのです。

鋼さんと鉄さんは同い年の兄弟のようなもので、常に額を付きあわせてなにやら語りあい、笑いあっていました。

金剛石の夜と関わりをもつ蘗埜省悟さんの記録である〈夜半獣〉に詳しいので詳細は省きますが、綾以上の超越的な力を持つ尋《ひろ》さんが張り巡らせた完璧なる結界により、山の民は外からの侵入を防ぐことができるようになりました。

正確には好ましい人を恣意的《しいてき》に迎え入れ、排除することができるようになって、開発という名の侵略から逃れられるようになったということです。

申し訳ないことに、私が巡らせることのできる結界は上槇ノ原という土地に限ったものでした。ですから尋さんによる上槇ノ原の安泰は、同時に山の民に未だかつてない安定をもたらしました。

それにつけても鋼さんは許多《あまた》の苦難を甘受し、すべてを擲《なげう》って綾を大彦岳山中に匿ってくださいました。

いま、私の首には鋼さんからいただいた掌ほどの長さの短刀が下がっています。幼いころの鋼さんが拵えてくれたものです。

いざというときは、これで喉を掻き切る。そう思っておりましたが、夜半獣に捧げる兎を捌いたときくらいしか用いる機会もないままに、私のお守りとして常に肌に接していてくれました。

もうひとつの大切なお守り、綾の真っ赤な髪で編んだ首輪も、すっかり太くなってしまった私の首にあわせて倍以上拡がりました。

やせっぽちだった私の首に合わせて編んだものですから本来ならば私の首を絞めて然るべきところですが、綾が私を絞首刑に処することはありませんでした。

この首輪ですが、隠す気もなくおおっぴらにしていたつもりです。けれど誰も気付きません。羽鳥山の崩落や上槇ノ原を隠した綾の力の微小版といったところでしょうか。

鉄さんは萬柳庄雑貨店を継いで、ヤナショウという上槇ノ原で唯一のホームセンターを経営しております。コンビニエンスストアとして〈デイリーヤマザキ〉を併設し、皆の憩いの場となっております。

御高齢ですが矍鑠《かくしゃく》としたもので、視力の尋常でないすばらしさは若い頃のまま雪深い真冬に鹿狩りに出向いたりされております。

ひと言であらわせば、愛すべきやんちゃなお爺さんです。

皆に助けられてどうにか上槇ノ原を護った私ですが、柳庄鉄さんがいなかったら、それも覚束なかったでしょう。

私の弟のような鉄さんには深い親愛と謝意を捧げます。

鋼さんにつくっていただいた短刀、そして綾の首輪のことは書きました。もう一つのお守りが、下槇ノ原の吉屋昇平さんからいただいた万年筆です。

文化などと言うのも口幅ったいのですが、くじけそうになったときに真に私を支えたのが、この万年筆でした。パーカーをぎゅっと握って、あるいは文章を認《したた》めて、どうにか死なずにこられたのです。

吉屋昇平さんですが、逃げだして十年もたたぬうちに元の住民である女性たち、そして彼女らがよその土地で見つけた連れ合いを引き連れ、しれっとした顔で下槇ノ原にもどり、下槇ノ原の再生に尽力されました。

あのころはお互いに槇ノ原の再興に必死でしたので、争いごとの余地もなかったのですが——。

蛇足ですが、経済的に少し余裕ができてきてから、私は万年筆蒐集《しゅうしゅう》をはじめました。千円足らずの安いものから高価なものまで無数の万年筆を撫でさすってうっとりしております。私の唯一のフェティシズムです。

これは明かしたくないのですが、大彦岳の山中に私だけが知る大賀の親分、ポチのお墓があります。

戦争が終わってからも苦しいことはたくさんありました。ポチの小さな骨片を収めた小さな墓石を抱いて泣きました。

唯一、涙を流すことができる相手が大賀真次郎さんでした。私の大切な、大切な――。申し訳ありません。涙がこぼれてしまいました。

綾ですか。

みんなに内緒で、ときどき鉄さんと一緒に大彦岳を訪れました。

祠は窮屈だとわがままを言って、率先して山の民の皆さんの手伝いをしていました。奇異の目で見られることがないのが、嬉しかったのでしょう。小さくて体力がないなりに懸命でした。真っ赤な軀で薪を集めたり、幼子の世話をしたり。

あの子、汚れないいんです。お風呂なんてないのに、いつだって清潔でした。この世のものではない存在の面目躍如ですね。

私と鉄さんに挟みこまれて横になり、山肌をなぶる風の音につつまれ、一晩中取り留めのない話をして、小声で笑う。幸福でした。私の大切な、小さな小さな赤ちゃん。

夜半獣ですが、もう紙幅が尽きようとしております。それこそ応仁の乱までさかのぼらなくてはなりません。

またいつか夜半獣についてはどなたかが語ってくださることでしょう。夜半獣に関しては、私は出すぎぬよう気配りするのみです。

以上が蘗埜省悟さんと尋さんが上槇ノ原を訪れた前後の基本的な概略です。

許多の戦いの末に勝ち取った上槇ノ原の自立の詳細をお知りになりたかったら、よろしければ〈夜半獣〉を読んでいただければ幸いです。

頭部消滅という私の見苦しい死に様は、冒頭に記しておきましたが、その経緯も〈夜半獣〉にあります。

私の死は、決して不幸せな死ではなかったということをお伝えして、筆を擱《お》きます。

私が死ぬ瞬間、紅玉の夜が短く囁いて、離れました。

——静、いろいろあったね。

——静、いっしょうけんめい生きたね。

——静、愉しかったよ。

〈槇ノ原戦記〉あとがき

欲求《よっきゅう》について考えてみましょう。精神医学者クルト・シュナイダーを下敷きにすれば、心的欲動には権力欲、成功欲、美に対する欲求、金銭に対する欲などがあります。

身体的欲動には睡眠欲、食欲、性欲などがありますが、身体的欲動は生の根源的《こんげんてき》な欲求ですから本能にごく近いといえます。

三食ちゃんと食べていれば、飢餓《きが》の果ての人肉食《じんにくしょく》など他人事《ひとごと》です。

けれど日本では天明《てんめい》の大飢饉《だいききん》をはじめ、強烈な飢餓が生じてきましたし、この後書きを書いている時点でロシアに攻め入られているウクライナなど、スターリン支配の余波で絶望的な飢餓に突き落とされました。人肉市場の画像を目の当たりにしたときなど、正直信じ難《がた》かった。

けれど人肉市場を信じ難いと感じてしまった、飽食《ほうしょく》して充たされている自分自身の心に忍びこんでいる偽善《ぎぜん》が許せずに、絶食してみました。

四日めで、あっさり絶食終了です。

よく頑張ったと思います。なにしろ身近に食べる物はいくらでもあるのですから。

問題は、自らの意志で行う断食ではなく、押しつけられた飢餓だ。

果てのない暗黒に覆いつくされた飢餓だ。

そのとき私はどう振る舞うか。

絶食中に実感しました。

飢えた私は、たとえ家族でも食べるでしょう。殺しはしないにせよ（あるいは殺す？）、先に死んだ家族を食らうでしょう。自身の血と肉とする。

かなりの絶望に襲われました。

まさに神も仏もないという境地です。

救いは、ない。

けれど救い云々、神様云々を図々しく口走ることができるのは、三食ちゃんと飯を食っている者、飢えていない者の傲慢《ごうまん》だ。

サクリファイス、救済、宗教心。それらを真に摑むことができるのは飢餓の極限にある者だ——というのが私の得た結論でした。

ひかりごけ、野火——といった先達の作品を持ちだすまでもなく、飢餓、そして食人は文学の重要なジャンルです。

私は前作〈夜半獣《やはんじゅう》〉を書いていたころから朧気《おぼろげ》に食人を書かねばならないな——と、心の底で思っていました。

私はそれを娯楽作品で顕《あらわ》したい。

重要な主題であればあるほど、硬直《こうちょく》した文学誌などに掲載したくない。

そんな自負《じふ》とともに〈槇ノ原戦記〉を書きあげました。

堅苦しい作品ではありません。どうか愉《たの》しんで読んでください。また、この作品が気に入ったら〈槇ノ原戦記〉に続く〈夜半獣〉を手に取ってみてください。

最後に担当、鶴田大悟がこの作品についてこんな感想を送ってくれました。

——『槇ノ原戦記』は読んでいるとき、作品の裏にうっすらと観世音菩薩のようなものが見えていました。
執筆して、報《むく》われた。あなたも〈槇ノ原戦記〉を読んで、背後に何ものか——救済を見出してくださると、作者冥利に尽きます。

令和五年五月二十二日、なんだかまだ蒸し暑い午前四時過ぎ。

花村萬月

本書は「読楽」二〇二一年八月号～二〇二二年八月号に掲載された「槇ノ原戦記」を加筆修正したものです。

なお、本作品はフィクションであり、実在の個人、団体等とは一切関係がありません。

花村萬月（はなむら・まんげつ）
1955年東京都生まれ。89年『ゴッド・ブレイス物語』で第２回小説すばる新人賞を受賞してデビュー。98年『皆月』で第19回吉川英治文学新人賞、「ゲルマニウムの夜」で第119回芥川賞、2017年『日蝕えつきる』で第30回柴田錬三郎賞を受賞。その他の著書に『ブルース』『笑う山崎』『二進法の犬』「武蔵」シリーズ、『浄夜』『ワルツ』『裂』『弾正星』『信長私記』『太閤私記』『対になる人』『夜半獣』『姫』『ハイドロサルファイト・コンク』など。

槇《まき》ノ《の》原戦記《はらせんき》

2023年６月30日　初刷

著　者	花村萬月
発行者	小宮英行
発行所	株式会社徳間書店
	〒141-8202　東京都品川区上大崎3-1-1
	目黒セントラルスクエア
	電話　編集(03)5403-4349
	販売(049)293-5521
	振替　00140-0-44392
本文印刷	本郷印刷株式会社
カバー印刷	真生印刷株式会社
製本	ナショナル製本協同組合

©Mangetsu Hanamura 2023, Printed in Japan
乱丁・落丁はお取り替えいたします。

本書のコピー、スキャン、デジタル化等の無断複製は著作権法上での例外を除き禁じられています。本書を代行業者等の第三者に依頼してスキャンやデジタル化することは、たとえ個人や家庭内での利用であっても著作権法上一切認められておりません。

ISBN978-4-19-865653-9